ちくま学芸文庫

後鳥羽院 第二版

丸谷才一

筑摩書房

【目次】後鳥羽院　第二版

I

歌人としての後鳥羽院　9

へにける年　167

宮廷文化と政治と文学　251

II

しぐれの雲　287

隠岐を夢みる 313
王朝和歌とモダニズム 345

あとがき 395
第二版あとがき 401
初出一覧 404
後鳥羽院年譜（岡野弘彦編） 405

解説 モダニズム文学という視点 湯川豊 439

和歌索引 462

後鳥羽院　第二版

I

歌人としての後鳥羽院

天皇甚好和歌。師五条三位俊成。其堪能独歩於百世。
和歌之道大興于此。
『二十一代集才子伝』

人もをし人もうらめしあぢきなく世をおもふ故に
もの思ふ身は

『後鳥羽院御集』建暦二年十二月二十首御会。また、『続後撰和歌集』巻第十七雑歌中。『後鳥羽院御集』など誰も読まない。『続後撰和歌集』にいたつてはさらに読まれないと言つてよからう。それにもかかはらずこの後鳥羽院の歌がすこぶる人口に膾炙《かいしや》し、「ほのぼのと春こそ空にきにけらし天のかぐ山霞たなびく」よりも、「見渡せば山もと霞むみなせ川ゆふべは秋と何思ひけむ」よりも、さらに「我こそは新じま守よ沖の海のあらき浪かぜ心してふけ」よりもよく知られてゐるのは、ひとへに『小倉百人一首』の力である。すなはち藤原定家は後鳥羽院の最高の作品としてこの一首を選んだわけだ。あるいはすくなくとも、上皇の歌としてはこの一首を選ぶやうにと、息子の為家に言ひ残したわけだ。

実を言ふとかつてわたしはこのことに不審をいだいてゐた。定家が誰よりも恐れてゐたらしい当代の上手の、全作品を代表させるに足る歌とは思へなかつたからである。もちろん『小倉百人一首』が定家の撰であることを疑ひ、室町以降の定家崇拝にあやかつてでつちあげた伝説にすぎないとしりぞけるならば話は別だらう。しかしわたしは、いはゆる実證的研究の成果よりは長い歳月にわたる伝承のほうを重んずるし、それにどうやら最近は、この伝承のかならずしも迷妄ではないといふ学説がかなり有力なやうに見受けられる。これはやはり、定家の意向が隅々まで反映してゐたと見るほうが無難だらう。大部分は彼の手によつて編まれたものを、ほんの一部分、後人の恣意によつて手直しするといふ事態は、当時の定家の名声から見てどうもあり得ないことのやうな気がする。すなはち、定家はこの一首を後鳥羽院の代表作と見なしたのであらう。

T・S・エリオットの名台詞《めいせりふ》をもぢつて言へば、定家と意見を異にすることは危険である。それはおそらく、ジョンソン博士と意見が分れることよりもつとあやふいはずで、よほど覚悟を決めた上のことでなければならない。だが困つたことに、一応さうは認めながらもわたしは相変らずこの歌に感心しなかつたのである。

そのころのわたしの解釈は、至つてありきたりの単純なものであつた。一体この歌の語句で問題なのは「をし」と「あぢきなく」くらゐのもので、それとても前者は『大言海』に従つて「愛《メ》ヅベシ。イツクシ。ヲカシ」と受取り、後者もまた同じ辞書の言ふ「快カラズ思フ。ツラシ。ナサケナシ。無情」と見ればそれですむだらう。もともと難解では決してない歌なのである。しかしわたしがありきたりの解釈と言つたのはさういふ語釈の問題ではなく、いはば討幕の決意を秘めた政治的な歌として見てゐたといふ事情にほかならない。「国歌大系」本の『続後撰和歌集』には、「人もをし人もうらめし」の注として、「前の人は忠良の臣を指し、後の人は鎌倉幕府の専横者を指す」とあるが、わたしも大体かういふ具合に考へて内容の浅さをさげすんでゐたらしい。そして、敢へて言ひ添へておくならば、普通はおほむねさういふ性格の歌として受取られてゐるのではないかと思ふ。

ところがわたしの考へは、江戸末期の国学者、岡本況斎《きようさい》の『百首要解』によつて打ち砕かれたのである。況斎は言ふ。

『源氏』、須磨、「かかる折は人わろく、うらめしき人多く、世の中はあぢきなきものかな、とのみ、よろづにつけて思《おぼ》す」とあるを用ひさせ給ひて一首となさせ給ひしなるべし。あぢきなく。心にかなはでせんすべなきをあぢきなしといへり。俗ににがにがしといふに似たりと県居翁いはれき。をしは愛の字をよめり。一首の意。せんすべきなき世を思《おぼ》しつづけ給ふにつきては、おんみづからの行く末いかがあらんと、よろづ御こころまかせ給はぬままになつかしく思《おぼ》す人もあり又うらめしく思す人もあり、と也。

かうなれば話は違つてきて、たちまち『源氏物語』の地平が開けるわけである。『吾妻鏡』の陰鬱な日常のかはりに『源氏物語絵巻』の華麗な幻があらはれると言ふほうがもつと具体的かもしれない。とにかく後鳥羽院はこのとき自分を光源氏になぞらへてゐた。水無瀬の離宮はまだ造営されてゐなかつたけれども、水無瀬殿と須磨とを二重写しにすれば、さういふ後鳥羽院の心意気は最もあざやかにとらへられるであらう。おそらく定家がこの歌を『小倉百人一首』に撰抄した動機としては、このやうな前代への思慕を喜ぶ気持が強く働いてゐたにちがひない。王朝の古典趣味ないし古典主義によつて歌の奥行を増すことは、彼の歌学の基本だつたからである。あるいは、文学の伝統を重んじることこそ彼の文学の核心にほかならないからである。

そして王朝の風情をなつかしむ心でもう一押し押せば、幕末の国学者の言ふ「なつかしく思す人」とはすなはち寵妃、寵童であり、「うらめしく思す人」とは意に従はなかつた女たち、少年たちといふことになるだらうか。「世」にはまた「男女の仲」といふ意もあるからだ。この歌「など、ちよつと言ひ替へると、恋歌《こひか》とも思へる」と折口信夫は述べてゐるが、わたしには「ちよつと言ひ替へる」必要すらないやうな気がする。けれども光源氏の場合にも後鳥羽院の場合にも、もちろん恋愛だけに話を限つてはいけないだらう。彼らにはいづれも政治生活があつたからである。と考へれば、ここの「世」には二重の意味が仕掛けられてゐることになるし、一首全体が恋の哀れと政治の悲しみとの双方を詠んだ、こみいつた細工の歌となつてあらはれるやうに思はれる。

そしておそらく定家の鑑賞の勘どころは、そのやうな複雑で新鮮な味はひにあつたにちがひない。これこそは在来のどの歌人も狙はなかつた新境地だと、彼は好敵手の技倆に感嘆したに相違ないのである。もつとも、晩年の定家がこの一首に注目することができたのは、後鳥羽院の後半生の悲劇があつたせいだけれども。それはひよつとすると、恋の嘆きの歌がやがて訪れる政治的な悲しみを予感してゐたといふ趣であつたかもしれない。

それに、かういふ経緯も考へられる。定家が鎌倉幕府に気兼ねして『新勅撰集』に後鳥羽院の歌を一首も撰入しなかつたのは有名な話だが、彼はおそらくそのことをはなはだしく気に病んでゐた。それゆゑ『小倉百人一首』のときには口なほしのため、そして関東への面あてのため、わざとかういふ政治的と言へば言へぬこともない歌を採り、しかも世間に対してはこの一首の別の側面である恋の歌といふ性格を指さして平然としてゐたのではないだらうか。

後の世がかういふ入り組んだ歌の詠み方を忘れたといふ事情についてはここでは述べない。

後鳥羽院の歌のうち特に気に入つたものを取上げてあれこれと記すに当つては、『新古今和歌集』の部立どほり、四季、賀、哀傷、離別、羇旅、恋、雑《ぞう》、神祇、釈教の順でゆくのが正しいとは思つてゐたが、それなのにこの歌のことからはじめてしまつたのは、やはり藤原定家のゆかりのゆゑであらう。かうなれば仕方がないから、ひとわたり雑歌《ぞうのうた》をつづけ、あとは『新古今』の順序に従ふことにする。

　我こそは新じま守よ沖の海のあらき浪かぜ心して
　ふけ

『後鳥羽院御百首』雑。また『歌枕名寄』巻第卌。また、『増鏡』巻第二新島守。また、『承久記』下巻。

「沖」が「隠岐」にかけてあることは言ふまでもない。『後鳥羽院御百首』は、承久の事に敗れ、この島に流されてからのものだからである。前後十九年にわたる流竄《りゆうざん》の生活において、歌はこの帝のただ一つの慰めぐさであつた。そして囚人である天子の詠のうち最も高名なものをもつてこの一首とする。『増鏡』の手柄と言ふべきであらうか。この歴史

物語では、

このおはします所は、人離れ里遠き島の中なり。海づらよりは少しひき入て、山かげにかたそへて、大きやかなる巌《いはほ》のそばだてるをたよりにて、松の柱に葦ふける廊など、気色ばかり事そぎたり。まことに、「しばの庵《いほり》のただしばし」と、かりそめに見えたる御やどりなれど、さるかたになまめかしくゆゑづきてしなさせ給へり。水無瀬《みなせ》殿おぼし出づるも夢のやうになん。はるばると見やらるる海の眺望、二千里の外も残りなき心地する、いまさらめきたり。潮風のいとこちたく吹来るをきこしめして、

とあつて、この歌とそれから、

おなじ世に又すみの江の月や見んけふこそよそに
隠岐の島もり

が引かれるのだが、ただしわれわれはこの抒情的な文脈のせいで、久しいあひだ一首を誤解してゐたやうに思はれる。これは無理もない話で、前には『源氏』須磨にあやかつた美文が置かれ、後ろには住吉の月にあこがれる嘆きの歌が控へてゐれば、どうしても、「自

分こそはこの隠岐の島の新任の島司だ。だから、隠岐の海の激しい波風よ、この新参の島守をいたはつて、注意して吹いてくれ」といふやうな解釈に陥りがちになる。そして、さかのぼつて言へば『増鏡』の著者もまたほぼこのやうに一首を解してゐたから、この形の引用をおこなつたわけである。

ところがここに『後鳥羽院御百首』に付けた古注（文体から推して室町期のものと目される）があつて、わたしに言はせれば一首はさう読むのが正しい。いはく、

われこそはと云ふ肝要なり。家隆卿隠岐国へ参り、十日ばかりありて帰らんとし給ふに、海風吹き帰りがたければ、我こそ新じま守となりて有れ共、など科なき家隆を波風心して都へかへされぬとあそばしける。されば俄に風しづまりて家隆卿都へ帰られしとなり。

ただし、藤原家隆が藤原定家と対照的なくらゐ、承久の乱以後も後鳥羽院に盡したことは事実だけれど、実を言へば彼は隠岐へは一度も行つてゐない。当時の旅の難儀と家隆の老齢を思へば、ただちに納得のゆくことである。つまりこの注釈の伝へる挿話は後人の虚構に属するので、室町のころには和歌の功徳をたたへる説話がむやみにはやつてゐた。しかしわたしの言ひたいのは、後鳥羽院が沖の海の浪風に「我こそは」と呼びかけると

き、それはみじめな流人《るにん》として、しかも自分のため、哀願してゐるのでは決してなく、この島を守る者として、誰か他人のため、海に命令してゐるのだといふことである。その誰かとは荒天のため舟を出せずに当惑してゐる漁師であると考へてもいいわけで、「新じま守」といふ言葉には、案外、つい先日まで支配してゐた日本の国全体の広さにくらべれば、こんな小島を司るくらゐすこぶる易しいといふ自負がこめられてゐるかもしれない。どうやら新任の島守は、今までの者とは格段に違ふ手ごはい相手だよと海をおどしてゐるやうに見受けられる。『万葉集』巻第七、読人しらずに「今年ゆく新島守が麻ごろも肩の紕《まよひ》は誰か取り見む」とあるのは新たに徴発された防人《さきもり》のことだらうが、ここでは防人どころではない遥かに高貴な者を言はうとしてこの言葉が使はれてゐる。

さう考へるに当つてはいささか根拠があるので、「島守」は今日、単に「島ヲ守ル者。島人《シマビト》」（『大言海』）と取られてゐるけれども、遠い昔には「島の神」の意であつた。

神をひめ、もり、などいふこと常のことなり。さほ姫、たつた姫、山姫、しまもり、これらみなかみなり。（顕昭『袖中抄』）

さらに「橋姫」や「橋守」を例として加へれば、この説はいよいよ納得のゆくものになるはずだが、おそらく後鳥羽院にはかういふ語感が生きてゐたらうし、それに、呪術者としての帝王といふ古代的な心理はかなり名残りをとどめてゐて、両者は容易に結びついたにちがひない。すなはち「新じま守」とは着任したばかりの島の神、一首はその勇壮な神が風濤に発した号令となるであらう。

興味ふかいことには、同じ『袖中抄』によれば、隠岐の島には彼以前に古い島守、本来の島の神がゐた。顕昭は、紀貫之の「わたつみのちぶりの神にたむけする幣《ぬさ》の追風やまずふかなん」ほか一首を引いて、道触神《ちぶりのかみ》（海陸の旅の神）について考証してゐる箇所で、

隠岐国にこそ知夫利島といふところにわたすのみやといふ神はおはすなれ。舟いたすとてはその神に奉幣してわたるを祈るとぞ申す。

と述べてゐるのである。とすれば、後鳥羽院は自分をもう一人のわたすの宮に見立て、いや、この在来の神が無力なので今度は自分が神として乗込んで来たなどと興じてゐたのかもしれない。これは上皇の気性としては充分あり得ることだらうし、すくなくともその種の見立てやおどけは「我こそは」といふ強く張つた出だしにふさはしいものであつた。われわれは、『増鏡』の単純な泪にまどはされて第一句の複雑なユーモアを見落してはならないだらう。配所に生きる終身囚が寛闊《かんかつ》に冗談を言ふ趣こそ、一首の最大の魅惑なのである。

ただし、単にユーモアを狙つただけのものとして見るのでは一面的になる。それは、滑稽となひまぜになつてゐるだけいよいよ哀切で、諧謔を弄してゐるだけいよいよ沈痛なアイロニーなのである。さういふ風情を味はふためには、折口信夫の鑑賞が最も参考になるだらう。彼は『女房文学から隠者文学へ』のなかでこの歌に触れ、これは小野篁《をののたかむら》の「わたの原八十島かけて漕ぎ出でぬと人には告げよ蜑《あま》の釣り舟」、および在原行平《ありはらのゆきひら》の「わくらばに問ふ人あらば須磨の浦に藻塩垂れつつわぶと答へよ」を「創作原因」にしてゐるものだが、「小野篁・在原行平が、同情者に向つて物を言うてゐるのとは、別途に出てゐる」と述べた。

> 此歌には、同情者の期待は、微かになつてゐる。此日本国第一の尊長者である事の誇りが、多少、外面的に堕して居ながら、よく出て居る。歌として、たけを思ひ、しをりを忘れた為、しらべが生活律よりも積極的になり過ぎた。さう言ふ欠点はあるにしても、新古今の技巧が行きついた達意の姿を見せてゐる。叙事脈に傾いて、稍、はら薄い感じはするが、至尊種姓らしい格《ガラ》の大きさは、十分に出てゐる。

折口にしては珍しく、「稍」とか「感じはするが」とか、但し書の背後にためらひがあらはなのは、おのづから一首の貫禄を示すものだが、彼の指摘する「しをり」が忘れられ

「しらべ」が強すぎるといふ二点は、わたしの言ふユーモアやアイロニーのためには不可欠の仕掛けであつた。しかし「格の大きさ《ガラ》」といふ言葉は、「我こそは」と大きく出てそのまま一気に詠み下した筆太な勢ひをとらへて見事である。さすがは釋迢空《しやくちようくう》と感嘆してもよからう。

なほ折口にとつてはあまりにも自明のことゆゑ口にしなかつたのだらうが、篁は承和五年、隠岐に流された。おそらく後鳥羽院以前にこの島の流人となつた一流歌人は彼だけのはずである。「わたの原」の絶唱は、それが単に『古今集』に収められてゐるといふこと以上に、そして彼の歌が二首、『新古今集』に撰入してゐるといふこと以上に、この因縁でもまた上皇にとつてすこぶる親しみ深いものであつたにちがひない。事実、後鳥羽院が遠島のつれづれに編んだ歌仙歌合『時代不同歌合』百五十番の第十番左歌はこれなのである。

しかしわたしは、一首が詠まれるに当つて、篁や行平の歌よりももつと影響を与へた古歌があるのではないかと推測してゐる。『古今』巻第二十の相模歌、「小よろぎの礒《いそ》たちならし礒菜つむめざしぬらすな沖にをれ浪」がそれである。

「小よろぎの礒」は今の大磯小磯のあたり。「めざし」は契沖の『古今和歌余材抄』に従つて、切り下げ髪が目を刺すやうな具合のおかつぱである「女の童」としておかう。海辺をあちこちと歩いて磯辺の菜をつんでゐる少女が濡れぬやう、お前は沖にゐろよ、と浪に語りかけてゐるのだ（「をれは、折れよにても有るべし、又浪のたちゐなどもいへば、居れにても有るべし」が本居宣長の『遠鏡』の説である）。

わたしに言はせれば、この牧歌的な、ほとんど童謡めいてさへゐる恋歌の面影が一首にはほの見える。浪に呼びかける他愛のないユーモアのおもしろさが、後鳥羽院の意識ないし無意識にちらつかなかつたはずはないと思ふのである。ただし、名もない相模男の口ずさんだ（そしておそらくは都の名だたる歌人が手を入れた）素朴なざれ歌に刺戟されて、「日本国第一の尊長者」が「あらき浪かぜ」に立向ふとき、まことに巧緻を極めた嘆きの歌が詠まれることになつた。それは上皇の死後百数十年にして、もはや第一流の知識人にもしかとはたどれないくらゐ精妙な工夫が凝らしてあつたわけで、その一例としては、ありふれた感傷と抒情のなかにこの三十一音を埋めて平然としてゐた『増鏡』の著者をあげればいい。室町時代の人々が一首を正しく読むためには、年老いた家隆をはるばる隠岐の島へと旅させるほどの果敢な幻想が必要だつたのである。おそらくこのころに日本文学はまつたく新しい時期を迎へてゐたのであらう。

よそふべき室の八島も遠ければ思ひのけぶりいかがまがはん

『後鳥羽院御百首』雑。

室の八島は下野の名所で、「野より水の気の煙の様にて立つ也」(『八雲御抄』)、「むろのやしまケブリタエズタツ」(『和歌初学抄』)といふ。源実朝もこれを詠じたし(「ながむればさびしくもあるか煙立つ室の八島の雪の下もえ」)、芭蕉も『奥の細道』の旅に立寄つて、すこぶる格式が高かつた。しかしこの歌枕は意外に新しく、勅撰集に現れるのは『詞花集』が最初なのである。すなはち『詞花』巻第七恋上、藤原実方、

いかでかはおもひ有りともしらすべき室の八島のけぶりならでは

そののち『千載』、『新古今』とこの歌枕が非常にはやつて、のちには『夫木和歌抄』に八首も見出だすくらゐ人気を呼んだらしい。

その原因としては、第一に東国との交通が頻繁になつたことがあげられるし、第二に、藤原俊成の発明のせいで物語と和歌との交流が重視されたことを言はなければならぬ。俊成はおそらく、古典的な宮廷の美学が現実の宮廷には薄れてきたといふ機運を察して、それを物語に求め、物語の情趣を歌に詠むことを提唱したのだが、この新しい方法は『狭衣物語』巻第一、

かくばかり思ひこがれて年ふやと室の八島の煙にも問へ

に注目することを人々にすすめることになつたやうである。

しかしもちろん俊成自身の傑作（これが第三の原因になつた）を忘れてはいけないし、それはおそらく最も強力に――『八代集抄』が「此の集（『詞花集』）秀歌の一也」と評した実方の一首にもまして――後世に作用したに相違ない。『千載』巻第十一、恋歌一の巻末を飾る、忍ぶる恋、

いかにせん室の八島に宿もがな恋のけぶりを空にまがへん

がそれである。この絶唱は何にもまして後鳥羽院の心を動かしたと推測される。彼が、

煙たつ室の八島は知らねども霞ぞふかきをのの山里

と詠んだのも、この一首も、みな俊成に触発されてのことであらう。

ただし後鳥羽院は、当時すこぶる好まれてゐた恋歌の趣向を借りて、しかもそれが恋歌ではないとはいささかも言はずに、配所における憂悶の情を訴へた。それこそは彼における風雅の誠だつたのである。それゆゑわれわれは、恋と政治とを二つながらとらへるといふ形で、この憂愁を味ははなければならない。

何となくすぎこし方のながめまで心にうかぶ夕ぐれの空

『後鳥羽院御集』建仁元年三月外宮御百首。また、『風雅和歌集』巻第十六雑歌中。まことに『風雅』に撰入するにふさはしい平明でしかも雅致に富んだ一首である。かういふ歌を読むと、後鳥羽院が『新古今』時代にあつて後世の歌風を先取りしてゐた局面がうかがはれて、詩人といふのは複雑なものだとつくづく感嘆せざるを得ない。
古注ならば「心は明らか也」と言ひ添へるだけの歌だけれど、念のために書きつけておけば、「ながめ」は「眺め」と「長雨《ながめ》」とにかける。これで最も有名なのは小野小町の「花のいろはうつりにけりないたづらにわが身世にふるながめせしまに」だが、『風雅集』でこの歌につづくのが、

伏見院

寺深き寝ざめの山は明けもせで雨夜の鐘のこゑぞしめれる

儀子内親王

つくづくと独りきく夜の雨の音は降りをやむさへ寂しかりけり

と雨を詠んだ二首であることも、何ほどかの証しになるかもしれない。
これをもつて雑歌を終り、春歌《はるのうた》にはいる。

ほのぼのと春こそ空にきにけらし天のかぐ山霞たなびく

『後鳥羽院御集』元久二年三月日吉三十首御会。また、『新古今和歌集』巻第一春歌上。
一読して意の通じる平明な歌でありながら、後鳥羽院の作品中これほど解釈の分れるものはない。急所のところに恐しい細工が仕掛けてあるからだ。

問題は「ほのぼのと」が「春こそ空にきにけらし」にかかるか、それとも「霞たなびく」にかかるかといふ一点である。本居宣長は『美濃の家づと』で、「初の御句、かすみたな引くへかかれり、二の御句へつづけては心得べからず」と述べた。そして石原正明は『尾張の家づと』で、「初の御句かすみたなびくへかかれり、二の御句へつづけてはこころうべからず」と記しただけでなく、さらに「初句は霞の事也」と念を押してゐる。しかしこの考へ方は現代の学者たちの取るところではないらしい。たとへば石田吉貞は「この語のひびきを、第五句まで預かって置くというのは非常に無理である」としりぞけ、岩波「日本古典文学大系」本『新古今集』の注には「ほのぼのと——三句にかかる。ほんのりと、ほのかにの意」とあるのだ。宣長や正明が正しいのか。それとも現代の学者の説が正しいのか。結論からさきに言へば、わたしはどちらも間違つてゐると思ふ。「ほのぼのと」は「春こそ空にきにけらし」と「霞たなびく」の双方にかかるのである。

『新古今』歌風についてはさまざまに形容されてゐるが、言葉の曖昧性ないし多義性を存分に利用してゐることはあまり指摘されてゐない。だが、何も余情《よせい》妖艶の歌のみに限らず、いはゆるたけ高きさまの場合にも、この手の工夫はずいぶんなされてゐるやうだ。曖昧さが詩の特質の一つであり、しかも日本語の一特色である以上、『新古今』時代の歌人たちがこれを利用しなかつたはずはないし、第一、縁語とか掛け詞とかいふ和歌の基本的な技巧そのものが曖昧性を目ざしてゐるのである。『新古今』の歌人たちはさういふ伝統的な技法を極度に複雑化することに腕を競ひあつた。そして『新古今集』の秀歌で古来論議のかまびすしいものは、みなここのところで話がもつれたものである。

たとへば藤原定家の「み渡せば花ももみぢもなかりけり浦の苫屋《とまや》の秋の夕ぐれ」について二種の解がある。第一は花も紅葉もない、すなはち春秋二季の代表的な美の欠如した、その喪失の風情を歌つてゐると取る。そして第二は、海辺の秋の夕暮の蕭条たる眺めには花も紅葉も敵すべくはないと見る。北村季吟はおそらく飛鳥井雅章の説を祖述して、「是について両儀有り」と述べながら、第一の解を支持してゐる（『八代集抄』）。心敬の説を兼載が記したと金子金治郎の言ふ『新古今抜書抄』は第二の解に就いてゐる。「ここに、花紅葉のありなしいふにはあらず。海上のさびしき躰の、しかも、感情ふかき秋の夕は、花も紅葉も及ぶべからずと読み給ふ也」。つまり海の風景、殊に秋の夕方となれば、桜はもちろん紅葉も見えないのが当り前といふわけで、その当然至極のことをしみじみと歌ひあげたところに芸があると感嘆するのであらう。

しかしわたしには、見渡せば桜も紅葉もない、海のほとりの苫葺きの小屋からの秋の夕景にしくものはない、桜も紅葉もこれにはかなはぬ、という二重に入り組んだこころを、この三十一字に託したやうに思はれてならないし、事実、一首の読後われわれの心に残る朦朧《もうろう》たる印象の総体は、強ひて散文に直せばかうなるやうな何かなのである。

そして、定家がもしかういふ趣を狙ひ、かういふ工夫をこらしてゐたとするならば、同種のことを同時代の歌人たち、殊に彼の好敵手である後鳥羽院が試みようとしなかつたと見るのは、詩人の仕事の現場に立会はうとしない者の見方であらう。そこでこの一首はわたしには、「春こそ空にほのぼのときにけらし」と「天のかく山ほのぼのと霞たなびく」の二つを、「ほのぼのと」によつて、強引にしかも巧妙に結びつけた歌と見えてくる。これならば三夕の歌の一つにおける定家の発明にくらべ、遥かに単純なからくりにすぎないから、後鳥羽院には楽々と詠み捨てることができたはずだ。その程度の、至つてたどりやすい曖昧性なのである。ただし実を言へば、その易しさがかへつて誤解を招くもとになるのだけれども。

折口信夫は『新古今』の歌の散文訳を評して、鶏の羽根をむしつたやうになると嘲つたさうだ。これは詩の訳そのものの宿命といふ局面のほかに、もう一つ、解釈を一方にしぼり単純化するせいで、『新古今』特有の模糊たる情趣が失はれることも大きいのではないか。在来の研究者たちは、その情趣に気づけばこそ二様の解釈を立て、しかも彼らの詩学では詩の曖昧性をはつきりと意識できないため、一を取り他を捨てたのであらう。

かういふ考へ方に加勢してくれさうな古注が一つある。一体わたしは、宣長以後のいはゆる新注よりもそれ以前の古注のほうがどうも信頼が置けるやうな気がして仕方がないのだが、この歌についても著者不明『新古今注』が「此ノ御歌ハ、初五文字ヲ、下句ノカシラニヲキテ、ミルベシ」と言つてゐるのは、宣長や正明の「ほのぼのと」が「霞たなびく」にかかるといふ露骨な言ひまはしよりは遥かに余韻があつて、曖昧性ないし多義性への余地を残してゐる。つまり「初五文字を、下句ノカシラニヲ」くならば、「春こそ空にきにけらしほのぼのと天のかぐ山霞たなびく」となつて、「ほのぼのと」は両方にかかる、あるいはすくなくともかかるかもしれない、ことになるのだ。

なほ、定家著と伝へられる偽書『和歌手習口伝』のなかに重要な言及がある。本歌どりの心得を記した件りで、「ほのぼのと」の一首を本歌に、「よこ雲の別るる空のかすむよりほのぼのと明けて春はきにけり」（これは誰の歌なのかわからない。おそらく偽書の著者自身の作であらう）とするのは、「おなじことばこころなれども、すこしさまをかへぬれば、くるしからず」「おなじことばなれども、うへをしもにうちかへぬればくるしからず」と述べてから、「ほのぼのと春こそ空にとは、明がたのけしきなれば」と言つてゐるのである。わたしはこの言葉に胸を打たれた。たしかにこの歌のめでたい感じは春の朝以外のものではあり得ないし、それは読み下しただけでまつすぐに伝はつて来るものである。しかしそのことをこのやうに意識の表面にくつきりと浮べることはむづかしい。それは、偽書を作らうとするほど定家に親しんでゐる者にのみ可能なことかもしれない。

つまりこれは、例の「春はあけぼの」を典拠にしての歌だつたと見ることもできよう。さう考へるならば、本歌が『万葉集』巻第十の「久方の天の香具山この夕霞たなびく春立つらしも」であるといふ指摘も、単なる本歌さがしではない、もつとこみいつた意味あひを帯びてくる。『万葉』の夕の霞は『枕草子』の冒頭の作用を受けて、いちおう時刻を消された、しかし明け方の霞となる。文学史のページごとのかういふ移り変りには、さながら暦をめくるやうな趣がある。

春風にいくへの氷けさ解けて寄せぬにかへる志賀のうら波

『続古今和歌集』巻第一春歌上。また、『雲葉和歌集』巻第一春歌上。「続群書類従」本『後鳥羽院御集』には見えない。「国歌大系」本には拾遺の部にあつて、ただし『雲葉集』から採録したと断つてある。詞書によれば北野宮百首のうち。

一読してすらりと納得のゆく、理の勝つた、そして決して勝ちすぎてはいない秀歌で、『古今』ふうの理づめの歌風をもう一つ『新古今』ふうに仕立てれば、まさしくかうなるしかないやうなものだが、ただ一つ言ひ添へておかなければならないのは、第二句「いくへの氷」の「いくへ」であらう。これは「幾重」と「行方」とにかける。春風が吹いてゆく行方にある幾重の氷が解ける朝、そのせいで、琵琶湖の波は寄せなくても岸から帰つてゆくといふ、肉眼では決して見えるはずのない情景を詩人はみつめてゐる。そのとき彼の眼は、望遠鏡であつてしかも顕微鏡を兼ねるやうな特殊な装置に変り、ありふれた風景のなかにこの上なく優雅な幻想を発見するのである。

鶯のなけどもいまだふる雪に杉の葉しろきあふさかのやま

『後鳥羽院御集』建仁二年二月十日影供御歌合。また、『新古今和歌集』巻第一春歌上。

『古今』巻第一春歌上、読人しらず、

梅が枝にきゐる鶯春かけてなけどもいまだ雪は降りつつ

の本歌どりであることは言ふまでもない。そして二つをくらべることは、『古今』と『新古今』の歌風について考へる上でずいぶん役に立ちさうな気がする。

第一に、本歌では視覚の喜びは関心の対象となつてゐない。鶯と雪といふ取合せはもつぱら時間の相のおもしろさでとらへられ、季節はづれの事象に対する知的な配慮だけが全体を覆つてゐる。もちろんそれをおつとりした風情として喜ぶことは決して間違つてゐないけれども。

ところが本歌どりのほうになると、「ふる雪に杉の葉しろき」といきなりつづく効果のせいで杉の葉のみどりと白い雪とが衝突し、その鮮かな色彩美に驚くわれわれの脳裡において、鶯いろの春の鳥は白雪の上に姿をあらはす。その訪れ方はまことに優雅で、ここでは春鶯囀はいささかも眼の楽しみをさまたげず、むしろつつましく伴奏してゐるやうである。

しかもさういふ対照を際立たせるため、「あふさかのやま」といふ地名がおしまひに控へてとどめを刺す。一般に王朝の和歌においてはリアリズム短歌の場合と異り、地名は具体的な地理のせせこましさよりもむしろそれにまつはる連想と工夫のゆゑに尊ばれるのだが、第五句はさういふ文学的形勢を示して遺憾がない。雪の白さが杉の葉のみどり、および鳥の鶯いろと逢ふとき、三つの彩りは合ふのである。鋭い衝突と匂やかな調和といふ二重の、そして同時の感銘を長く心にとどめさせようとして、この地名は用意されたとわたしには見える。（第五句は一本に「あふさかのせき」とあるけれども、「すぎの葉しろきあふさかのせき」といふs音づくしはうるさくなるので採りたくない。それにここでは、題が「関路鶯」であればなほさら、関といふ重い言葉はいらなくて、山といふ軽いとりなし方で充分だらう。）

かういふ鮮麗な色彩への関心は後鳥羽院の好みだつたし（たとへば「此の比は花も紅葉

も枝になししばしな消えそ松のしら雪」)、また『新古今』時代一般の(たとへば慈円の「もみぢ葉はおのが染めたる色ぞかしよそげにおける今朝の霜かな」)、そして殊に藤原定家の、得意の業であつた(たとへば「ひとりぬる山どりのをのしだりをに霜おきまよふ床の月かげ」)。この流行にはおそらく舶載された宋の絵画の影響がありさうな気がする。

なほ、本歌より本歌どりのほうが複雑になるのは当り前だけれど、「ふる雪」の「ふる」に「古」がかけてあつて、まだらに残る去年の雪を思はせ、いかにも春浅い風情にふさはしいこともまた注目せずにはゐられない。本歌どりを試みる以上、何倍もこみいつた仕掛けにしなければ本歌に対し、つまり文学史の伝統に対し、申しわけないといふ健気な気持は、『新古今』の歌人たちの基本的な心得であつた。

見渡せば山もと霞むみなせ川夕べは秋と何思ひけん

『新古今和歌集』巻第一春歌上。また、『増鏡』巻第一おどろが下。

単に後鳥羽院一代の絶唱であるのみならず、『新古今』の代表的な秀歌である。和歌史上最高の作品の一つと呼んでもいいかもしれない。後世がこれを踏まへて、あるいは、

雪ながら山もとかすむ夕べかな　宗祇
行く水とほく梅にほふさと　肖柏

と百韻をはじめ、あるいは、

見わたせば大橋かすむ間部河岸松たつ船や水のおも梶　蜀山人

と戯れたのは当然のことであらう。和歌、連歌、狂歌とせつかく並ぶのに俳諧では見つからないのは残念な話だが、これは宗祇の発句をしのぐのはむづかしいと俳諧師たちが見て取つたせいであらうか。

この歌の楽しさは、まづ、m音を何度もくりかへしながら第一句から第五句までよどみなく一気に詠み下したところにある。そして最初のm音を含む「見渡せば」は、表面、至つてさりげない語句のやうでありながら、しかも一首の眼目になつてゐるのだが、そのことを説明するには、もともと後鳥羽院は見渡すのが大好きなたちであつたといふ話からはじめなければなるまい。気に入つた語句を頻繁に使ふのはこの大歌人の素人くさい癖だけれど（藤原定家のやうな職業歌人にはかういふことはない）、なかでも最もよく出て来るのが「見渡せば」で、わたしが気づいただけでも十一首あつた。念入りに探せば、ほかにもまだ見つかるに相違ない。

第一に、広やかな眺望を好むといふ個人的な嗜好があつたらうし、これは後鳥羽院の気性から察して充分に考へられることだ。第二に、この性癖とからみあつての、風景美に対する詩人の態度がある。この場合は、『古今集』巻第一春歌上、素性法師、「みわたせば柳桜をこきまぜて都ぞ春の錦なりける」や、藤原定家の「み渡せば花ももみぢもなかりけり浦の苫屋の秋の夕ぐれ」の影響がかなり強いはずで、事実、十一首のなかには、

深山辺《みやまべ》のまつの雪まにみ渡せば都は春のけしきなりけり

みわたせばなだの塩屋のゆふぐれに霞によするおきつしら浪

がある。前者が素性法師の詠の本歌取りであることは言ふまでもないし、後者に定家の歌の記憶がちらついてゐることも明らかなやうな気がする。

しかし第三に、彼が個人としてでも詩人としてでもなく、いはば帝王として見渡したと

いふ局面があつた。このことを最もあらはに示すのは、建保四年二月の百首歌のおしまひの一首、

見渡せばむらの朝けぞ霞みゆく民のかまども春に逢ふころ

である。これは例の仁徳天皇の詠と伝へられる、「たかき屋にのぼりてみれば煙立つたみのかまどはにぎはひにけり」を連想させずにはおかないが（後鳥羽院はこの歌を『新古今』巻第七賀歌の巻頭にすゑた）、もう一つ、『万葉集』巻第一、舒明天皇の長歌、「大和には群山あれど　とりよろふ天の香具山　登り立ち国見をすれば　国原は煙立ち立つ　海原は鷗《かまめ》立ち立つ……」を思ひ浮べるのもごく自然なことだらう。おそらく後鳥羽院はみづからを古代の聖天子になぞらへて国見をおこなひ、「民のかまど」の繁栄を慶賀してゐたのである。そのとき「煙」が「霞」に変じ、「立ち立つ」や「にぎはひ」が「春に逢ふ」と婉曲に取りなされるのは、『万葉』や『古今』と違ふ『新古今』の優雅といふものであつたらう。

国見といふ、高所から国土を見渡して讃美する農耕儀式は古代における天皇の行事であつたが、それはやがて時代の移り変りと共に政治的＝呪術的な意識が薄れ、単に風景を鑑

賞するだけの美的な性格のものに変つたらしい。このことは舒明天皇の長歌から『万葉集』巻第十、「雨間あけて国見もせむを故郷の花橘は散りにけるかも」までの推移によつても明らかである。ところが後鳥羽院は、素性法師や定家の名歌に刺戟されて景色を眺めてゐるうちに、個性に促され（しかし彼の場合、帝王であることから完全にまぬかれた純粋な個性を想定することはむづかしい）、おのづから古代的な意味での国見をはじめてしまつたらしい。「見渡せば村の朝けぞ」の歌は、彼の国見のさういふ局面を端的に示すものにほかならない。こんなふうに考へるとき、わたしは「見渡せば山もと霞む」の一首を、政治的な国見と風景美の鑑賞とを微妙に兼ねたものとしてとらへたくなる。

在来この歌の解釈は、『枕草子』の「春はあけぼの……秋は夕暮」と『新古今集』巻第四秋歌上、藤原清輔、

うす霧のまがきの花の朝じめり秋は夕べと誰かいひけん

とを上皇がどんなに新しく色あげしたかといふところに急所を置いてなされてゐた。それはそれで間違ひではなかろうが、しかし清輔の歌が繊細にして巧緻、非の打ちどころのない見事なものでありながら、それをせいぜい一ひねりか二ひねりしただけであるはずの後鳥羽院の一首とくらべるとき、奇妙にせせこましくて単純なものに見えて来るあたりに、

問題がひそんでゐるのではないか。この春の歌を清輔の秋の歌の上に置くのは、また本居宣長の主張するところである。

もちろん一応のところ、後鳥羽院は水無瀬の離宮において春の夕景色を楽しんでゐたし、そのとき『枕草子』以来の風景美論は彼の心を去来してゐた。しかしこのとき、さういふ美的な意識の底に、自分は帝王として国見をしてゐるのだといふ誇り、この眺望はすべて自分の所有するところだといふ満足が揺れ動いてゐなかつたと判断するのは、むしろ困難なことである。時は国見に最もふさはしいはずの春であつたし、それに上皇は自分を古代の帝王に擬することなど大好きな、芝居つ気の多い性格だつたにちがひない。ゆつたりとした調べの快さはもともと後鳥羽院の天性のものだが、ここでは古人をしのぶ(あるいは気取る)ことによつて、それがいつそう見事に、そして自然に発揮されることになつた。しかもそのいはゆる帝王ぶりが、下の句の知的な感触(「秋は夕といふは、常のことなるに、夕は秋とあるは、こよなくめづらか也」と宣長は評した)によつてあざやかな『新古今』調に旋回しながら、それでもなほ上の句の鷹揚な味はひをそこなはないあたり、まことに嘆賞に価する。三句切れによつて連歌さながらにまつぷたつに割れた上の句と下の句の、衝突と調和の呼吸は、疎句歌の妙趣を模範的に示すものだらう。ここにはほとんど後鳥羽院のすべてがある。さう言へば、本来はきつと朝の行事であるにちがひない国見を夕暮におこなふあたりの皮肉な味も、この人にふさはしいと言ひ得るかもしれない。彼が国見した国は、実のところ彼の所有には属してゐなかつたし、そのことを後鳥羽院は最もよく知つてゐたはずなのである。

なほ、一首は元久詩歌合の際のもので、どうしたわけか『後鳥羽院御集』には見えない。『新古今集』では「をのこども、詩を作りて歌に合はせ侍りしに、水郷ノ春望といふ事を」との詞書がある。詩歌合で番《つが》へられたのは藤原親経の「湖南湖北山千里。潮去潮来浪幾重」だが、この詩句は晩唐の許渾の「潮去潮来洲渚春。山花如レ繍草如レ茵」によるものであらうか。識者の教へを乞ひたい。

心あらん人のためとや霞むらん難波のみつの春の
あけぼの

『後鳥羽院御集』建保四年二月御百首。また、『続古今和歌集』巻第一春歌上。
『後拾遺』巻第一春上、能因、

心あらん人に見せばや津の国の難波わたりの春の景色を

が本歌である。これは『新古今』時代の歌人たちに評判のよかつた歌らしく、

津の国の難波の春は夢なれやあしの枯葉に風渡るなり　　西行

見せばやな志賀のからさき麓なるながらの山の春のけしきを　　慈円

と、わたしの気づいただけでも『新古今』に本歌どりが二つはいつてゐる。ごく小人数の宮廷関係者で腕を競ひあふのが当時の歌壇だから、同じ歌材、同じ本歌が容易に流行したわけで、その流行のなかで個性と趣向を示すのが藝の見せどころになつた。慈円の作がいつのものかはわからないにしても、西行の本歌どりが最も早いのはたしかで、そのあとに慈円、後鳥羽院とつづくのであらう。まず西行が本歌の春をがらりと変へて、秋に仕立て直す。その思はず息を呑むしかないやうな発明のあとで、慈円が今度はじつにさりげなく、おだやかな挨拶の歌を詠む。そのとき後鳥羽院はどういふ工夫をしたか。

「みつ」は「御津」（皇居御用の港）であり、また「水」だが、第一句から第五句の前半、「春の」までは本歌とほとんど変らない。西行や慈円の芸を見たあとでは、何の細工もない盗み歌のやうに思ふくらゐである。しかし相手のさういふ軽蔑こそ実は後鳥羽院の思ふ

壺なので、「春の」の次に「あけぼの」と来て歌が終結したとき、人々は春景の時刻を指定されて、この時刻にこそ「霞」が最もふさはしいことをとつぜん悟り、華麗な眺めと本歌どりの技巧との双方に驚くことになる。ちようどとつぜん夜が明けたやうに。あるいは歌舞伎で浅黄幕が切つて落されたときのやうに。

唐衣たつた河原の川風に波もてむすぶあをやぎの
糸

『続後拾遺和歌集』巻第一春歌上。

「続群書類従」本の『後鳥羽院御集』には見えない。「国歌大系」本には拾遺のところにあるが、これは『続後拾遺』から採録したと記されてゐる。

「唐衣」が「裁《た》つ」の枕詞で龍田川にかかることは言ふまでもないし、この「裁つ」のゆかりで「むすぶ」と「糸」とが用ゐられることも明らかなはずである。案外、見落されさうなのは、龍田川が紅葉の名所だといふことであらう。『八雲御抄』には、「たつた（古今。後撰にはいはせのもりちかし。古今には紅葉）」とあるが、それよりもいつそ、在原業平の、「ちはやぶる神代もきかずたつた川からくれなゐに水くくるとは」をあげるほうが話が早いかもしれない。とにかく、龍田川と来ればくれなゐと受けるのは常識であつた。ところが後鳥羽院は柳といふ題なのに（『続後拾遺』には「柳をよませ給ひける」といふ詞書がついてゐる）、題のことを忘れて紅葉を詠んでゐるやうなふりをしつづけ、人々をはらはらさせたあげくに、やうやく第五句で「あをやぎの糸」としめくくつて、安堵させ、感心させるのである。これはなかなかの趣向だつた。そして大事なのはこの曲藝によつてもたらされる色彩美で、紅葉の赤は残像のやうにちらつきながら、柳の緑をいつそう強調して、まさしく唐衣さながらの豪奢な風景をわれわれに示すことになる。一首が衣裳の縁語で出来あがつてゐるのは当然のことであつた。

霞たち木のめはる雨ふる里の吉野の花もいまや咲くらむ

『後鳥羽院御集』建仁元年三月外宮御百首。また、『続後撰和歌集』巻第二春歌中。『古今集』巻第一、紀貫之、

霞たちこのめもはるの雪ふれば花なき里も花ぞちりける

の本歌どりである。この本歌については『八代集抄』の「木の葉のめぐみ出るを木目萌《ハル》といふを、木目も春のと、いひなせるなり」といふ説明さへ頭に置けば、ほかに問題はあるまい。

後鳥羽院はこの貫之の作を好んだやうで、これ以外にも、

霞たち木のめ春風ふくからに消えあへぬ雪に花ぞうつろふ

霞たつ木のめも春の山のはを光のどかにいづる夜の月

大かたの木のめ春雨ふるたびに松さへみればいろかはりゆく

などと、たびたび本歌どりを試みてゐるけれども、なかんづくこの建仁元年の一首が格段に優れてゐる。

この歌の楽しさの一つは、「木のめはる雨」で木の芽が張ると春雨とにかけ、「春雨ふる里の」で春雨と古里とにかけた、息をつぐ間もない掛け詞の妙だが(吉野は昔から離宮の

あつたところなので古里と呼ぶ習ひがある)、殊に第二句「木のめはる雨」のはづみのある調子が何とも言へずおもしろい。そのせいで何か小唄ぶりになつてゐるし、事実、

そよ、霞たち木のめはる雨ふる里の吉野の花もいまや咲くらむ

とすれば『梁塵秘抄』に入れてもをかしくなからう。これはひよつとすると『徒然草』のいはゆる、愛妾「亀菊に教へさせ給ひける」白拍子の歌詞かもしれぬなどと、勝手な空想に耽りたくなるくらゐなのである。むきだしにではなく、ちよつと斜に構へて春をことほぐめでたさと言ひ、掛け詞が華麗でありながらしかし単純でわかりやすいことと言ひ、いかにも宮廷の歌謡にふさはしいではないか。

むかしたれあれなん後のかたみとて志賀の都に花をうゑけん

『後鳥羽院御集』詠五百首御歌。また、『続拾遺和歌集』巻第二春歌下。藤原良経の家集『秋篠月清集』の巻頭歌、

むかしたれかかる桜の種をうゑてよし野を春の山となしけん

と同工異曲である。そこで、どちらが前かといふ問題が生ずるのだが、詠五百首御歌については樋口芳麻呂の着実な考證があつて、隠岐に流されてから、それも「隠岐においてかなりの年を経た後の詠」と推定されるゆゑ、良経のほうがさきになる。彼は建永元年（一二〇六）、すなはち承久の乱（一二二一）の遥か以前に世を去つたからである。良経は西行の、

岩戸あけしあまつみことのそのかみに桜を誰か植ゑ初めけん

を本歌としてゐるのであらう。

しかし上皇の一首を良経の詠の本歌どりと呼んだのでは当らないだらう。どう見てもそれ以上の何かで、しかも決して盗み歌にはなつてゐないといふ、微妙な詠みぶりのやうな気がするのだ。ここにはむしろ故人良経に対するあらはな挨拶がある。

上皇が後京極摂政良経を重んじたことは今さら言ふまでもないが、たとへば『後鳥羽院御口伝』ではまず結題《むすびだい》を論ずる箇所で彼の態度を模範的なものとして賞揚し、次いで歌

人評のくだりで、

近き世になりては、大炊御門前斎院、故中御門の摂政、吉水前大僧正、これら殊勝なり。斎院は、殊にもみもみとあるやうに詠まれき。故摂政は、たけをむねとして、諸方を兼ねたりき。いかにぞや見ゆる詞のなさ、歌ごとに由あるさま、不可思議なりき。百首などのあまりに地歌もなく見えしこそ、かへりては難ともいひつべかりか。秀歌あまり多くて、両三首などは書きのせがたし。

と述べる。「地歌」がないといふのは、百首歌にはところどころ平凡な歌を配置して、それによつて秀歌を際立たせるのが当時の歌人の心得なのに、秀逸ばかりで地歌がなくなつてしまふといふ讃辞にほかならない。そして上皇はさらに、良経が、さほどの出来ではない「誘はれぬ人のためとや残りけん」の詠を「このたびの撰集の我が歌にはこれ詮なり」と自讃したといふ逸話を記してから、これこそは和歌の伝統を知る者と評するのである。『後鳥羽院御口伝』で最も詳細に批判されてゐるのは藤原定家であり、これと対照的なくらゐくりかへし肯定的なあつかひを受けるのは、決して藤原家隆ではなくて良経であつた。

もちろん彼の力量はなみなみならぬもので、そのことはたとへば、

吉野山花のふるさと跡たえてむなしき枝に春風ぞ吹く
打ちしめりあやめぞかをる郭公なくや五月の雨の夕ぐれ
人すまぬ不破の関屋のいたびさしあれにし後はただ秋の風
きりぎりす鳴くや霜夜のさむしろに衣かたしきひとりかも寝ん
恋をのみすまの浦人もしほたれほしあへぬ袖の果てをしらばや

とあげるだけでも納得がゆくはずだが、後鳥羽院がこれだけ激賞するのは、もともと良経の歌風が自分のそれと近接してゐるためでもあつた。「たけをむねとして、諸方を兼ね」るとはまさしく後鳥羽院の本領であらうし、それに「非職業歌人」(小島吉雄)である彼らは何よりも、貴人の詠み捨てといふ趣を尊ぶ点で共通してゐたのである。おそらく二人のかういふ態度は、和歌を商売の種にして生きる定家をつねづね見まもることによつて、いつそう自覚的なものとなつたに相違ない。言ふまでもなく、定家の直接的なパトロンが良経だつたとすれば、もう一まはり上の、そしてもうすこし間接的なパトロンは後鳥羽院であつた。

良経に対する上皇の尊敬と信頼は、『新古今』の仮名序の筆者として選んだことにも、巻第一の巻頭歌に、

はるたつ心をよみ侍りける　　摂政太政大臣

み吉野は山もかすみてしら雪のふりにし里に春はきにけり

にも、そして定家、家隆と抄した『八代集秀逸』に、家隆と共に、

もらすなよ雲ゐる嶺のはつしぐれ木の葉は下に色かはるとも

を据ゑたことにも、西行の九十四首、慈円の九十一首に次ぐ七十九首を撰入せしめたこと

を採つたことにも（定家は「きりぎりす鳴くや霜夜の」）よく示されてゐる。この評価は終生変らなかつたやうで、隠岐本『新古今』にも七十九首のうち七首を除くにすぎないし、『時代不同歌合』にも伊勢の詠と番へられてゐる。『後鳥羽院御口伝』において彼が重視されてゐることは前に述べたとほりで、この上皇晩年の、そして生涯唯一の、まとまつた評論の急所は、じつに良経と定家の対比にあつた。明らかに後鳥羽院は、放胆自在な「非職業歌人」良経をもつておのれになぞらへてゐたのである。とすればこの代表的廷臣をしのぶあまり、歌枕を改めるだけで彼の家集の巻頭歌をなぞるといふ趣向が生じたとしても、いささかも不思議はない。

しかし良経が「むかし」をなつかしんで詠んだ歌は、単に自然としての太古と現在とを

対比するだけの若々しくて単純な味のものなのに、ここではむしろ人事としての過去と現在とがくらべられ、歴史への感慨の底に個人の悲しみがちらつくといふ、複雑な仕掛けになつてゐる。配所にあつて年老いてゆく上皇は、桜を植ゑたばかりのころの「志賀の都」と二重映しにして、かつての自分の宮廷の栄華を眺めてゐるのである。

さくら咲くとほ山どりのしだり尾のながながし日
もあかぬ色かな

『後鳥羽院御集』建仁三年十一月釋阿九十賀御会屏風御歌。また、『新古今和歌集』巻第二春歌下。

『新古今』には「釋阿、和歌所にて九十賀し侍りしをり、屏風に、山に桜さきたる所を」といふ詞書が添へてある。釋阿とは後鳥羽院の和歌の師、藤原俊成の法名である。『八代集抄』によると、光孝天皇が僧正遍昭に七十賀を賜はつた先例があるらしいが、単に俊成個人の光栄であるだけではなく、また家のほまれ、ひいては和歌の道のほまれと感じられたことであらう。

これは慶事に当つて詠む挨拶の歌の傑作で、『新古今』巻第七賀歌《がのうた》を調べても、これと並ぶだけのものは二首にすぎないし、その二首は俊成（「山人のをる袖にほふ菊の露打ちはらふにもちよはへぬべし」）、定家（「わが道をまもらば君をまもらなんよはひもゆづれ住吉の松」）親子の作なのである。言ふまでもなく賀歌は高度の技術を要するものだから、一首は後鳥羽院の力量を端的に示す材料となるにちがひない。これは上皇自讃の歌で、『新古今』巻第二の巻頭に置かれてゐるし、隠岐本『新古今』にももちろん除かれず、さらに『時代不同歌合』にもこれを選んだ。すなはち生涯の詠のうち三首を採るに当つて、その一つとしたわけである。そして定家は『定家八代抄』に収めただけではなく、また『近代秀歌』『詠歌大概』の例歌とした。

「さくら」、「とほ山」、「しだり尾」、「ながながし」、「あかぬ」とめでたい言葉をつらねて慶祝の意をこめたことは誰の眼にも明らかであらうが、おもしろいのは『和歌口伝抄』の指摘するやうに、桜と山鳥といふ「うとき物」を並べたところで、普通は縁のない二つのものを、「とほ山」と「山どり」とをかけることで巧みに衝突させたのが趣向であつた。

柿本人麿の、

あしびきの山鳥の尾のしだり尾のながながし夜をひとりかも寝む

の本歌どりであることは在来の注がことごとく述べてゐるとほりだが、これに関しては、おそらく連歌師兼載の著と思はれる『新古今抜書抄』の、「人丸を本歌になさるるは、この道に長じたる事を思し召し寄られたる也」といふ意見が注目に価する。人麿（人丸）は『古今』のころから歌の聖《ひじり》と称されてきたし、平安末になると、彼の肖像をかかげて祭る人麿影供《えいぐ》といふことさへおこなはれるほどであつた。本歌によつて、俊成を人麿になぞらへる祝意はたしかにあつたに相違ない。

しかし、もう一つの本歌が気づかれなかつたところを見ると、人麿崇拝は後世まで伝はつても、後鳥羽院の宮廷における好尚の別の面はいちはやく忘れられたのではなからうか。といふのは、これは『古今』巻第十四恋歌四、紀友則、

春がすみたなびく山のさくら花みれどもあかぬきみにもあるかな

をも取つてゐるからである。

もつとも『新古今私抄』に、

『源氏』に匂兵部卿の、うき舟の君を「春の日をみれどもみれどもあかぬ」と云ふ詞などおぼしめし出でられたるにや。

と記されてゐるから、連歌師たちはほとんど気がつきかけてゐたと言つていいかもしれないが、しかし、実は匂宮の台詞《せりふ》自体が『古今集』の恋歌を踏まへてゐるわけで、一首はやはり紀友則の恋歌と人麿の恋歌との双方が本歌であると見るのが本筋だらう。この場合おそらく『源氏』のほうはいはば脇筋だつた。詩の発想を促がすにしては片言隻句にすぎるからである。その点、友則の歌となれば、「春がすみたなびく山のさくら花みれどもあかぬ」となだらかに春の眺めを叙してきて、それがとつぜん恋人の姿かたちへの讃辞に変るといふ驚きのせいで、時代をへだてても詩人の心を触発する力を蔵してゐる。

ところで、九十の老人を浮舟にたとへたとすれば、この長寿をことほぐ賀歌にはまた、恋歌といふ裏があるわけで、事実、詞書を除いて読んでみれば、本歌のせいもあつてかなりエロチックな気配が漂ふ。さういふ、どんな場合にも色好みな配慮を忘れないといふ心得こそ後鳥羽院の態度であり、『新古今』の歌風の基本であり、そしてまたなかんづく俊成が最もよく教へた敷島の道のたしなみであつた。

吉野山さくらにかかる夕がすみ花もおぼろの色は
ありけり

『続古今和歌集』巻第二春歌下。また、『六花和歌集』巻第一春歌。また、『雲葉和歌集』巻第二春歌中。また、『続古今』には「日吉の社へ五十首の御歌奉られけるに」といふ詞書があるが、この五十首歌は『後鳥羽院御集』には見えない。

後鳥羽院が四季のうちで最も好んだのが春であるとすれば、春に好都合な歌枕で最も愛してゐたのはどうやら吉野らしく、このことはたとへば建仁元年九月の五十首歌の春二十首のうち、初春待花、故郷花、花似雪、河辺花、深山雪、暮山花の六首が吉野をあしらふことでも察しがつかう。華やかさと大きさと格の高さとを兼ね備へた地名は、派手好みな帝王が思ひを託するのにふさはしいものだつたのである。

一首の意はすこぶる明らかで説明の必要はないが、「おぼろ月夜」（たとへば『新古今』、大江千里、「てりもせず曇りもはてぬ春の夜のおぼろ月夜にしくものぞなき」）の場合はもちろん、単に「おぼろ」だけでも月にゆかりが深い（たとへば『新古今』、菅原孝標女、「あさみどり花もひとつに霞みつつおぼろに見ゆる春の夜の月」）に決つてゐるものを、わざとひねつて花にとりなした、「花もおぼろの」の句が趣向の第一である。次にはやはり、「吉野山」と来て「夕がすみ」と受けるy音の快さをあげるべきか。

ゆつたりと落ちついた高雅な味はひで、しかも清新の趣をたたへ、間然するところのない秀逸である。『新三十六歌仙』に採られてゐるのも当然のことと言はねばならない。そ

してわたしとしては、後鳥羽院が月を花に改めたのを、後世の俳諧師がもういちど松にことよせて月にとりなせば、例の、

辛崎の松は花よりおぼろにて　芭蕉

になるやうな気がしてならない。

み渡せば花の横雲たちにけりをぐらの峯の春のあけぼの

『夫木和歌抄』巻第四花。

頭注に「十首御歌名所花」とあるが、樋口芳麻呂の考證によれば、この十首歌は嘉禎三年夏の詠、すなはち「最晩年の作」といふことになる。樋口の手つづきは慎重適切で、信を成すに足る。

一首はどうやら長く無視されてきたらしい。それももつともな話で、「み渡せば」と言ひ、「横雲」と言ひ、「はるのあけぼの」と言へば、いづれも『新古今』の読者にとつては

ごくありふれた言ひまはしであり、道具立てであつて、新味がないのである。おそらく『新古今』的世界の残肴を各種、ほんの一口づつ一皿に盛つたやうに見えるのではなかろうか。それに藤原定家には正治二年院初度百首の際に、

しら雲の春はかさねてたつた山をぐらの峯に花にほふらし

があつて、これは『新古今』に撰入してゐるだけではなく、二条家の歌の趣を代表するものとして(『東野州聞書』)重きをなした。一方に定家の小倉の峯の歌を置き、他方に後鳥羽院自身の「見渡せば山もと霞むみなせ川」を据ゑれば、この嘉禎三年の一首が不利になるのは明らかであらう。

しかしわたしはこの歌に執着したいし、同じ小倉の峯の春景色にしても、定家の描いたものよりも絵画美に富むやうな気がする。定家は『万葉集』巻第九の長歌、「白雲の 立田の山の 滝のうへの 小鞍の嶺に 咲きをゐる 桜の花は……」の本歌取りをおこなひ、そして後鳥羽院はおそらく、本歌取りではないにしても定家の歌に刺戟され、影響されてこの歌を詠んだのだらうが(第二句「花の横雲」を見れば、ついでに定家の歌風全体の影響を受けてゐるとも言ひたくなる)、その結果は、おつとりしてゐてしかも濃艶な、いはば『拾遺愚草』寄りの後鳥羽院とでも形容したい一首が生れることになつた。

見のがしてならないのは第四句の効果である。「をぐら」は単なる地名(大和国立田山の一部)ではなく、「小暗《をぐら》し」にかける。地名の「小倉」とこの形容詞を重ね合せる趣向は、

をぐら山麓の野べの花すすきほのかにみゆる秋の夕ぐれ

にすでに見られるが、これは『古今六帖』にも『和漢朗詠集』にも、そして『新古今』にも採られた古歌だから、後鳥羽院は明らかに意識してゐた。ただ、古歌に言ふ小倉山は山城国の紅葉の名所だけれど、上皇はそれを(定家の歌に触発されながら)花の名所として知られる小倉の峯に転じ、小暗い闇と咲き誇る桜とを対置するといふ工夫をおこなつた。後鳥羽院の狙ひは純粋な色彩美にあつた。すなはちわれわれは、「花の横雲」の匂やかな明るさから「春のあけぼの」の薄明を経て「をぐらのみね」の晦暗に至るまでの展望を一時に楽しむことができる。しかもその晦暗は単なる暗さではなく、「小暗し」の「小《を》」によつて微妙な限定をつけられ、かうして明暗の対照と調和はまことに洗練された意匠を形づくるのである。

わたしが絵画美と言ひ、濃艶と評したのは、このやうな一種官能的な風情のことにほかならない。ひよつとすると、上皇は隠岐でこの一首を得たとき、定家の歌風で詠んでも定

家よりももつとさりげなくてもつと巧妙だなどと、得意だつたのではなからうか。

最晩年の後鳥羽院にこれほど豪奢な作があることは、ある種の泪もろい人々には都合の悪いことかもしれない。しかしわたしとしては、もし作者の境遇を考慮に入れて鑑賞するのならば、いつそ、死を二年ののちに控へた後鳥羽院の、いよいよ明るくてしかもいよいよ暗い内面がこの歌に表現されてゐることを喜びたいと思ふ。

みよしのの高ねの桜ちりにけり嵐もしろき春のあけぼの

『後鳥羽院御集』承元二年十一月最勝四天王院御障子。また『新古今和歌集』巻第二春歌下。また、『歌枕名寄』巻第七畿内部七大和国二。

障子歌といふのは、絵師に描かせた名所絵に合せて名所歌を詠むわけだが、有吉保はこのとき詠進された「吉野山」の歌十首を検討して、「白雲とも霞とも曇るとも観られる」「白くぼかし画きした部分があったと思われる」と図柄を推定してゐる。後鳥羽院はそれを夜明けのころの落花の体《てい》と見たわけである。

一体、風に散る桜の花は日本人の美意識にとつて基本的な型の一つで、その最も素朴な

形は『古今集』の、

さくらちる花の所は春ながら雪ぞふりつつきえがてにする　承均

花ちらす風のやどりはたれかしる我にをしへよ行きてうらみん　素性

あたりに求めることができよう。すなはち一方では落花を雪になぞらへて美しさをたたへ、他方では風に怨み言を言ふのが『古今』歌人の普通の態度であつた。これが『新古今』時代になると手がこんできて、うはべでは落花の風情を優美に歌ひあげながら、実は哀愁を底にひそめ、秘することによつていつそう愁ひをきかせるといふ複雑な仕掛けになつたやうである。ただしその叙景のためには相変らず、散る花を雪に見立てる趣向が用ゐられた。かういふ手法を確立したのはおそらく藤原俊成の、

又やみんかたののみのの桜がり花の雪ちる春の明ぼの

であらう。これは「かたの」を地名の「交野」と「難《かた》し」とにかけ、年老いた身ではもう

このやうな美しい眺めは二度と見ることがむづかしいと嘆く形で、表ではその束の間《つかのま》の(束の間のものであるだけなほさら見事な)絶景に感嘆し、裏では花を散らせる風にほんのすこし怨みを述べてゐるのだ。このとき、老齢、おそらくは生きてゐない来年の春、いま目《ま》のあたりにしてゐる一瞬の落花の趣、といふ入り組んだ時間性の歌は、「又や」といふ時の副詞にはじまり「曙」といふ時の名詞に終ることで、まことにあざやかに首尾一貫してゐるのである。風に散る花を詠んだ和歌のうち、古今を通じて随一のものではなからうか。

これは建久六年(一一九五)の作だが、数年後『慈鎮和尚自歌合』にも番へられて当時すでにすこぶる評判が高かつたらしく、建仁二年(一二〇二)ないしその翌年の千五百番歌合には影響のあといちじるしい二首を見出すことができる。ごく単純な形で影響を蒙つたのは顕昭の、

ちりまがふ雪を花かと見るからに風さへしろし春の明ぼの

であり、在原業平の「今日こずは明日は雪とぞ降りなまし消えずはありとも花と見ましや」の本歌取りといふ形で実は俊成の一首の面影を偲んだのが藤原定家の、

桜色の庭の春かぜ跡もなしとはばぞ人の雪とだにみん

である。定家は、桜いろの春風が舞つたあとに積る花びらの雪が、やがて溶けるまでの時間を心のなかでみつめつくしたのであらう。ここには腐敗してゆく春の沫雪といふまことに定家好みの、頽廃した、あるいは倒錯したイメージがある。これにくらべれば顕昭のほうは、凡庸退屈な作柄と評するしかなからう。後鳥羽院の「嵐もしろき春のあけぼの」といふ言葉づかひは顕昭の「風さへしろし春の明ぼの」とよく似てゐるけれども、おそらく上皇はぢかに俊成から影響を受けたのではなからうか。

ここで思ひ出されるのは、もともと「春のあけぼの」は後鳥羽院の好みの第五句だといふことである。ちよつと並べてみても、

ながむれば雲路につづく霞かな雪げの空の春のあけぼの

万代の末もはるかにみゆるかな御もすそ川の春のあけぼの

御よしののこその山かぜなほさえて霞ばかりの春の明ぼの

朝霞もろこしかけて立ちぬらしまつらが沖の春の明ぼの
かへる雁の夜はの涙やをきつらん桜つゆけき春の明ぼの
ながめてもいかにかもせんわぎも子が袖ふる山の春の明ぼの
みよしのの月にあまぎる花の色に空さへ匂ふ春の明ぼの
明けやらぬ月のかげさへ匂ふかな花のあたりの春の曙
心あらん人のためとや霞むらん難波のみつの春のあけぼの
み渡せば花の横雲たちにけりをぐらの峯の春のあけぼの

とすこぶる多いし、この言ひまはし自体は使はなくても、

八わた山みねのかすみのうちなびき春にもなりぬ明ぼのの空
帰る雁いやとほざかる雲がくれ鳴きてぞこゆる明ぼのの空
三吉野や花はかはらず雪とのみふるさと匂ふあけぼのの空
帰るかりおぼろ月夜のなごりとや声さへかすむ明ぼのの空
春の立つ霞の光ほのぼのと空に明けゆくあまのかぐ山
いにしへの人さへつらしかへる雁など明ぼのと契り置きけん
塩がまの浦のひがたの明ぼのの霞にのこるうき島の松

などはみな春の曙を歌つてゐるし、それに、

み渡せば名残りはしばしかすめども春にはあらぬ
けさの明ぼの

もまた、当面の相手である夏の曙よりはむしろ春のそれに心ひかれてゐる。春の夜明けの眺めは生涯の主題だつたといふことにさへならう。

かういふ好みは、大柄で華やかで明るいものを愛する後鳥羽院の気性のせいもあらうし、『枕草子』開巻の「春はあけぼの」につらなる伝統的な美感のせいもあるかもしれない。しかしそれよりもむしろ、和歌の師である俊成の「かたののみのの桜がり」の詠が若い後鳥羽院の心を決定的にとらへたせいではないか。建久六年には彼は十六歳だが、その五年後の正治二年から歌道への熱中がはじまつたし、さきほど写した「春のあけぼの」の十首のうち「ながむれば雲路につづく」と「万代の末もはるかに」とは正治二年、そして「三吉野や花はかはらず」もまた同じ年の作なのである。ここから推測するに、おそらく正治元年(一一九九)から二年にかけてのある時期、後鳥羽院は『慈鎮和尚自歌合』を読んだにちがひない。この歌合は建久末年(すなはちもし建久九年ならば一一九八年)におこなはれたもので、慈鎮(慈円)が甥である藤原良経に撰歌と結番とを委ね、俊成に判詞を書かせたのだから、誰の縁から言つても後鳥羽院が目を通さなかつたはずはない。文学の初心者ほど新刊本を好むといふ傾向は当今だけのものではなからう。殊に正治二年八月の百

首歌の、

明ぼのを何あはれとも思ひけん春くるる日の西の山かげ

は、夜明けを夕暮に転ずることで俊成の一首と張り合はうとしてゐるあたり、むしろ可憐な感じさへする。

ただし、かうして『慈鎮和尚自歌合』小比叡十五番三番右の「かたののみのの桜がり」は後鳥羽院の心を激しくとらへはしたものの、彼が俊成の影響を本当に受けるためにはさらに十年近い歳月を必要としたし（承元二年は一二〇八年である）、これはむしろ驚嘆に価する短日月と言つてもいい。おそらく、時代と天才と彼の集中的な努力といふ三拍子そろつた好条件のせいで、このやうな短期間での成熟が可能だつたのであらう。

たしかにこの歌は俊成の歌と似てゐるふしが多い。「嵐もしろき春のあけぼの」が「花の雪ちる春の明ぼの」をただちに連想させることは言ふまでもないが、「みよしの」（みは美称）は「みの」（みは美称）にすこぶる近いし、「高ね」は何となく「かたの」の字謎《アナグラム》めいてゐる。しかし最も重要なのはいづれものの音を頻繁に用ゐ、たえずそれで調子を取りながら春の暁紅を歌ひあげて、音楽が色彩であり色彩が音楽であるやうな効果をかもし出してゐることだらう。かういふ音楽性は顕昭にはなかつた。

しかしここで言つておかなければならないのは、それにもかかはらずこの一首が俊成の模倣ではなく、個性に根ざした自己表現の成果だといふことである。ちようど定家が俊成の詠の時間性を歌つた局面に留意し、それを掘り下げることで清新な頽廃の詩を創造したと同じやうに、後鳥羽院は俊成の和歌のドラマチックな様式美といふ局面に注目し、そこから出発して一種メロドラマチックな、あるいはサディスティックと呼んでもいい豊麗な壁画を描いた。たとへば、

御芳野の春の嵐やわたるらん道もさりあへず花のしら雪
花さそふひら山おろしあらければ桜にしぶく志賀の浦舟

などによつてもうかがはれる、強風に散り乱れる桜花といふ好みのモチーフは、もともとさういふ性格の関心に由来するものだつたのであらう。

このへんの事情をはつきりさせるためには、第四句「嵐もしろき」を検討することが役に立つ。わたしに言はせればこれは顕昭の「風さへしろし」などとは段ちがひの秀句なの

で、事実、後世はこれを「詠歌制之詞」としたけれども（『耳底記』）、まづそのなかの「嵐」のあの音が第五句の「あけぼの」のあと響きあふし、次におだやかな「花の雪ちる」をたけだけしい「嵐もしろき」に改めることによつて、まつたく新しい不吉な美を突きつけることに成功してゐるのである。それはいかにも実朝調伏のための寺を飾るにふさはしい、兇暴で危険な美のかたちであつた。この花吹雪ならばたしかに征夷大将軍を殺せるかもしれないのである。

なほ、「高ねの桜ちりにけり」の「けり」について、『美濃の家づと』と『尾張の家づと』が共に「おしはかりて定めたるけり也」と言つてゐるのはまことに正しい。これを砕いて言へば、岩波「日本古典文学大系」本『新古今和歌集』の、この「けり」は「けむ」にやや近いといふ註になるのだらうが、とにかく後鳥羽院は咲き誇つた花が嵐に散る夜明けの景色をいま実際に眺めてゐるわけではなく、ただ心に思ひ描いて「定め」ながら、その一瞬のこの世ならぬ風景美を見ることを自分に命じてゐるのである。この歌はその、地名のなかに隠れてゐる分だけほのかな、しかもそのくせ極めて力強い「見よ」という命令形ではじまつてゐる。

手にむすぶ岩井の水のあかでのみ春におくるる志

賀の山越え

実を言ふとこの歌は後鳥羽院の作ではなく、当然のことながら『後鳥羽院御集』その他には見出だすことができない。ただ、心敬はこれを上皇の詠と信じて疑はなかつた。そのことの重要性のゆゑに敢へてここにかかげるのである。一首はむしろ連歌師たちの思ひ描いてゐた後鳥羽院の姿を明らかにするであらう。

『心敬私語』でこれが引かれてゐるのは秀句の例としてで、言ふまでもなく第三句「あでのみ」の前半が、「飽かで」と「閼伽《あか》」と「赤手《あかで》」（徒手）とに、後半が「飲み」と助詞「のみ」に、かけてあるゆゑにほかならない。心敬は、

秀句をば古人も歌のいのちといへり。いかにも嫌ふべきにあらず。秀句の名歌其数をしらず。此道不堪の輩は秀句などもつくらぬ物也。又あまりに力いりき過て、毎々秀句をのみする人あり。深入して偏に好むと見え侍り。うるさくや侍らんとなり。

と述べてから、その「秀句の名歌」の例十首をあげるのだが、筆頭がこの上皇の詠で、以下、

はし鷹のすずの篠原かり暮れぬ入日の岡に雉子なくなり　土御門院

ともしする高円《たかまど》の山のしかすがにおのれなかでも夏は知るらん　順徳院

けふまでは色にいでじとしのすすき末葉の露に秋はあれども　藤原良経

こぬ人をまつほの浦の夕凪にやくやもしほの身もこがれつつ　藤原定家

いづくにか今宵は宿をかりごろも日も夕暮のみねの嵐に　藤原定家

風そよぐならの小河の夕暮は御禊《みそぎ》ぞ夏のしるしなりける　藤原家隆

天の河秋の一夜のちぎりだに交野の鹿の音をや鳴くらん　藤原家隆

と並ぶ。ところがほかはみな、多少の崩れはあつてもそれぞれの詠なのに（たとへば後京極摂政の作は『秋篠月清集』によれば「末葉に秋の露はあれども」）、心敬が上皇のものと

する一首は良経のものなのである。すなはち『秋篠月清集』院第三度百首春、

手にむすぶ石井の水のあかでのみ春にわかるる志賀の山越え

また、千五百番歌合、二百八十七番、左勝、

手にむすぶ岩井の水のあかでのみ春にわかるる志賀の山越え

心敬の師は正徹であり、正徹の師は今川了俊である。おそらくこの系列のどこかで、一首を後鳥羽院の詠とする誤解が生じたに相違ないのだが、これは案外、彼らの定家崇拝の一局面を示すものかもしれない。すなはち彼らは、定家の好敵手として後鳥羽院がゐたことはよく知つてゐたし、西行、慈円、良経、後鳥羽院などには、定家にはない、小島吉雄のいはゆる「数奇の精神」が共通してゐることをわきまへながら、しかしおつとりと柄の大きい帝王調はつひに味はふことができず、せいぜい帝王と文字どほり咫尺《しせき》の間にある摂政太政大臣の歌ひぶり程度しか理解できなかつたのではないか、と疑はれるからである。わたしの見るところ『新古今』歌人のうち後鳥羽院に最も近いのは、定家と女流歌人を別にすれば、温雅な風情では藤原俊成、のびやかな味では西行、詠み捨ての趣では慈円、そ

して品格では圧倒的に良経といふことになるのだが、職業歌人、定家の弟子たちは、しきりに後鳥羽院を気にしながら、しかし上皇の天与の気品のいはば代理として（もちろん代理とは知らずに）後京極摂政のそれをもつてしたのではなからうか。連歌師たち、すなはち室町、戦国における王朝文化の継承者たちは、どうやら摂政太政大臣と似たやうなものとして太上天皇を認識してゐたのかもしれない。さう言へば、東常縁の『新古今和歌集聞書』に抄せられてゐる二百首のうち、最も多いのは良経の二十二首ださうである（山崎敏夫）。

しかし千五百番歌合の際の良経の詠とこの一首との僅か一箇所の違ひ――第四句「春におくるる」はこの上なく重要であらう。「春にわかるる」では、同じく晩春の景ではありながら、みづから進んで行動する形でせせこましい。「春におくるる」となると、人まかせにしてゆつたりと構へてゐる感じで、ものうくてしかも駘蕩《たいとう》たる情趣が漂ふし、初夏はいつそう身近かに迫つておのづから肌が汗ばみ、山の井の水がしきりに飲みたくなる気配なのである。連歌師たちはすくなくともこの四文字分だけは、摂政太政大臣の歌と天子の歌との差違を知つてゐた。

本歌が『古今』巻第八離別《りべつ》歌《か》、

しがの山ごえにて石井のもとにて物いひける

人の別れけるをりによめる　　　　紀貫之
むすぶ手のしづくににごる山の井のあかでも人に別れぬるかな

であることは贅するまでもあるまい。

これをもつて春歌を終る。


おのがつま恋ひつつ鳴くやさ月やみ神なび山のやまほととぎす

『新古今和歌集』巻第三夏歌《なつのうた》。

ただし『新古今』には読人しらずとして撰入。なぜそんなことになつたかといふ一部始終は、この勅撰集の編纂にまつはる逸話のなかで最も興味ふかいものの一つである。

建永元年と言へば、竟宴がおこなはれてこの勅撰集がいちおう成立したことになつてゐる元久二年の翌年だが、編纂はまだつづいてゐる。『明月記』によれば、この年の秋、撰者の一人である藤原家隆が大変なことを発見した。巻第三夏歌、山部赤人の、

旅ねして妻こひすらしほととぎす神なび山にさ夜ふけて鳴く

が『後撰集』にあるといふのだ。これでは「古今よりこのかた、七代の集にいれる歌をば、これをのする事なし」(『新古今』仮名序)という基本方針に反してしまふ。撰者たちないし後鳥羽院は『赤人集』から取つたが、『後撰』では読人しらずの作になつてゐるため、かういふ失態が生じたのである。(『明月記』に「依㆓作者替㆒不㆓覚悟㆒也」とあるところを見ると、和歌所には七代集の歌全部の作者別索引が備へてあるだけで、初句引きの索引はなかつたらしい。ただしわたしの調べたところでは、『赤人集』では第一句が「旅に出て」になつてゐる。ひよつとすると、このへんから混乱が生じたのか。)もちろんこれだけなら別に大した問題ではなくて、一首を除いてしまへばそれですむ。ところがさうはゆかない事情があつた。すでに出来あがつてゐる仮名序に、

すべてあつめたる歌ふたちぢはたまき、なづけて新古今和歌集といふ。春霞たつたの山にはつ花をしのぶより、夏はつまごひする神なびのほととぎす、秋は風にちるかづらきのもみぢ、冬はしろたへのふじのたかねに雪つもるとしのくれまで、みな折りにふれたるなさけなるべし。

とあるからだ。後京極摂政《ごきようごくせつしよう》、藤原良経は仮名序を書くに当つて、文章博士、藤原親経の真名序を直訳はせず、春の部の、

ゆかん人こん人しのべ春がすみ立田の山のはつ桜ばな　大伴家持

から、釈教の部の、

阿耨多羅三藐三菩提《あのくたらさんみやくさんぼだい》の仏たちわが立つ杣《そま》に冥加《みようが》あらせたまへ　伝教大師

に至るまで十二首、春、夏、秋、冬、賀、哀傷、離別、羇旅、恋、雑、神祇、釈教の各部から古歌一首づつを引いて文章の美を飾つたのである。これではどうしても「つまごひする神なびのほととぎす」の歌がなければ恰好がつかないわけで、いろいろ論じられたがその年のうちには決着がつかなかつた。翌年春、定家は次のやうな意見を奏上した。序は一字も改めるべきではないし、さりとて序に引用してある歌が夏の部に限つてないのもをか

しい。ところが勅撰集を編むに当り、撰者が古歌の本歌どりをおこなつたり、自作を読人しらずと称して入れたりするのは古来の「定例」である。すなはち、この古歌を本歌にして後鳥羽院が新たに詠み、それを収めてはどうであらうか（「神なひのつまこひの郭公の歌ヲ新有二御詠一、被レ入二御製一、第一之儀也」）。

これは上皇の容れるところとなつたが、そののち定家と家隆の二人に「おのが妻」の歌の本歌どりを詠むやうにといふ達しがあつた。ここはどうしても後鳥羽院の歌でなければいけないと定家が重ねて主張すると、二人の本歌どりを用ゐるわけではなくただ参考にするだけだとのことなので、めいめい「異様三首」を詠進する。おそらく後鳥羽院の言ふところの三体、すなはち高体、疲体、艶体に詠み分けたのであらうし、三月十九日に示された上皇の本歌どりもまた、三体に分けた三首であつたにちがひない。残念ながら他の二首は残つてゐないが、定家は『明月記』のなかで「殊勝殊勝」と感嘆し、「其内一首、猶殊宜由、以二清範一奏聞」と記してゐる。その「殊二宜シ」き一首を読人しらずとしてただちに切入れたのがこの歌なのである。

編纂ものにありがちなことと言つてしまへばそれまでだが、清新優美を誇る『新古今』の内幕ばなしとして微笑を誘ふし、それだけではなく、定家がこの勅撰集を自分の作品では決してない詞華集としてとらへてゐることや、後鳥羽院の慎重さ、それに上皇の本歌どりの技倆のなみなみならぬものであつたことをよく伝へる挿話と言はなければならない。

なにしろこれは普通の本歌どりと違ひ、本歌が最初から決つてゐるし、古風な趣でゆくといふ制約もあるのに、すんなりと秀歌を詠み捨ててゐるのだ。かうして日本文学史はゆくりなくも、いかにも貴人のおしのびといふ風情にあふれた読人しらずを得ることができた。

一首の意は一応のところ明白で、問題なのはせいぜい第二句「恋ひつつ鳴くや」であらうか。これは塩井雨江の言ふやうに（『新古今和歌集詳解』）、「つゝはもとつといふおなじ詞をくりかへし重ねて成れるものなれば、唯にてといはむよりは、こゝろふかくいひなす方にして、自から感動の意をこめたる詞づかひなり。されば、此の句は恋ひて鳴くにかと疑ひ問へる詞の下に、ナァーといふ如き詠嘆の意をもつやうになるなり」というあたりでよからう。もう一つ、「神なび山」は、単なる地名と見るか（『八代集抄』は「神なび山、大和なり」と述べ、石田吉貞は「山城国綴喜郡にある」とする）、それとも「神なび」を普通名詞として、「神のいますところ。神の宿る場所」（『時代別国語大辞典』）、または「ちかく皇居のほとりに神のしづまりまします所」（雨江）と取るかで説が分れるかもしれないが、これは普通名詞としての意味あひを漂はせる狙ひで地名を利用してゐると考へればいいし、山城の山か大和の山かといふ穿鑿《せんさく》は、一首の成立から見てただ煩はしいだけである。「神なび」は「かんなび」ではなく「かむなび」と訓みたい。「さ月やみ神なび山のやま」におけるy音とm音の効果が強まるだらう。

しかし何と言つても見事なのは第三句の衝撃的な「さ月やみ」で、後鳥羽院は本歌の旅を捨てて（そこでおのづから妻恋ひの歌は夫恋ひの歌すなはち閨怨の歌に変り得る）、五月の夜の深い闇をあしらふことにより、無明に迷ふ憂愁と艶麗な情緒とをよく添へることができた。一見、平凡なやうで、そのくせ哀れが身にしみるのはひとへにこのゆゑである。本歌を遥かにしのぐ出来ばえのやうな気がするがどうであらうか。わたしとしては、この閨怨の趣を新たに添へたがゆゑに、本歌どりの名匠、定家にあれほど感銘を与へたと考へたいのである。

なほ、源実朝に、

さつきやみ神なび山の時鳥つまこひすらし鳴く音かなしき

があつて、彼は一首が上皇の詠であることをおそらく知らなかつたはずだが、それはともかく、明らかに後鳥羽院を摸してしかも遠く及ばない。

難波江やあまのたくなは燃えわびて煙にしめる五月雨のころ

『後鳥羽院御百首』夏。また、『玉葉和歌集』巻第三夏歌。

夏の歌のうち随一の秀歌がこれである。『玉葉』の撰者、藤原為兼の手柄と言つてよからう。第三句は、『玉葉』では「ほしわびて」、『御百首』では「燃えわびて」、その異本では「焚きわびて」および「焚き捨てて」となつてゐるが、ここではわたしの好みに従ふ。「あまのたくなは」については、「これは海人の網ひくとき、網のをに付けたる縄なり。（中略）そのなはは水にぬれてくちやすし。常になふをわびて、栲《たく》と云ふ物をもて、なひたるなはなり」と『色葉和難集《いろはわなんしゆう》』は述べてゐるけれど、『後鳥羽院御百首』の古注には「あまのたくなはに二の義あり。あまの塩にくちたる縄を火にたくを云ふ。又長き縄を打《うち》延《は》へて、あまのたぐるをもいふ」とある。

すなはち、海人の栲縄と、海人の焚く縄と、海人のたぐる縄の三つといふことにならうが、後鳥羽院の無意識の領域まで考慮に入れるならば、それを一つに限定せず、三つの意味の層を重ね合せたものとして取るのが正しからう。「たくなは」が栲縄だといふ知識は歌学書でいちおう教はつてゐても、通俗語源《フオーク・エテイモロジー》のような操作がごく自然におこなはれて、むしろ、たぐる縄、焚く縄といふ方向で納得してゐたのではなからうか。詩語の意味をこのやうに重層的に捉へるのが当時の詩法の基本だつたことは言ひ添へるまでもあるまい。

そこで後鳥羽院の心に浮ぶのは、漁師のたぐる栲縄の朽ちたものを焚く情景といふことになる。それは海水のしめりを含むだけではなく、雨の多い季節のせいで容易に燃えようとしない。詩人は、燃えることを拒みつづけるそのわだかまつた古縄を、自分の心の風景として見まもるのである。

一首の眼目はもちろん第四句の「煙にしめる」で、よくもこれだけ瀟洒な秀句が思ひ浮んだものだと舌を巻くしかない。「しめる」は「湿る」と「沈《し》める」（静まる、衰へる、思ひに沈む、などの意）の双方にかけてあるわけだが、本来ならものを乾かすはずの煙が逆に湿してゐるところがおもしろい。このとき青くはかなく立ちのぼる煙は雨として眺められてゐる。そしてこれほどの秀句ならば、『後鳥羽院御百首』の古注が言ふやうに、後人の模倣を禁じた「制の詞」となるのは当然のことであらう。

問題なのはなぜ「難波江や」なのかといふことだが、これは『後撰』巻第十三恋歌五、元良親王、

わびぬればいまはた同じなにはなる身をつくしてもあはんとぞ思ふ

を偲ぶせいではないか。つまりこの一首は流謫の嘆きの歌でありながら同時に恋歌のおもかげを漂はせてゐるので、さういふ優雅を決して忘れないことこそ、この寛闊な帝王の終生変らぬ心意気であつた。

なほ、心の比喩としての古縄といふイメージは、隠岐における後鳥羽院が思ひを託すの

に恰好のものだつたやうで、もう一首、『後鳥羽院御百首』雑、『新後撰和歌集』巻第十二恋歌二の、

藻汐やくあまのたく縄うちはへてくるしとだにも
いふ方もなし

がある。「くるし」は「苦し」と「繰る」とに、「いふ」は「言ふ」と「結ふ」とにかける。このときも、古縄を焼きたいといふ激しい願望のせいで、火のイメージ（「藻汐やく」）で歌ひだされるのであらう。

ほととぎす雲井のよそに過ぎぬなりはれぬ思ひの
五月雨《さみだれ》のころ

『後鳥羽院御集』承元二年二月内宮三十首御歌。また、『新古今和歌集』巻第三夏歌。『新古今』の詞書に「太神宮にたてまつりし夏歌の中に」とあるのは、同じく『新古今』夏歌、西行、

きかずともここをせにせん郭公《ほととぎす》山田のはらの杉のむらだち

を連想してくれといふほのめかしかもしれない。『尾張の家づと』、西行のほととぎすの歌のくだりに、「山田の原、外宮のあたりなるべし」とある。

しかし本歌はやはり本居宣長の指摘したやうに、『古今』巻第八離別歌、平元規、

秋ぎりのともに立出てわかれなばはれぬ思ひに恋ひやわたらん

であらう。宣長は、「四の御句は、五月雨のはれぬをかねて、本歌のこひやわたらんの意をもたせて、よそに過ぎゆきし時鳥を、こひやわたらむとなり」と述べ、恋歌として見ようとしてゐるのである。この『美濃の家づと』の考へ方はどうやら評判がよくないらしく、『尾張の家づと』と塩井雨江の『新古今和歌集詳解』(明治四十一年刊)では本歌については賛同されながらも恋のこころのほうは否定され(そのとき「はれぬ思ひ」は「承久の御述懐」といふことになる)、そして現代の学者は本歌のほうも言ひ立てないやうに見受けられる。

だがこれは宣長がいいし、その宣長とても例の「ほのぼのと春こそ空に来にけらし」の

ときと同様、自分の解釈の正しさを充分には表明できずにゐる。「雲井」には、「大空」の意のほかにもう一つ、「皇居、宮中」の意があることを述べなかつたせいである。後鳥羽院は、一方では空の彼方を過ぎてゆくほととぎすを怨みながら、他方では、後宮に入れることのできなかつた美形を惜しんでゐるのだ。思ひが晴れず、心が乱れる（「さみだれ」）のはそのためである。当時、好んでほととぎすを恋歌にあしらつたことは、『新古今』巻第十一恋歌一、『国歌大観』番号一〇四三から一〇四七までによつて知ることができる。ただしわたしはかうは言つても、この一首に後鳥羽院の政治的感懐がこめられてゐるといふ見方を否むものではない。「はれぬ思ひ」も乱れる心も至つて重層的なものであつたらうし、従つて「雲井のよそに過ぎぬ」ほととぎすとは、実際の鳥と意に従はぬ鎌倉方と美女とを重ね合せた何かであつたらう。エロチックなものを表面に置いて政治をほのかに歌ふ詩法については、すでに「人もをし人もうらめし」のときに触れた通りである。

夏山の繁みにはへる青つづらくるしやうき世わが
身一つに

『続後撰和歌集』巻第四夏歌。また、『万代和歌集』巻第十四雑歌一。

「青つづら」は山野に多い蔓性の灌木で、茎は細く長く蔓となつて、ものに這ひまつはる。「青かづら」とも言ふが、歌語としては「青つづら」を使ふらしい。『古今』巻第十四恋歌四、寵、

山がつの垣ほにはへる青つづら人はくれどもことづてもなし

『後拾遺』巻第十二恋歌二、高階章行女、

人めのみ繁きみ山の青つづらくるしき世をも思ひわびぬる

のやうに、「繰る」を「来る」や「苦し」にかけて用ゐるのが古来のならはしである。後鳥羽院もまた序のための小道具としてこれをあしらつてゐることは言ふまでもない。しかし一首の妙味は、上の句が一応はまさしく序詞でありながら、それ以上の何かに高められてゐることである。夏山の繁みを苦しげに這ふ一本の青つづらは、ひよつとすると王朝の優雅な趣味に逆らふのではないかと案じられるほど鮮明に差出され、次にとつぜん、憂き世の苦しみを一身に引受けてゐる男の姿が映し出される。その呼吸は映画のモンタージュ手法に似てゐるが、もつと直接的には、連歌の影響を受けた疎句の放れ業であらう。

そして、上の句と下の句とのあひだの断絶は、それ自体、男の孤独感の象徴となつてゐるやうな気さへする。夏山の繁みと青つづらとは、第三句と第四句ほど、あるいは人生の愉楽とその男ほど、一見まことに近いやうでありながらしかし遠く隔つてゐるのである。といふふうに眺めれば、この歌にかならずしも晩年の後鳥羽院の感懐を見る必要がないのは明らかだらう。離宮における栄華の日々、一人の帝王がこのやうな苦悩を味はつてゐたとて、いささかも不思議はない。

山里の嶺のあま雲とだえして夕べ涼しきまきの下露

『後鳥羽院御集』承元二年二月外宮三十首御会。また、『新古今和歌集』巻第三夏歌。一本には第五句、「まきの白露」とあるらしい（塩井雨江『新古今和歌集詳解』）。「白露」は『新古今』において「下露」以上に好まれてゐる言葉で、この巻第三でも、

しら露の玉もてゆへるませのうちに光さへそふ常夏の花　　高倉院

しら露のなさけをきけることの葉やほのぼのみえし夕顔の花　藤原頼宣

夏はつる扇と秋のしら露といづれかまづはをかんとすらん　壬生忠岑

といふ具合に一首の近くに見かけるけれど、ここはやはり「まきの下露」のほうがよからう。さう考へるのは、「山里、嶺、雨雲、夕べ、槙、露など、物数は多かれど、すずしげにめでたき御うたなり」といふ『尾張の家づと』の説と関連があつて、「下露」ならばともかく「白露」では「物数」が多くなりすぎるせいである。ただし雨江の、

「峯の雨雲とだえして」の句には、雨の晴れたるをいふ上に、夏の暮れなんとし、秋の近づきたるけしきをもたせたり。夏は雨雲などをりをり往来して、山もくもりがちなれど、秋は空もすみ、山なども晴れがちなればなり。まきの白露も、また、秋のちかづきたるけしきなり。秋は露のしげきものなればなり。

といふ説はなかなかおもしろい。事実この一首は巻第三夏歌の終り近くに位置を占めてゐるのである。それは同じ後鳥羽院の秋の歌、

さびしさはみ山の秋の朝ぐもり霧にしをるる槙の
下露

を呼んでゐるとも言へるかもしれない。そして「槙の下露」の歌二首は、季こそ違へ、いづれも上の句で雄大な眺望をおこなひ下の句で微妙な観察を試みてゐるから、この大胆と細心の取合せは上皇得意の構図だつたと考へてよからう。

これをもつて夏歌を終る。

あはれ昔いかなる野辺の草葉よりかかる秋風ふき
はじめけん

『後鳥羽院御集』建仁元年六月千五百番御歌合。また、『風雅和歌集』巻第五秋歌上。

いかにも『風雅』好みの、平明で繊細、余韻ゆたかな一首で、字余りのあるところまでこの集にふさはしいが、それにもかかはらず『風雅』本来の歌人たちとくらべてもう一つおつとりした味のあるのが嬉しい。この勅撰集の撰者が花園院であらうと、光厳院であらうと、そのへんの呼吸を珍重したことは想像にかたくない。

『新古今』に撰入した西行の、

あはれいかに草葉の露のこぼるらん秋風たちぬみやぎ野のはら

の影響を受けてゐることは明らかだけれど、大事なのは後鳥羽院が、天地のはじめのときから現在に至るまでの厖大な時間を三十一首に封じこむといふ趣向をこらしてゐることである。それは一種の宇宙論的風情さへたたへた、しやれた歌になつてゐるやうだ。そしてもともと彼にかういふ古代への思慕があつたことは、前に引いた「むかしたれあれなん後のかたみとて」によつてもわかるはずである。

秋の露やたもとにいたく結ぶらん長き夜あかずやどる月かな

『新古今和歌集』巻第四秋歌上。

「国歌大系」本『後鳥羽院御集』には「題しらず」として掲げられてゐる。おそらく『新古今』から補つたものであらう。

いつの詠かは不明だが、後鳥羽院、藤原定家、藤原家隆の三人が選んだ『八代集秀逸』にも、定家の『定家八代抄』にも収められ、さらに定家の『近代秀歌』および『詠歌大概』の例歌になるほど当時賞翫されたものでありながら（後の『新三十六人撰』の十首にも採られた）、『新古今』の場合に選進者名の注記がないといふ事情を考へれば、建仁三年四月の選進以後に詠まれたものとならう。

『源氏物語』桐壺、

鈴虫の声のかぎりをつくしても長き夜あかずふるなみだかな

が本歌で、泪を露にとりなしたのが趣向であることは言ふまでもないが、月をあしらふこの本歌どりは明らかに『源氏物語』の本文を踏まへる。「月は入りがたの、空清う澄みわたれるに、風いと涼しく吹きて、草むらの虫の声々、もよほし顔なるも、いと、たち離れにくき草のもとなり」とあつてから靫負《ゆげひ》の命婦《みようぶ》の歌が披露されるからである。そして本歌どりの場合えてしてありがちなことだが、この後鳥羽院の月の歌には『源氏』の鈴虫の音が聞き取れるやうな気がしてならない。細川東常縁の『新古今集聞書』に、命婦の歌を引

いて、「此の歌をとり給へり」と述べたあと、

月は露をやどりとするものなり。秋の夜のかなしきに、何のゆゑとはなけれどもなげきあかし侍るに、袖の露もふかくなれば、月もいよいよ所えがほに光をまし侍る事、月もあはれとおもひ侍るらむ、此の長き夜をも袖をとひあかすよ、とあそばしたる御歌なり。余情かぎりなき御歌也。

と記されてゐるが、中世の連歌師たちもその流れと親しい者も、みな、月光と泪といふ道具立ての歌に、もう一つの仕掛けとして鈴虫を読み取つてゐたことは確実だらう。「結ぶ」が「露」と「袂」との双方に縁があることは言ふまでもない。問題なのは第四句「長き夜あかず」の「あかず」が、もともとは濁点などついてゐないのだから、「飽かず」と「明かす」にかけてあるといふことであらう。

この二つの層を考慮に入れれば、一首はたちまち恋歌に変る。月はわたしといつしよに長い秋の夜を飽きることなく明かしてゐるけれども、恋人はわたしに飽きて(その「飽き」を第一句の「秋」が準備してゐる)、いつしよに夜を過さうとしない。その悲しみのせいで泣くわたしの袖はさながら月の置いた露のやうな泪に濡れてゐる。ほぼそんな気持の、人事と自然、恋愛と宇宙の交流の歌として考へたいのである。かういふ解釈は人々の

受入れにくいところかもしれないが、先程あげた『新古今集聞書』はかなりわたしの考へ方に近いところまで来てゐたやうに感じられる。幽斎が短い註釈のなかで、「なげきあかし侍るに」、「とひあかすよ」と、二度までも、「明かす」といふ言葉を用ゐてゐるのは、かういふ重層的なものに気がつきかけてゐて、無意識のうちに作用されたせいではなからうか。中世の歌人たちや連歌師たちがあれほど余情といふ概念に執着したのは、一つには彼らが歌を分析する批評方法を知らず、それにもかかはらず彼らの最も好む歌が曖昧で複雑なものであることの必然的な結果であつた。

露は袖に物おもふころはさぞなおくかならず秋の
ならひならねど

『新古今和歌集』巻第五秋歌下。

「続群書類従」本の『後鳥羽院御集』には見えないが、「国歌大系」本には恋の部に収める。

『定家八代抄』に採られた秀歌である。『八代集抄』によると「自讃歌」だつたさうで、『新古今』の撰者名註記にはどの版にも誰の名もないから、後鳥羽院自身が入れたものと考へることもできよう。ただし隠岐本『新古今』では削るしるしがつけられた。

「露」は泪の露で、もの悲しい季節となれば袖が濡れるといふのである。問題は「さぞな」だが、連歌師、兼載の著と思はれる『新古今抜書抄』の、「さぞなは爰《ここ》にてはさやうにこそなといふ様の事也。思ひやりたるさぞなにはあらず」が最も簡明だらう。塩井雨江は、後者の「思ひやりたるさぞな」の例として、

深からぬ外山の庵の寝覚めだにさぞな木の間の月は寂しき　藤原良経

これもみなさぞな昔の契りぞと思ふものからあさましきかな　和泉式部

をあげたが、前者の「さやうにこそな」の例としては、堀川百首の、

きりぎりす秋の憂ければわれもさぞ長き夜すがら鳴きあかしつる

と、藤原定家の、

さぞなげく恋をするがのうつの山うつつの菅の又と見えねば

しかあげることができなかつた。これならばいつそ『尾張の家づと』の例に引く、喜撰法師の「わが庵は都のたつみしかぞすむ世をうぢ山と人はいふなり」(「しかぞすむ」は「然《しか》ぞ住む」である)のほうが、有名なだけかへつて好都合かもしれない。「さぞな」のなは感嘆詞にすぎないのである。それゆゑ上の句は「物おもふこころは露は袖におく」の途中に、「かやうにマァー」(雨江の口語訳)を入れた形といふことにならう。この「さぞなおく」の奇妙に不安定な、投げやりな、しかし実は作為にみちた感じは、後鳥羽院独特の小唄ぶりで、めいめいの趣味によつて、あるいはこたへられないほどしやれた味だつたり、あるいは鼻もちならない厭味だつたりするのだらう。本居宣長が『美濃の家づと』でこの和歌を無視したのも、たぶん「さぞな」が気に入らなかつたせいではないか。

その投げやりな効果は下の句でさらに強められる。秋だから袖は泪に濡れると言つたあとで、すぐに、何も秋に限つたことではないがと、矛盾したことが言ひ添へられるからである。それは放心状態のつぶやきで、論理の整ひにこだはらない、前後撞着した台詞《せりふ》なのだが、秋の憂愁はそのためかへつて身にしみることになる。『八代集抄』にいはく。

此の御製、物の哀れ知れる袖にはいつも露ぞおきけるとにや。されば秋ならぬ時も、心づからの露也。まして節物の哀れをそへては、袖の上かはくまもあるべからず。感情至極してこそ覚え侍れ。

「節物の哀れ」といふ言ひまはしが見事だが、これをわたしの言葉で言ひ直せば、世紀末の倦怠感に近い何かが秋の寂しさに触れてふと独言《ひとりごと》になつた風情であらうか。そこにはさながら露がこぼれるやうなとりとめのない趣があつて、まことに哀れが深いのである。

「国歌大系」本『後鳥羽院御集』の分類のやうに恋歌と見るとすれば、この恋人は実は明晰な知性を持て余してゐるのだらう。

なほ一首は、『新古今』同じ巻の、式子内親王、

桐の葉もふみ分けがたくなりにけり必ず人を待つとなけれど

を想ひ起させる。これは正治二年初度百首の際のものだから、おそらく後鳥羽院が影響を受けたのだらうが、式子内親王の端正と彼の放恣とはほとんど対蹠的な美のかたちを示してゐる。

野はらより露のゆかりを尋ねきてわが衣手に秋風
　ぞ吹く

『後鳥羽院御集』元久元年十二月賀茂上社三十首御会。また、『新古今和歌集』巻第五秋歌下。また、『中歌仙』。

『源氏物語』紅葉賀、

袖濡るる露のゆかりと思ふにもなほうとまれぬ大和撫子

と、『古今』巻第一春歌上、光孝天皇の、

きみがため春の野にいでて若菜つむわが衣手に雪はふりつつ

が本歌であらうが、もう一つ、『拾遺』巻第十七雑秋、読人しらず、

秋の野の花のいろいろとりすべてわが衣手に移してしがな

を思ひ出してもいいかもしれない。

しかし一首の鑑賞で最も重要なのは、第一句「野はらより」である。一体「野原」といふ言葉は、『源氏物語』若菜上に、「霜枯れわたれる野原のままに、馬、車のゆき通ふ音、しげくひびきたり」とはあるものの、雅語ないし歌語といふ性格の乏しい言葉だつたのではないかといふ気がする。「野」や「野辺」や「野中」にくらべてかなり格式の落ちる言葉だつたのではなからうか。『新古今』以前の七つの勅撰集のうち、この語をもつてはじまる句を持つ歌が、『拾遺』の「さわらびや下にもゆらむ霜がれの野原のけぶり春めきにけり」と、『金葉』の「ゆふ露の玉かづらして女郎花野原の風にをれやふすらむ」の二首しか見当らないことは、かういふ推測を多少は支へてくれるだらう。ところが『新古今』になると、この言葉ではじまる句を持つ歌が四首もあるのだから（たとへば源家長、「けふは又しらぬ野原に行き暮れぬいづくの山か月はいづらん」）、どうやらこの時期に言語意識が改まつて、「野原」がとつぜん歌語として取入れられたものらしい。これは一つには語彙をふやしたいといふ欲求のあらはれだらうが、その際、藤原俊成によつて高められた『源氏物語』への尊敬が大きく作用し、若菜の巻の先程あげたくだりが恰好の言ひわけとなつたのではなからうか。

なかんづく勇ましいのは後鳥羽院で、この言葉でいきなり歌ひだすといふ放れ業をやつてのけた。これを放れ業と呼ぶのは大袈裟に聞えるかもしれないけれど、『国歌大観』、

『続国歌大観』を通じて「野原」といふ言葉が冒頭に来るのはこの一首だけなのである。おそらく『新古今』時代の歌人たちにとつて、この第一句は呆れるほど衝撃の強いものだつたに相違ない。それは歌ふべからざるものを歌はうとする破天荒な姿勢なのである。

もちろん後鳥羽院は、第二句で「露のゆかり」、第四句で「わが衣手」と雅馴な言ひまはしを連ねて、一首を歌に仕立ててゆく。その技法は巧妙なものでいささかのあぶなげもないが、しかし同時に、第一句の俗がこれらの雅びと衝突して、そのたびごとに微妙な綾をつけることもまた事実である。それはさながら、香を薫《た》きこめた袖に野の風がまつはるやうな印象を与へる。しかし遠い野原から訪れるこの風は速い。貴人の袖が秋思の泪に濡れてゐるとき、しとどに露を置いた野からその露のゆかりを求めて風が吹いて来るわけだが、第一句から第五句まで一気に詠み下した勢ひには、まさしく秋風の速度がとらへられてゐる。

　　里のあまのたくもの煙こころせよ月の出しほの空
　晴れにけり

『後鳥羽院御集』詠五百首和歌。また『続古今和歌集』巻第四秋歌上。

「たくも」は焚藻、燃料として焚く藻であり、「でしほ」は『大言海』の「〔いでしほノ約〕月ノ出ヅルト共ニ、潮ノ満チ来ルコト」といふ語解でよからう。ちようど月が出て空が晴れたのだから、月がよく見えるやう、藻を焚く煙を手加減してくれといふユーモアの歌で、煙を出すなと本気で言つてゐるわけではない。自分の命令が虚しいことはよく承知してゐる。その点でこれは、例の新島守の沖の海への呼びかけとすこぶる近いものだし、事実、前にも述べたやうに詠五百首和歌は隠岐の作と推定される。

いかにも後鳥羽院らしい闊達な詠みぶりで、よどみなく流れ、しかも「あま」にちなんで、「たくも」「出しほ」などと海の縁語が自然に用ゐられてゐるのが心にくい。帝王にふさはしい堂々たる調べと、清新で気のきいた小唄ぶりとが見事に一致してゐる点で、何か奇蹟的な感じさへする一首である。かういふ歌を作れたのは後鳥羽院だけ、それも承久の事に敗れたのちの彼だけであつた。

なほ「煙」はやはりケブリと訓む。「あま」「たくも」の二つのm音のあとでb音が際立ち、その唯一のb音によつて呼びかけの対象が明らかになるだらう。

さびしさはみ山の秋の朝ぐもり霧にしをるる槙の
下露

『新古今和歌集』巻第五秋歌下。

承元三年七月二十二日に『新古今』に切り入れられたといふのは小島吉雄の考証である。「国歌大系」本『後鳥羽院御集』には「題しらず」とあるが、もともと題は要らない歌かもしれない。第一句に記されてゐるのである。『八代集抄』にいはく、「五文字に一首の表題をいひ出でて、深山寂寥の風景をいひ立てさせ給へる御歌なるべし」

ただしこの歌の鑑賞として最も優れてゐるのは『尾張の家づと』で、「御初句は枕草子にめでたき物、すさまじき物などいへるが如き標題にて、二三の御句よりさびしき姿をいひつくさんとの御結構なり」といふ指摘はまことに鋭い。前にも述べたやうに後鳥羽院には春の曙を詠んだ歌が多く、その点からも『枕草子』を好んだにちがひないと推定されるからである。

この場合、解釈は二通り成立つ。一つは、「寂しいもの。深山の秋の朝ぐもりのころに霧に濡れてぐつたりしてゐる槙(常緑樹)からしたたり落ちる露」といふ具合に、遠景を描いた第二句と第三句を、近景を描いた第四句と第五句の修飾句として取る態度である。そしてもう一つは、「寂しいもの。深山の秋の朝ぐもり。霧にしをれる槙の下露」といふやうに、二つのものの並列と見る態度である。後者のほうが、たとへば、すさまじきもの。昼ほゆる犬、春の網代。三四月の紅梅の衣。牛死にたる牛飼。ちご亡くなりたる産屋。火おこさぬ炭櫃《すびつ》、地火炉《ぢかろ》。博士のうちつづき女子生ませたる。方たがへにいきたるに、あるじせぬ所。まいて節分などはいとすさまじ。

などといふものづくしの趣に近いことは言ふまでもないが、諸注はみなかういふ解釈の可能なことを論じてゐない。

しかしわたしとしては、このうちのいづれか一つを採つて他方をしりぞけるのではなく、むしろ両者を打ち重ねて眺めたいのである。やはり、さうするのが最も自然なやうに一首は詠まれてゐるだらう。すなはち、寂しいものは深山の秋の曇り日の朝であり、霧にぐつたりしてゐる杉や檜から地面にしたたり落ちる露であり、しかも、前者のやうな時間的・空間的条件に限定されてゐるときの後者はいよいよ寂しいといふわけである。『新古今』の歌人たちは、日本語の曖昧さをこの上なく巧みに利用するといふ形で日本語の機能を最大限に生かしたのだが、後鳥羽院のこの歌はさうした複雑精緻な技法の一例にすぎない。そのへんの事情は、これもやはり『枕草子』に触発されたと覚しき(あるいは直接この一首の影響を受けてゐるのかもしれない)、橘曙覧の独楽吟の連作、「たのしみは草のいほりの筵敷きひとりこころを静めをるとき」にはじまり、「たのしみはふと見てほしくおもふ物辛くはかりて手にいれしとき」に終る五十二首の単純さとくらべれば、よく納得がゆくはずである。

なほ、わたしの耳には、第五句の前半「槙の」(makino)は第二句の後半「秋の」(akino)を秘めて、「秋の朝ぐもり……秋の下露」とくりかへしてゐるやうに聞えてならない。幻聴としてしりぞけるべきだらうか。

秋ふけぬなけや霜夜のきりぎりすやや影さむしよもぎふの月

『後鳥羽院御集』建仁元年九月五十首御会。また、『新古今和歌集』巻第五秋歌下。題は月前虫である。本歌は『後拾遺』巻第四秋歌上、曾根好忠、

なけやなけ蓬が杣《そま》のきりぎりす過ぎゆく秋はげにぞかなしき

一首の意は『八代集抄』の「蛬《きりぎりす》の鳴くべき秋も今すこしに成りたれば、秋のほどになけ、霜も置き、蓬生《よもぎふ》の月も漸く寒くなりたるぞと也」がよくこれを盡してゐる。第一句「秋ふけぬ」が、秋も深まり夜もふけたと二重に働くのであらうし、第三句「きりぎりす」

には「霧」が秘められてゐるやうな気がしてならない。

しかしこれは、藤原俊成女が紅涙を詠んだ、

色かはる露をば袖におきまよひうらがれてゆく野べの秋かな

と例の後京極摂政の「衣かたしきひとりかも寝ん」にはさまれた配列でもわかるやうに、秋歌と見せかけた恋歌である。きりぎりすに鳴けと命じてゐる人は単なる秋思にではなく、恋の悲しみにひたつて泣いてゐる。「秋ふけぬ／なけや／霜夜のきりぎりす／やや影さむし／よもぎふの月」ときれぎれになつてゐる形が、その嗚咽《おえつ》を精細に写すのであらう。

すずか川ふかき木の葉に日数へて山田の原の時雨をぞ聞く

『後鳥羽院御集』承元二年十一月最勝四天王院御障子。また、『新古今和歌集』巻第五秋歌下。

鈴鹿川は伊勢国鈴鹿郡にある、『万葉』以来の歌枕。山田の原は伊勢国度会郡にあつて、

『八雲御抄』によれば、「神宮也。〔西行〕外宮〔の〕御在所〔也〕」といふことになる。一本によつて補はれてゐる西行云々は、『新古今』巻第三夏歌、

聞かずともここをせにせんほととぎす山田の原の杉の群立

を指すのであらう。ほととぎすと時雨といふ違ひはあつても、一方が「聞かずとも」とはじめたのに対して他方が「聞く」と言ひ終へたあたり、後鳥羽院は西行を意識してゐたかもしれないが、もちろんこれは本歌どりといふやうなものではない。「ふかき」は鈴鹿川の深さを言ふと同時に積つた木の葉の深さを述べてゐる。

一首の意は塩井雨江の説明が最も納得がゆく。すなはち、「鈴鹿川の岸に、落葉の流れつもりて、折りから、時雨のふるけしきを、其の落葉は、上流の山田の原の木々の、時雨に染め、時雨に散りて、流れ来れる紅葉なれば、かく山田の原の時雨を、今鈴鹿川にて聞くと工みたる意匠なり」といふのである。これに言ひ添へるべきことは二つしかない。

一つは、これが神楽歌《かぐらうた》の、

深山《みやま》には霰降るらし外山《とやま》なる真拆《まさき》の葛色づきにけり色づきにけり

と似た趣向の歌だといふことで、眼前の景によつて遥か彼方を思ひやるところが一脈相通じるし、雨江のいはゆる「流れ来れる紅葉」と色づいた「真拆の葛」とは同じ仕掛けである。この神事の歌詞が山田と関連のあることについては述べる必要はあるまい。

そしてもう一つは、第一句の「すずか川」がまた「鈴ケ川」で、時雨の音が鈴のやうに鳴り響いてゐるといふことである。後鳥羽院は下流の眺めを描いた無韻の詩である障子絵に、上流における神事の鈴の鏘々《そうそう》たる音色を添へた。

おなじくば桐の落葉もふりしけな払ふ人なき秋のまがきに

『後鳥羽院御百首』秋。

古注に、「式子内親王の桐の葉の歌をふまへて、みちあればとてとふ人もなき間の、葉もちりしき道をうづめ、なかなか道あれば人まち顔にしてうらめしきことなり」とあるやうに、正治二年初度百首の、

桐の葉もふみ分けがたくなりにけり必ず人を待つとなけれど

を念頭に置いてゐる。そして式子内親王は、『和漢朗詠集』、白楽天、「秋庭不掃携藤枝、閑踏梧桐黄葉行」と『古今』、遍昭、「わが宿は道もなきまで荒れにけりつれなき人を待つとせし間に」を踏まへてゐるのだから、この遠島の詠には、白楽天と遍昭と式子内親王の詩情がこだましてゐると言つてよからう。が、もう一つ忘れてならないのは西行の、

さびしさにたへたる人の又もあれな庵ならべん冬の山里

の影響下にあるといふことである。単に双方の第三句（「ふりしけな」と「又もあれな」）の語法が似てゐるだけではない。西行はあらはに友を求め、後鳥羽院は愛想づかしを言ふけれども、それは表情の違ひにすぎないのである。

なほこの一首、隠岐で詠まれたものではあるが、単に流謫の悲しみを歌つたものと取つてはいけない。籬に降り敷く桐の落葉を払つてくれる下人もゐない、かつての国王の生活はたしかに悲惨だらう。しかし彼はそれを直接にではなく、恋歌に仕立てて歌ふ。そのへんの呼吸は同じ『後鳥羽院御百首』の、たとへば、

暁の夢をはかなみまどろめばいやはかななる松風

ぞ吹く

の場合にしても変らないだらう。

みなせ山木の葉まばらになるままに尾上の鐘の声ぞちかづく

『後鳥羽院御集』承元二年十一月最勝四天王院御障子。また、『夫木和歌抄』巻第三十二雑部十四。ただし一本、第二句「木の葉あらはに」。また一本、第四句「尾上の鹿の」。

俊恵の、

たつたやま梢まばらになるままにふかくも鹿のそよぐなるかな

は、『後鳥羽院御口伝』に「優の歌」として引かれてゐるもので、『新古今』撰入の際も選進なしに上皇自身が加へたものだし、隠岐本『新古今』でも除かれなかつた。すなはち上

皇酷愛の和歌と見て差支へないわけだが、一首は明らかにこの影響を受けてゐる。ほかに西行、

をぐら山ふもとの里に木の葉ちれば梢にはるる月を見るかな

を思ひ浮べてもよからう。ちなみに俊恵の歌は『林葉集』で冬歌、『新古今』で秋歌下、西行の歌は『新古今』で冬歌に収められてゐるから、一首は晩秋から初冬にかけてを詠んだものと見ていいはずである。

山上の寺院の鐘の音が、もう木の葉にさまたげられなくなつてよく聞えるといふ、聴覚が狙ひの歌でありながら、地名「水無瀬」に視覚の動詞「見る」を秘めたところが工夫であらう。上皇は、「木の葉まばら」な水無瀬の景色を見てくれと誘つてゐるのである。

これをもつて秋歌を終る。

深緑あらそひかねていかならん間なくしぐれのふるの神杉

『後鳥羽院御集』元久二年三月日吉社三十首御会。また、『新古今和歌集』巻第六冬歌。時雨のせいで木の葉がもみぢするといふのは古くからの詩的発想で、『万葉』巻第十にも、

ながつきの時雨の雨にぬれとほり春日《かすが》の山は色づきにけり

しぐれの雨まなくしふれば真木の葉もあらそひかねて色づきにけり

の例がある。後者は柿本人麿の作といふ形で『新古今』に撰入し、この後鳥羽院の詠のすぐあとにつづいてゐるが、これが一首の本歌である。本歌どりと本歌を並べるあたり、上皇の自負はかなりのもので、隠岐本においても二つながら除かれてゐない。

「神杉」は「神木ノ杉。大和国、石上布留神社ニアルモノ、最モ名アリ」(『大言海』)。これが「布留《ふる》の神杉」だが、言ふまでもなく「ふる」は時雨の「降る」と「古」とにかける。第四句、「間なく」は一応のところ「絶え間なく」の意だけれど、「まなくしぐれの」は「間なく時雨の」でありながらまた、「間なくし暮の」と働く。本歌では単なる強意の助詞にすぎない「し」が、本歌どりでは二重に使はれてゐるのである。そこで布留の神杉にはしきりに時雨が降りそそぎ、また、間もなく夕暮が訪れることになるのだが、この夕闇は

やはり艶つぽい風情を漂はすだらう。時雨が杉の葉を染めるといふのは、『万葉』の二首の場合も、後鳥羽院の一首の場合も、うはべは冬の叙景でありながら実は男女の仲を語つてゐるからである。さすがに連歌師たちはこのへんの呼吸をよく察してゐて、『新古今私抄』は、

あらそひかねてとは時雨と杉との事也。時雨は杉を染めむとし、杉は古緑にしてつれなければ、あらそふやうなり。されどもかくひまなく時雨ゆけば、杉も紅葉やせむと云ふ心を、いかならんと読ませ給へり。

と述べ、「つれなければ」といふ一句によつて巧みに暗示することを忘れないけれど、本居宣長以後のいはゆる新注には、宮廷の詩につきもののかういふエロチックな味が脱落してしまつたのである。

冬の夜のながきを送る袖ぬれぬ暁がたの四方のあらしに

『後鳥羽院御集』元久二年三月日吉社三十首御会。また、『新古今和歌集』巻第六冬歌。契沖が引いたと本居宣長の伝へる、『元真集』、

冬の夜のながきを送る程にしも暁がたの鶴の一声

が本歌である。『八代集抄』は、『源氏物語』須磨、

須磨には、いとど心づくしの秋風に、海はすこしとほけれど、行平の中納言の、「関ふき越ゆる」と言ひけむ浦波、夜々《よるよる》は、げに、いと近う聞えて、またなく、あはれなるものは、かかる所の秋なりけり。御まへに、いと人ずくなにて、うちやすみわたれるに、ひとり目をさまして、枕をそばだてて、四方の嵐を聞き給ふに、波、ただここもとに立ちくる心地して、涙おつともおぼえぬに、枕うくばかりになりにけり。

の面影があるといふ説を紹介してゐるが、これも捨てがたい。いや、『八代集抄』が「又説く」として言ひ添へてゐる、「寒夜の悲しみ、万民の上をも一身に帰《き》す事とぞ、延喜聖代、寒夜に御衣をぬがれしためしまでおぼしめつづけけん、暁の嵐に堪へ兼ねさせ給ふ御袖のぬるると也」といふ政治的解釈もまた一概に否定するわけにはゆかないだらう。ここ

には恋愛（光源氏が須磨に流されたのは恋のせいである）、旅（配所も旅の一体と見る）、政治など、さまざまの局面を持つ、あるいはさまざまの方向から迫り得る、まことに複雑な冬の夜の憂愁があるからだ。むしろ後鳥羽院の眼目はその悲しみの複雑さ——さながら「四方のあらし」に悩むやうな心の姿であつたと見るのが正しい。

そしてわたしが最も心惹かれるのは、この一首が「ながきを送る」で切れ、「袖ぬれぬ」でまた切れるといふ、二句切れと三句切れとをまじへたところである。こんなふうに切れが多いのは、たとへば藤原良経の、

うちしめりあやめぞかほる郭公鳴くや五月の雨の夕ぐれ

が典型的に示すやうに『新古今』歌風の一特徴だが、同じ二句切れと三句切れの併用にしても、良経のほうは第三句が名詞で、しかも第四句へかなり連なつてゐる気配なのに、後鳥羽院の場合は第三句も動詞に助動詞を添へた形で切れてゐる。それは「なけや霜夜のきりぎりす」同様、水晶の数珠が飛んだやうな趣で、冬の明け方のきれぎれな嗚咽の声をよくあらはしてゐるだらう。

橋ひめのかたしき衣さむしろに待つ夜むなしきうぢの曙

『後鳥羽院御集』承元二年十一月最勝四天王院御障子。また、『新古今和歌集』巻第六冬歌。また、『練玉和歌抄』巻第四冬歌。

橋姫は『新古今』時代の代表的な題材である。宇治の女の面影を詠むことは当代のはなはだしい流行であった。まづ『新古今集』には、巻第四秋歌上、藤原定家、

さむしろや待つ夜の秋の風ふけて月をかたしくうぢの橋ひめ

の絶唱があるし、巻第六冬歌には、幸清の、

かたしきの袖をや霜にかさぬらん月に夜がるる宇治の橋姫

と、慈円の、

あじろ木にいさよふ浪の音ふけてひとりやねぬるうぢの橋姫

のほかにこの後鳥羽院の一首があるし、藤原良経の、

かたしきの袖の氷も結ぼほれとけてねぬ夜の夢ぞみじかき

も橋姫を詠んだと見て差支へない。巻第七賀歌には藤原隆房の、

うれしさやかたしく袖につつむらんけふ待ちえたるうぢの橋姫

があるだけではなく、橋姫と橋守とが同じいことはすでに「われこそは新じま守」のくだりで述べたとほりだから、さらに藤原清輔、

年へたるうぢの橋守こととはんいくよになりぬ水のみなかみ

も加へなければならない。『新古今』に撰入した以外の当代歌人の作を探れば、後鳥羽院には、

秋風のやまぶきの瀬の岩波にぬる夜よそなるうぢの橋姫
立花のこしまが崎の月影をながめやわたすうぢの橋守
晴まなき袖の時雨をかたしきていくよねぬらん宇治の橋姫

順徳院には(□□は二字脱落)、

袖よまた□□いく秋にしをれきぬゆふべ言問へ宇治の橋姫

藤原俊成には、

年もへぬ宇治の橋ひめ君ならばあはれも今はかけましものを
年経とも宇治の橋もり我ならばあはれと思ふ人もあらまし
ちはやぶる宇治の橋もり言問はむ幾世すむべき水の流れぞ

定家には、

をち方やはるけき道に雪つもる待つ夜かさなるうぢの橋姫

のほかに、『未来記』のなかの、

さむしろにかたしきかぬる夜をさむみ今や衣をうぢの橋姫

が伝へられてゐる。良経には、

橋姫の我をば待たぬさむしろによその旅寝の袖の秋風

慈円には、

年を経て瀬々の網代に寄る冰魚《ひを》をあはれとや見る宇治の橋姫

藤原家隆には、

橋姫の霞の衣ぬきうすみまださむしろの宇治の川風

ほか一首、藤原光俊には、

はしひめの春のかつらはしらねども八十氏川になびく青柳

源実朝には、

狭筵にいく夜の秋を忍びきぬ今はた同じ宇治の橋姫

如願には、

千鳥なくありあけかたの河風に衣手さゆる宇治のはしひめ

そして俊成卿女には最も多く、

はしひめの袖の朝霜なほさえてかすみふきこす宇治の川風
かたしきの袖になれぬる月影の秋もいくよぞ宇治の橋姫
橋姫の待つ夜むなしき床の霜はらふも寒し宇治の川風
はしひめの氷の袖にゆめたえて網代ふきそふうらの河風

の四首を数へる。『新古今』竟宴の四カ月後におこなはれた元久詩歌合に、家隆、

橋姫の朝けの袖やまがふらん霞もしろき宇治の河波

および藤原業清、

峯のゆき汀のなみに立ちなれて春にぞ契るうぢの橋姫

と二つまでこれを詠んだものが見られるのをもつてしても、また、家隆が土御門院の

橋姫の袂や色に出でぬらん木の葉ながるる宇治の網代木

を評したなかに、「橋ひめ、いまはよみつきたる物に候」とあるのをもってしても、当時、彼女がどれほどもてはやされたかを知ることができる。後の世の正徹が、

橋ひめの待つ夕ぐれも中たえて霞はてぬるうぢの川浪
橋姫のみだす柳の花かつら眉さへかすむ宇治の川風
宇治川やたてる柳を橋姫の春の姿にたとへてや見ん
橋姫のかざしの玉と川波に蛍みだるるうぢの山風
橋姫の待つ夜もうぢの島津鳥うきてや波にあかしはつらん
身は夢ぞうぢの橋姫わすれねよむかひの寺の鐘に待つ夜を
うかりけむ佐野のわたりのためしをもさぞ思ひ寝の宇治の橋姫

と詠み、そして連歌師たちが、

むすびし夢ぞはや覚めにける
あふことの片敷ごろも袖ひぢて

などと付合に興じたのも、『新古今』に対する彼らの義理から言ってまことにもっともな

話であつた。橋姫こそはこの勅撰集の守り神にほかならないからである。

と断定するのは、橋姫の歌が『新古今』には五首、橋守まで入れれば六首、撰入してゐるのに、『後撰』から『千載』に至る六代の撰集には、わづかに『千載』巻第十二恋歌二、藤原顕方、「わが恋は年ふるかひもなかりけり羨しきはうぢの橋もり」の一首があるのみで、『新古今』のすぐあとの『新勅撰』でもふたたびこの宇治の女の姿を見かけないといふ奇妙な事実にもとづく。『千載』が成つたのは文治三年（一一八七）である。竟宴をもつて一応の成立と見れば、『新古今』の成つたのは元久二年（一二〇五）である。そして『新勅撰』は嘉禎元年（一二三五）だから、半世紀のうちのある一時期に橋姫への好みが急激に高まり、かつたちまち失せたと言つてよからう。たとへば清輔の「年へたるうぢの橋守」は『千載』の約二十年前に詠まれたものだが、この勅撰集には採られず、しかも『新古今』のときには四人の撰者によつて撰進された。とすれば、かういふあわただしい移り変りの原因を探ることは、当時の文学の一局面を明らかにするのに役立ちさうな気がする。

しかし、これは発生的には古代信仰にかかはる話だから、まづ民俗学のほうを一わたり調べなければなるまい。柳田国男によれば、「橋姫といふのは、大昔我々の祖先が街道の橋の袂に、祀つてゐた美しい女神のことで」、宇治橋に限らず、諸国の数々の橋に橋姫がゐた痕跡があるし（たとへば甲斐の国玉《くだま》の大橋、近江の瀬田橋、青梅街道の淀橋、伊勢の神宮の宇治橋)、それに矢代和夫によれば、『神道集』巻七には、「抑《ソモソモ》橋姫ト申ス神ハ日本国ノ内大河小河ノ橋ヲ守ル神也。而レバ摂州長柄ノ橋姫、淀ノ橋姫、宇治ノ橋姫ナントハ申シテ其ノ数多シ」と記されてゐるといふ。すなはち諸国の橋姫のうちわづかばかりが後世まで残り、なかんづく宇治の橋姫が最もよく知られてゐたのであらう。それゆゑ『古今集』にたとへば長柄の橋姫の歌がなく、宇治の橋姫ないし玉姫ないし橋守を詠んだ読人しらずが二首撰入してゐるのだと考へることもできる。

そのうち一首に注して、顕昭の『袖中抄』は古い伝説を紹介してゐる。

宇治の橋姫とは姫大明神とて宇治の橋下におはする神を申すにや。其の神のもとへ離宮と申す神の毎夜かよひ給ふとて、其の帰り給ふ時のしるしとて、暁ごとに宇治川の浪のおびただしく立つおとのするぞと申し伝へたる。(中略)隆縁と申し侍りし僧は、住吉の明神の宇治の橋姫と申す其の神のもとへかよひ給ふ間の歌也と申しき。

男神を待つ女神といふこの性格からの必然的な展開であらうが、橋姫は嫉妬に狂ふ女としてとらへられることになる。ふたたび柳田の文章から引用すれば、

『出来斉京土産』巻七には、また宇治橋の橋姫の宮の前を、嫁入する時には通らぬとい

ふ話を載せてゐる。宇治久世二郎の民、縁を結ぶには橋の下を舟で通る。橋を渡れば橋姫の御嫉みにより夫婦の末とほらずとかやとある。嫉みの神としては山城宇治の橋姫は最も古くかつ有名である。比較的新しい俗説では京に一人の嫉み深き女があつて、夫を恨んで貴船の社に禱り、神の教に随ひ宇治橋に行つて生きながら鬼となり旅人を悩ました故に、これを橋の南詰に神に祭つたといふ。

すなはちわれわれは、これほど情熱的に待つ橋の女の姿を思ひ浮べなければなるまい。しかしこれらさまざまの口碑は、『新古今』時代の歌人たちにはさほど直接的に迫つてゐたわけではなからう。それは当時すでにおぼろげな断片と化してゐたはずで、彼らは何よりも『古今』の二首、殊に、

さむしろに衣かたしき今宵もや我を待つらん宇治の橋姫

に魅せられて、この哀れ深い宇治の女を心に思ひ描いたらしい。そのへんの事情は『新古今』撰入の橋姫の歌が、一首を除いてことごとくこの古歌の本歌どりであることでも察しがつくにちがひない。後鳥羽院の宮廷における橋姫崇拝は、疑ひもなく、『古今』巻第十四恋歌四の、題しらず読人しらずから生れた。

もともと『新古今和歌集』といふ題から見ても、当時の歌人の『古今和歌集』への傾倒は明らかだが、その底にはもちろん文学の伝統を尊ぶ古典主義的な精神があるわけだし、さらに宮廷文学の最初の集大成に寄せる遥かな憧れがあつたらう。「詞は古きをしたひ、心は新しきを求め、及ばぬ高き姿をねがひて、寛平以往の歌にならへ」ふといふのは、何も定家ひとりの決意ではなかつたはずである。彼は歌人たちが漠然と心に秘めてゐた詩法を、明確な批評の言葉に直したにすぎない。だが、橋姫の歌の本歌どりがこれほど流行し、おそらく同じ『古今』の「さつきまつ花たちばなの香をかげば昔の人の袖の香ぞする」の本歌どりに次ぐくらゐ数多く試みられたのは、本歌それ自体の魅惑のゆゑもあらうし、『古今集』それ自体の格の高さのせいももちろん大きいけれども、一つにはそれが読人しらずの歌であるためであつた。誰が、いつ、どういふ折りに詠んだのかわからぬ、作者のゐない歌は、そのロマンチックな謎によつて柄を大きくされ、趣を深められて、古典のなかの古典といふ感じがいよいよ強まるのである。さう言へば、あれほどもてはやされた「さつきまつ」もまた読人しらずであつたことがここで思ひ出される。おそらく『古今』の題しらず読人しらずこそは、『新古今』の歌人たちにとつて本歌の理想ともいふべきものだつたのではないか。

ところで彼らが最も尊んだ古典としては『古今』のほかに『源氏物語』があるが、これもまた当時の橋姫好みに作用したことはもちろんである。第一に『源氏』総角《あげまき》に、これも

『古今』の恋歌の本歌どり、

中絶えしものならなくに橋姫の片敷く袖や夜半に濡らさん

といふ匂宮の歌が見える。この歌は『新古今』の歌人たちが本歌どりをおこなふ際、どうやら本歌のかたはらに寄り添ってゐた気配があるし（たとへば良経、「かたしきの袖の氷も結ぼほれとけてねぬ夜の夢ぞみじかき」）、すくなくとも「片敷く袖」と「夜半」の泪によつて、橋姫についての約束事をいつそう強固にしたにちがひない。第二に、この物語には橋姫といふ巻まであつて、「網代のけはひ近く、耳かしまがしき河のわたり」に住む姫君たちのことが記されてゐるのだが、この巻にはじまる「宇治十帖」と『新古今』時代の橋姫ばやりとは、宇治といふ舞台によつて重大な関連があらう。とすれば、当代の歌人たちが『古今』の橋姫の歌をとりなすとき、それはおのづから「宇治十帖」の世界（「水の音なひ、なつかしからず、宇治橋の、いと物ふりて、見えわたさるるなど、霧晴れゆけば、いとど荒《あら》ましき岸のわたりを……」）と交錯し、艶麗にしてしかも閑寂な世界を生じたものに相違ないのである。宇治橋の女神の面影は、宇治の山荘の姫たちのそれと匂やかに重なる。離宮あるいは住吉大明神は薫大将や匂宮として、そして橋姫は大君や中君やなかんづく浮舟として、姿を現じると言つてもいいかもしれない。

ここで当然、歌枕としての宇治川が問題になる。それはひよつとすると『古今』や『源氏』以上に歌人たちに働きかけたかもしれないし、第一、最勝四天王院を飾る四十六枚の障子絵の題材の一つとして、鈴鹿山や生田の森と並んで宇治川が選ばれたのも、それが代表的な歌枕だつたためにほかならないのである。いつたい歌枕とは、花の吉野山や紅葉の立田山によく示されてゐるやうに、具体的な地理のなかの具体的な地名であるよりもさきに、典型的な風景であつた（拙著『梨のつぶて』所収『吉野山はいづくぞ』を参照）。それが王朝の人々のいはゆる名所であつて、単なる地名が典型と化して一文明の様式に貢献することこそ、王朝文学の約束事の重要な一部分なのである。風景は文学の型によつて切取られ、伝統に奉仕する。自然は芸術を模倣することで生きながらへ、文学史の富を豊かにする。人丸以来、代々の歌人たちのこの川を詠んだ和歌が層々と重なり合ひ、一つの厖大な記憶となつてゐるゆゑに、その文学史的な記憶はすなはち豪奢な名所図会と変つて、伝説の娘が男を待つ悲しみの絶好の背景となるのであらう。そこで藤原清輔は『和歌初学抄』にかう記す。「アジロアリ、ハシアリ、ハシヒメトヨム」。

しかし歌枕について考へる場合、地名が掛け詞や序といふ修辞の工夫によつてさまざまの色調をおび、さまざまの観念と結びつくことを忘れてはならない。阿武隈《あぶくま》川は動詞「逢ふ」を含み、小夜《さや》の中山は「さやか」といふ名詞を呼び起す。同様に宇治は「憂し」といふ形容詞を見えがくれに示して一首の含蓄を深めるのである。「宇治」と「憂し」とをかける趣向は、『古今集』の「わが庵は都のたつみ鹿ぞすむ世をうぢ山と人はいふなり」で有名だが、『源氏』末尾の憂愁に染められた十巻が宇治を舞台とすることもこの掛け詞と深い関連があらうし、それよりもまづあの『古今』の一首が、「我を待つらん憂しの橋姫」といふ余韻を響かせてゐるに相違ない。そして、たとへ『古今』のころの人々はさう聞き取らなかつたとしても、言葉の重層性にあれだけ関心を寄せてゐた『新古今』の歌人たちが、二重になる意味合ひを聞きのがしたはずはない。

しかし、もうすこし別種の文学的技法の問題がある。これは二十世紀のヨーロッパに広く見られる現象だが、文学者たちは写実主義から脱出する手がかりを神話に求め、競つてさまざまの神話を枠組としながら彼らの世界を表現した。それはあるいはパスティーシュであり、あるいはパロディであり、あるいは再解釈といふ形をとつたけれども、このいはゆる神話的方法を用ゐたなかで、詩を代表するのはヴァレリーの『若いパルク』とエリオットの『荒地』、戯曲を代表するのはジロドゥーの『アンフィトリオン38』とサルトルの『蠅』、そして小説を代表するのはジョイスの『ユリシーズ』とトーマス・マンの『ファウスト博士』といふことにならうか。とにかくよりぬきの傑作が多くて選択に苦労するほどこの方法は一世を風靡したのである。

かういふ態度の根柢には、人間性は時代によつて変るものではなく、古代だらうと現代だらうと本質的には同じだといふ認識があるにちがひない。そしてこれはわれわれのほうから見ると、単に十九世紀の歴史主義への反動となるかもしれないけれど、実は十九世紀の思考が全人類史の例外なのである。歴史主義といふ近代の病患に犯されぬ限り、人間は常に普遍的なものを尊んできたし、それゆゑ神話はこれほど久しいあひだ、何千年の昔から人間の魂をとらへてきたのだ。二十世紀文学の神話的方法は、かういふ健全な人間観を再認識し、健全な文学観を再建するための試みにすぎない。

とすれば、わが王朝の歌人たちが一種の神話的方法を採用したのはいささかも驚くに当らない話だらう。その最も代表的なものは七夕説話で、『古今集』の歌人はたとへば織女の心になつて、

ひさかたの天の河原の渡し守きみ渡りなば梶かくしてよ

と詠み、そして『新古今集』の歌人はたとへば、表むき七夕の歌と見せかけながら、

七夕のと渡る舟のかぢの葉にいく秋かきつ露の玉づさ

といふ実は恋歌を詠んだ。そしてわたしの見るところ、『新古今』歌人たちが七夕説話に次いで重んじたものは橋姫説話にほかならない。

当然、七夕と橋姫といふ二つの神話の共通点を探しだすのが必要な手つづきになるわけだが、これは至つて易しい。いづれも恋愛神話であり、いづれも悲劇的な設定であると答へればそれで要は盡してゐる。悲恋の物語こそは歌人たちの精神と感情を強く刺戟するものだつたし、たとへどのやうに美しい神話の娘が現れるにせよ、哀切な恋といふ運命が彼女を彩らない限り、歌人たちは心惹かれることが絶えてなかつた。彼らが佐保姫や立田姫にお座なりだつたのはおそらくそのせいであらう。

しかし二つの悲恋神話をもうすこし眺めれば、第三の共通点に気がつくことになる。いづれも、いつしよに暮してゐる男女ではなく、ときどき逢ふ仲だといふことである。このことは、民俗学的でも文学的でもない、いはば風俗的な視点をわれわれに強ひることになるし、そして風俗の問題を考慮に入れることは、『千載』にも『新勅撰』にも見当らない橋姫の歌が『新古今』にはなぜこれほど多いのかといふ謎を解くのに役立つだらう。もちろん原因は極度に複合的なもののはずだが、その複合体の重要な側面は風俗にからんでゐさうな気がする。

高群逸枝の『日本婚姻史』は、彼女の名づけた「擬制婿取婚」といふ婚姻形態を承久の乱ごろから南北朝ごろまで見られたものとしてゐる。これは「群婚にはじまる全原始婚の最終段階」ださうだが、とにかく『新古今』に近いころわが国の結婚風俗が多大の変革を迎へたことは疑ふ余地がないらしい。それに彼女によれば、平安中期の婚姻形態とこの

「擬制婿取婚」とのあひだには、もう一つ平安末期の中間的な形態があるさうだが、とすれば、『源氏物語』に典型的に示される王朝ふうの男女関係は、亡んでゐたか、あるいはすくなくとも亡びかけてゐたのであらう。かういふ話の進め方は恋愛と結婚とを混同してゐるやうに見えるかもしれないけれど、もともと王朝の自由な男女関係とは、大和時代の妻問婚が保守的な貴族層に残つて華麗な花を咲かせた、つまり恋愛と結婚とのあひだに厳密な区別のつけにくいものにほかならない。それを支える基盤は、これも古代的母系社会の名残りである女性の財産相続と保有の制度であつたが、平家没落以来の貴族層の貧窮ぶりを見れば、もはやこの制度は実質的な力を持たなくなつてゐたはずである。『新古今』時代の歌人たち、すなはち廷臣たちが、武家の圧迫にあへぎながら俄かな零落を嘆き、しかもあざやかに残る盛時の記憶をなつかしんで前代に憧れたことは、よく言はれるとほりである。政治における延喜天暦、和歌における三代集、物語における『源氏』と『狭衣』は、かうして彼らの規範、と言ふよりもむしろ思慕の対象となつたが、もう一つ風俗面においても、妻問ひの名残りをとどめた王朝の男女の仲はしみじみとなつかしまれたことだらう。彼らはおそらく、高群のいはゆる「群婚的多妻多夫」の「遺存」してゐる「対偶婚」がもうすぐ改まることを予感し、王朝ふうの自由な男女関係が衰へたことを寂しんでゐた。このとき、男が女に通ふ前代の風俗は（一夫多妻的な要素がなほ色濃く残つてゐただけになほさら）歌人たちの好題目となる。この主題を盛るための器として彼らが橋姫説話を選んだとしても、怪しむには当らないだらう。

しかしこの男女関係の問題にからんで、もう一つ注目に価する要素がある。平安後期から娼婦の数がふえ、貴顕こぞつて白拍子と遊女とを好み、なかには宮廷に出入りする者もあつたといふ現象がそれで、当代歌壇における橋姫ばやりの最も直接的な原因としてはおそらくこれをあげるのが正しいはずである。中山太郎の『売笑三千年史』にいはく。「当代〔鎌倉時代〕の初葉においては恰《あたか》も明治時代の華族大官が、好んで芸妓を近づけたやうに台閣に列する高官を始めとし、参議・亜相等の身分ある者が、我れ劣らじと国色を物色し、或はこれを愛妾とし、或はこれが許に入り浸る者もあつた。殊に驚くべきことはこれ等の白拍子との間に儲けた——現代語でいへば庶子または私生子とも称すべき者が、夥《おびただ》しきほど多く存し、且つそれ等の者が高位顕官に昇つて堂々廟議《びょうぎ》に加つてゐたことである」。またいはく。「当時の公卿中にも遊女と親しんで子を儲けた者も尠《すくな》くない。これも前代の好尚と当代の流風から来たものであらう」。かういふ風俗が歌人たちを刺戟しなかつたはずはないし、もともと和歌と宴遊とは深い縁がある。そして後鳥羽院が娼婦たちを愛したことはこの傾向をいよいよ助長したに相違ない。

上皇がこの種の女を後宮に入れた例としては、亀菊のことが最も知られてゐる。『承久記』によればこの白拍子出身の寵妾は、配流の皇帝と同道して明石に着いた際、

後鳥羽院

都をばくらやみにこそ出でしかど月は明石の浦に
きにけり

亀菊

月影はさこそ明石の浦なれど雲井の秋ぞなほも恋
しき

と唱和した。また『明月記』元久二年二月十一日の条には、御簾《みす》編《あ》みの男の娘だつた石といふ名の白拍子が、院女房丹波局となつて「寵愛抜群」だつたところ、出産の際に亡くなつたとある。定家は結局のところ和歌の相手をするだけの廷臣にすぎなかつたから、ほかの公卿日記を探ればもつといろいろのことがわかるはずである。

仙洞において、水無瀬の離宮において、また熊野御幸の際、上皇がしばしば白拍子や遊女を召したことも伝はつてゐるが、今ここで重要なのは元久元年七月の宇治御幸である。これは摂政藤原良経の経営にかかるもので、九条家には宇治に別邸があつたけれど、宇治川のほとりに新御殿を造営して後鳥羽院を迎へた。御幸は十一日から十六日まで。うち一日半だけが雨で、至つて天候に恵まれ、上皇は、笠懸（騎射）、狩、水練、その水泳の裸のままで打ち連れて平等院の前庭へゆき、鞍を置いてない馬に裸で乗るなどといふ遊びに興じた。定家がかういふ武張つたことに冷淡なのは言ふまでもないし、平等院前庭の「諸人裸形」についてはは嫌悪の情があらはに書きとめられてゐる。最後の日におこなはれた歌会は、長柄の橋柱の切れ端で作つた文台がはじめて用ゐられたのだが、これについても『明月記』の記載は事務的と言ふしかない。ここはむしろ『源家長日記』によるほうがよからう。

宇治には一の網代のむかひに、川に作りかけて、せきいれぬ水を庭に落せり。御渡り侍りて、五ケ日ばかりわたらせ給ふ。ころははつ秋なれば、稲葉のかぜ、松の音すごく聞ゆるに、槙のしま人の霧のうちに舟よばひ、橋もとどろにうち渡すをちかた人の足おと、ならはぬ旅の日数ふるままに、心ぼそく哀れなり。昔、世をうぢ山とかこちけんいほりも、心つよく住みけるかなと今さらに思ひしらる。こゆるぎの急ぎ帰らせ給はぬことをめでたまひて、主は肴もとむと、磯のわかめも刈らまほしく思ひ給ふべかめり。よろづにきよらを盡し、いたらぬわざなき御心がまへともなり。そのたびの和歌の御会に、やがてこの長柄の橋柱の文台をもちゐらる。そのなかに、そのころなりしかば、とりわきて記し侍る主どのの御歌、

今宵しも八十氏川にすむ月をながらの橋の上に見るかな

問題なのは、このあとが、

橋姫にともなひて世をつくしつべき所のさまなれど、帰らせ給ひしかば、心のうちは急がれて、名残り惜しみ顔におぼしめして帰らせ給ひき。

とつづくことである。石田吉貞・佐津川修二共著の注釈は「遊君と共に生涯をここに暮らしたいやうな所の有様である、の意」と言ひ切つてゐるが、これはまことに正しい。この橋姫は神話の橋姫ではなく、舞女や遊女の美称である。おそらく後鳥羽院も公卿たちも、日中は運動に励み、夜は「遊君」と戯れたあげく、「名残り惜しみ顔に」都へ帰つたのであらう。『明月記』にこのことが見えないのは、定家が鬱屈した思ひでゐて、関心がなかつたためではないか。それにもともと彼は、二年前の建仁二年七月、水無瀬において上皇が粋をきかせ、随行の廷臣たちに白拍子を一人づつ当てがつた際、別に借りた小さな家にこの娼婦を泊めて同宿しなかつた男なのである。

しかし『源家長日記』のいはゆる橋姫には冷たい定家といへども、『源氏』の橋姫にはもちろん激しい情熱を示して、たとへば『源氏物語巻名和歌』に「橋姫の琴によりふしひく琵琶の月を招くは撥か扇か」と詠むし、『古今』の橋姫にはもつと関心を寄せる。そしてこれらさまざまの待つ女を綜合するイメージは、彼がまだ二十九歳である建久二年といふ早い時期にほとんど予言的に発見されて、あの傑作が生れたのだらう。このとき彼にとつての宇治の橋姫とは、宇治橋の女明神といふ伝説の女神から「宇治十帖」の姫君たちを経て、閨怨に悩む当時の貴族階級の女、宮廷に召される舞女、つひには橋の下で媚びを売る最下層の商女に至るまでの、多層的なイメージであつた。彼は、黒髪の長い浮舟をあるいは娼婦と見立て、あるいは女神と観じて、そのはなはだしいズレを楽しむといふ複雑な方法を創始した。それはまた、凡俗な日常に生きる同時代の娼婦にさへも至高の女神の面影を見出だし、変転の諸相を隈なく探ることによつて普遍的な人間を捉へるといふ神話的方法の精髄なのである。

この高度に複合的な橋の女のイメージは、まず定家の傑作によつて同時代歌人に強烈な印象を与へ、次いで後鳥羽院の娼婦好みのせいもあつて一層の定着を見た。上皇がこの「月をかたしくうぢの橋ひめ」を愛したことは、これが『時代不同歌合』に選ばれた定家の三首のうちの一つであることによつてもわかるはずである。その文学趣味は宇治御幸によつていよいよ流行がつのつたのではないか。事実この翌年の元久詩歌合、その三年後の最勝四天王院障子歌において、宇治の橋姫はしばしばあつかはれてゐるし、後者の橋姫の歌からは『新古今』に二首の撰入を見てゐるのである。

すなはち若い定家の一首はこのやうにして『新古今』を制覇したわけだが、しかしこのことは彼をいささか当惑させたかもしれない。後年『新勅撰』を編むに当つて、『新古今』

とまつたく対立する撰集を狙つた定家は、つひに橋姫を放逐するしかなかつたのである。もしさうでなければ、寛喜四年、石清水若宮歌合において、俊成卿女の「はしひめの袖の朝霜なほさえてかすみふきこす宇治の川風」を、たとへ自詠と番へられてゐたとは言へ、「橋姫之袖霜尤妖艶之躰也」と絶讃した定家が、これを三年後の『新勅撰』に採らなかつた理由がわからなくなる。

後鳥羽院の一首に戻る。「かたしき衣」とは『古今』の「衣かたしき」と同じと見てよからう。これについては『八代集抄』の「寒夜に独りいねたる、かたしき也」といふ注が参考になる。「さむしろに」は「狭筵に」で、つまり寝具の上にといふことだが、このなかには「寒し」が含まれてゐて、それが上と連なり、おのづから「衣さむし」になる。「待つ夜むなしき」については説明の要はあるまいが、とうとう男が訪れて来なかつたせいで女が泪に濡れてゐる気配を、「橋姫」の「橋」が秘める川のイメージで暗示してゐることは言ひ添へるほうがいいかもしれない。

かうして泣き濡れながら女は一夜を明かす。定家はその一夜を、月の光の皎々と照らす（第一句「さむしろや」のなかには「白」がはいつてゐる）深夜においてとらへることにより、冷艶と評するしかないすさまじい風情を表現した。そして後鳥羽院はそれと対照的に、煩悩の夜がもうすぐ終らうとしてゐるし、別の一日の日の光が白くさしそめてゐる（第三句「さむしろに」は「白」を淡く漂はす）と、ほのかなあたたかさで女をいたはるのである。だが橋姫の心は依然として楽しまない。彼女は相変らず憂愁にひたつてゐる。「うぢの曙」はまた「憂しの曙」である。

此の比は花も紅葉も枝になししばしな消えそ松のしら雪

『後鳥羽院御集』正治二年第二度百首。また、『新古今和歌集』巻第六冬歌。『後撰』巻第六冬歌、読人しらず、

降る雪はきえでもしばしとまらなむ花も紅葉も枝になきころ

の本歌どりである。しかし、後鳥羽院がこの歌からぢかに取つたかどうかは問題で、実際はもつと間接的な操作ではなかつたらうか。もちろんこの『後撰』の歌を知らなかつたと言ふのではなく、『古今』に次ぐ勅撰集には親しんでゐたに決まつてゐるが、わたしとしてはむしろ、同じ歌を本歌にして藤原定家が文治二年に詠んだ、

み渡せば花ももみぢもなかりけり浦の苫屋の秋の夕ぐれ

のほうがもつと大きく迫つてゐたと思はれてならない。十四年前の定家の絶唱は後鳥羽院をそれほど刺戟したはずだ。

本歌どりの名手である定家は、『後撰』の冬歌を、『源氏物語』、明石の「中々春秋の花紅葉の盛なるよりも唯そこはかとなう茂れるかげどもなまめかしきに」といふくだりの影響を受けながら、わざと秋の歌にとりなした。後鳥羽院はそれを冬に戻したやうである。定家を意識してゐることは第二句および第三句のいちじるしい相似によつてもわかる。しかし大事なのは、それにもかかはらず歌の趣が劃然と異つてゐることである。いや、その第二句および第三句にしても、この歌の場合には定家のそれと違ひ、後世にややこしい論議をまきおこさなかつたし、また、まきおこすはずもない。「秋の末、冬の初は紅葉あり。春になれば花あるべけれども、其の中間なれば、松の雪だにしばしありて見せよとの御歌なるべし」といふ『八代集抄』の解釈は異論の余地のないものである。彼の模糊《もこ》に対する此《これ》の明確は、すでに際立つてゐると言はなければならない。

そして定家の作では「秋の夕ぐれ」のせいで、実在しない花と紅葉とはいつそう灰いろの底に深く沈んでゆく気配なのに、後鳥羽院の詠では「松のしら雪」に引立てられ、実在しない花と紅葉はいよいよ鮮明に、さう、眼前にある松の葉のみどりと同じくらゐ鮮明に迫つて来る。いづれの場合にも第五句の巧妙さは舌を巻くほどだが（「松」は待つにかけてある）、ここで見落してならないのは、双方とも第一句を、あるいは「み渡せば」、あるいは「此の比は」とじつにおとなしくはじめてゐることだらう。さりげない歌ひだしのせいで、第五句の切れ味はいつそう冴えるのである。

けふまでは雪ふる年の空ながら夕暮方はうち霞みつつ

『後鳥羽院御集』正治二年八月御百首。また、『風雅和歌集』巻第八冬歌。「正治二年人々に百首歌召されけるついでに年の暮を」といふのが『風雅』の詞書である。

いかにも『風雅』好みのさらりとした詠みぶりだが、それなりに仕掛けはあるし、しかもずいぶん手がこんでゐる。一つは「雪ふる年」が「雪降る」と「古年」にかけてあることで、これは歳末の雪景色に新春の気配を微妙に感じ取らせる工夫である。もう一つは三重の細工で、「夕暮方」が「夕暮」と年の「暮」のほかに「潟」を秘めてゐることである。この潟はどうしても難波潟でなければなるまい。第四句「空ながら」の「ながら」が長柄《ながら》の橋をほのめかしてゐるからだ。

大晦日の夕方、さきほどまで降つてゐた雪はやんで、晴れわたり、難波潟には霞がたなびいてゐるといふ、いちはやく春を祝ふめでたい歌である。仔細に調べれば『新古今』的な藝を存分にほどこしてあるし、その効果もよくあがつてゐるのだが、表面それを感じさせずにおつとりと歌ひあげるのは、後鳥羽院の得意とするところであつた。

これをもつて四季歌を終り、哀傷歌に移る。

思ひいづるをりたく柴の夕けぶりむせぶもうれし
忘れがたみに

『新古今和歌集』巻第八哀傷歌。また、『源家長日記』。

藤原定家が『詠歌大概』に例歌として引き、かつ『定家八代抄』にも選んだ秀逸である。室町のころ、これを後鳥羽院の自讃歌二首のうちの一つとする言ひつたへがあつたとは心敬の記すところ。新井白石の自伝の題の出典であることは言ふまでもなからう。

元久元年十月、寵妃尾張が亡くなつたとき、悲しみにひたる上皇は慈円に十首を送るが、

そのなかに、

何とまた忘れてすぐる袖の上を《イに》濡れて時雨のおどろかすらむ

があつた。これを受けて『新古今』の詞書は言ふ。「十月ばかり、みなせに侍りし比、前大僧正慈円のもとへ、ぬれてしぐれのなど申しつかはして、つぎのとし、神な月に、無常の歌あまたよみてつかはし侍りしなかに」。

しかしわたしはかう書きつけてから、果して尾張の名は出すべきであつたかと迷ふ気持がないわけではない。といふのは『八代集口訣』に、

此の御製に、慈鎮の御母の追悼といふ説、後京極殿のうせ給ひといふ説、御后承明門院通光卿の御妹といふ説と、三説有ていづれも慥《たしか》なる説なし。是誰と其の人をさすべからず。只上皇の御心ざし深き人の、慈鎮も御心しりの御方の哀傷なるべし。其の故は誰と露顕すべき人ならば、詞書も其のよしあるべし。ただ「ぬれて時雨のなど、申しつかはして」とばかり侍れば、深く忍ばせ給ふ御方の事と聞ゆ。(中略)

かやうに詞書にそれとなきは誰と註せぬ事、撰集の見やうの故実なり。

と記されてゐるからである。われわれは史実を探るのをやめてただ一首を読めばいいのかもしれないし、たしかにこの詞書は充分に意を盡してゐる。「ぬれて時雨の」といふエロチックな句は、悼まれてゐるのが上皇の愛人であることをよく示すであらう。

第二句「をりたく」が、動詞「折り焚く」と、場合の意の「折り」にかけるのは、諸注の指摘するとほりである。「しば」は「柴」でありながら「繁《しば》」（頻繁）で、主として第一句「思ひいづる」と結びつくだらう。第三句「夕けぶり」はもちろん夕べに立つ煙でありながら、一方では故人火葬の際の煙につらなり、他方ではその人を恋ふ思ひの煙といふことになる。『新古今』巻第十一恋歌一、藤原惟成、

風ふけば室の八島の夕けぶり心の空に立ちにけるかな

によつて察すべきである。第五句は「忘れ形見」と「忘れ難し」とをかける。第四句は稀代の秀句で、細川幽斎は「うれしといふ詞」を「このましからぬ詞なり」と教へたあと、ただしこの後鳥羽院の詠だけは別だと言ひ添へるしかなかつた。「むせぶ」はまず煙にむせび、さらに嗚咽するわけだが、わたしとしては閨中の思ひ出がからむやうな気がしてならない。艶情あふるる愁傷の歌として長く珍重すべき一首であらう。隠岐本においても、

慈円の返歌ともども除かれることがなかつた。

もろこしの山人いまはをしむらん松浦が沖のあけがたの月

『後鳥羽院御集』建永元年七月二十五日御歌合。また、『新千載和歌集』巻第四秋歌上。また、『夫木和歌抄』巻第十三秋部四。また、『雲葉和歌集』巻第六秋歌中。『夫木』は第五句、「ありあけの月」とするが、『後鳥羽院御集』に従ふほうがよからう。これは、勅撰集も私撰集もみな秋の部に収めるのに、あへて哀傷歌として見るといふわたしの気持とも関係がある。

いつたい王朝の歌には、たとへば『古今』巻第十九雑体、藤原時平、

もろこしの吉野の山にこもるともおくれんと思ふわれならなくに

のやうな異国趣味の詠みぶりがあつて、この手のものがかなりの数に達する。歌人たちは外国の風景や文物をあしらつて、題材を豊かにしたり趣向に変化をつけたりしたのである。

この異国趣味は、代表的な歌人たちが「蘭省花時錦帳下。廬山雨夜草庵中」、「故郷有レ母秋風涙。旅館無レ人暮雨魂」などと誦してのち歌を案じたと伝へられる時代、すなはち『千載』『新古今』のころにはいよいよ盛んになつた。前者に、

大弐三位

遥かなるもろこしまでも行くものは秋の寝ざめの心なりけり

うるまの島の人のここに放たれ来て、ここの人の物言ふを聞きもしらでなんあるといふ頃、返事せぬ女に遣しける

藤原公任

おぼつかなうるまの島の人なれやわが言の葉をしらず顔なる

後者に、

読人しらず

おもほえず袖にみなとの騒ぐかなもろこし舟のよりしばかりに

藤原俊成

けふといへばもろこしまでも行く春を都にのみと思ひけるかな

があるのは、かういふ背景をぬきにして考へることができない。公任の佳什に最も明らかなやうに（「うるまの島」とは琉球のことども言ふし、鬱陵島といふ説もある）、この種の詠みぶりの特色は誇張による機智とユーモアである。そして悲しみの歌に機智やユーモアやその他の、一見ふさはしくなささうなものを添へて味を複雑にし、悲しみをいつそう深めるのは（たとへば「新じま守」、たとへば「むせぶもうれし」）、後鳥羽院の得意とする藝であつた。一首はその技巧が異国趣味と結びついて成つた秀歌で、鎌倉、室町のころは評判がいいのに、以後すつかり忘れられてゐるのは、このときの歌合すなはち卿相侍臣歌合の判詞のせいもあるかもしれない。

この歌合は衆議判で、ただし「詞宸筆」。すなはち筆者は上皇であつた。一番の判詞のはじめには（以下、卿相侍臣歌合の引用はすべて「群書類従」本をそのまま写す）、「左右より難申侍し様々。よくもおほえ侍らす。おもひいて、判の詞かきつくへきよし。人々申あひ侍れは。おろおろ書付侍也」とある。そして問題の判詞は次のやうになつてゐる。

十一番　海辺月

左持　　　　　　　　　　　　　　　　　御　製

もろこしの山人今はおしむ覧まつらかおきのあけかたの月

右　　　　　　　　　　　　　　　　　家隆朝臣

秋のよの月やをしまの天の原明かたちかきおきの釣舟

左方より申。月やをしまの天のはら。尤めつらし。勝へきよし
申侍き。しかるに持にて侍ける。おほきなるふしむ也。

「ふしむ」は「不審」である。宸筆の判詞となれば上皇の謙遜を見るのは当り前なわけだが、後世はどうやらそのことを見落したらしい。それとも、一首がいつ、どういふ場合に作られたかを考慮に入れなかつたせいで、意味がわからなくなつたのだらうか。これはいはば詞書が省かれてゐる哀傷歌なのだが、この和歌の背景を知るためには、われわれは『明月記』のこの日のくだりを読まなければならない。

廿五日、天晴陰、入レ夜雨、参二上於和歌所一、新古今沙汰如二昨日一、夕退出、又帰参、大僧正参給、戌終許歌合評定、公卿左衛門督一人候、僧正御坐、出御如レ例、予講師、殿上人候講師後、評定了有二当座乞一、又歌合結了、於二御前一読上、評定、臨レ暁入御、退出、侍二興遊之座一、加二評定之詞一、緇素尊卑万事同二昔日一、所レ欠只一人、君臣相顧、誰無二恋慕之心一、此中悲尤深者、私有二満衫之涙一、

一読して引っかかるのは「所レ欠只一人」だが、この歌合の出席者は、

左方

御製　勝二持一

内大臣　負二勝一

前大僧正慈円　勝二持一

前大納言藤原忠良　持二負一

左衛門督源通光　勝負持

中納言藤原公経　勝三

権中納言源通具　勝二負一

参議藤原良平　勝一持二

正三位藤原季能　勝二持一

俊成卿女　勝一負二

右方

宮内卿藤原家隆　持一負二

大蔵卿藤原有家　勝二負一

左近権中将藤原定家　勝二持一

越前　勝一持二
左衛門尉藤原秀能　負勝持
右近権少将源具親　負三
丹後　負二勝一
散位藤原保季　負一持二
小比叡禰宜祝部成茂　負二持一
左近権少将藤原雅経　勝二負一

であつた。早く世を去つた式子内親王を別とすれば、当代歌壇の主要な歌人のうちここに見当らないのは、摂政太政大臣藤原良経にほかならない。事実、彼はこの年三月七日、急死してゐるのである。

藤原定家はその後京極摂政を思ひやつて、没後四カ月の歌合のあと、「此中悲尤深者、私有㆓満衫之涙㆒」と日記に書きつけたわけだが、これはわたしには、彼が、

朝草花

あさなあさな下葉もよほす萩の葉にかりの涙ぞ色にいでゆく

海辺月

藻塩くむそでの月影おのづからよそにあかさぬすまの浦人

羇中暮

たのめての末の原野の黄昏はとはれぬ風に露こぼれつつ

と詠むだけで、恩義のある良経にちなむ和歌を一首も出さなかつたことの言ひわけのやうに聞えてならない。しかし後鳥羽院は良経をなつかしんでこの歌を作つた。

「山人」とは仙人、すなわち山に入つて不老不死の術を得た者の謂で、道士の理想である。『史記』秦始皇紀に、「老而不レ死曰レ仙、仙、僊也。遷入レ山也」。『新古今』巻第七賀歌、藤原俊成、

山人のをる袖にほふ菊の露うちはらふにもちよはへぬべし

上皇は急逝した顕臣のことを、実はいま唐土の仙人になつて悠然と不老不死の生を送つてゐるのだと考へようとした。政治的手腕は大したことがないけれど和歌の名手である後京極摂政の人柄は、いかにもさういふ見立てにふさはしかつたのであらう。あるいは、歌仙は一種の仙人であると考へてゐた、と想像することもできる。しかしさう思つて慰めてはみても、咫尺《しせき》の間に彼を見かけない毎日はやはり寂しい。そこで「もろこしの山人」も

また、しあはせな日々を過しながらも、この国を立去るときに眺めた「松浦が沖のあけがたの」風光を、すなはち日本を、惜しんでゐるだらうと空想するのである。『八代集抄』は『新古今』巻第九離別歌、藤原隆信、

誰としもしらぬ別れの悲しきはまつらの沖をいづる舟人

に注して、「松浦は昔唐土へわたりし所也」と述べてゐる。地名「松浦」が「待つ」にかけてあることは言ふまでもない。やがて仙人となる者の船出を松の群れる浦で見送りながら、しかし帰国の日を待ち望んでゐる情景が、ここで「もろこしの山」の景色と二重写しになるわけだ。

第五句「あけがたの月」は、『新古今』巻第十六雑歌上、良経、

あまのとをおし明けがたの雲まより神よの月の影ぞのこれる

にちなむものであらう。上皇はこの良経の佳作を隠岐本においても除かなかつた。

これをもつて哀傷歌を終り、羇旅歌に移る。

駒なめてうちいでの浜をみわたせば朝日にさわぐ
　しがの浦波

『後鳥羽院御集』正治二年十一月八日影供歌合。また、『新後拾遺和歌集』巻第十羇旅歌。また、『雲葉和歌集』巻第十羇旅歌。

歌合の際の題は朝遠望。ただし『新後拾遺』と『雲葉』には「題しらず」とあるし、それはともかく、いづれも第一句を「駒なべて」とする。また第二句を『新後拾遺』は「打出の浜を」(「国歌大系」本による)、『雲葉』は「うち出の浜を」(「群書類従」本による)としてゐるから、おそらく「うちで」と読ませるつもりだらう。事実、この地名は「うちいで」のほうがむしろ異例に属するやうである。しかしここでは、m音の連りと一つはづしたゆつたりした口調の楽しさのゆゑに『後鳥羽院御集』に従つておきたい。

打出の浜は大津の近くで、『拾遺』、巻第五恋五、読人しらず、「あふみなる打出のはまのうちいでて怨みやせまし人の心を」で知られた歌枕だが、動詞「打出づ」およびその派生語にかけて使はれるのが常で、後鳥羽院もまた同じ手を用ゐている。地名としてはもう一つ、「朝日」がある。すなはち、『金葉』、巻第五賀歌、藤原敦光、「くもりなき豊のあかりにあふみなるあさ日のさとは光さしそふ」と歌はれた朝日の里が秘められてゐるのである。そしてこの二つがいづれも近江にあることは、この遠乗りの歌を詠む際、上皇の無意識にかなり作用してゐたかもしれない。「あふみ」は「鐙《あぶみ》」に通じるからだ。なほ、敗残の木曾義仲と今井四郎が「主従駒をはやめてよりあふ」（『平家物語』）のがこの打出の浜で、しかも義仲が朝日の将軍と呼ばれたといふことは、ここでぜひ言ひ添へておかなければなるまい。彼の斬死《きりじに》は寿永四年。正治二年にさきだつことわづか十五年にすぎない。「この日《ひ》来日本国《ごろにつぽんごく》に聞えさせ給ひつる木曾殿」（『平家物語』）の武勇は、後鳥羽院にとつて極めて生々しい同時代史だつたはずである。

一首によつてただちに想ひ起されるのは、『古今』、巻第二春歌下、読人しらず、

駒なめていざ見にゆかむ故郷は雪とのみこそ花はちるらめ

で、さう言へば『千載』にも、巻第十八雑歌下、源雅重、「駒なべていざ見にゆかむ立田川白波よする岸のあたりを」がある。しかし言ふまでもないことだが、『古今』の吉野にせよ、『千載』の立田川にせよ、どちらも、「いざ見にゆかむ」に「勇み」が隠してある勇壮な歌ひぶりにもかかはらず、のんびりと景色を眺める風流な遠乗りの目的地にすぎない。それはあくまでも快いスポーツの折返し点なのである。だが、後鳥羽院にとつての打出の

浜は違つてゐた。

「見わたす」といふ動詞を彼が使ふ場合、国見といふ古代の帝王の儀式を連想させることは前にも記したけれども、この歌の第三句「みわたせば」にはその国見の気配がすこぶる濃いやうだし、さういふ味はひは一首の、ゆるやかにしかもいささかのたるみもなく詠み下した帝王調によつていつそう強められてゐる。その政治性や呪術性は、第四句「朝日にさわぐ」によつて、「朝日」の呪術性を媒介としながら、とつぜん軍事的行動への陶酔に変るのだが、さらに、第五句「しがの浦波」のせいで、その反乱が一つの心象風景として定着するのである。「浦波」とはまた「心《うら》」の波立ち騒ぐ情景にほかならない。この打出の浜には、あの吉野や立田川とは決定的に異る物騒な趣がある。その、いつそ思ひ切つて右翼的と呼ぶほうが正しいやうな情緒をもし捉へないならば、一首の意を、仲間と連れ立つて遠乗りに出かけ、打出の浜を見渡すと、折りしも朝日に照らされた琵琶湖の波が朝日の里のあたりで眩しく乱れ騒ぐ——さながらわたしの心のなかのやうに、と取つたにしても、やはり画龍点睛《がりようてんせい》を欠くのではなからうか。

もちろん、こんなふうに考へるとき、後鳥羽院がこの歌を詠んでから二十一年後、承久の乱を起したといふ事実がわたしの鑑賞にいくらか影響を及ぼしてゐないはずはない。そのことは素直に認めようと思ふ。が、しかし同時に、「朝日にさわぐ」という眼目の句には、言葉それ自体において、単に朝の湖の波を描写するだけではない何かがあることもまた確かなのである。黄金《きん》いろの無数の線条の絶え間ない動きをあざやかに示すこの特異な言ひまはしは、騒擾への暗い欲求、兇暴で不逞な心情、そして一種官能的な喜びで裏打ちされてゐる。それは現代詩の一句としてさへ大胆にすぎ（人々は案外、大味にすぎると受取るかもしれぬ）、王朝の和歌の一句としては新鮮にすぎる七音なのである。

しかし「朝日にさわぐ」はこれだけ卓抜な句でありながら誰にも模倣されなかつたし（『国歌大観』所収の厖大な数の和歌のうち、この句を含むのは後鳥羽院の一首だけである）、それゆゑ当然、制の詞とならなかつた。これはたとへば藤原定家の「雪の夕ぐれ」（「駒とめて袖うちはらふかげもなし佐野のわたりの雪の夕ぐれ」）がくりかへし取入れられたあげく（たとへば、永福門院の「鳥のこゑ松のあらしのおともせず山しづかなる雪のゆふぐれ」）、制の詞に指定されたといふ事情とほとんど好対照をなすであらう。新鮮すぎるとわたしは言つたが、おそらく後世の歌人たちはこの一句に、王朝文学の正統から逸脱した危険なもの——尚武の気風と革命（あるいは反革命）の興奮を嗅ぎあて、それゆゑ「朝日にさわぐ」を盗まなかつたのではないか。

だがこの歌で最も重要なのは、これだけ衝撃的で激越な一句を含みながら全体の味はひが能ふ限りおつとりとしてゐて、宮廷文学の伝統の範囲内に辛うじて踏みとどまつてゐるといふ奇蹟的な風情である。そこには宮廷の優雅と風流が、その対蹠的なものを敢へて包括しながら、しかも決して自己を失ふまいと努力してゐる姿勢がある。それ以外の態度は後鳥羽院にとつて思ひもよらないものだつたと言つてもいいかもしれない。

すぎきつる旅のあはれをかずかずにいかで都の人
　にかたらん

『後鳥羽院御集』元久元年十二月八幡三十首御会。また、『風雅和歌集』巻第九旅歌。『風雅』にしてはじめて選ぶことのできる、清楚でしかも含蓄の深い一首である。意はおのづから明らかだが、言ひ添へるべきことがもしあるとすれば、「都の人」が一応のところ広く都人一般を意味しながら、しかしその底で特に後宮の美女たちを指してゐるといふ事情であらう。このとき男は、自分の世界と女たちの世界との途方もないへだたりに驚いてゐる。まるでそれだけの距離をはるばると旅したかのやうに。

みるままに山かぜあらくしぐるめり都もいまや夜
　さむなるらん

『新古今和歌集』巻第十羇旅歌。

「熊野にまゐり侍りしに、旅の心を」といふ詞書がある。石田吉貞は、「熊野御幸は極めて多く行われたが、これは建仁元年十月五日から廿六日迄のものではなかろうか。その時は時雨が多く、大いに寒かった。而して到る所で歌会が催されたが、この御歌もその歌会のものであろうか」と述べてゐる。

宗祇は『分葉』のなかで、第一句の「みる」を、「是は見るただち也。みるにつけて也。眼前也」と説明してゐる。宗祇の注はさすがに懇切で的確である。

第一句「みるままに」のせいで『新古今』巻第六冬歌、式子内親王(正治二年初度百首)、

みるままに冬はきにけり鴨のゐる入江の汀うす氷りつつ

を思ひ浮べがちだが、その影響を受けたといふ筋ではあるまい。影響を云々するのなら、むしろ『古今集』巻第二十、

み山にはあられふるらし外山なるまさきのかづら色づきにけり

をあげるのがよからう。里近い山の色づいた蔓草によつて霰降る深山を思いやるといふ趣向をさかさまにすれば、山中の時雨によつて夜寒の都をなつかしむことになる。ただし、都へと寄せるこの心には、どうやら都の女たちを思ふ気持がまじつてゐるらしい。『新古今』巻第十はこの歌をもつて終り、巻第十一恋歌一が、読人しらず、

よそにのみ見てややみなん葛城や高間の山の嶺の白雲

によつてはじまる。この恋歌は山のゆかりによつて後鳥羽院の羇旅歌に接し、そしてこの旅の歌は恋ごころによつてほのかに染められてゐるのである。

心敬の『ささめごと』に、「古人ノ自讃歌少々」として、後鳥羽院のこの歌から西行の「年たけて又越ゆべしと思ひきやいのちなりけり小夜の中山」に至る二十一首をかかげ（ただしこの自讃歌は後人の撰であらうと言はれてゐる）、「色どりかざらで心言葉ようをむ」と評してゐるのはまことに正しい。ヨウヲムとは「幽遠」である。

これをもつて羇旅歌を終り、恋歌に移る。

夜とともにくゆるもくるし名に立てるあはでの浦
　のあまの灯

『続古今和歌集』巻第十一恋歌一。また、『夫木和歌抄』巻第二十五雑部七。『夫木』は北野社百首御歌と注してゐる。ただしこの私撰集では第五句、「あまの藻塩火」。その一本では第二句、「もゆるもくるし」。「夜とともにもゆるもくるし名に立てるあはでの浦のあまの藻塩火」の四つのm音の響きも捨てがたいが、ここでは『続古今』に従ふ。『金葉』巻第八恋歌五、源雅光の、

名に立てるあはでの浦の蜑だにもみるめはかづくものとこそきけ

の本歌どりで、さらにこの本歌は『古今』、巻第十四恋歌四、読人しらず、

伊勢のあまの朝な夕なにかづくてふみるめに人をあくよしもがな

によつてゐる。「かづく」は潜つて採るの意で、「みるめ」は「海松藻《みるめ》」と「見る目」とにかける。すなはちいづれも逢ふ瀬を求める恋ごころを歌ふものである。阿波手の浦は『八

雲御抄』によれば常陸にあるが、『夫木』は尾張にあると注してゐる。もつともこの歌枕は「逢はで」にかけて恋歌に使へるから人気があつたので、歌人たちにとつては結局のところ常陸だらうが尾張だらうが知つたことではなかつたらう。従つて「あはでのうら」と「うら」は、「浦」でありながらしかも「心《うら》」を暗示してゐた。後鳥羽院は、阿波手の浦の漁師のともす漁火《いさりび》がくすぶる情景と、恋人を待ちこがれる心の苦しさとを二重写しにして見せたのである。

このとき「くゆるもくるし」といふ硬いk音のくりかへしと「あはでの浦のあまの」といふ豊かな母音との対照は見事なものだが、わたしに言はせれば最も肝要なのは「くゆるもくるし」である。恋人を待ちわびてゐる者、たぶん女は、その訪れをひたすら待ちつづけてゐる。その「来《く》」――待つことの反対概念が二度も反覆されるせいで、恋の切なさがまことに鮮かに示されるのだ。

いかにせんなほこりずまの浦風にくゆる煙のむすぼほれつつ

『後鳥羽院御集』建仁二年三月二十三日三体和歌。また、『新千載和歌集』巻第十二恋歌二。

ただし第五句、『新千載』によれば「むすぼほれゆく」。

三体和歌とは、春、夏を「ふとくおほきに、大有二余情一」（これは「歌学文庫」本『三体和歌』によるもので、『後鳥羽院御集』では「高体」）、秋、冬を「からびてほそく、細唐」（「痩体」）、恋、旅を「艶にやさしく、幽艶」（「艶体」）と三様に計六首を詠むといふ催しであつた。もちろん上皇の発意によるものだつたに相違ない。参加したのは後鳥羽院、藤原良経、慈円、藤原定家、藤原家隆、寂蓮、鴨長明の七人で、藤原有家、藤原雅経の二人は所労と称して辞退した。もつていかに難題だつたか察しられよう。一首は言ふまでもなくそのうちの恋歌である。

本歌は『後撰』巻第十二恋歌四、紀貫之、

風をいたみくゆる煙のたちいでてなほこりずまの浦ぞこひしき

「こりずま」が「懲りずまに」と「須磨」とにかけてあることは言ふまでもない。そして『新古今』時代の人々がこの言葉によつてただちに『源氏物語』を連想したのは当然で、光源氏は須磨をみづからの配所としただけではなく、たしかにこりずまに恋を求めた。

『源氏』須磨、

こりずまの浦のみるめもゆかしきを塩やくあまやいかが思はん

は、彼が都の朧月夜に送る手紙のなかの歌である。

この和歌によつても、また『後拾遺』藤原経衡、

たちのぼるもしほの煙たえせねば空にもしるき須磨の浦かな

によつてもわかるやうに、須磨には製塩がつきもので、すなはち「くゆる煙《けぶり》」といふことになる。須磨、浦風（「浦」の語源として『大言海』は「或ハ、風浪和ギテうらうらノ意」と言ふ）、燻《く》ゆる煙がそのせいでこぐらかる、といふ叙景の層がここで現れるわけだが、煙の入り組んだ意匠がほどけないのを「いかにせん」と嘆くのは、もちろんさして重い意味を持たない。

大事なのは「こりずまに」の線である。これをたどれば、「浦風」には「心《うら》」が秘めてあるし、「くゆる」はこのままで、思ひこがれる、そのために鬱陶しくふさぎこむ、の意となるだけでなく、「悔ゆ」をほのめかす。「むすぼほる」はまた、思ひ乱れて心が晴れない、といふ気持にならう。つまり、以前のあやまちにも懲りず、またもや恋に溺れてゆく

せいで鬱屈する思ひをどうしたらよからう、といふ心理の層が、海辺の眺めと重なり合ふのである。この二つの層は、ただ言葉の魔術によつて巧みに、そして危ふく重ねられてゐる。われわれはこの巧みさと危ふさとを二つながら賞味しなければならない。

たが香にか花たちばなの匂ふらん昔の人もひとりならねば

『後鳥羽院御集』詠五百首和歌。また、『雲葉和歌集』巻第四夏部。『新古今』時代といふ本歌どり全盛の一時期に、最も多く本歌とされたのが、『古今』巻第三夏歌、読人しらず、

さつきまつ花たちばなの香をかげば昔のひとの袖の香ぞする

であることは言ふまでもない。小島吉雄によれば、この読人しらずの本歌どりで『新古今』に撰入するもの、十首。もつて当時の趣味と後鳥羽院の好尚とを知るべきであらう。事実、上皇の承元二年の作には、

うたたねの夢や昔にのこるらん花たちばなの明ぼのの空

があり、『後鳥羽院御百首』には、

古里をしのぶの軒は風すぎて苔のたもとに匂ふたちばな

がある。前者の、橘と曙との取合せはさほどのものとも思へないが、「苔のたもと」すなはち法衣の袖に花たちばなの香をまつはらせ、さらに軒忍《のきしのぶ》をあしらつた後者の沈痛華麗な色彩美は、この本歌による本歌どりの歴史において、異色の趣向に相違ない。改めて念を押すまでもなく、隠岐の詠である。

だがこの技巧の妙よりももつと見事なのは、同じく配所における「昔の人もひとりならねば」の、ほとんど放心状態のつぶやきだらう。一首の意は明らかで、要するにかつての女たちをしのぶいい気な台詞《せりふ》にすぎないけれど、しかしその奇妙に無表情なつぶやきがおのづから古歌を踏まへ、物語的情緒をたたへ、さらに暢達自在な調べで流れてゐるのが恐しい。これは、ふと口をついて出るものがことごとく『新古今』ふうの和歌になつてしまふ老人の、某年夏の独白なのである。この投げやりな口ぶりを精細に分析するならば、暗愁と闊達なユーモアとのないまぜになつた、孤独でしかも気品の高い無意識、寂しくてしかも肯定的な心理が出て来るだらう。

袖の露もあらぬ色にぞ消えかへるうつればかはる
　嘆きせしまに

『後鳥羽院御集』建永元年七月中当座御歌合。また、『新古今和歌集』巻第十四恋歌四。歌合の題は被忘恋。本歌は言ふまでもなく、『古今』巻第二春歌下、小野小町、「花の色はうつりにけりないたづらにわが身世にふるながめせしまに」。

藤原定家が『近代秀歌』および『詠歌大概』の例歌として引き、また『定家八代抄』にも抄した秀逸である。後鳥羽院は晩年、隠岐で『時代不同歌合』を試みたとき、自詠三首のうちの一首としてこれを選んだ。すなはち自讃歌中の自讃歌といふことにならう。もちろん隠岐本『新古今』においても除かれてゐない。

定家の推奨のせいもあつてか、一首は上皇の「露は袖に物おもふころは」と並んで、室町、戦国のころすこぶる評判が高かつた。たとへば『聞書全集』には、「後鳥羽院の御製ほど面白きはあらじ」とあつて、この二首を引いてから、「右ねがひても読みたき風体なり」と記されてゐるし、同じ本の別の箇所にふたたびこの歌を引いて、「此のもの字心有る字なり、おもしろしとなり」とある。第一句「袖の露も」の「も」に注目することは連歌師たちの伝承であつた。

たしかに一首はこの助詞「も」にかかつてゐる。『古今』巻第十二恋歌二、紀貫之、

白玉とみえし涙もとしふればからくれなゐにうつろひにけり

でもわかるやうに、歌人たちは古くから悲しい恋の紅涙を歌ふことを喜んだ。すなはち血の涙、「涙ツキテ、血出ヅルコト。又、血ノマジリテ出ヅル涙。甚シク哀ミテ、泣クトキノ涙」(『大言海』)である。この趣向は『新古今』の歌人たちにも迎へられて、たとへば巻第五秋歌下、俊成卿女、

色かはる露をば袖におきまよひうらがれて行く野べの秋かな

などと用ゐられる。この場合、第五句の「秋」が「飽き」にかけてあることは断るまでも

ない。

上皇の一首もまた、恋人に飽きられたといふ人事と、秋といふ自然とを照応させてゐて、その二つが「露」といふ小道具に収斂する。「うつればかはる」によつて明らかなやうに、これは恋人の心がはりを嘆いてゐるのである。一首はわたしの見るところ五段がまへになつてゐて、第一にその心がはりがあり、第二に「袖の露」が「あらぬ色に」すなはち紅涙になる。第三にその紅涙さへ（「も」はまづこの意味で使はれる）消える（「消えかへる」は「消ゆ」を強調した語）。第四に、秋が草葉に置いた露が消え、第五に、嘆きのあまり自分の露の命もまた消え入りさうなのである。この第四と第五の層の、草の露および露の命の存在を暗示するために「袖の露も」の「もまた」があるのだらう。

しかし、これだけこみいつたことを三十一音に収めた藝もさることながら、讃嘆に価するのは、その多岐と複雑にもかかはらず調べがおつとりとしてゐて天衣無縫なことである。いはゆる帝王調の歌を詠む天皇はほかにもゐるし、『新古今』調の歌人は数多い。しかしこれだけ高度な技巧を身につけた帝王調の歌人は、日本文学史に一人しかゐなかつた。

我が恋はまきの下葉にもる時雨ぬるとも袖の色に
出でめや

『後鳥羽院御集』元久元年十月日《（ママ）》当座歌合（ただし「北野社歌合之由被注尤不審」とある）。また、『新古今和歌集』巻第十一恋歌一。

題は「忍恋」である。忍ぶ恋（あるいは忍ぶる恋）の秀逸としては、式子内親王の絶唱、

　玉の緒よ絶えなばたえねながらへば忍ぶることの弱りもぞする

を、やはりあげなければなるまいが、藤原俊成に、これと並ぶべき秀歌（事実、『千載』巻第十一恋歌一の巻末歌となつてゐる）、

　いかにせん室の八島に宿もがな恋の煙を空にまがへん

がある。わたしは、一首がこの影響を受けてゐるやうな気がしてならない。上の句だけでは一向わけがわからず、そのくせ下の句ですらりと納得がゆくといふ趣向がよく似てゐるのである。いや、謎と謎ときといふ関係は、第一句が「我が恋は」とはじまつてゐるせいで、後鳥羽院のほうが遥かに強くなつてゐるやうだ。この謎々仕立ては歌謡の意気で、たとへば後世の『松の葉』の、

我が恋は緅子《もぢ》の袋に色小袖、何とつつめど色にいでさふろ、やれいでさふろ、逢見てのちは何とせうぞの、戻ろやれ、しやならしやならと。

など、まさしく同じ仕掛けと見てよからう（「我が恋は」ではじまる謎々仕立ての歌謡は『梁塵秘抄』には見当らないが、散逸した部分にはきつとあつたに相違ない）。ただし大事なのは、さういふ小唄ぶりを試みてゐながらその細工がちつとも卑しくならず、まことに堂々としてゐることで、「我が恋は」といささかも悪びれずに大きく出て「色に出でめや」と闊達に納めるあたり、小唄ぶりにしてしかも帝王ぶりといふほとんど奇蹟的な趣がある。一首の意は、槙の下葉が枝から漏る時雨のせいで濡れても色が変らぬやうに、袖は泪に濡れてもわたしの恋は外にあらはれない、袖の色は変らない、といふあたりである。学者は気がついてゐても品位を重んじて口にしないのだらうが、時雨に濡れる下葉といふイメージには明らかにエロチックな連想をそそるものがあるし、そのことは「ぬる」が「濡る」と「塗る」（「色」の縁語）のほか「寝る《ぬ》」にかけてあることでも察しがつかう。もつとも助詞「とも」は動詞の終止形（「濡る」と「塗る」はいづれも終止形である）に接続するのが本来の形で、動詞「寝《ぬ》」の連体形「寝る」が「とも」に接続するのは鎌倉時代以後の形だが、後鳥羽院は当時の口語を取入れたのかもしれないし、それとも最新の崩れた言ひまはしが彼の無意識にちらついてゐたのかもしれぬ。
この歌は『新古今』において、例の慈円の傑作、

わが恋は松を時雨のそめかねて真葛が原に風騒ぐなり

のすぐ前に、しかも第一句はまつたく同じで位置してゐるのに、いささかもたぢろぐ気配がない。後鳥羽院のほうが四年後に詠んでゐるのだから、おそらく影響を受けてゐるのだらうが、それにもかかはらず、慈円とはまた別の複雑さと精妙さを見せてゐるせいである。あの気むづかしい隠岐本においてもこの一首は除かれなかつたし、定家はこれを『定家八代抄』に採り、後世は『新三十六人撰』に収めた。その際、眼目になるのはやはり「ぬるとも袖の」といふ第四句だつたやうで、『新古今集聞書』はこれに敬意を表して「詠歌制之詞」としてゐる。

へにける年

新古今、又春の花秋のもみぢをひとつにこきまぜて、鳳凰池の秋の月、梁苑の雪の夜とかやうたひ候心ちして、御てづからなる詞づかひ、珍しくけだかう面白く……

俊成卿女

一

『新古今和歌集』巻第十一恋歌一に、

おもひつつへにける年のかひやなきただあらましの夕暮の空

といふ後鳥羽院の詠があつて、詞書には「水無瀬にて、男《をのこ》ども、久《シキ》恋といふ事をよみ侍りしに」と記されてゐる。わたしにはこの歌が長年、不審でならなかつた。端正な姿かたちはよくわかるし、哀れ深い風情も納得がゆくし、一首の意味もいちおう明らかだけれど、もう一つ興趣が乏しかつたのである。

もちろんいくら勅撰集とはいへ、また八代集中の白眉である『新古今』とはいへ、全部が全部よりぬきの歌であらうはずはない。さまざまの事情から、あまり感心できない歌もちらほらまじることになるのは当然だらう。が、この一首は、撰者名注記によれば藤原有家、藤原定家、藤原家隆、藤原雅経の四人が（すなはち六人の撰者のうち、早く没した寂蓮を除けば、源通具が推さなかつただけで）そろつて推薦してゐる歌である。隠岐本において『新古今』約二千首からほぼ五分の一を除き、自詠の三十三首のうち僅か十四首を残すにすぎなかつた後鳥羽院が、つひに削らなかつた自讃歌である。のみならず、定家はこれを『定家八代抄』に収めたし、建仁二年六月、はじめてこの歌に接したときの彼の感嘆は『明月記』によつてよく知ることができる。それほどの傑作を玩賞できないといふのはやはり心残りなことだつたのである。わたしはさまざまの評釈を漁りつづけ、しかも相変らずあきたらない思ひを味はふしかなかつた。

ここで在来の解釈を紹介して置くほうが、やはり好都合だらう。古今の代表的なものを一つづつ引くことにする。まづ石田吉貞の『新古今和歌集全註解』。

〔釈〕『逢いたい逢いたいと思いながら幾年も過ぎて来たかいがないのであろうか。今夜あたり逢えるだろうと、ただ予期しただけで、また逢うことの出来ないこの夕暮の空の、何とまあ悲しく見えることよ』予期が予期のみに終った夕暮、わびしく夕空を眺めながら、久しい間のかいなき恋をしみじみと悲しんでいるのである。(下略)

〔註〕○思ひつつ——逢いたいと思いながら。○ただあらましの——あらましは予期すること。ただ予期のみで空しく逢い得ないの意。

次は本居宣長の『新古今集美濃の家づと』。

本歌、後撰に「おもひつつ経にける年をしるべにてなれぬるものはこころなりけり」。上二句に、此の本歌のすべての意をこめてよませ給へるなるべし。さればただあらましとは、本歌のなれぬるものは心なりといへるによれり。すべてあらましとは、ゆくさきのことを、とせむかくせむと、かねて心に思ひまふくるをいへり。上句の意は、あはむと、年をへて心におもひなれぬるかひやなきなり。三の句、かひもなく又かひぞなき、などはあらで、やとあるは、末つひにかひなくてやみなむの意なり。

宣長の偉大は誰でも知つてゐる。そして『新古今』時代、殊に定家にかけては石田が今のところ第一人者であることは、この方面に関心のある人々の常識であらう。しかしわたしは、二人の碩学に寄せる敬意にもかかはらず彼らの解釈ではもう一つ合点がゆかなかつたし、といふよりもむしろ、そのやうな説明でけりがつく歌になぜ定家が感動したのかと不思議でならなかつた。

二

引用ではほぶいたくだりで石田吉貞も述べてゐることだが、これは建仁二年（一二〇二）六月三日水無瀬釣殿当座六首歌合の一首で、詞書には「男ども」とあるけれど、後鳥羽院と定家の二人だけの歌合にすぎない。そしてこれは、後鳥羽院一代の作（樋口芳麻呂は「現存のもののみで、重複を除き二千三百六十四首ほど」としてゐる）のうち、当時の詳しい事情が知れる点で極めて稀な例外に属する歌なのである。言ふまでもなく定家の日記『明月記』の記載のゆゑにほかならない。

すなはちこの年五月二十八日、数へ年で四十一歳の定家は、激しい風雨のなかを舟で水無瀬へとおもむく。舟のなかで水干を着たのは、おそらく伺候を急がうとしてであつたらう。しかし早いうちに離宮に着いた二十三歳の後鳥羽院は、すでに奥で休んでゐるし、やがてふたたび姿を見せても、定家は遥か遠くのほうで見参《けんざん》に入るのみで、別に言葉をかけられるわけではない。引下つた彼は、割当てられた宿舎が粗末で寝室が雨もりするせいもあつて、しきりに不幸を嘆くことになる。「相二励無益之身一、奔二走貧老之身一、病与二不具一、心中更無二為方一、棄二妻子一離レ家困二臥荒屋一、雨漏二寝所一、終夜無聊、浮生何日乎、不レ修二一善一、悲哉」

二十九日も三十日も雨で、定家の心はすこぶる慰まないし、殊に三十日には官位がいつこう昇進しないといふ愚痴が書きつけられる。もつともこれは『明月記』で絶えずくりかへされる、いはば主題の一つで、珍しいことではないけれど。「無三一事面目二応二交衆一、後輩若冠悉為二卿相一、眼疲心擢、遂有二何益一」

六月一日は大雨になつた（「雨如二注漸溢一」）。水無瀬川の氾濫のせいで水が鞍まで達するため、馬でゆくことができない。やむを得ず舟に乗り、びしよ濡れになつて離宮へ伺候すると、後鳥羽院は陰陽博士《おんみようはかせ》を呼んで、「此雨及二大事一歟」を占はせてゐる。定家はまた舟で退出したが、妻子のことが気がかりでならないので雨を冒して京に帰り、冷泉の邸に憩ふ（「喜悦無レ極、沐浴偃臥聊慰レ心」）。

翌二日は晴れたり曇つたりの空模様である。定家は朝の九時ごろに家を出て、廷臣としての義務を果すため水無瀬へ馬を急がせなければならない。この往復による疲れは言ふまでもないが（「昨今遠路身体疲」）、昼ごろ離宮に参上したところ、若い後鳥羽院はすこぶる元気で、遊女に歌はせ白拍子に舞はせる有様である。定家は不機嫌になつて退下する（「依二病気不快一為二休息一也」）。この夜は「終夜風雨」とある。

翌三日、「朝後天霽、午後小雨止」。昼ごろ定家は、今までのものは雨で傷んだので、別の水干を着て伺候した。しばらくすると和歌所の開闔《かいこう》（記録、文案の検査をおこなふいはば秘書役）、源家長を経て、後鳥羽院から「題一枚六首」が出され、ただちに詠進することを求められる。「廻㆓愚案㆒間、漸出御」となるが、「如㆑例遊女着座」であることは昨日と変らない。おもしろいのは遊女の唄の合間に、内大臣、源通親が、出来たばかりの六首に目を通してゐることである。土御門内大臣は、なかなかいいぢやないかなどと言つたらしい（「頗以会釈之気」）。やがて家長に促されて定家は和歌を差出す。間もなく藤原清範から、今日の和歌は殊によろしいといふ後鳥羽院の言葉が伝へられた。遊女が退下する。かなりの時間が経つてから清範が来て、御製はまだ出来ないが明後日には何か沙汰があるはずだと伝へる。すなはち職業歌人、定家にとつて、即座に六首を詠み下すくらゐ何でもないが、和歌の修業をはじめたばかりの後鳥羽院には大変なことなのである。定家の六首に太刀打ちするだけのものを作らうとして必死になつたといふ事情もあらう。「四日、天陰晴、午時参上、毎事如㆑例（下略）」

そして五日の記事はやはり全文を引用するほうがいいと思ふ。

五日、自㆑夜又甚雨、終日濛々、巳時許参上、未時許出御、毎事如㆑例、以㆓清範㆒賜㆓御製㆒、加㆓一見㆒可㆓返上㆒由有㆓仰事㆒、拝感之由奏㆑之、一日六首也。

夏　月

丶丶丶丶丶丶丶丶丶丶丶丶夏の月きよたきかはにかけそなかる丶

丶丶丶丶丶あしやのさとにとふほたるたかすむ方のあまのいさりそ

松　風

初　恋

忍　恋

丶丶丶丶ものやおもふとわれとへは先しる袖のぬれて答ふる

久　恋

おもひつ丶へにけるとしのかひそな《イや》きたか《(ママ)》あらましのゆふくれのそら

此題殊以殊勝々々、遊女退下之後、小時御向殿、此間凌二甚雨一退出、皆瀬川又溢、笠破湿融、今朝仲経卿信雅朝臣等出京、実教信清卿又可二出京一云々、頗以無人、還御十五日云々。

六首をまるごと写さうとしてゐるところから見て、定家の感動は察せられる。しかしここで問題なのは、完全な形で覚えてゐたのは一首だけ（多少の記憶ちがひはあるとしても）だつたことである。それ以外の五首は、はじめを忘れてしまつたり、題だけしか思ひ出せなかつたりしてゐるのだ。わたしはこれを主として「思ひつつ」の一首の感銘のせい（「此題殊以殊勝々々」）だつたと考へたい。定家はこの恋歌に接してほとんど心みだれ、早く書きつけたくて仕方がないため、ほかの五首を思ひ浮べることをなほざりにしたのではなからうか。

この晩は夜どほし雨である。翌六日の午後は雨勢いよいよはなはだしく、夜になると部屋は水びたしになる始末で、定家は別の宿舎に移らざるを得ない。この日、雨を冒して騎馬で参上した彼は、しきりに愁嘆する江口の遊女たちを離宮で見かけてゐる。

翌七日午後、雨はやんだものの、水は離宮をひたす。ただし後鳥羽院は平気で、舟に乗つて近所を見物したりしてゐる（「御㆓御船㆒遊覧」）。かういふ調子はずつと変らなかつたやうで、十日にも若い上皇は「水御遊」をしてゐるし、「白拍子女六十余人」を召した。十三日還御。この夜は大雨で、十四日朝になつてやうやくやんだものの、「殿舎破壊、雨露不㆑留、露台傾破」といふ惨状である。

十五日にはときどき豪雨が降つた。定家は昼ごろ院に伺候してから八条院（石田吉貞の考證によれば、定家の荘園、吉富荘はもともと八条院からあづかつてゐるもので、「随つて定家は八条院から一定の所課を命ぜられると共に、事ある際には、その保護を受けてゐる」）に行つてゐた。そこへ冷泉の邸から使ひの少年が駆けて来て、清範が探してゐると言ふ。大急ぎで院に帰ると、後鳥羽院から一巻を賜るとのことで、それは「水無瀬愚歌被㆓合御製㆒、有㆓御判㆒」である。「面目過分畏申之由申候了退出」

この歌合は短いから、「群書類従」本によつて全文を引用することにしたい。後鳥羽院の歌で『明月記』の記載と異る部分は、推敲のあとを示すものかもしれない。

水無瀬釣殿当座六首歌合　建仁二年六月

作者

藤原朝臣定家

藤原朝臣親定　後鳥羽院御作名

判者

藤原親定

一番　河上夏月

左　　　　　　　　　　　　　　　　定家朝臣

たかせ舟下す夜川のみなれさをとりあへすあくる頃の月影

右　　　　　　　　　　　　　　　　親　定

いかたしのうきね秋なる夏の月きよ滝川にかけなかるなり

左の歌。くたす夜川のみなれ棹。とりあへすあくらん頃の誠に名残おほかるへし。右の歌さしたる事なしといへとも。しはらく持なとにや侍へき。

二番　海辺見蛍

左　　　　　　　　　　　　　　　　　定家

すまのうらもしほの枕とふ蛍かりねの夢路わふと告こせ

右　　　　　　　　　　　　　　　　　親定

津の国のあしやの里に飛蛍たか住かたのあまのいさり火

左の歌行平のちうなこん。もしほたれ侘けんすまの浦。誠に面影も有心地して。有かたく侍うへに。秋風吹とかりに告こせなといへる古歌思ひ出られ。結句なとことにやさしく侍り。右の歌詞めつらしからさる上に。初の五文字ことさらこひねかふへくもなかるへし。

三番　山家松風

左　　　　　　　　　　　　　　　　　定家

松風や外山をこむるかきねより夏のこなたにかよふ秋かせ

右　　　　　　　　　　　　　　　　　親定

柴の戸をあさけの夏の衣手に秋をともなふ松の一こゑ

左の歌夏のこなたにかよふ秋風。めつらしく侍れとも。またあなかちには聞えす。右の歌夕なとや。松風ともなふへき柴の戸をあさけの衣。頗よせなきに似たるをや。

四番　初恋

左　　定家

春やときとはかりきゝし鶯のはつ音をわれとけふやなか南

右　　親定

おほかたのゆふへは里のなかめより色付そむる袖の一しほ

左の歌初恋の心珍しく侍へし。右の歌上句少しさもやきこえて侍れと。いかさまめつらしからす。左少勝。

五番　忍恋

左　　定家

夏草のましるしけみにきえぬ露をまとめて人の色を社みれ

右　　親定

歎きあまり物やおもふと我とへは先しる袖のぬれて答ふる

左の歌ましるしけみにきえね露といへるわたり。返々おかしくこそ侍れ。為レ勝。

六番　久恋

左　　　　　　　　　　　　　　　　　　　　　　定　家

幾世へぬ袖振山のみつかきにたへぬ思ひのしめをかけつと

右　　　　　　　　　　　　　　　　　　　　　　親　定

思ひつゝへにける年のかひやなきたゝあらましの夕くれの空

右の歌。無二指事一。又さしたるとかなくは。一番なとは可レ勝歟。

藤原親定といふのは後鳥羽院が身をやつしての筆名である。二番の判詞に引かれてゐる古歌は、『古今』、在原行平、「わくらばに問ふ人あらばすまの浦に藻塩たれつつわぶとこたへよ」と、『後撰』、在原業平、「ゆくほたる雲の上までいぬべくは秋かぜ吹くと雁に告げこせ」である。三番の判詞の「よせ」は「余情《よせい》」であらう。四番左の「南」が「なん」、五番左の「社」が「こそ」と読むことは言ふまでもない。六番左の本歌は『拾遺』、柿本人麻呂「をとめごが袖ふる山の瑞垣の久しき世より思ひそめてき」。

あからさまに記されてゐないものは判詞で見当をつけると、結局、左勝三、右勝一、持二といふことになる。かういふ謙遜が歌合のならはしなのはもちろんだが、後鳥羽院が定家の歌風を好み、及びがたい上手として尊敬してゐるため、おのづからかういふ結果になつたといふ事情も見のがしてはならない。事実、持の二首とても、わたしの見るところでは左歌のほうが遥かに優つてゐる。それは上皇にもよくわかつてゐたに相違ない。たとへば「たかせ舟」の一首など、上の句には小唄ぶりの軽快な口調があるし、下の句には優美な怨情が慎しみ深くゆるやかに述べられてゐて、いづれも後鳥羽院の最も好む風情だから、これを賞味できなかつたとは考へにくいのである。それなのに敢へて持にしたのは、自判の負があまり多すぎるのもまた歌合の礼節にそむくせいであらう。

だが、六番の「久恋」だけは右が格段に優るため、定家ほどの名人さへ引立て役にまはるしかなかつた。もちろん後鳥羽院もあらかじめ、六首中一首を勝にするとすればこれしかないと感じてゐたであらうし、清範から伝へられたにちがひない定家の讃辞でいつそう自信を強めたといふ事情は容易に推察できる。自判の際、最後の一番だけ自分の勝にするのはよくあることだが、末尾の題でかういふ秀歌が詠まれたのは、まことに好都合だつたと言はなければならない。帝王自判の歌合の型は、これで見事にきまるのである。

これはまだ指摘されてゐないことのやうだが、水無瀬釣殿当座六首歌合だけではなく、同年九月の水無瀬殿恋十五首歌合でも用ゐられた親定といふ筆名は、定家に対する親愛の情のあらはれに相違ない。「定」の字はまつすぐ定家を指し示すだらうし、また彼以外の何人をも指さないのである。彼こそは若い上皇の最も好む当代歌人であつた。そして定家に対する親愛の情はともかく、敬意のほうは、最晩年に至つてもなほ変らなかつたと推定することができる。有名な『後鳥羽院御口伝』のなかの攻撃にしても、同時代のほかの歌人はみな一言二言、褒めるだけにして、定家についてては長広舌をふるふあたり、桁ちがひに重視してゐたためとしか思へない。あれはやはり一種特異な形での、敬意の表明なのである。とすれば、この二人の歌人の交渉をたどることは、後鳥羽院の生涯のある局面を最も効果的にとらへることになるはずだ。

三

樋口芳麻呂の考證によれば、「後鳥羽院の和歌のうち、現在知られる最も初期の詠は、正治元年（一一九九）三月十七日大内御幸観桜の際の作かと思はれる歌」である（樋口は精細な保留をつけてゐるが、そのことについてはここでは触れない）。二十歳の上皇は、

雲のうへに春くれぬとはなけれどもなれにし花の
　陰ぞ立ちうき

と詠んだのである（内大臣、源通具の返し、「あかざりし君がにほひを待ちえてぞ雲井のさくら色をそへける」）。これに次ぐものは、正治二年七月六日、北面歌合の三首。

長き世の友とやちぎる春日野のまだ二葉なるまつ
　の緑を
いはし水すむ月影の光にぞむかしの袖をみる心地
　する
見わたせばけふ白露のうはそめに色づきにけり衣
　手のもり

同年七月十八日歌合の三首。

きよみがた関もる波に夢さめて都にすみし月をみ
　る哉

あれにける高津の宮をきてみればまがきの虫やあるじなるらん

山ざとの門田《かどた》の稲葉《いなば》かぜこえて一色ならぬ浪ぞたちける

同年八月一日新宮歌合の三首。

神まつるゆふしでかくる榊葉のさかへやまさん宮の玉がき

ひろ沢の池にやどれる月影や昔をうつす鏡なるらん

宮城野の小萩が枝につゆふれて虫の音むすぶ秋の夕風

正治二年（一二〇〇）八月の院初度百首以前のものとしてはこの十首が知られるのみで、そのうち「いはし水」の歌は『続古今』に撰入してゐる。いづれも初心者の詠としてはかなり巧妙で、殊に「宮城野の小萩」の一首のごとき、凝つた言ひまはしで抒情味ゆたかに歌ひあげ、なかなかの出来ばえを見せてゐる。『千載』の歌風を承けて『新古今』のそれを準備する趣と評してもいいかもしれない。そしてこれだけの藝を示されれば、天稟《てんぴん》の才もさることながら然るべき師がゐたにちがひないと想像するのは、むしろ当然のことだらう。

歌学の師範の名を明らかにする文献は残つてゐない。しかし一方に当時の歌壇の情勢を据ゑ、他方に後鳥羽院の歌風を置いて考へれば、藤原俊成だつたと判断するのがいちばん自然だらうし、これは石田吉貞も『藤原定家の研究』においてさまざまの傍證をあげながら主張してゐることである。勅撰集を一人で撰進した歌人が高齢で健在であり（正治二年で八十六歳）、人柄もおだやかで政治的にも問題がなければ、上皇の師に選ばれないほうが不思議なくらゐであらう。定家はもちろんこの父親に歌の手引きをしてもらつたから、後鳥羽院とは相弟子といふことになるわけで、とすれば、これからさき上皇が、俊成の新風のもう一つさきをゆかうとする定家の歌にあるいは激しい共感を寄せ、あるいは強く反撥したのも、同門の心理としてすこぶるあり得ることと言はなければならない。そこには近親のあひだの複雑な感情に似た何かがあつたらう。

普通、後鳥羽院と定家の関係は正治二年八月の院初度百首にはじまるとされてゐる。もちろん学問のほうの手つづきではそれですませるしかないのかもしれないが、しかしわたしとしては、上皇はその前から定家の歌にかなり惹かれてゐたのではないかといふ気がする。文学の初心者が好んで新文学に関心を持つのはよくある話だけれど、勝気な後鳥羽院が詠歌に励む以上、直前の勅撰集『千載』に目を通さなかつたはずはないし、これには定家の和歌が八首撰入してゐるのである。そして『千載』における彼の位置がさほど花やかなものでないとしても、すぐ前の建久四年（上皇十四歳の年）におこなはれた、それまで最大の規模の歌合、六百番歌合を後鳥羽院が意識しなかつたとは考へられない。まして主催者は藤原良経、すなはち時の摂政で、判者は俊成とすれば、どちらかから歌合の記録が奉られるのは極めてあり得ることだらう。そのとき定家の清新でロマンチックな作が記憶に残つたとしてもさほど不思議はないのである。六百番歌合（あるいは左大将家百首歌合）の際の定家の歌は、たとへば次のやうなものであつた。

末とほき若葉の芝生うちなびき雲雀なく野の春の夕暮
唐衣すそ野の庵の旅まくら袖より鴫のたつ心地する
鴨のゐる入江の波を心にてむねと袖とにさわぐ恋かな
ぬしやたれ見ぬ夜の色をうつしおく筆のすさびにうかぶ面影

ここには遥か後世の「明星」の歌人たち、殊に北原白秋を思はせるものがあつて、二十代のはじめの上皇をずいぶん魅惑したにちがひないといふ気がする。ついでに言つておけば、後鳥羽院の自在な歌風に最も近い現代歌人は吉井勇で、その因縁から見ても、定家初期の白秋ぶりが上皇の心に迫つたといふ事情は何程か納得がゆくだらう。院初度百首以前の上皇の十首がもつとずつとおとなしい詠み口だとしても、定家のやうな斬新果敢な歌風を初心者がぢかに学ぶのはやはり無理なことだらうし、それにもともと二人の個性にはおのづから異る面もあつた。そしてわたしとしては、若々しい情趣や手なれた技巧もさることながら、その個性の相異のゆゑ上皇はいつそう定家の和歌に心ひかれたのではないかと推測したい。

といふのは、院初度百首の計画の当初、義弟に当る宰相中将、藤原公経が定家をその作者に加へるやう働きかけた際に、上皇が機嫌よくそれを聞き、公経としては定家に内報して差支へないと判断したといふ事実がある。この話は御子左、六条、両家の確執といふ歌壇事情のため二転三転するのだが、とにかく最初にあつさりと上皇が受入れたところを見れば、定家の和歌に一通り馴染みがあつただけではなく、好感をいだいてゐたものに相違ない。もしさうでなければ、上皇の気象として受付けないはずだし、第一、公経のほうでも話を持出さないのではなからうか。

正治二年七月十五日、定家は公経からのしらせを受けて、「若為二実事一也、極為二面目本望一」と喜んだが、十八日、「事忽変改」といふ次第を知る。「只撰二老者一預二此事一」といふのが表むきの理由だけれど、かねて彼と険悪な仲である六条家の藤原季経が（定家は季経の判を嫌つて歌合の作者を辞退したことがある）内大臣、通親を動かし、御子左家の新人を排除したことは明らかである。二十五日、定家は「棄置之身　更不レ及二其沙汰一歟」と嘆き悲しむ。二十六日の夕刻には公経を訪れて詳しい事情を聞き、上皇が自分に好意的だといふことを確めた上で、「此百首事凡非二叡慮之撰一云々、只権門物狂也、可二弾指一」と改めて憤慨する。そして八月一日には歌道にゆかりの深い北野宮に詣で、百首和歌の作者に加へられるやう祈つたのである（「有二祈請申事一」）。

一方、俊成は五回も六回も通親に働きかけたが、はかばかしい返事が得られないため、つひに後鳥羽院に奏状を奉つて、百首歌に若い歌人を加へた先例を説き「尚歯会と申す事をこそ年老いたる物ばかりは仕事にて候へ」とまで述べた。のみならず、六条家の歌人をさんざん罵ることさへしたのである。それはたとへば、藤原教長と藤原清輔が『拾遺古今』といふ私撰集を編んだ際、大江千里の「照りもせず曇りもはてぬ春の夜のおぼろ月夜にしく物ぞなき」を、第三句「夏の夜の」に改めて夏歌の部に収めたといふ評判だが、これを見ても彼らが『源氏物語』も『白氏文集』も読んでゐないことがわかる、といふやうな歌壇ゴシップまで含んでゐた。「温和老熟の俊成をして、このやうな激しい行動に出でしめた所に、御子左一家が、如何にこの百首に定家を送らうとして努力したかが分る」といふ石田吉貞の見解はまことに正しいが、奏状の内容はこの行動そのものよりももつと激烈である。

奏状を読んだ後鳥羽院はただちに定家を加へるやう処置を取つた。このことは、上皇の師が俊成であると石田が推定するに当つて傍證の一つとなつてゐる。藤原家隆、藤原隆房の二人もまたこのとき選ばれたのは、定家にからむ問題を曖昧にしようといふ政治的配慮であらう。つまり定家は、すでにしてこれほど厄介な存在だつたわけである。

事が決つたのは八月八日の夜で、翌早朝、公経から内報がもたらされ、次いで正式の通知があつた（「午時許長房朝臣奉書到来」）。定家の喜びは一方ではない。「誠以抃悦、（中略）二世願望已満」と日記に記したり、北野宮に詣でて和歌一巻を奉納したりしてゐる。かうして「詠歌辛苦、不レ出レ門」といふ苦心のあげく、百首歌は二十五日に詠進された。そのうち、のちに勅撰集に撰入したものをあげれば、

うち渡すをち方人はこたへねど匂ひぞ名のる野辺の梅が枝
梅の花にほひをうつす袖のうへに軒もる月のかげぞあらそふ
白雲の春はかさねてたつた山をぐらの峰に花にほふらし
片糸をよるよる峰にともす火にあはずば鹿の身をもかへじを
ながめやる衣手さむくふる雪に夕やみしらぬ山のはの月
駒とめて袖うちはらふかげもなし佐野のわたりの雪の夕暮
久方のあまてる神のゆふかづらかけて幾世を恋ひわたるらん

松が根をいそべの浪のうつたへにあらはれぬべき袖の上かな
露じものをぐらの山に家居してほさでも袖のくちぬべきかな

の九首だが、このほかにも佳什はすこぶる多く、さすがに名匠が一身の浮沈をかけて詠んだだけある。そして、後鳥羽院は彼の詠進を待ちかねてゐたらしく、早速これに目を通したやうである。定家の百首は上皇を殊のほか喜ばせ、翌二十六日、内昇殿を許すといふ沙汰があつた。といふのは、この年から数へて十五年前の文治元年（一一八五）、定家は宮中において源雅行に嘲弄され、脂燭でその顔を打つといふ過ちを犯したため、殿上に昇ることを禁じられた。俊成は息子のため、「蘆田鶴の雲路まよひし年くれて霞をさへやへだてはつべき」といふ一首を奉つて懇願したため、一旦は還り殿上を許されたものの、種々の事情のためいまだに内昇殿を差し止められたままである。この俊成の和歌は、藤原定長が後白河院に命ぜられて詠んだ返しと共に『千載集』巻第十七雑歌中に収められたが、定家は『千載』に詳しい人なら知つてゐるはずのこの事情を踏まへ、百首歌のうち鳥五首の一首として、

君が世に霞をわけし蘆たづのさらに浜辺のねをやなくべき

と詠んだ。そのせいかどうか（「夜部《よべの》歌中有二地下述懐一、忽有二憐愍一歟」）こんなにも早く許しが得られたのである（これは後鳥羽院がすでに『千載』を仔細に読んでゐたことを示すだらう）。

定家の感動と喜びは非常なもので、日ごろ願ひ出てゐなかつたのにかうなるとはまつたく思ひがけない（「此事凡存外、日来更不二申入一、大驚レ奇」）、とか、昇殿のことは別に驚くに価しないが百首歌のせいでといふところが「為レ道面目幽玄、為二後代美談一也、自愛至極」とか、興奮して書きつけてゐる。しかもこの日以後、上皇が彼の百首歌をしきりに賞揚してゐるといふ噂がほうぼうからはいるのだから、多年、不遇の身を嘆いてゐた定家が、「道之面目、本意何事過レ之乎」と満足するのは当然のことであらう。『明月記』を読み抜いた安田章生の断定するところにすると、この日記で「定家の歌が称讃されたことを記しているのは、この百首歌が初めてであり、しかもその推賞者は後鳥羽院だったのである」（『藤原定家研究』）。すなはち彼は後鳥羽院に発見された文学者なわけで、上皇はこの発見ひとつだけでも日本文学にこの上なく重要な寄与をおこなつたと評して差支へない。まことに恐るべき鑑賞家、眼光の鋭い批評家と言ふべきであらう。のちに定家は、「及二正治建仁一、蒙二天満天神之冥助一、応二聖主聖王勅愛一、僅継二家跡一」と述懐したが、このとき彼は誇張の言を弄してゐなかつた。

このころ若い上皇が定家の詠みぶりにどれほど心酔してゐたかをよく示すものとしては、

正治二年九月の仙洞十人歌合がある。これはかねがね問題になつてゐる歌合で、「群書類従」本では判者が定家となつてゐるのに、彼の成績がよすぎるし（勝五、負三、持二）、後鳥羽院の成績が悪すぎるし（勝三、負五、持二）、それに何よりも、上皇と彼とを番へた三番のうち二番が定家の勝、一番が後鳥羽院の勝となつてゐるあたり、歌合の慣習上どうも納得がゆかない。定家の判ならばこれはやはり逆になるのが普通なのである。これについては、定家が判者ではなく衆議判で、その論議をもとに、後日、俊成が執筆したものだらうとか、賀茂別雷社蔵の一本に勅判とあるからこれが正しいとか、いろいろの説明がなされてきたが、文体から推してたとへ俊成の判詞ではあつても上皇の判詞ではあるまい。そして、もし衆議判の結果を俊成がまとめたにしても、もとになる衆議判はほとんど後鳥羽院の意向によつて決められたものだらうし、しかもその席にはおそらく定家はゐなかつたのではないか。彼は歌を送つたにすぎないのではないか。わたしがかう推定するのは、『明月記』にはこの年九月三十日の、厳密に言へば『明月記別記』の記事に至るまで、後鳥羽院の歌会につらなつたといふ記載が見当らないからである。あるのはただ十二日の「申時許長房奉書云、十首歌可忩進、明日可持参之由進請文了」と、十三日の「付二十首歌一了、持参之後退出」とにすぎない。とすれば彼は十二日に通達を受け（「群書類従」本はこの歌合を十二日のこととしてゐるが、これは当時よくさうしたやうに通達の日付を示すものだらう）、十三日には十首を差出したものの、肝心の歌合そのものにはまだ出席を許されなかつたと判断するしかない。上皇はおそらく、この次からは歌を出させるだけではなく、ぜひとも出席させなければならないと思ひながら、たとへば次のやうな方向に衆議判を導いて行つたのだらう。

一番　神祇

左勝　　左近少将藤原定家

君をまもる天照神のしるしあれば光さしそふ秋のよの月

右　　上総介藤原家隆

みぬ世まで心ぞすめる神風やみもすそ川の暁の声

左頗有所おもふにや。右末の声字。似ㇾ無㆓其要㆒。可ㇾ為㆓左勝㆒歟。

十六番　菖蒲

左勝　　定家朝臣

手なれつつすずむ岩井の菖蒲草けふは枕にまたや結ばん

右　　女房

夕風は花橘にかほりきてのきばの菖蒲つゆも定めず

左心あるさまに聞え侍り。右はむすび句こはしくや。

「女房」とは後鳥羽院を指す。折口信夫の言ふやうに、「数ある歌合せのうちに、時々、左の一の座其他に、女房とばかり名告つた読人《ヨミビト》が据ゑられてゐる。禁裡・仙洞などで催されたものなら、匿名の主は、代々の尊貴にわたらせられる事は言ふまでもない。(中略)此は、後鳥羽院にはじまつた事ではなかつた。かうした朗らかな戯れも、此発想競技と、女房との間に絡んだ幾代の歴史を蹈へて、極めて自然に現れて来たのである」(『女房文学から隠者文学へ』)。

そして後鳥羽院がかういふ具合に衆議を導く情景にもし定家が立会つてゐれば、この身に余る光栄を日記に記さずにはゐられないはずなのに、院歌合に列席したといふ最初の記載は二旬のちの九月三十日で、この日および十月一日の両度の歌会に関して『明月記』の述べるところは感激のあといちじるしいのである。これはどう見ても生れてはじめて仙洞の歌合につらなつた歌人の喜び方としか思へない。(さらに十日後の院歌合にはたしかに列席してゐるが、記載は遥かに簡単なものになつてゐる。)すなはち九月中旬の仙洞十人歌合のころは、後鳥羽院としては定家を出席させたいのはやまやまでも、まださまざまに抵抗が強く、詠進させるだけに止めるしかなかつたのであらう。

九月三十日の午後、定家は、今夕、参入せよといふ奉書(院宣)を受取つた。これは父の俊成も出席する歌会だとか、別に望みもしないうちにかうなつたとか書きつけてゐることによつても、その満足を察すべきである。親子は連れ立つて、院の御所である三条殿へとおもむく（「秉燭以後御供参院」）。出席する者、後鳥羽院のほかに、源通親、藤原俊成、源通具、藤原隆信、藤原定家、藤原範光、藤原雅経、藤原隆範、源具親、藤原隆実、鴨長明、二条院讃岐など。

定家はもの珍しげに歌会の様子を詳しく書きつけてゐるが、自由に論議するやうにといふ上皇の沙汰にもかかはらず、内大臣、源通親が一人でしやべるだけで、ほかは誰も評定しない、低調な歌合であつたらしい。判者は俊成。定家の成績は負二、持一。そして、わたしを含めて誰も自詠を褒めなかつたと『明月記』にあるのは、いかにもこの定家最初の院歌合にふさはしいと言はなければなるまい。判者である父、俊成が勝を一つも与へなかつたのも、かういふ微妙な雰囲気と関係のあることだらう。しかし後鳥羽院は定家に対する執心を隠さなかつた。

翌十月一日のたそがれ、定家は六条の辻まで来たとき、歌会を催すからすぐ来るやうにといふ院の御所からの達しを受取る。おそらく牛車に乗つてゐたのであらう、「北レ轅馳参」ずれば、「即給レ題、初冬嵐、枯野朝、夕漁舟」（『後鳥羽院御集』によれば「暮漁舟」）。定家がただちに三首を詠んだことは言ふまでもないし、これを『拾遺愚草』によつて探れば、他の二首はともかく「枯野朝」は、「朝しものいろにへだつる思ひ草消えずはうとしむさし野の原」であつたと知ることができる。彼としては「夜結番」と聞くだけで、歌合には臨めると思つてゐなかつた様子なのに、ここに思ひがけない事態が生じた。「俄而以二家長一有レ召、可レ参二小御所一云々」といふことになつたのである。「参二御眼前燈下一」れば、そこには「宰相中将、範光朝臣、雅経等」が居並んでゐて、後鳥羽院からぢきぢきに、「カヽル所へ参入、所存無レ憚可レ申、不レ申者無二其詮一」といふ言葉を賜る。「目眩転心迷」といふ形容はおそらく誇張ではなからう。「但依レ恐具二申所存一了」つたのだが、衆議判とは言ひながらほとんど定家が一人で批評を下す形になつたし、次には命によつて判詞を書くことになつた。「此等凡雖二周章一、只随二勅定一耳」といふ『明月記』の文章には、初々しい感激がまことにあらはに示されてゐる。「御製無レ負」といふ成績のせいか、さらに歌合はつづけられて、今度の題は「社頭霜」および「東路秋月」（『後鳥羽院御集』によれば「東路月」）と決る。「又詠云、又結番、又読了、不レ出二判詞一、御製無レ負、為レ悦、事了入御、即退出、今夜儀、極以為二面目一、存外存外忝々」。

　もつて多年志を得なかつた名匠の喜びを知るべきだが、しかしここで、つひに宿願を達して当代随一の歌人をその宮廷に容れることができた若い帝王の満足を思ひやるのでなければ、事態を十全に捉へたとは言ひにくいであらう。このとき日本史における最高の、パトロンと藝術家との関係は成就されたし（足利義満と世阿弥、豊臣秀吉と千利休、伊藤博文と森槐南の関係がこれほど贅美を盡してゐないことは断るまでもない）、それよりももつと大事なのは、後鳥羽院が真に好敵手と目するに足る歌人をやうやくその身辺に得たといふ事情である。後京極摂政、藤原良経はたしかに華麗な大歌人だけれども、その歌風はあくまでもおつとりとした旦那芸で、上皇のそれと鋭く対立するものとは言ひにくい。歌道に執心の後鳥羽院にとつて強烈な刺戟となるものは、やはり専門歌人である定家の詠みぶりであつた。彼はそれを求め、それを座右に置いたのである。

ここで念のため、当日の上皇の歌を『後鳥羽院御集』から写しておく。

初冬嵐

山河や岩間の水のいはねどもあらしにしるし冬のはつ空

暮漁舟

あはれなりふたみの浦のくれかたに遥かに遠きあまの釣ふね

枯野朝

思ふよりうらかれにけりなら柴やかりほの小野の明ぼのの空

社頭霜

千早ぶる片岡山は霜さえて玉垣しろくゆふかけて

けり

東路月

すぎきてもしばしやすらへ秋のそら清見が関の月
を眺めて

この程度の歌なのに「無レ負」とした定家の態度をただちに責めるのは、また心ない業のやうな気がする。第一、歌合といふのは相手のあることだし（番へられた歌は残念ながら知ることができない）、それに彼は単に一身の浮沈を賭けてゐただけではなく、また歌道の隆昌を祈つて事を処した。そのとき自分がすなはち歌道それ自体であつても、余人ならばともかく定家ならばはたから見ていささかも滑稽ではなからうし、しかも後鳥羽院の天稟《てんぴん》は、暮漁舟、枯野朝の二首によつて明らかなのである。このとき二人の歌人は出会つた。そして、すでに卓越した技法を身につけてゐる初老の男は若いパトロンの嗜好によつてそれをいよいよ磨き、やうやく和歌のおもしろさを解しはじめた青年は自分の趣味にかなつた藝術家に触発されて見る見るうちに腕を上げてゆくことになる。こののち十年間の後鳥羽院ほど急速に成長した文学者は日本文学史に珍しいやうな気がするし、事実、彼はこの歌会の一カ月後、

駒なめてうちいでの浜をみわたせば朝日にさわぐ
しがの浦波

といふ絶唱をものするのである。この傑作に定家が心を動かされなかつたとすれば（わたしの知る限りこの一首への言及はないし、また引用もおこなつてゐない）、それは彼らの文学観の違ひによるものと諦めるしかない。趣味を同じくしながら文学観に相違があるといふのは異様な話に聞えるかもしれないけれど、さうとでも言ふしかない微妙な位置に彼ら二人ははじめから立つてゐた。当然、この関係はやがて亀裂を生じ、承久の乱のころ大きな破綻を迎へるのだが、それは今ここで語るべきことではなからう。

かうして定家は後鳥羽院の宮廷の代表的な歌人となり、水無瀬や熊野にしきりに供奉《ぐぶ》を命じられる。千五百番歌合の歌人たちのなかに選ばれるのはもちろん、あるいは新設の和歌所の寄人《よりうど》に任ぜられて『新古今和歌集』の選歌に多忙を極め、あるいはかずかずの歌合、詩歌合の判を牛耳つたらしい。この間、彼に対する後鳥羽院の好意は概していよいよ厚く、定家もまた若い上皇の嗜好にかなふ和歌を詠むことでこれに応じた。『新古今』歌風の中心部はこのやうにして作られて行つたと見ていいのだが、この親しい間柄のつひにもたらしたものこそあの「おもひつつ」の一首にほかならない。以前はともかく今のわたしにはさう見えるのである。これは後鳥羽院が、定家の詩法の奥儀を極めた形ではじめて詠んだ歌なのだ。

ここで改めて一首を、ただし解釈の便宜上、仮名書きにして記してみる。

おもひつつへにけるとしのかひやなきたたあらましのゆふくれのそら

四

『後撰』巻第十四恋歌四、読人しらず、「おもひつつ経にける年をしるべにてなれぬるものはこころなりけり」の本歌どりであることは本居宣長の指摘するとほりだし、訪れる男を待つ女の心で詠んでゐることもあへて説明する必要はない（念のため言ひ添へておけばかういふ虚構の構へ方は定家得意の芸であつた）。詳しく述べる必要があるのは、第三句「としのかひやなき」の「かひ」とは何かといふことであらう。

これが一応のところ「甲斐」であることは、宣長も石田吉貞も述べてゐるとほりで、久しく慕ひつづけて来た恋ごころの甲斐はないのかと、女は夕暮に嘆き悲しんでゐる。そのことはたしかに否定することができないけれど、しかしそれだけで終るならば解釈はまだ不充分と言ふしかなく、明らかにこの「かひ」は重層的な仕掛けになつてゐる。「甲斐」

であると同時にまた「貝」なのである。この掛け詞は古来よく見られるところで、たとへば『源氏』若菜、

老いの浪かひある浦にたち出でてしほたるるあまを誰かとがめん

『千載』、藤原俊忠、

恋ひ恋ひてかひも渚に沖つ波よせてはやがて立ち帰れとや

『新古今』、後白河院、

浜千鳥ふみおく跡のつもりなばかひある浦にあはざらめやは

があるし、後鳥羽院自身も建仁二年九月二十九日の恋十五首撰歌合において、つまり「おもひつつ」の一首の三月ばかりのちに、

いかにせん思ひありその忘貝かひもなぎさに波よ

するそで

と用ゐてゐるから、これがわたしの強引な読み方でないことは納得がゆくはずである。すなはち「かひ」と来れば「渚」とか「波」とか「浦」とか「磯」とか、「貝」の縁語で受けることは約束事として確立してゐた。当然、第三句「かひやなき」の「なき」は「なぎさ」(渚)を連想させずにはおかないはずだし、一首はこの効果を考慮に入れて構築されたにちがひないのである。つまりこれは久恋の歌でありながら、恋十五首撰歌合の「いかにせん」と同様、海辺恋といふ趣向を持つてゐるわけで、この愁ひに染められた夕空は海に接してゐる。かういふ凝つた背景を見ない限り、一首はつひに漠然たる印象しか結ばないのではなからうか。

しかもこの貝は単なる貝ではなく、呪術的な恋忘れ貝であつた。『万葉』巻第七、

手にとりし故《から》に忘ると海人《あま》がいひし恋忘れ貝言《こと》にしありけり

『拾遺』巻第十九雑恋、坂上郎女、

わがせこを恋ふるもくるしいとまあらば拾ひてゆかん恋わすれ貝

によってもよくわかるやうに、古代人はある種の貝が恋を忘れさせる呪力を持つと信じてゐた。それは恋忘れ草（『新古今』、藤原元真、「すみよしの恋わすれ草たねたえてなき世にあへるわれぞかなしき」）と好一対をなすなつかしい伝承だが、なぜか後世になるとこの植物ほどは人気がなく、しかしそれにもかかはらず中世歌人の心をほのかに魅惑しつづけてゐたらしい。さういふ底流を一つはづした形で巧みに利用したのが後鳥羽院の工夫にほかならないのである。いかにも『万葉』好きな定家が感服しさうな細工だつたと言ってもよからう。

かうたどつてくるとき、一首の上の句は、（A）あの人に思ひこがれながら長い年月を経たのにその甲斐もなく、といふ表と、（B）その恋ごころの辛さから解放されようとして長いあひだに渚に恋忘れ貝を探し求めたのにそれもむなしくて、といふ裏とを持つ、こみいつた仕掛けの織物となる。このときわれわれはこの綴れ織の表と裏を同時に玩賞するだけの視力を持つてゐなければならないのである。現代のいはゆる短歌に慣れた眼から見ると、かういふ構造は途方もなく奇異なものとして眼に映ずるかもしれないし、現に近頃の注釈書はそのことを記してゐない。しかしわたしとしては、宣長以後のいはゆる新注がそれに触れないのは考へがゆきとどかないせいだとしても、彼以前の古注がかう述べてゐないのはこのことを知らなかつたためとは思へない。このやうな解釈は、鎌倉、室町の人々にとつてはあまりにも自明な話で、敢へて書きつける必要はなかつたのか、それとも、心の底ではよくわかつてゐながらかういふうるさい分析をおこなふだけの意識の力に乏しかつたのか、そのいづれかだつたらう。

ここで第四句に移れば、「かひやなき」の「無し」を受けて「あらまし」の「有り」が現れ、無と有との対応によつて、まるで蝶つがひのやうに巧みに上の句と下の句を結びつけてゐる。「あらまし」はもちろん『美濃の家づと』や石田吉貞の言ふとほり「予期」とか「計画」とかの意だが、わたしとしてはこの名詞のそばに二つの形容詞――「あらまほし」（さうであつてほしい）と「荒《あら》まし」（荒々しい）とをほのかに寄り添はせてみたいし、それにもう一つ、「たたあらまし」のなかに名詞「徒有《ただあ》り」（何事もないこと、そのまま）を読み取つたとしても、これは至つて無難な態度にすぎないだらう。

第五句「ゆふくれのそら」の「そら」は、まづ天空の意であることは言ふまでもないけれど、しかも同時に「甲斐のないこと」といふ気持を微妙に響かせてゐる。有名な西行とのやりとりにおける待賢門院堀川の、

西へ行くしるべと思ふ月かげの空だのめこそかひなかりけれ

の「そら」はかういふ呼吸をよく伝へるものだらうし、ひよつとするとこれはそのとき後

鳥羽院の意識をかすめてゐた歌かもしれない。とにかく上皇はここでもう一度、しかしじつにさりげなく「かひ」のなさについて念を押して歌ひ納めたのである。

すなはち一首は、（A）あの人に思ひこがれながら長い年月を経たのにその甲斐もなく、かうして今日の夕もまた期待もむなしいままに空を眺めてゐる、といふ表と、（B）その恋ごころの辛さから解放されようとして長いあひだ渚に恋忘れ貝を探し求めたのにそれはむなしくて、さうであつてほしいと願ふ状態とはかけ違ひ、わたしの願ひはすべて、何事も起らない、平凡な、そして恋忘れ貝が見つからぬせいでいよいよ荒涼たる、夕暮の空だのみにすぎない、といふ裏との、互ひに入り組んだ複合となるのだが、もちろんこれとても大意にすぎず、すべてを盡してゐないことは言ふまでもない。

意味とイメージのかういふ極端な重層性は定家得意の業で、もともと王朝の和歌の伝統に慎しやかな形で存在したものに示唆を受け、過激な実験をおこなつたのである。その際、実験はまづ主として恋歌において試みられ、やがてその成果が季の歌その他に取入れられた気配だが、これは恋歌こそ王朝の歌の中心を占めるといふ事情から見て納得がゆくし、重層性のもたらす模糊たる味はひがこの主題に最もふさはしいのは当然のことだらう。

その例としては、いささか後年のものではあるが（建仁二年の十四年後、建保四年の詠）、彼の自讃歌中の自讃歌、

来ぬ人をまつほの浦の夕凪にやくやもしほの身もこがれつつ

をあげて置かうか。第二句の「まつほ」は動詞「待つ」と地名「松帆」とにかけ、同時に「松」と「帆」をあしらつた景色を示しながら、「火《ほ》」によつて「やくや藻塩」へとつなぐ。「うら」が「浦」と「心《うら》」にかけることは言ふまでもないが、帆の「裏」に風が当らぬ気配も読み取れるし、第三句「ゆふなきに」は「凪」と「泣き」とを含み、かつ「渚」をほのめかす。そして第四句は表面たしかに「焼くや藻塩の」ではありながら、「ほの」によつて「焰」を連想させ、「もしほ」によつて副詞「もし」あるいは「もしや」をちらつかせてゐるだらう。女はその「もし」によりすがつて、訪れない男を海辺に待ちつづける。かういふ解釈を定家がことごとく明確に意識してゐたわけではないにしても、一方では彼の意識の底にこのやうな意味とイメージがわだかまつてゐて、他方では言葉がそれを掘りおこしてしまつた、と考へるのはすこぶる正しいだらう。そしてわれわれは彼の言葉に精細につきあふことによつて、彼の方法をとらへることができる。それは本来なら三十一音に納りきらないほど複雑で濃密な世界を、その制約のなかで作り出すための発明であつた。

もつとも定家が後鳥羽院の「おもひつつへにける年」の詠に多大の感銘を受けたのは、単に重層性のせいだけではあるまい。俊成から定家へと受けつがれた、歌に物語性を取入れるといふ御子左家の工夫のうち、わりあひ簡単なものとしては『源氏物語』その他によりかかる手があるし、もうすこしこみいつたものとしては劇的な瞬間をとらへるといふ趣向（たとへば『新古今』巻第十三恋歌三、俊成、「よしさらば後のよとだに憑めおけ辛さにたへぬ身ともこそなれ」）があるけれども、定家はもう一つ、時間の経過を詠むことを好んだ。

あぢきなくつらき嵐の声も憂しなど夕暮に待ちならひけむ
わくらばにとはれし人も昔にてそれより庭の跡は絶えにき
年もへぬ祈るちぎりは初瀬山尾の上の鐘のよその夕暮

いづれもその骨法をよく示す作だが、現在の情景だけに注目するのではなく、それまでの長い推移を背後にすゑて情趣を深めようとする狙ひであつた。これもまた、和歌の制約のなかで密度を高めるための技巧で、このとき三十一音は小説に憧れてゐる。そして後鳥羽院の問題の一首は、「へにける年」と言ひ、「ただあらましの」と言ひ、まさしく時間性の情緒そのものを歌ふ点で、定家以上に定家的なのである。すなはちここには、重層性にかけても時間性にかけても、彼の恋歌の方法の若くて優秀な継承者がゐた。この一首に接したとき、定家はおそらく、つひに自分の歌風が宮廷を制覇したと感じたことだらうし、それはわづか二年前までの不遇とくらべ、信じがたいほどの勝利であつたにちがひない。

感動し興奮したのはもっともな話であった。事実、かうして定家は『後鳥羽院御口伝』のいはゆる「さうなき者」となり、「傍若無人」に歌壇を牛耳るのだが、しかし上皇がこれだけの歌人にまで成長したことは、彼にとつて恐るべき好敵手が出現したことを意味してゐた。しかも後鳥羽院は、職業歌人定家にはしよせん学びやうのない、あの帝王調を持つてゐたのである。そのへんの事情を知るためには、たとへば「おもひつつへにける年」の一首と「年もへぬ祈るちぎりは」の一首とを、心しづかにつぶやいてみればいい。あるいは、上皇の

住吉の神も哀れといへの風なほも吹きこせ和歌の浦波

と、定家の

わが道をまもらば君をまもらなんよはひはゆづれ住吉の松

とをくらべてもよからう。後者は建仁元年、千五百番歌合に定家が詠進した賀の歌（巻第十五祝千九十三番右勝）であり、前者は建仁三年、彼が六歳になる息子、のちの為家を伴

つて参上した際（「巳時相㆓具小童㆒参院、一昨日以㆓越中内侍㆒申入、有㆓勅許㆒令㆓参上㆒（中略）、即参㆓御前㆒賜㆓御製一首㆒帰出、感悦之余落涙難㆑禁、賜㆓引出物㆒由有㆓仰事㆒忝々、即退出」）、後鳥羽院の与へた歌にほかならない。ちなみに言ふ。摂津の住吉神社は歌人の最も尊崇した和歌の神であつた。上皇も定家も同じ住吉宮をあしらつて、極めて技巧的に、あるいはもつとはつきり言へば極めて『新古今』的に歌道の隆昌を祈りながら、しかも調べの相異は歴然としてゐる。

五

互ひに住吉宮の加護を祈り合つた二人の歌人が不仲になるのは、やはり『新古今』編纂のころからのやうである。このことを、どちらも強い個性の持主だから当然だといふふうに受取るのは浅薄な態度と言ふしかない。また、単に歌風が微妙に異るだけでは不和は生じないはずで、それならむしろ相重んじることになるほうが普通だらう。二人の衝突の最大の原因は、彼らがいづれも批評家を兼ねる詩人だつたからである。二人の批評家はめいめい、自分自身の作品としての勅撰集を作りたかつたのだ。

ここで話の順序として詞華集のことをすこし論じなければならないが、一体、詞華集には、A・アルヴァレスも言つてゐるやうに三つの型がある。第一は「その基準が単に歴史的なもの」で、「文学史の部分」であり、「対象が同時代ならば古風な好みに従つた巡遊旅行」であり、つまり、すでに認められてゐる作品をできるだけ多く収めることにならう。アルヴァレスはその代表としてクィラー＝クーチの『オクスフォード英詩集』をあげてゐるが、今の日本で作られる詞華集はみなこの手のものにすぎない。そしてこの種の詞華集の特色を単に歴史的なだけでなく包括的でもあるといふふうにとらへるならば、その最も極端なものとしては中国の『全唐詩』、およびそれに日本人が加へた『全唐詩逸』がある。第二は「恣意的な」もので、つまりもつぱら個人の好みに従ふ。アルヴァレスはその例としてジョージ・ムアの『純粋詩』とハクスリーの『テクストとプレテクスト』をあげてゐるけれども、日本でこれに当るのは上田敏の『海潮音』、永井荷風の『珊瑚集』などの訳詩集であらう。なほ、アルヴァレスがエリオットの『荒地』はこの型の変種だとしてゐるのに対しては、世阿弥その他の謡曲がおのづから心に浮ぶ。

そして、

最後に批評的な詞華集がある。これは包括性を求めない代り、単なる個人的な気まぐれをも避けようとする。作品が収録されるのはそれが優れてゐるからであり、文学に何かを付け加へ、基準をいささか改めたからである。そしてこれこそ重要な詞華集なので、なぜなら一時代の趣味を創造することができるからである。

この型の詞華集の例としてアルヴァレスがマイクル・ロバーツの『フェイバー現代詩集』をあげたのは正しい。それが前代の嗜好に激しく挑戦して現代イギリス文学の趣味を決定した名著であることは、エリオットやオーデンやディラン・トマスに多少の関心を持つ人なら誰でも知つてゐる。たしかにロバーツは批評の傑作を、書いたのではなく編んだのである。しかし『フェイバー現代詩集』よりももつと見事な出来ばえの「批評的な詞華集」として『新古今和歌集』があることを、まことに当然のことながらアルヴァレスは知らなかつた。

もちろん『新古今』の歌がことごとく「優れてゐる」とは思へないし、「文学に何かを付け加へ、基準をいささか改めた」ものばかりとは言ひにくい。しかし「撰集故実」時大臣、英雄人など雖《ヘ》レ不二秀逸一可レ入」(『八雲御抄』)といふ勅撰集の約束事があつてみれば、たとへば後白河院の四首(うち三首は隠岐本で除かれる)や源頼朝の二首(いづれも隠岐本で残される)が撰入するのはやむを得ない話で、と言ふよりもむしろ古代文学的には極めて意義深いことだらう。もともと勅撰集の編纂とは宮廷の儀式の一つなのだから、宮廷にゆかりの深い人はみなこの祭祀に参集することが望ましい。それはただちに「集のやつれ」(隠岐本『新古今』跋)をもたらすものとは言ひにくいはずである。しかも「時大臣、英雄人など」の「不二秀逸一」歌は、配列さへ巧みにおこなはれれば全体の価値をかならずしも低めるものではないし、逆に高めることにさへなるかもしれない。当時の歌人は百首歌を発表する際、秀歌を印象づけるため、ところどころにわざと出来ばえの落ちる地歌を置いたと伝へられるが、同じ狙ひの細工が勅撰集の場合に施されなかつたはずはないし、もし意図的になされなかつたとしても、今日われわれはさういふ効果を見出だすことができる。たとへば『新古今』巻第十羇旅歌において、頼朝の「道すがらふじの煙もわかざりき晴るるまもなき空のけしきに」と雅縁（興福寺別当で、内大臣源雅通男）の「又こえん人もとまらばあはれ知れわが折りしける嶺の椎柴」とは、俊成の

難波びと葦火たく屋に宿かりてすずろに袖のしほたるるかな
世の中はうきふししげし篠原や旅にしあれば妹ゆめに見ゆ

の二首にはさまれて、明らかに俊成の引立て役にまはつてゐる。（隠岐本で雅縁の「又こえん」が削られ、そして頼朝の「道すがら」が除かれなかつたといふ事実は、わたしの考え方と矛盾しないはずである。）

すなはち問題なのは詰らぬ歌が収められてゐるかゐないかではなく、この詞華集全体としての価値である。その際、どれだけ多くの秀歌が選ばれてゐるかはもちろん大事だが、一首一首の質もさることながら、選び抜かれた歌が総体としてどれだけ統一がとれてゐる

か、その全体としての性格がどれだけ新鮮でありながらしかも伝統を踏まへてゐるか、それにもう一つ、配列が果して成功してゐるかどうかはそれに劣らず重要なことだらう。そしてこれらの点で『新古今』がただ嘆賞するしかない成果をあげてゐることは述べるまでもない。それは単に「一時代の趣味を創造」しただけではなく、じつに一文明の趣味を決定した詞華集であつた。今日われわれが漠然と、近代日本文明における『古今』的なものとしてとらへてゐる要素も、ほとんどすべて、江戸時代の人々が『新古今』の趣味を経由してその影響下に承けついだ、いはば『新古今』的なものの一部分にほかならない。卓越した批評家の作品としての詞華集であればこそ、かういふ結果が生じたのである。

『新古今集』が普通の勅撰集と違ひ、後鳥羽院の親撰と呼ぶしかない集であることは、小島吉雄の精緻周到な研究によつて明らかである。定家を含む五人の撰者（最初は六人だが、院宣が下つて半年後に寂蓮が死んだ）は、「万葉集にいれる歌はこれを除かず、古今よりこのかた、七代の集にいれる歌をば、これを棄つるといふことなし」（『新古今』仮名序）といふ方針で古来の歌を選進したけれども、この選進歌のうち「上皇の勅撰を経たものだけが入集してゐるのである。（中略）部類時代でも切り継ぎ時代でも、事が歌の入集に関する場合は必ず　上皇の勅裁を仰ぐのであつて、撰者には、たとへ自見を奏上する自由を与へられてゐても、入集か否かを裁決する権限は全然附与せられてゐない。（中略）事務的な方面すなはち詞書の字句や作者の記名の上に一定の体裁上の統一を与へるためには撰者の独断をゆるされるけれども、それすら、少し面倒なものになると、勅裁を仰がねばならなかつた。(中略) 部類方針、排列順序等の大綱も予め上皇の勅裁を得てあるのであつて、その巨細にわたつては、事後に於て勅許を仰ぎ奉り、決して撰者の独断専行をゆるされないやうである。畢竟、五人の撰者は序文にはその名を書き連ねられてゐるけれども、事実は(中略) 親撰事業の単なる助手に過ぎなかつた。」(小島吉雄)

たしかに後鳥羽院の熱意はすさまじいものであつた。『源家長日記』によれば、もともと記憶力のよい上皇は、二千首の歌をくりかへし読むうちに、全部そらんずるやうになつたといふ。「部類したるを二三巻とりいだされて、かみを読み、しもをばみなおほせられんとて、一巻をひきかくして、かみをよみ侍れば、しもはことごとくくらからず」。どの歌でも上の句を読みあげれば、下の句をただちに言ふことができたのである。当然、「この比は万機のまつりごともさしおかれて、大事とはこの歌の沙汰のみぞ侍る」といふ有様であつたし、その熱中ぶりは、どうやら巻子本であつたらしい草稿本が出来あがり、それを再検討するいはゆる切り継ぎ時代にはいつても変らなかつたらしい。上皇は歌の切入れと切出しに励んで倦むことがなかつた。西行の「ねがはくは花の下にて春死なむそのきさらぎの望月のころ」も除かれ、後鳥羽院自身の、

いかにせん世にふるながめ柴の戸にうつろふ花の

春のくれがた
ふる里は吉野の風や通ふらん桜の雪もふらぬ日はなし
朝つゆの岡のかやはら山風にみだれてものは秋ぞかなしき
大空に契るおもひの年もへぬ月日もうけよ行末の空

の四首も削られた（小島『新古今和歌集の研究　続篇』）。まして余人の歌となれば、「いだされたる人々のなげきあへるさま、聞くもつみふかくこそ侍れ」（『源家長日記』）といふ事態もさらに意に介さない。もちろん全体としては、切出し歌とほぼ同数の歌（主として当代歌人の最新の作）が切入れられ、そして「助手」である撰者たちはそのたびにこれを筆生に書かせ、経師に切り継がせたのである。

これでは編纂がはかどらないのも当然で、『新古今』撰進の院宣が下ったのは建仁元年（一二〇一）、一応の完成を祝ふ竟宴がおこなはれたのは元久二年（一二〇五）、そして切り継ぎのうち「異本の注記記載によって明らかにせられる最後のものは承元四年（一二一〇）九月である」（岩波「日本古典文学大系」本『新古今』解説）。すなはちこれは十年内外の日子を要して成つた勅撰集なわけで、いかに好む道とはいへ撰者たちの難渋は一方ではなかつた。すべては君主の恣意まかせで、一体いつになつたら放免されるかわからないのはかなり辛い気持だつたに相違ない。『明月記』承元元年二月二十六日の条に「於二和歌所一又沙二汰新古今一、無レ盡レ期事也」とあるのは、そのへんの消息をよく示してゐる。同じ日記によれば撰者が申し合せて和歌所を休むこともあつたし、それにこれは定家は見抜いてゐないやうだが、どうやら筆生たちも揃つてずる休みをしたらしい。後鳥羽院はそれほど人づかひが荒かつたのだ。

ほかの撰者たちは身の処し方が巧妙であつたし、上皇にさほど重んじられてゐない。しかし定家は廷臣にあるまじき正直者で、その上、言ふまでもなく、詩人として批評家としての力量はかねがね後鳥羽院の高く評価するところである。切り継ぎに際し彼と藤原有家とが主として事に当つたのも、歌壇的な事情もすこしはあるかもしれないが、有家はともかく定家に関する限り、彼の歌道への執心、彼の力量に寄せる上皇の信頼、そして彼の無器用な性格がこもごも作用して、かういふことになつたのであらう。定家は後鳥羽院と何度も衝突しては屈辱を味はつた(たとへば『明月記』承元元年十一月八日、「依レ仰又切二新古今一。出入如レ反レ掌。以二切継一為レ事。於レ身無二一分面目一」)。そして、あるいは病と称して和歌所に現れず(彼は竟宴にさへ出席しなかつた)、あるいは事実、病気(おそらく重いノイローゼ)になりながら、しかし結局のところ上皇の最良の助手、ないし相談役だつたやうである。

かういふ辛い所に追ひ込まれた定家が、『新古今集』はあくまで後鳥羽院の作品で自分の作品ではないといふ考へ方に救ひを求めたのは、当然のことであつた。彼は自分にかう言ひ聞かせただけではなく、他人にもこの判断を表明した。巻第三夏歌、「旅ねして妻こひすらしほととぎす神なび山にさ夜ふけて鳴く」が『後撰集』と重複してゐて、しかもこの歌は仮名序に引用してあるとわかつた際、彼が申し立てた善後策は、このことをよく示すだらう。㈠序は改めてはいけない。㈡序に引いてある歌が夏の部だけないのはをかしい。㈢勅撰集で撰者が古歌の本歌どりを詠んで、それを読人しらずとして撰入した前例はある。㈣そこで後鳥羽院がこの古歌の本歌どりを詠み、それを『新古今』に撰入すべきである。㈤定家や家隆の本歌どりを撰入してはいけない。彼の意見はかうまとめて差支へないはずだが、㈢と㈣と㈤をつなぐ論理は、『新古今』の真の撰者は後鳥羽院で、「右衛門督源朝臣通具、大蔵卿藤原朝臣有家、左近中将藤原朝臣定家、前上総介藤原朝臣家隆、左近少将藤原雅経など」と仮名序に名を連ねてゐる者は、編者としての責任をこの詞華集に対して保留するといふことなのである。そして後鳥羽院はこの論理を受入れた。

ここで上皇の側に立つて考へてみる。普通、『新古今』編纂の内情について語る場合、『明月記』の記載が主な資料になるため、われわれはどうしても定家の側から事態を眺めがちで、もつぱら定家に同情し、話をそこで打切ることになるけれども、わたしに言はせればこれはあまり想像力の豊かな態度ではない。後鳥羽院にしてもやはり多少は気兼ねしたはずなのである。定家が遥かに年長だといふことは身分の違ひで楽に押切れるだらう。しかし定家が当代随一の歌の名手で、「さうなき者」（『後鳥羽院御口伝』）であり、自分が敬意とも敵意ともつかない何かを感じてゐる、あるいはその双方を感じてゐるといふことは意識しないわけにゆかなかつたらうし、第一その相手は遠慮といふことを知らなくて、何かにつけて自説を頑強に言ひ張るのである（たとへば彼は自分の「年を経てみゆきになるる花のかげふりぬる身をも哀れとや思ふ」を上皇がぜひ撰入しようと言ふのに何度も反対した）。しかも定家は、頑固でひがみつぽい反面、有能で学識があり誠実だつたし、それは後鳥羽院にもよくわかつてゐた。とすれば、『新古今』といふ自分の作品を完成するためにはどうしてもこの助手を手ばなすわけにゆかないといふ判断の下に、再三再四、いやもつとしばしば彼に妥協したと推定することは充分に可能であらう。すなはち上皇は定家を使ひこなすため、余儀なくところどころ自分の趣味を曲げて、都本（とは別に言はないやうだが）『新古今』を編んだ。あの勅撰集は後鳥羽院にとつてもまたすこぶる不本意な詞華集だつたのである。すぐ前の勅撰集の単独の撰者、藤原俊成には二人の弟子がゐて、彼らはめいめい師のやうにあくまでも自分自身の批評意識による詞華集を作りたいと熱烈に願つてゐたけれども、かうして互ひにそれを妨げ合ふことになつたわけだ。二人がやうやくその願望を達するのは、陸路と海程とによつて遠く隔てられてからにすぎない。言ふまでもなく一人は『新勅撰』を、他の一人は隠岐本『新古今』を編んだ。

しかし、話を急いではならない。『新勅撰』の序文と目録の奏覧は貞永元年（一二三二）のことである。隠岐本が成つたのは嘉禎元年（一二三五）以降に属する。おそらく『新古今』最後の切り継ぎと目せられるものは、その二十年あまり前におこなはれた。今はやはり、彼ら二人が『新古今』をめぐる衝突によつてどのやうに歌風の対立を意識したかを見ることによつて、できるだけ精細に二人の歌人の本質について考へなければならない。もつともこれは共通する要素がはなはだしく多い上での険しい対立だから、極端な場合をとらへて語るしかなからう。

六

承久二年（一二二〇）と言へばあの承久の乱の前年、今のところわかつてゐる『新古今』最後の切り継ぎから数へて十年後のことだが、順徳天皇はこの年二月十三日、春山月、野外柳の二つの題で歌会を催した。定家ははじめ、「母の遠忌に当れるよし申して」（事実、定家母は建久四年二月十三日に没したし、わたしの調べた範囲ではそののち一度もこの日は歌会に出てゐない）出席を断つたのに、「忌日を憚らず参るべきよし、（中略）三たび文つかはしたりしかば」（『拾遺愚草』）、

春山月

さやかにも見るべき山は霞みつつわが身のほども春の夜の月

野外柳

道のべの野原の柳したもえぬあはれ嘆きのけぶりくらべや

の二首を使ひの者に持たせてやる。ところが「道のべの」の詠が後鳥羽院の怒りを買ひ、定家は勅勘の人として長く家にとぢこもることになるのである。

問題なのはなぜこの一首が逆鱗《げきりん》に触れたかといふことだが、わたしの知る限りこれを詳しく論じたのは石田吉貞の論文『新古今歌壇と歌風の分裂』があるにすぎない。彼はまず、『順徳院御記』承久三年二月二十二日の条に「被レ超二越数輩一如レ此歟」とあるのを紹介して、たしかに一首はそのことを悲しんでゐるし、この直前、定家は下位の者に追ひ越されてゐるけれども、官位が昇進しないことを歌で怨み嘆くのはそのころの「常識」だから納得がゆかないとする。次に『玉蘂』その他に「禁忌」のことに触れたゆゑとあるのを引いて、『新古今』巻第十六雑歌上、菅原道真、「みちのべの朽木の柳はるくればあはれ昔としのばれぞする」の本歌どりなのが、自分を道真になぞらへた形になつていけないのではないかと疑ひ、「しかしそれが真の原因であろうとは、これもいかにしても考えることができない」としりぞける。そして、鎌倉幕府に親しい定家が、政治情勢に対し「極度に神経をとがらせていた後鳥羽院に睨まれていたのが真の原因で」、和歌のほうは「官位の超越、禁忌の侵犯、いずれかの理由はあったにしても、つまるところ単に火をつけるきっかけ」にすぎないといふのが結論であつた。今さら言ふまでもなく、わたしが石田の学恩を蒙ることはなみなみならぬものがある。だが、専門家の説はもちろん傾聴に価するけれども、このことについてわたしには多少の創見がある。

『明月記』建暦三年（一二一三）正月二十九日の条に、冷泉の家の柳の樹が二本、掘り取られたといふ記載がある。後鳥羽院の御所の一つである高陽院《かやのいん》に去年植ゑた柳がみな枯れたので、代りに徴発されたのだが、定家はすこぶる不服で、「是又称二勅定一由、近代之儀、草木猶如レ此、午時許侍等引二卒数多人数一掘レ之」と書きつけた。思ふに、七年後、彼が勅勘を受けたのは、この柳を詠んだと見られたせいではなからうか。「嘆きのけぶりくらべ」はまさしく移し植ゑられた一対の柳に当てはまるだらうし、それに「道のべの野原の柳」といふいささか異様な、定家にもあるまじき整はない修辞は、高陽院の実景と合致してゐたのではないか。

もちろん一首は、一方では恋歌の情趣を漂はせながら（『源氏』柏木、「立ち添ひて消えやしなまし憂きことを思ひみだるるけぶりくらべに」）、他方では身の不遇をかこつといふ手のこんだ趣向のもので、徴発された柳について今さら怨み言を言ふ気はなかつたにちがひない。だが、再三の迎へに接してよんどころなく、しかも野外柳といふ題で詠まなければならないとき、かねがね哀れ深く眺めてゐる高陽院の柳の印象が脳裏によみがへるのはやむを得なかつたらうし、あわただしい気持だつたため、これが上皇にどう受取られる恐れがあるかは思案しなかつたのであらう。一体、定家得意の重層的な詠み口は、常にかういふ解釈の多様化といふ危険を藏してゐるわけだが、これを逆に考へるならば、一首が違ふ意味に取られるほど、当時、彼と後鳥羽院の仲は距離が開いてゐたとも言へる。その点では、二月十三日の歌は単なる「きっかけ」にすぎないといふ石田の判断は正しいのである。

しかしわたしは、上皇がこの和歌に憤激したのは、単に高陽院の庭木を諷したと取ったせいだけではあるまいと考へてゐる。もちろん抗議ないし当てこすりは不快にちがひないが、それよりも前に一首の風体がまず厭だつたのではないか。あるいは、まことに微妙な話だけれど、風体に反撥すればこそ一首の意をあの二本柳《ふたもとやなぎ》についての愚痴と受取つたのではないか。これは普通の寂しい歌、憂愁の歌といふやうなものではなく（その種の和歌を上皇が嫌はなかつた證しとしては言ふまでもなく『新古今』がある）、むしろ亡国の調べとでも形容するにふさはしい陰々滅々たる一首なのである。藤原俊成は、「よき歌になりぬれば、その詞姿のほかに、景気のそひたるやうなることあるにや。（中略）常に申すやうには侍れど、かの『月やあらぬ春や昔』といひ、『結ぶ手のしづくに濁る』などいへる、何となくめでたくきこゆなり」(『慈鎮和尚自歌合』判詞)と記したが、俊成の用語を現代語の「景気」に打重ねて敢へて言つてみれば、これは恐しく景気の悪い歌である。そのことは、左遷の侘しさを詠じながらそれにもかかはらず、「何となくめでたくきこ」え、景気のいい、道真の本歌と並べれば、かなりよくわかるはずだ。歌の柄が不健全なため晴れやかな風情に乏しいのである。あるいは、さういふ新しい風情を狙つてゐるのである。石田の論文によれば『月刈藻集』には、「此の歌不吉なりとて勅勘ありしとなり」とあるさうだが、まさしく不吉としか名状しようのない頽廃と衰弱がここにはみなぎつてゐる。さう言へばこの承久二年から数へて十三年前の建永五年、定家が最勝四天王院障子和歌を詠進した際に後鳥羽院が嫌つて用ゐなかつた、

秋とだにふきあへぬ風に色かはる生田の森のつゆの下草

にも、もつと淡くではあるけれども似たやうな頽廃と衰弱があつたが、おそらく後鳥羽院は定家の歌のさういふ病みやつれた趣をかねがね警戒してゐたのであらう。それは上皇の見るところ、「色にふけり、心をのぶるなかだち」、「世を治め民をやはらぐる道」(『新古今』仮名序)である和歌の本質に反し、まして歌会といふ花やかな儀式からはどうしても排除しなければならない危険なものだつたのではないか。

わたしとしてはこの文学上の問題のほうが、あの私交上の問題よりは遥かに大きな比重を持つてゐたやうな気がする。柳の徴発を諷されたことが怒りの主な部分を占めてゐたのならば、後鳥羽院はおそらくもつと重い処置を取つたにちがひないし、この事由は当時の人々にも伝はつたはずである。それなのに上皇が口を緘して語らなかつたのは、一つには一首の解釈に究極的には自信がなかつたせいだし、さらには、自分が一首の風体に感じた嫌悪をうまく説明できなかつたゆゑであらう。その困難は晩年までつづいた。『後鳥羽院御口伝』にあれほど長く、そして激しい定家への批判がありながら、この歌に触れてゐないのはそのためのやうな気がしてならない。もつとも、これは批評家としての上皇の無能力を示すものではなからう。定家以前にはまつたくない近代の（これは『近代秀歌』の近代ではない）、あるいは末世の、孤独な歌を定家は詠んだのだからである。

翌承久三年四月、順徳天皇譲位。五月、承久の乱起る。このときおそらくいまだに謹慎中のはずの定家は、書き写してゐた『後撰集』の奥書に（石田『新古今歌壇と歌風の分裂』から孫引き）、

承久三年五月二十一日午時書レ之、于レ時天下徴レ之、天子三上皇皆御同所、白旗翻レ風、霜刃燿レ日、如二微臣一者、紅旗征戎非二吾事一、独臥二私蘆一、暫扶二病身一、悲矣、火炎崐岡、玉石倶焚、倩《ツラツラ》思二残涯一、只拭二老眼一、此集旡二尋常之本一、為レ備二後輩之所見一、今日書二写

之一、去六日始レ之、同二十四校了。

と記した。齢六十に近い大詩人が二十歳の昔とまつたく同じ字句を『白氏文集』から引いて（『明月記』治承四年、すなはち福原遷都と後鳥羽院誕生の年、九月の条にいはく、「世上乱逆追討雖レ満レ耳不レ註レ之、紅旗征戎非二吾事一」）、文事に徹する覚悟をふたたび披瀝してゐるのは感動的な情景で（ただし辻彦三郎はその卓抜な論文『藤原定家自筆明月記治承四五年記執筆年代考』において、治承四五年記は承久の乱以後に書かれたものと断定してゐる）、このとき彼は源平のいくさのころよりももつと激しく時代にゆすぶられてゐた。すなはち、宮廷文化が決定的に没落する現場に立会つてゐたのである。平氏の世と後鳥羽院の世（あるいは源氏の世）とそして承久以後の北条氏の世と、一身にして三つの時代を彼は生きたわけだが、宮廷が衰へれば衰へるほど歌人としての定家の位置が高くなつたのは、彼の文学の性格とまさしく対応する、意味ふかいことだつたと言はなければならない。わたしはこれを非難の心で述べるのでは決してない。結局のところ、現実の宮廷生活によつてではなく『源氏物語』のなかのそれによつて養はれるのが定家の世界だつたからである。

七月、幕府軍は京に入る。このとき後鳥羽院が味方の武士を見捨てて自分だけ助からうとした態度は褒めるわけにゆかないが、さりとて、これを今日の倫理によつてきびしく裁くのもをかしな話だらう。武士がこのやうな将棋の駒にすぎないといふのは、当時の貴族の常識であつた。上皇は処分を免れようとして出家（法名良然）したが遠流と決る。『承久記』によれば、水無瀬殿を過ぎて、

たちこむるせきとはならでみなせ川霧なほはれぬ
　行末の空

明石の浦に着いて、

都をばくらやみにこそ出でしかど月は明石の浦に
　きにけり

美作と伯耆の境の中山を越えるとき、

都人たれ踏みそめて通ひけむむかひの道のなつか
　しきかな

出雲の三尾が崎で都への文に、

知るらめや憂きめをみをの浜千鳥しましましぼる
袖のけしきを

と相変らず暢達に詠み捨てながら後鳥羽院は隠岐へとおもむき、やがて『増鏡』の伝へるやうに、

ふる里を別れ路におふるくずの葉の秋はくれども
帰るよもなし
水無瀬山わがふる里はあれぬらむまがきは野らと
人も通はで
限りあればさても堪へける身のうさよ民のわら屋
に軒をならべて
浪間なき隠岐の小島の浜びさし久しくなりぬ都へ
だてて

そして『後鳥羽院御百首』に収めるごとく、

うらやまし永き日影の春にあひていせをの《イしほくむ》あまも
袖やほすらん

暁の夢をはかなみまどろめばいやはかななる松風
ぞ吹く

難波江やあまのたくなは燃えわびて煙にしめる五
月雨のころ

ゆふ月よ入江の潮やみちぬらんあしの浮葉を田鶴《たづ》
のもろ声

よそふべき室の八島も遠ければ思ひのけぶりいか
がまがはん

と沈痛に調べ高く歌つて、あるいは哀切でしかも雄々しい晩年の新境地を開き、あるいは悲惨によつて裏打ちされるためいつそう華麗でしかも端正な歌風を示すのに、一方、都にある定家は詞藻こそ枯れたけれども、海内無双の歌人としてほまれ高く、権勢の日々を送ることになる。もともとこの二人ほど何かにつけてあざやかな対比を見せる同時代の歌人は珍しいのだが、承久以後は殊にそれがいちじるしい。柿本人麿と山部赤人以降、斎藤茂吉と北原白秋に至るまで、並び称される歌の上手は多いなかに、その運命的な対照によつて隠《お》岐院《きのいん》と京極黄門の一対に優るものはつひになかつた。

　晩年の二人については、疎遠だつたといふ面がしきりに強調されてきた。もちろんこれは正しい。藤原家隆が遠島の上皇に何くれとなく盡すのに、定家はすくなくともわれわれの知る範囲では何もしてゐないし、実際、まつたく没交渉だつたと推定される。それはやはり不人情な感じで、われわれはたとへば、

　　とにかくに人の心も見えはてぬうきや野守の鏡な
　　　るらん
　　今はとてそむきはてぬる世の中に何とかたらん山
　　　ほととぎす

のやうな歌（『後鳥羽院御百首』）に接するとき、定家が手紙の一つも書いてやればすこしは慰めになつたらうになどと思ひがちなのである。

　しかし定家としては、それ以前の衝突のことはともかくあの勅勘だけは腹にすゑかねたらうし、案外、なぜ怒られたかもわからなかつたかもしれない。ひよつとすると高陽院の

柳の件かと臆測しては、まさかそんな馬鹿なと打消すことを長い歳月にわたつてつづけ、結局、上皇は自分を憎んでゐたのだといふくらゐのところですませてゐたとも考へられる。第一、勘気を蒙つてゐる臣下が、相手の帝王が流謫の身となつたときどう挨拶すべきかといふのは厄介な礼法で、故実にうるさくてそのくせ社交下手な定家には手に余る問題だつたらう。避けて通るに越したことはないと判断するのももつともなやうな気がする。

しかし決定的な要因として、保身のため近づかぬほうがよいといふ配慮があつた。彼が関東をはばかつたのは動かぬところと言はねばならぬ。もともと定家の生活の基盤は鎌倉方と親しい人々によつて固められてゐて、彼らの意向にそむくわけにはゆかないのである。妻の弟は、承久の乱の際、「公経の大将ひとりなむ、(中略)一かたならず事を重くおぼして、さしいらへもせず、院の御心かるきことをあぶながり給ふ」と『増鏡』の伝へる藤原公経である。彼が多年にわたり執事として仕へた(そして後鳥羽院よりももつと実質的なパトロンである)九条家の当主、藤原道家の孫、頼経は、源実朝の死後、鎌倉に迎へられて将軍となつてゐる。かつて定家が実朝の歌学の師となつたのも、周囲のかういふ条件に支へられてゐると見るのが正しからう。しかも後鳥羽院に対する鎌倉幕府の敵意と怯えは並々ならぬもので、京都側がどのやうに運動してもつひに帰京のことを許さなかつた。これは見せしめといふ気持が大部分だつたにちがひないが、同時に、上皇個人の勢威と力量に対する恐れもかなり作用してゐたらう。そして上皇の死後、幕府の要人が相次いで不幸に見舞はれたのをその祟りとしてとらへ、あわてて祭祀のことを考慮したのは、当時の風俗もさることながら、関東武士の恐怖と反感をよく示してゐると言つてよからう。とすれば、いかに過去の情誼があるとはいへ、さういふ危険な存在に近づくのは敢へて火中の栗を拾ふに似てゐると判断したとしても、一概に咎めるわけにはゆかないはずである。わたしは定家の冷淡を讃美してゐるのではない。このことについてはただ、寂しく微笑すればそれで足りるやうな気がするのである。

もちろん彼が最も非難されるのは隠岐に便りをしなかつたせいではなく、『新勅撰集』に三上皇、殊に後鳥羽院の歌を一首も入れなかつたゆゑである。「中納言入道殿ならぬ人のして候はば取りて見たくだにさふらはざりしものにて候。さばかりめでたく候御所たちの一人もいらせおはしまさず」といふ俊成卿女の台詞はおほよそのところ輿論《よろん》を代表してゐるやうに見受けられる。

しかしこれとても弁護の余地がないわけではない。寛喜二年（一二三〇）七月、関白藤原道家から勅撰集の編纂について訊ねられた際、しばらく見合せるがよろしからうと定家は答へた。その理由は、「前代御製尤以㆓殊勝㆒、撰㆑之者可㆑充㆓満集之面㆒」、ところが「前代之御製員数多者、当時所㆑見有㆓忌諱之疑㆒」、一方これを略すれば世にそしられるのは必定で、「進退可㆑谷事歟」といふのである。さらに樋口芳麻呂の『時代不同歌合攷』によれば、「百練抄文暦元年十一月九日の条にみられる様に、定家は関白家で新勅撰集の歌を百首切棄てゝいる。後鳥羽院、順徳院の御製はその際関白道家等の意見で切棄てられたものではなかろうか」と推測されるらしい。もしこれを信ずれば、百首の過半は後鳥羽院の詠であらうから、家隆の四十三首を遥かにしのいで集中第一となり、関東を激しく刺戟することは言ふまでもない。道家の意見は彼の立場としてそれなりに常識的であらうし（そもそも『新勅撰』が定家単独の撰となつたのは、彼の名声もさることながら、いよいよのときには道家の要望ひとつで押切れるといふ狙ひもあつたのではないか）、そして定家の処置は……これを威勢よく論難して快をむさぼる趣味の持合せはわたしにはない。たとへばほんの数首を読人しらずとして撰入するやうな姑息《こそく》な手段を取らなかつただけ、それほど後鳥羽院の和歌を重んじてゐたとも言へるのではなからうか。つまり三上皇、殊に後鳥羽院の詠を撰入しなかつたのはあくまでも政治的配慮によるものであり、文学的評価の問題ではなかつた。ここでわれわれは、一代の詩宗、定家は、つひに自分の意志どほりの勅撰集を編むことのできない不幸なめぐりあはせの詩人＝批評家だつたと、いささか感慨に耽つてもいいかもしれない。

わたしに言はせればこの集で定家が咎められねばならないのは出来ばえの貧しさのゆゑである。『新勅撰』といふ題にこれこそは本来の勅撰集だといふ自負がこめられてゐたかはともかく（彼はおそらく「奉レ勅撰レ集」といふ語法を楯にとつて、天皇親撰の集を排してゐたと思はれる）、『新古今』に対抗し、アンソロジストとしての後鳥羽院に張合はうといふ意欲はさだめし激しかつたらう。そのため『新古今』の華麗妖艶に対するに清雅平淡、花に対するに実をもつてしようといふのが『新勅撰』の編纂方針であつた。念のため言つておけば、これをただちに定家晩年の好尚とするのはやはり正しくない。彼の好みの基本の型は生涯を通じてほとんど変らなかつたやうにわたしには見えるからである。しかし、詞華集に際立つた性格を与へる工夫があるのはいいけれども、困るのは、なにぶん『新古今』の成立からあまりにも間近く、しかもそれが偉大に過ぎたため、新しい趣向にふさはしいだけの秀歌が出揃はなかつたことだし、もう一つ三上皇の歌をはぶかなければならぬといふ事情もそれに追打ちをかけた。土御門、順徳両院はこれをしばらく措《お》くとしても、もし後鳥羽院の配所詠を数首ちりばめるならば、たとへば巻第八羇旅歌はずいぶん単調を免れ、光を増したに相違ないのである。もつとも究極的には、『新勅撰』といふ集の貧寒はそれ自体、宮廷の衰への忠実な反映であつて、一人の撰者の力ではもはやどうすることもできない話なのだけれども。

だが後世のわれわれだからこんな具合に達観できる。当事者となれば心理の軋轢《あつれき》が絶えないのは言ふまでもなからう。二人のあひだに直接の文通はなかつた様子だが、交渉の範囲は重なつてゐるから、動静はたちまちにして伝はつたものらしい。たとへば定家が出家したのは天福元年（一二三三）十月十一日。そして十二月二十七日には、このことを知つた後鳥羽院がすこぶる驚いたといふことを源家長が定家に告げてゐるのである。とすれば、定家の近作が誰かの隠岐への便りに書き添へられ、上皇の百首歌が定家の眼に触れるといふ事態もまたごく自然に起り得たにちがひない。おそらくその結果、『定家物語』（文体その他から推して偽書とは認めがたい）のなかに定家はかう書きつけることになる（□は一字脱落）。

にひ島守

万葉集第七

今年去新島守之麻衣肩乃間礼者許誰取見

ことしゆくにひじまもりのあさ衣かたのまよひはたれかとりみむ

唯見㆓此歌㆒候之外、亡父并明静全不㆑知子細候。家隆卿御所御会歟 不㆓覚悟㆒候歌始出来後、其弟子眷属毎㆑人毎㆑歌不㆑論㆓四季雑恋㆒詠㆑之候。あたらしき島守、打□着㆓破裂衣装㆒、若如㆓明静㆒、貧者候歟之由推量候之外、神明凡夫惣不聞不知候へば未㆓詠試㆒候。彼卿定存知候歟。

「新島守」といふ言葉は、亡父の俊成もそれからこのわたしも『万葉』の一首でしか知らないが、どういふ意味かわからないので一度も使つたことがない。ところが藤原家隆が用ゐて以来、彼の「弟子眷属」は何の歌だらうと、われもわれもとばかりこの言葉を使ふやうになつた。家隆は意味を知つてゐるのだらうか、と皮肉つてゐるのである。自分を「明静」と法名で呼んでゐる以上、天福元年十月以後の執筆であることは動かない。

これは明らかに後鳥羽院の、

我こそは新じま守よ沖の海のあらき浪かぜ心して
ふけ

をそしつてゐるもので、「ことばはふるきをしたひ、心はあたらしきを求め」（『近代秀歌』）る定家の詩法が、古語をまじへればそれですむといふ安易なものでなかつたことを示すと見れば、それなりに筋が通らぬでもないが、遠島の上皇を家隆の「弟子眷属」に数へてゐると読めば話は俄かになまぐさくなる。たしかに、後鳥羽院が主宰してゐた石田吉貞のいはゆる隠岐歌壇の、都における代表者は家隆で、彼こそは定家と対抗する存在にほかならなかつた。嘉禄二年（一二二六）、後鳥羽院の詠を番へた『撰歌合』の判は家隆が書いてゐる。たとへば――

八番
左海辺時雨
わたつうみの波の花をば染めかねて八十島遠く雲ぞしぐるる

右誰

さらでだに老いは涙もたえぬ身にまたく時雨ともの思ふころ

波の花をば染めかねて、やそしまとほくしぐるらん雲、心詞たけかぎりなく秀逸にこそ侍れめれ。また老いは涙のたえぬ身にまたく時雨とものおもふころ、これに愚老が心の中あひかよひて、時雨袖をあらそひ侍れば、尤可㆑為㆑持也。

そしてまた、嘉禎二年（一二三六）『遠島御歌合』の作者は、上皇の記すごとく、「雁の玉章の便りに付けて、うとからぬ輩に、十題の歌をめしあつめて、書きつがへたり。人の数ひろきに及ばざれば、昨日けふはじめて六義の趣を学ぶ輩も入れて」といふ侘しいものだつたが、その左方筆頭は女房すなはち後鳥羽院で、右方の筆頭は家隆である。なほ上皇がこの歌合の判詞で、自詠、

人ごころうつりはてぬる花の色に昔ながらの山の名もうし

について、「人心といへることをよむべからずと、定めらるるよし聞え侍れども、世にま

じらふべき歌にてもなければ」と記してゐるのは、樋口芳麻呂の指摘するやうに定家への、そしてまた都の歌壇への、皮肉にほかならない。定家は貞永元年（一二三二）摂政藤原道家の主催する歌合の判詞で、「人心あだちの真弓たのまずよ引くてあまたにかはる契りは」といふ歌を評し、「昔よりよみならへる事なれど、人心といふ初の五文字、今は好みよむまじきよし被二仰下一」と道家の意見を紹介してゐるのだ。つまり後鳥羽院は四年前のこの歌合を読んでゐるか、あるいはその噂を詳しく聞いてゐた。

定家はさういふ家隆を意識してゐたし、まして家隆が上皇の命を受けて『三十六人撰』を選ぶといふ噂などかなり刺戟が強かつたにちがひない（『明月記』天福元年七月二十七日の条にいはく、「昨日聞及、家隆卿撰卅六人云々、是遠所勘定歟」）。『新勅撰』で三上皇を除いたこと（ないし除きさうなこと）への世間の反応を気に病んで、神経をとがらせてもゐたらう。『後鳥羽院御口伝』の内容がうつすら伝はつてゐたかもしれないし、定家がそれを読んでゐた可能性もまつたくないわけではない。さらに隠岐本『新古今』が都にもたらされて、前例にうるさい定家を憤慨させたとも想像し得る。その種の悪条件が重なつてゐるとき、かねがね不審をいだいてゐた古語を大胆に用ゐる「新じま守」の歌が評判になつたとすれば（これほどの傑作が有名にならないはずはない）、古典学者を兼ねる定家がこんな悪口を言ひたくなるのは当然だらう。もちろんこれは、『定家物語』がさきに書かれて隠岐に伝はり、それが『新勅撰』その他の要因と結びついて上皇に『後鳥羽院御口伝』を書かせたとも考へられるが、大事なのはさういふ細かな穿鑿《せんさく》ではなく、二人のあひだのうるさくて緊張した心理関係である。『新勅撰』の序文と目録のみの奏覧がおこなはれた貞永元年（一二三二）から、『順徳院御百首』に二人が点を加へた嘉禎三年（一二三七）あたりまでの五、六年間は殊にそれがいちじるしく、一方が『新勅撰』を編めば他方は隠岐本『新古今』を抄し、『定家物語』には『後鳥羽院御口伝』、『百人秀歌』には『時代不同歌合』といふ具合に、定家と後鳥羽院とは都と隠岐にあつてことごとに対立してゐた。その不仲な関係を眺めるとき、われわれは彼ら二人が出会つた当初の厚い情誼を思ひ浮べ、変れば変るものだと感慨に耽るのである。

　しかし、改めて念を押すのもをかしな話だが、文学者と文学者との真の関係は交遊にあるのではない。また、晩年の彼ら二人が反目してゐたにもかかはらず、定家が次の勅撰集について下相談をされた際に上皇の和歌を絶讃し、『百人秀歌』では後鳥羽院の詠を除いたのに『百人一首』ではこれを採り（あるいはすくなくとも補ふやう為家に命じ）、上皇が『定家家隆両卿撰歌合』を仕立て（すなはち背いてゐる定家を目して親しい家隆と並ぶ当代の大歌人と認め）、さらに『後鳥羽院御口伝』のなかであれほどの紙数を費して定家を論ずるなど、互ひに相手をたいそう重んじてゐたことは事実だけれども、実は相互の評価といふことさへさほど大きな問題ではない。文学者と文学者との真の関係は、互ひにどれほど影響を受けたかといふことにしか存しないだらう。そして彼らは反目し対立する晩年において実は最も深く互ひに影響を与へ合つた——まるでそのためには長い歳月をかけての熟成が必要だつたやうに、あるいは孤独といふ条件が不可欠だつたやうに。

嘉禎三年（一二三七）と言へば、後鳥羽院は単に死を二年ののちに控へてゐるだけではなく、八月には藤原信成、親成あてに、自分の後世をくれぐれも弔つてくれるやうにといふいはゆる『島よりの御文』を記すことになるわけだが、この年夏の上皇の詠に、前にも引いた、

み渡せば花の横雲たちにけりをぐらの峯の春のあけぼの

がある（『夫木和歌抄』に見出されるこの歌の制作年代については樋口芳麻呂の考証に従ふ）。第二句「花の横雲」がすでに定家ぶりだが、さらに彼が正治二年院初度百首に詠進して『新古今』に撰入し、隠岐本にも残された、

しら雲の春はかさねてたつた山をぐらの峯に花にほふらし

を想ひ起せば、影響はいよいよ明らかであらう。しかも重要なのは、定家が「をぐら」を

地名「小倉」と「小暗し」とにかけ、その「小暗し」と第一句の「しら雲」との、暗と明との対照によつて効果を作るのに対し、後鳥羽院は「花の横雲」の匂やかな明るさから「春のあけぼの」の薄明を経て「をぐらの峯」の晦暗に至る三層によつて複雑な趣向を凝らし、それでゐて一首が上皇の歌以外の何ものでもないあざやかな個性をよく示してゐるといふ事情である。ここには若年のころの定家の方法がさらに濃艶な絵画美としてよみがへつてゐる。残念ながらわれわれは、頽齢の帝王がどれほど青春の好みに回帰し、しかもそれを完成させてゐたかを、主としてこの一首によつて推測するしかないけれども、もし最晩年の上皇の和歌がもつと数多く残つてゐれば、この定家以上に定家的な後鳥羽院の姿はさらに詳しく例證できるはずである。

定家の死は仁治二年（一二四一）、すなはち後鳥羽院の死の二年後だが、何しろ上皇より二十歳近く年長なのだから、晩年の歌に見るべきものがないのは咎めるに当らない。高齢の身となつてから、あるいはさらにさかのぼつて承久以後、定家は批評家であり古典学者であつた。学者としての彼に後鳥羽院の影響が見られるかどうかわたしは知らないが、批評家としての彼にはそれを容易に探ることができる。

その一は和歌の様式を十に分けて例歌を添へた『定家十体』である。これは在来、『毎月抄』『八雲御抄』などの文面から推して承久以前の著と見る説がおこなはれてきたが、『毎月抄』その他の言及はどうとも取れる曖昧なものだし、約二百八十首の例歌のうち後鳥羽院の作が一首もないことに注目すれば、『新勅撰』や『百人秀歌』の選歌態度にすこぶる酷似してゐるゆゑ、承久の乱以後、特に貞永元年から嘉禎三年に至る問題の期間に成つたものとわたしは考へたい。別に古人の詠に限つたわけではないのに自筆本『近代秀歌』や『詠歌大概』とまつたく異るこの態度は、かう説明すればわりあひ納得がゆくのではなからうか。ところがこの十体、すなはち幽玄様、長高様、有心様、事可然様、麗様、見様、面白様、濃様、有一節様、拉鬼様は、壬生忠岑の『和歌体十種』以来の伝統によるものとはいへ、直接的には建久二年の三体和歌（高体、痩体、艶体）の発想を展開したもので、三体和歌は後鳥羽院の工夫によるものらしいから、定家の歌学のすくなくとも一書は上皇に由来することになる。それに例歌のうち一首だけ収めてある定家自詠は、『新古今』の際に上皇が撰入を主張したにもかかはらず彼がしきりに辞退した問題の歌の改作、「春をへてみゆきになるる花のかげふりゆく身をもあはれとや見る」で、ここにも後鳥羽院の影響を見ることができる。

しかし三体和歌の企てと『定家十体』の関係など、実は些細なことにすぎない。遥かに重要なのは、後鳥羽院の『時代不同歌合』が定家の『百人秀歌』と『百人一首』（すくなくともその大要は彼によつて成つた）に与へた影響であらう。これは『古今』から『新古今』に至る歌人百人を選び、『古今』『後撰』『拾遺』の歌人を左方、『後拾遺』より『新古今』に至る歌人を右方に分ち、それぞれの秀歌三首づつを番へた歌仙歌合で、たとへば

（これは「群書類従」本の表記のまま引用するが）、

一番

左　　　　　　　　　　　　　　　柿本人麿

たつた河紅葉はなかるかみなひのみむろの山に時雨ふるらし

右　　　　　　　　　　　　　　大納言経信

夕されはかとたのいなはをとつれてあしのまろやに秋風そ吹

卅一番

左　　　　　　　　　　　　　　元良親王

花の色はむかしなからにみし人の心のみこそうつろひにけり

右　　　　　　　　　　　　　権中納言定家

さむしろやまつよの秋の風ふけて月をかたしくうちの橋姫

百三十九番

左　　　　　　　　　　　　　中務卿具平親王

命あらは又もあひみむ春なれとしのひかたくて暮すけふ哉

右　　　　　　　　　　　　　　　　　　　愚　老

桜さく遠山鳥のしたりおのなか〳〵し日もあかぬ色哉

のやうな体裁になつてゐる。

この歌合については樋口芳麻呂のまことに優れた研究（『時代不同歌合攷』）があつて、以下わたしはほとんどこれによりかかりながら言ふのだが、まづ、百人を単位とする秀歌の抄出は、『時代不同歌合』、『百人秀歌』（これは百一人だけれど）、『百人一首』以前にはなかつた。次に、「貞永以後嘉禎元年九月迄の四年間に成立したと見られる」『時代不同歌合』のほうが、どうやら『百人秀歌』よりも早いらしい。とすれば、『時代不同歌合』の刺戟を受けて、定家かそれとも依頼主の宇都宮頼綱が『百人秀歌』を思ひ立つたのではないか、といふことになる。ちなみにこの二つの小詞華集に共通する歌人は六十八人、一致する歌は三十九首。

わたしはこの推論は正しいと思ふ。定家は、歌風こそあれだけ前衛的、実験的でありながら、それ以外のことになると奇妙に先例にこだはるたちだつたから、どうしても平安朝をまねる三十六人の集しか思ひつかなかつたにちがひないし、関東の武辺である頼綱はなほさら旧習を重んじたことだらう。これに反して、百人を単位とするといふ新奇な試みは、いかにも後鳥羽院の気象にふさはしいのである。おそらく頼綱は上皇の新工夫を見てこの趣向を取入れたくなり、そして定家はこの依頼に応じたのではなからうか。『百人一首』はほとんど直接的に『百人秀歌』の後身である。そしてこのカード形式の詞華集が、大にしてはあるいは風景美の規範となり、あるいは恋愛の様式を教へ、小にしてはあるいは新春遊戯の具となり、あるいは踊り子の藝名の出典となつて、われわれの文化の性格を定めてゐることは誰にも異存のないところだらう。とすれば、流罪の天子の発明はこのやうな形で今日の文明に生きてゐる。共通歌人、一致歌は『百人秀歌』の場合と異らないゆゑ、『百人一首』の歌人のうち六十八人、和歌のうち三十九首は後鳥羽院によつて選ばれたのである。

七

心をふかくよめらむは定家なり。扨《さて》は慈鎮和尚なり。家隆卿は心ふかからず。尾上の鹿のなかぬ日もの歌、第一に心ふかし。後鳥羽院御歌も、三重までは心行くなり。四重にはあらずとなり。以上招月の語也。

『兼載雑談』の一節である。時代から言つてまさか正徹が猪苗代兼載にぢかにかう教へたはずはないが、この正徹の批評はなかなかおもしろい。『新古今』の歌人たちをこの調子で惣まくりしてくれたらどんなに楽しかつたらうなどと、つひ考へるくらゐである。もつとも名うての「定家宗」の正徹としては、定家を中心にせいぜい数人を取上げれば、それで『新古今』を論じたことになるのかもしれないけれど。

引いてある歌は『拾遺』巻第四冬、読人しらず、

秋風のうちふくごとに高砂の尾上の鹿のなかぬ日ぞなき

で、「風によりて鹿のなくにはあらねど、折ふしの興にてかくよめり。優なる歌なり」といふ『八代集抄』の説はおほむねのところ正徹や兼載の鑑賞ぶりを伝へたものと見てよからう。この浩瀚《こうかん》な注釈書は連歌師たちの歌学の集大成だからである。本当のことを言へば風と鹿の声とは関連がないけれど、それを関係があると見立てたところに詩的情趣が湧くと正徹は教へたものに相違ない。たぶん彼は、定家の和歌は心が深いと言ひかけて、それだけでは不充分なので慈円と家隆を引合ひに出したのだが、ここで、心が深いとはどういふことかと弟子に質問され、『拾遺』の読人しらずといふわりあひわかりやすい一首を例にとつて詳しく説明したのだらう。

ここまでのところ、正徹は単に詩と日常的論理について語つてゐるやうに見えるし、さう読むのはかなり正しい判断だらう。実は、引用した一節は、

三吉野の山の白雪ふるときは麓の里は打ちしぐれつつ

といふ俊恵の歌の悪口からはじまつてゐて、「げにも上手の目にては、一向手あさなる体」だから、これが「むげにおもしろからずと見るほどに稽古せよ」と述べ、それから定家を讃美するからである。たしかに俊恵の歌の理窟つぽい形は「秋風のうちふくごとに」の手法とはまつたく対立する浅薄なもので、初学者に呑込みやすいかういふ極端な一対を並べるあたり、正徹は教へ方が上手だつた。

しかし家隆の歌がもし心が浅いとしても、それが果して日常的論理に従ひがちなせいかは疑はしいし、まして後鳥羽院の歌の批評としては話はもつと怪しくなる。わたしには、このへんまで来ると正徹は別の要素を導入して、議論はおのづからもうすこし高級なものになつてゐるやうな気がしてならない。別の要素とは修辞と構文の屈曲性といふことで、正徹は話しながらさういふものを思ひ描いてゐたからこそ、「三重」とか「四重」とかいふイメージが浮んだのであらう。彼は定家ぶりの和歌といふ、むやみに屈折した精緻な細工を中心に据ゑて語つてゐたのである。一般には平明な歌風をもつて聞える慈円が屈曲した歌ひぶりの上手としてあつかはれてゐることについては、このとき正徹の念頭にあったのが『拾玉集』のなかの定家寄りの部分、ないし定家寄りと取れないことはない部分であつたと考へればそれでよからう。あの多作な天台座主は同時代の歌人たちみんなとつきあふ形で楽しんでゐるから、いはば定家以上に定家的な弟子、正徹の眼には、もつぱら彼の師と親しい慈円が映つてゐたとしてもさほど不思議はあるまい。そして重大なのは、何につけてもとかく定家に引き寄せてものを眺めたい、その正徹が見ても、定家と後鳥羽院とは一重ぶんだけ歴然と異つてゐたといふことである。上皇の歌風は、室町の前衛的な歌僧の判断によればその僅かな差だけ、修辞と構文の屈曲性が欠けてゐて喰ひ足りなく、つまりそれだけ心が浅かつた。正徹に言はせればさういふことになるが、しかし、実はそれこそは後鳥羽院の願ふところだつたのではないか。上皇は、正徹が見てさへこれほど定家と近接してゐてしかも決定的に離れてゐるだけの距離を、自分の和歌に課したのではないか。

わたしがこんなふうに考へるのは、一つには、『後鳥羽院御口伝』のなかで「人の口にある歌」といふことがしきりに論じられるからである。慈円について——

大僧正は、おほやう西行がふりなり。すぐれたる歌、いづれの上手にも劣らず、むねと珍しき様を好まれき。そのふりに、多く人の口にある歌あり。

そして定家について——

彼の卿が秀歌とて人の口にある歌多くもなし。おのづからあるも、心から不《ル》レ受《ケ》也。釋阿・西行などは、最上の秀歌は、詞も優にやさしき上、心が殊に深く、いはれもある故に、人の口にある歌、勝計すべからず。

と上皇は述べるのだが、この「人の口にある歌」を、要するに愛誦歌といふことだらうと話を急いだのでは、事情が曖昧になる。口ずさむためには覚えてゐなければならないし、それよりもまづ、思ひ出しやすいことが必要である。おそらく後鳥羽院は、心と詞といふ中世歌論の二大概念の枠のなかでこのへんのことをとらへようと苦心しながら、とらへそこねてゐるのだらう。当時の批評としてはこれはやむを得ないことだつたし、と言ふよりもむしろ当然の話だつた。しかし心と詞といふ枠組から離れて言ふならば、彼は自分の一気に詠み下した、しかしそれにもかかはらず飛躍が多く綾に富んだ文体と、定家の曲りくねつた癖の多い文体とを比較し、適正な批評用語が見つからなくて当惑してゐるにすぎない。

ここで後鳥羽院の和歌の歌謡性といふ問題が出て来る。典型的なものとしては、

さくらさく遠山どりのしだり尾のながながし日も
あかぬ色かな

深緑あらそひかねていかならむ間なく時雨のふるの神杉

おもひ出づるをりたく柴の夕けぶりむせぶもうれし忘れがたみに

何とまた忘れてすぐる袖の上を濡れて時雨のおどろかすらむ

頼めずば人を待乳の山なりとねなましものをいざよひの月

熊野川くだすはや瀬のみなれ棹さすがみなれぬ浪の通ひ路

霞たち木のめはる雨ふる里の吉野の山もいまや咲くらむ

をみなへし花の袂の露おきてたがゆふぐれの契まつらむ

しののめと契りてさける朝顔にたが帰るさの涙おくらむ

うかりける人の心の朝寝髪なにいたづらに乱れそ

めけむ

などがあげられるけれども、実は彼の和歌はことごとく小唄ぶりなのだと言つてもいい。そして小唄ぶりとか歌謡性とかは、否定的に評価すべきものでは決してなく、むしろ詩の基本であつて、しかも詩と社会との健全な関係を保つのに好都合な手法なのである。この様式において成功した場合こそ、詩人は彼の属してゐる階級、党派その他、具体的な共同体を代表することが可能になり、彼の生きてゐる世界と調和することができる。逆に言へば、われわれの時代のこの形の詩が貧しいとすれば、それはまづ何よりも、詩人が社会的に孤立を強ひられてゐるゆゑにほかならない。しかし、作曲を前提としたり、漠然と予想したりしての詩といふ、この様式において成功するためには、詩人は単に社会に対して肯定的であるだけではなく、一般の詩の場合以上に言葉を精妙にあつかはなければならない。小唄ぶりの詩人は、言葉に対する、恐しいほどの耳のよさを要求されるのである。後鳥羽院にはそれだけの優れた聴覚がたしかにあつたし、彼があらゆる意味で宮廷を代表してゐたことは今さら言ふまでもない。すなはち上皇の歌風の生ずる所以であつて、前衛性、実験性を失ふことなしにしかも歌謡性を保つたことこそ後鳥羽院の最大の手柄であつた。彼は「五尺のあやめ草に水をいかけたるやう」(『後鳥羽院御口伝』)な、線の太い構文の、いちいち頭にはいりやすい修辞で歌ひながら、そこに豊かな新風を注ぎ込んだのである。

折口信夫はさういふ上皇の方法を評して、

院の好みは、歌合せ・連歌・誹諧以外の藝術・遊戯にも広かつた。白拍子の舞は勿論、唄も嗜まれて、白拍子合せすら行はしめられた。(中略)此藝謡調は、院の御製に著しく出て来た。良経の方には、此を翻案した歌がある。院のは、しらべの上に出された。此から見ると、院の方が良経より味はひに体得して居られた。

藝謡中の語は、既に以前にも、作中に詠みこんだ人もあるが、院のは、其なげやりぶしの拍子が其まゝ出てゐる。(中略)

西行のわびしさよりも、民間のため息調をいちはやく理会せられたのだ。(中略)院の御製に、江戸の中頃や末に起つた歌浄瑠璃や、端唄・小唄の発想法や、其感触が交つてゐても、不思議はないのである。(中略)

事実、院ほど、本質的にしらべを口語脈にし、発想法をば或程度まで変化せしめた歌人は、明治大正の新詩人の間にもなかつたのである。此試みの、試みとして終つた事は、後鳥羽院の態度によるのである。出来心からの享楽作物として作られたのに過ぎなかつた。其に、度を越した趣味の広さが、こんな点にばかり、渋滞させてゐなかつたからである。(『女房文学から隠者文学へ』)

と記したけれども、この批評のうち、賞讃の部分はみな正しく、非難の部分はことごとく当らないとわたしは思つてゐる。昭和初年といふ早い時期にこれだけ深い洞察を後鳥羽院に対し下してゐた眼光は恐しいばかりだが、折口の不満は、この天才が置かれた環境について充分なだけの同情のある意見ではなかつたし、「出来心からの享楽作物」といふきめつけ方には、何か読者の俗情をあてにした、手を抜いた批評の態度が感じられる。それとも、折口でさへもこんな具合にものを考へなければならぬほど、この百年間の日本文学は生まじめなものだつたと判断するのが正しいのだらうか。そしてこの方向に考へを進めることは、案外、釋迢空に対して最も新しい光を投げる手がかりとなるかもしれない。あれだけ偉大な文学者が、彼がそのなかで生きた文明によつて毒されてゐないはずはなからう。

わたしに言はせれば、後鳥羽院は最後の古代詩人となることによつて近代を超え、そして定家は最初の近代詩人となることによつて実は中世を探してゐた。前者の小唄と後者の純粋詩といふ、われわれの詩の歴史における最も華麗で最も深刻な（そして最も微妙なつづけてもいい）対立はかうして生れ、そのゆゑにこそ二人は別れるしかなかつたのである。それとも、彼らはかうならざるを得ないほど互ひに相手を、そして自分を、確認したのだと言ふべきだらうか。しかし、このへんのいきさつを詳しく考へるためには、後鳥羽院と定家を当代の文学史にではなく、もつと広く、日本文学史全体のなかに位置づける試みがなされなければならない。

宮廷文化と政治と文学

あはれ百二十一代の皇統を通じて院こそは皇室第一の詩人にましましけれ。

谷崎潤一郎

一

何しろ『国歌大観』正続にすら『後鳥羽院御集』も『後鳥羽院御百首』も収められてないのだから、近代日本文学ではこの歌人はすこぶる無視されてゐた。かつての定家崇拝が消え失せるついでに、彼のパトロンであり好敵手である後鳥羽院も忘れられたのかもしれないし、さう言へば後鳥羽院の二つの歌集は藤原定家の『拾遺愚草』と共に岩波「日本古典文学大系」の『平安鎌倉私家集』に脱落してゐる。さらにひどいことには、これだけ国文学の研究が進んでも後鳥羽院の全歌集がまだ編まれてゐないため、われわれはあるいは「群書類従」のあちらこちらをひるがへし、あるいは土岐善麿の『万葉以後』に頼り、あるいは『夫木和歌抄』を開いて（これは作者別の版が出来てまことに便利になつたけれど）ありうべき全歌集を脳裏に思ひ描くしかないのである。これは、たとへば源実朝がいま味はつてゐる厚遇とくらべてまことに異様なことと言はなければならないが、おそらく国文学者たちは大変な新しがりで、明治維新以前の評価よりもむしろその反動であることの数十年の評価を真に受けてゐるのであらう。つまり彼らは批評家としての定家を否定し、批評家としての正岡子規をよしとしてゐるものらしい。言ふまでもなく、定家にとつて畏れるに足る当代歌人はただ後鳥羽院と式子内親王とそれにせいぜい藤原良経だけであつたらうし、子規にとつての理想の歌人は実朝であつた。

しかし、ちようど学者たちの失念と軽視に張り合ふやうにして（弘文堂「日本歌人講座」が「代表的歌人六十二人」に彼を入れてゐるのはまつたくの例外だし、その第三巻に樋口芳麻呂が書いた『後鳥羽院』はわたしにとつての基本的な参考文献だけれども）、代表的な二人の文学者がまことに個性的な後鳥羽院論を書いてゐることは注目に価する。それは近代日本文学の名誉をいささか挽回するに足ることかもしれない。一つは言ふまでもなく保田與重郎が一九三九年に刊行した『後鳥羽院』であり、もう一つは谷崎潤一郎が「学友会雑誌」第五十五号（一九〇八）に発表した『増鏡に見えたる後鳥羽院』である。

二つの後鳥羽院論はことごとに好対照をなしてゐる。一方は上方者によつて書かれ、他方の筆者は江戸つ子であるといふやうに。彼は悪名高い大著であり、此は全集の末尾に添へられたまま誰にも読まれぬ若書きであるといふふうに。そして前者はいはば日本文学史の試みであるのに対し、後者はひたすら一人の帝王の人となりをなつかしまうとしてゐる。

しかし最大の相異は『増鏡に見えたる後鳥羽院』が三十年後の保田の著書と対蹠的なくらゐ非政治的ないし反政治的な性格のものだといふことである。これはわれわれに多大の文学史的感慨を催させるであらう。すなはち正確に一世代ののち政治は文学へと闖入《ちんにゅう》したのである。

若い谷崎はまづ、「鎌倉時代は日本国民が長き惰眠より覚醒して真率真面目なる新生涯に入りし時代也。潑溂《はつらつ》たる精気六十余州に溢れて、生々向上の活力、人の心に充ち充ちたりし時代也。(中略) 洋の東西を問はず、国の内外と言はず、史を読みて鎌倉時代に至るほど快きことなく清新の気に撲たるゝことなし」と時代を概観し、次いで『増鏡』が後鳥羽院の四歳での即位から十九歳での譲位に至る十五年間を評して、「帝偏に世をしろしめして四方の波静に吹く風も枝をならさず」と美辞をつらねたことに反撥し、「かく世の中の静定せしは実は鎌倉幕府の政道の宜しきを得たるに由るもの」と述べる。後年、平安朝の文化にあれほど陶酔した彼がここで鎌倉時代を讃美するのは、明治時代の武張つた趣味にこの書生もかぶれてゐることを示すものだらう(一九〇八年は明治四十一年である)。そして「増鏡著者が心にもなきお世辞」を責めるのは、この東京生れの若者が近代の合理主義と共に関東びいきを身につけてゐることを明らかにする。このとき彼の心の底に反近代の欲求と上方ふうなものへの憧れが秘められてゐたといふ事情については、詳しく語る必要がないはずである。

こんな前置きをつけてから谷崎は承久の乱を否定する。「朝廷の御企は時に応じ理にかなひ名義正しきものなりしか。是非曲直は何方にありや」と疑ひ、

恐しやふさはしからぬ大野心に若き御胸の血をさわがせ給ひしこそ口をしけれ。是れ世の小智小才の豎子が妄りに風雲を望んで雲蒸龍変を夢むるにも等し。鎌倉に移植されたる武門の権勢をも解せず、国内の思潮の滔々として流れ行く所を究めず、頼朝の功労、東夷が実力の程をも知らずして、理なく名なき戦を起し玉ひし無謀さよ。事を成さんには須く明確なる洞察力と、図太き胆力と、冷酷なる頭脳と、堅固なる意志となかるべからず。神経過敏の風流才子なる院のおぼし立つべき事ならず。箱根山のむかふには政子と申す奇態なる女もあり、義時と云ふ薄気味悪き男も居り候ふなり。かかる大悪党の目より見れば院は藐たる青二才なるべく、討幕の騒ぎなど坊ちやんだゞ、を捏ねし程に思ひつらむ。

とまで酷評するのである。この論法は大義名分の問題と勝算の問題とがよく区別されてゐないため明晰を欠くけれども、それだけになほさら、後鳥羽院の挙兵に対する谷崎の嫌悪の情は明らかであらう。彼は、もし自分なら決してかういふことはしないのにと往事を偲んで苛立つてゐるやうに見受けられる。当然そこで出て来るのは、ひたすら風流韻事を楽

しみ「美的生活を送れ」ばそれでよかつたではないかといふ判断である。若い谷崎は「院は文学に於いては話せるお方也。政治に於いては話せぬお方也」ときめつけ、「詩人なりし後鳥羽院、早熟の俊才、通人粋者なりし後鳥羽院、恐れ多きことながら若し元禄の灘波に生れなば俳諧小説に世を茶かしておもしろをかしく伊達に一生を送り玉ふべき御さがなりしを」と痛嘆するのだ。

もともと谷崎の資質にかういふ政治嫌ひの傾向があつたことは言ふまでもないが、しかしこの一文にはまた時代の影響もうかがはれる。明治四十一年は赤旗事件の年であり、大逆事件の前々年である。そのやうな社会主義的風潮は賢くて敏感な少年にまつたく無縁なものではなかつたらうし（たとへばまさしく同世代の佐藤春夫は大逆事件関係者のごく近くにゐた）、たとへ社会主義をぬきにしても薩長藩閥政府に対する江戸つ子の反感はいくらかあつたはずである。しかし谷崎はおそらく、一方では自分を北条義時になぞらへて上方の伝統と対抗しようと努めながら、他方ではみづからを「宛然粋人墨客の風あり二十歳前後の少年と云はんよりは寧ろ楽隠居の口吻」を弄する「貴公子」後鳥羽院に擬して、「風流」の埒外に出ることをかたく禁じたのではなからうか。このとき彼の暗く錯綜した無意識において北条氏に当るものはもちろん明治政府であつたにちがひないし、文学のためにはこの政府の「政道の宜しき」を認めるしかないと谷崎は自分に要求したのであらう。『増鏡に見えたる後鳥羽院』の幼い反政治性はおほよそさういふ性格のものだつたとわたしは推測してゐる。
そして保田の『後鳥羽院』は、折口信夫の『女房文学から隠者文学へ』の示唆によつて書かれた彼一流のナポレオン崇拝の書であつた。ボナパルティスムはドイツ文藝学を経てつひに天皇崇拝と結合するといふ、数奇な運命をたどつたのである。西欧に対するコンプレックスの並はづれて強いこの批評家は、「セント・ヘレナの悲劇は、精神を所有する現代人にとつては切実な思ひ出である。今世紀の人間の切ない故郷である」と書いた数年後、正確にそれに見合ふ日本版のロマンチックな悲劇として後鳥羽院の生涯を発見したやうに見受けられる。まことに巧妙卓抜な着想として舌を巻くしかない。

新古今集が多彩の集であることは云ふ迄もない。その上院の周囲と生活はこの上ない花やかな華麗から一朝にして遠島の孤独閑寂に急転したのである。これは院の御尊身を以て象徴された当時の、むしろ永遠の文藝の運命そのまゝである。後宮の栄花から隠者に似た生活へ、この悲劇は、後宮の美女たちが感傷を悲劇化してゐたころの遊戯文学の比ではない。平家の悲劇より壮大だつた。さらに西行の構想した悲劇化とは異つた壮烈な自然に似た力との闘ひを伴つてゐたのである。(中略)
後鳥羽院に於て前代までの聯想の形式は統一され組織されたのである。それが院の英資の上に用意された遠島の到来を思はせた。文藝上の院を待つものは、セント・ヘレナ風の孤島であつた。

また、

私は日本の物語の歴史から、歌が物語となり、物語が歌にくづれねばならなかつた契機を知らうとした。千年に亘る日本の詩的天才が、あちこちの文藝の精華と詩人の神髄をあつめて構想した詩の運命は、後鳥羽院によつて、万乗の御身で実現せられたことを私は知つた。それは一等新しい今日の美学であつた。それはある部分で宣和の皇帝の運命に似てゐたかもしれない。宣和の皇帝の物語は、さういふ構想から出来た最高な詩人藝術家の宿命の物語である。それはセント・ヘレナをもつたやうな近代の英雄と詩人の物語に、結果として類似してゐた。たゞ院の物語と、宣和の皇帝の物語とは精神と決意に於て異つてゐた。その点で院は稀有の英雄と詩人の生涯を宝身で描かれた。(「物語と歌」)

ドイツものの悪訳を思はせるまつたく手に負へない個性的な悪文ではあるが、ナポレオンと対応するものとしての後鳥羽院といふ図式をたどるにはこれで充分であらう。かうして保田は、英雄にして詩人といふ彼の主題を託するための恰好な対象として、埋もれてゐた一人の大歌人を発掘した。この再評価はまことに偉大な事業であった。最近この批評家へと寄せられる尊敬の合唱に加はる気はわたしにはないけれども、あの長い忘却の真只中における後鳥羽院再評価の力業には最大の讃辞を呈してもよい。

そして、「後宮の栄花から隠者に似た生活へ」といふ「急転」の悲劇的情趣にひたることが主な狙ひであつてみれば、承久の乱の大義名分の問題と勝算の問題のうち、彼にとつて後者はいささかも考慮に価することではなく、むしろ失敗すればするほどよかつたといふ皮肉な事情は、あへて指摘するまでもないはずである。「事の成敗をとはず」と保田は強調する。しかし彼の美学においてはナポレオンの日本版はセント・ヘレナの日本版へとどうしても流されなければならなかつた。それだけの段取りがつかなければ感傷的な美学は完結しないからである。わたしはさう断つた上で彼の政談を引用することにしよう。

成敗の結果を云々することは、順逆の至高倫理の批判から除外すべきことである。さういふ精神から承久の乱を考へるなら、第一に皇国の理想の上から云つて、この事は統治者としての天皇の自覚の当然の発露であり、これは絶対である。さういふ自覚に実力と計劃がともなはなかつたといふことは、事後の批評にすぎない。（中略）

承久の御事は、その時機としてふさはしかつたのである。天皇が親権を発動されるのはいつだつて正しいのであるが、頼朝より三代の将軍は法皇の允裁によつて重職に任じたのである。しかるに源氏の嗣断絶し、幕府の実権が北条氏に移るといふことは、法理上からさへ合法的と云へないであらう。（中略）国体の精神としての天皇と、実力としての北条を対比することは、我国の論理として成り立たないのである。承久の乱は結果としての敗北にもかかはらず、同時代の混沌とした思想の不安を一応整理した感がある。その時以来日本の真実の古代の精神が、丈夫ぶりの表現を初めてもち、詩文の精神の中の底流となつた。至尊の調に自信をのべ、隠遁者は、詩人の志を悠久のものに描いた。

（中略）

承久の決行の時、院は四十二歳にあらせられた。その時の御俤は乱後信実の謹写した御影で拝せられる。この御齢も、事をなすに当つてふさはしい。院の遠島に住はせられた年月は十九年である。乱の近因として、院の周囲にあつた女流政治家、卿二位兼子や又は伊賀局のことや、関東で失意した三浦胤義、大江親広のことがいはれる。又公卿間の分派を云ふのである、しかし宮廷の公卿が北条につき、院の系統の人々に対立するといふことが、すでに功利の拠点に立つ悖徳である。それは論理上でも倫理上でもあり得ぬことと云はなければならない。しかし院の決意は、側近の人々に動かされたものでなくして、久しい統治者の自覚、悠久の太古より伝る国と民の悲願の発動であつた。（中略）

歴史の意志といふものと、我国の統治の理念がどういふ交錯をしたかは史上の問題である。私はこゝでさういふ時の詩を考へる、わが国に於て、歴史が雄大にして悲劇にみちた抒情を奏へるとき、事の成敗をとはず、我国の永遠の理想は健全に明日の閃光をうつしたことであつた。それは対等のものを二つ設置する二元論ではない、その意志との理念は、つひに矛盾しなかつたのである。さういふ事実を極端に厳粛に教へるものは、建武の時よりも、反つて承久の時である。(「物語と歌」)

打割つて言へばところどころわたしには見当もつかないくだりがあるし、さういふ箇所はかなり多い。その最も極端なのは、公卿が北条方につくといふ「悖徳」が「倫理上」はともかく「論理上(中略)あり得ぬことと云はねばならぬ」といふ断定である。わたしに言はせれば「論理上」あるに決つてゐるのだ。しかし保田の評論とつきあふ以上この程度のことにたぢろいではいけないので、ここはのんびりと大意を取り、承久の乱が成敗を度外視したといふよりはむしろ失敗に賭けた、詩人であり英雄を兼ねる者の悲劇的行為である、といふ眼目を受け入れることにしよう。そこに現れるものは、一見したところ政治的行動と見えたものが実は文学的感傷のための筋立てにすぎず、具体的な政治はまつたく忘れられてゐたといふ異様な事情にほかならない。そのときわれわれは一つの奇妙な相似に驚くことにならう。すなはち、谷崎の後鳥羽院論と保田の後鳥羽院論とは、あれほどさまざまに相反し対立してゐるにもかかはらず、究極的にはいづれも極端に政治を排除した、単純に文学的なものであつたといふことである。水無瀬の離宮にあつておほらかに風流を楽しむだけにすればよかつたのにといふ谷崎の立場と、「この上ない華麗」のほかにもう一つ「遠島の孤独閑寂」を味はつたからなほさら偉大だといふ保田の立場とは、どちらも実際の政治を脱落させてゐる点で瓜二つと言つていいくらゐよく似てゐるのだ。これはひよつとすると、近代日本文学における政治的考察におほむね共通する特質かもしれないけれども。

二

しかし承久の乱といふ事件はいかにも謎めいてゐる。『承久記』を読んでも『吾妻鏡』その他に当つてもすこぶる要領を得ないのである。北条氏が証拠を湮滅《いんめつ》したのではないかと保田は疑つてゐるが、その種の作業はもちろんしきりにおこなはれたものに相違ない。だが、たとへかずかずの記録がそつくり残つてゐても、この事件の本質についてはさほど多くを教へてくれないだらう。この反乱の最も重要な部分は後鳥羽院といふ一人の天才の妄想に属してゐるからである。彼はそれを長い歳月にわたつて心に育て、その結果、久しい以前から隠岐に流されることを夢み、さらにはその事態に憧れてゐたやうにさへ思はれる。わたしに言はせれば、そのやうな夢と憧れを後鳥羽院がみづから打明けてゐるのである。

『夫木和歌抄』巻第十九に、

あはれなり世をうみ渡る浦人のほのかにともすおきのかがり火

といふ後鳥羽院の一首がある。第一句「あはれなり」のあ、第二句から第三句へかけての「うみ渡る浦人」のう、そして第五句「おき」のお、と、三つの母音をこの上なく効果的に据ゑた秀歌だけれども、『後鳥羽院御百首』にも見えないし『新古今集』にも収められてゐない。『後鳥羽院御集』にも「北野宮百首御歌」と頭注にあるが、樋口芳麻呂の綿密な研究によれば、現在散逸してゐるこの百首歌（うち十三首ほどが知られるのみ）は「隠岐以前の詠」と推定されるらしい。たしかに流刑以後の後鳥羽院の百首歌を北野宮の神官が受取つたとは思へないし、そのやうなはた迷惑なことを後鳥羽院が試みたとも考へにくいから、樋口の見解は信を成すに足るであらう。そこで、遠島以前の作といふ事情を念頭に置いた上で、一首に充満してゐる意味の重層性を探ることにしたいのだが、そのためにはまづ仮名書きに直すのが好都合のやうである。

あはれなりよをうみわたるうらひとのほのかにともすおきのかかりひ

「あはれ」には「哀れ」と地名の「阿波」とがはいつてゐる。「よ」には「夜」と「世」がある。「うみ」には「倦み」と「海」があるし、「わたる」には「渡る」のほかに「海《わた》」があるにちがひない。「うらひと」には「浦人」のほか「占人」が秘められてゐるし、「心《うら》」も隠れてゐるだらう。「ほのか」は「仄か」でありながら一方で「帆」を指し示すと同時に他方で「焔」を暗示し、「ともす」は「灯す」「伴《とも》」「艫《とも》」の三つをかけてゐる。そして「おき」は「沖」「起き」「燠《おき》」のほか地名の「隠岐」をわれわれの心に突きつけるだらうし、さらに母音をすこし改めれば「秋」「浮き」「憂き」「息」「生き」のほか地名の「壱岐」もまたかすかに鳴り響いてゐるやうに思はれる。かういふ重層性によつて出来あがる意味の複合体を大意の形でとらへるのはもちろん不可能な話だが、さうと知つた上であへて試みれば大体こんなことになるだらうか。――哀れなイメージだ、まるで阿波の国のやうに人の世に倦み果てながら夜の海を渡るうらさびしい漁師が占ひの者さながらに仄かな焔を、帆と同じみづからの伴侶として船尾に灯すとき、よもすがら起きつづけ生きつづけ浮きつづけ燠火のやうに息しつづけながら、遥かに壱岐を望む隠岐の国の沖の秋の海にもの憂く燃える篝火は。「あはれ」から「おき」までは執拗に多層的な意味を狙つて雰囲気を濃密にもりあげ、一転して結句の「かかりひ」では単一の意味によつてイメージを明確にしぼるあたり、恐しいほどの技巧と感嘆するしかない。人生も夜も海も漁師も、その他数多くのイメージも、第五句の半ばまで朦朧《もうろう》と揺れ動きつづけたあげく、つひに闇に浮ぶ篝火へと収斂されるのである。

ここで読者は、漁火《いさりび》に寄せる倦怠の詩にすぎないものが（本歌は、『後撰』小野小町、「あまのすむ浦こぐ舟のかぢをなみよをうみ渡るわれぞかなしき」）、しかも僅か三十一音のなかにこれだけ精妙複雑な仕掛けを藏してゐることに驚いてはならない。『新古今』時代の歌風ではいつこう珍しくないことだからである。歌人たちは一方においては、縁語、掛け詞、歌枕、本歌取り、一句切れ、三句切れ、体言止めなどの技法をたよりに意味の重層性を自覚的に求めて行つたし、他方、そのやうな方法は歌人たちの無意識によどむものをすくひあげることにはなはだ役立つたのだ。西欧のロマン派後期から象徴主義にかけてを思はせる清雅濃艶な『新古今』歌風のすくなくとも一斑は、かうして生れたと断じても差支へないであらう。この一首で真に驚くに価するのはそのやうな技法的問題ではなく、承久の乱以前の後鳥羽院が「隠岐」と「阿波」と（そしてたぶん「壱岐」と）を、おそらく無意識界においてであらうが、ほとんど運命的なくらゐ哀切な地名として心に明滅させてゐたといふ事実である。言ふまでもなく阿波は土御門院の流された国であり、隠岐は後鳥羽院の配所であつた。

後鳥羽院が久しい以前から関東への謀反を企ててゐたといふ証拠は多いが、それならば事やぶれてのちの自分の処遇についてあれこれと空想に耽らなかつたはずはない。彼にはそれだけの現実認識が備はつてゐたし、それよりもさきにまづ悲劇的想像力、といふよりもむしろ自分を悲劇の主人公に仕立てて楽しむ自己陶酔的な癖があつたと思はれる。そのとき最も心にまつはりつく地名はやはり遠流《おんる》の島、隠岐だつたのではなからうか。これは法制上からさう推定できるだけではなく、文学的にもいささか推論が可能なことのやうに思はれる。『古今集』の歌人、小野篁は『新古今集』に二首撰入し、二首とも隠岐本において除かれてゐない（そして隠岐で作つた『時代不同歌合』百人の作者のうちの一人でもある）、つまり後鳥羽院の評価のすこぶる高い歌人だが、わたしに言はせればこの篁が隠岐に流され（そしてやがて許され）たといふ有名な史実は、もつと大きな過ちを犯すもう一人の歌人の空想にずいぶん作用したやうな気がしてならないのだ。その政治的・文学的空想はすくなくとも流刑になるところまでは的中した。彼は、心の奥で恐れながら憧れ憧れながら恐れてゐた島で配所の月を見ることに成功するのである。ここでついでに言つておけば、『後鳥羽院御百首』雑、

みほの浦を月とともにや出でぬらん隠岐のとやま
に更けるかりがね

は、存在しないものを歌ふことによつてかへつてそのものを強く印象づける『新古今』歌風（その代表は言ふまでもなく藤原定家の「み渡せば花ももみぢもなかりけり浦の苫屋の秋の夕ぐれ」である）の要諦を、配所の月に対してほどこしたものにちがひない。古注にいはく、「など月と連れもせで雁ばかり行くとなり」。（古注は美保の関を「出雲の地の海はた」にある「名所なり」と紹介してゐる。）

しかし「あはれなり」の一首による論證に対しては懐疑的な向きもかなりあるかもしれない。詩を字句の表面だけ、ないし作者のあらはに意図した部分だけでとらへようとする解釈態度はおそらく現代の常識であらうし（近代日本文学の単純なリアリズムはこのやうな批評方法の母胎であつた）、第一、この歌が確実に承久の乱以前のものであるとする資料は今のところ見当らないからである。前者の疑惑に対してならば何やかやと言ふことができるが、後者の揚足とりに対してはやはり口をつぐむしかなからう。そこでわたしは別の材料を差出すことになる。

『新古今和歌集』巻第十八雑歌下の巻頭に菅原道真の歌十二首が一つづきに並んでゐる。すなはち『国歌大観』番号一六八八から一六九九まで、

あしびきのこなたかなたに道はあれど都へいざといふ人ぞなき

天の原あかねさし出づる光にはいづれの沼かさえ残るべき

月ごとに流ると思ひしますかがみ西の浦にもとまらざりけり
山わかれとびゆく雲の帰りくる影みるときは猶たのまれぬ
霧立ちている日のもとはみえずとも身は惑はれじよるべありとや
花とちり玉とみえつつあざむけば雪ふる郷ぞ夢にみえける
おいぬとて松は緑ぞまさりけるわが黒髪の雪のさむさに
つくしにも紫おふるのべはあれどなき名かなしぶ人ぞ聞えぬ
かるかやの関守にのみみえつるは人も許さぬ道べなりけり
うみならずたたへる水の底までにきよき心は月ぞてらさん
彦星のゆきあひを待つかささぎのと渡る橋を我にかさなん
ながれ木と立つ白浪とやく塩といづれかからきわたつみの底

「山」「日」「月」にはじまり「海」「かささぎ」「波」に終る十二首で、殊に最後の一首の酷烈な味はひは長く忘れがたい。それは漢詩によつて鍛へられた歌人にしてはじめて成し得る直接的なイメージを持つてゐるやうだ。この「他にその類例がない」十二首のあつかひにはじめて注目したのは小島吉雄だが、これは『新古今』研究史における一つの偉業であつたと見なしてもよからう。この勅撰集の性格の一局面を分析するための絶好の手がかりが与へられるからである。

小島の説の要点を紹介すれば、この異例な取扱ひを受けた十二首はみな謫居中の寄物陳思の歌で、謫居と結びつけなければ解釈がつかないし、また配所での詠といふことが明らかである。勅撰集において巻頭歌が重視されるることはよく知られてゐるが、『新古今集』は後鳥羽院の親撰の詞華集ゆゑ、道真の十二首のこの撰入とこの配列とは（たとへ撰者名が記されてゐるにせよ）「後鳥羽上皇の畏き思し召しによる」もので、隠岐本に十二首がことごとく残されてゐることはその「一傍證たり得る」。そしてこの破格の優遇は、第一に「質実正大の格調を有し誠実心の発露した歌」を尊重したい態度のあらはれであり、第二に、「道真の正義を御顕賞遊ばされ、延喜の御代の御一失を是正しようといふ御気持」からであらうと小島は推測するのである。

わたしはこの説に反対する者ではない。たしかに道真の十二首は瞠目に価する厚遇を受けてゐるし、この処遇にはおそらく後鳥羽院の判断があづかつて力大きいであらう。『新古今集』を目して単なる「華麗綺靡」の集とすることはやはり「認識不足」のそしりを免れまいし、延喜天暦二朝を「天皇親政」の理想の代として慕へば慕ふほど、「黄金時代」の瑕瑾《かきん》を惜しみ、道真の名誉を恢復しようとしたといふ推測もよく納得がゆく。そしてこの十二首に注目したことの独創性については、すでにわたしが多大の敬意を表した通りである。

だが、わたしとしてはもう一つ、流刑になりたいといふ荒ら荒らしい願望が後鳥羽院の心の底にあればこそ、道真の十二首にこれほどの愛着を示したのだと考へたい。さう主張する場合、『新古今集』でこれにさきだつ一首、すなはち巻第十七雑歌中の巻末歌が天智天皇の、

朝倉やきのまろどのにわがをれば名のりをしつつ行くはたが子ぞ

であることはかなり有力な支へになるだらう。言ふまでもなくわたしはこの配列自体が後鳥羽院の指図にもとづくと考へるのだが、蘇我氏を亡ぼして大化改新をおこなつた天智天皇は彼にとつて最も尊敬に価する英雄であつたにちがひないし、それに天智天皇が折口信夫のいはゆる「至尊歌風」ないし「至尊風」、保田與重郎のいはゆる「至尊調」の最初の歌人であれば(藤原定家は彼の「秋の田の」の詠によつて『小倉百人一首』をはじめた)、尊敬はむしろ自己との同一視にさへ変つたにちがひない。後鳥羽院はそれほどナルシシスムの傾向の強い男であつたはずである。アンソロジストとしての彼は、乱臣を討つことに成功した帝王の晴れやかな一首と、讒《ざん》せられて流謫の地にある宰相の悲痛な十二首とを、別々の巻に、しかし一つづきに並べることにより、彼の願望の陽の部分と陰の部分とを一挙に示したのであらう、おそらく半ば無意識のうちに。そのとき二人の神話的ないし伝説的英雄(英雄にして詩人)の計十三首は、うはべは筑紫といふ土地によつて連りながら、

しかし実はアンソロジスト自身の政治への関心によつて結びつけられてゐた。そして、成功した場合と失敗した場合とが一対十二といふ途方もない比率で選ばれてゐることは、まさしく後鳥羽院の心の傾斜を示すものであらう。これほど彼は悲劇に魅惑され、敗北を思慕してゐたのである。

こんな具合に考へをたどるとき、道真の配所詠に対する藤原定家の態度はすこぶる興味ふかいし、またわたしの推論の傍證としてかなり有力なやうな気がする。彼は『新古今集』の撰者として十二首全部を撰進してゐるし（たとへば藤原家隆は十二首のうち八首を撰進）、それに八代集すなはち『古今』にはじまり『新古今』に至る八つの勅撰集から秀歌千八百余首を選んだ『定家八代抄』のなかに八首の多きを採つてゐるのである。これは明らかに、文学的趣味と眼識において定家と後鳥羽院とが極めて近いことを示すものだらうが、彼ら二人の反応には一つの重大な差異があつた。後鳥羽院が十二首を『新古今集』雑歌の部に収めたに対し、定家は八首を『八代抄』巻第十羈旅歌に入れたのである。もちろん、『定家八代抄』においては、隠岐に流された小野篁の『古今集』の二首、須磨に流された在原行平の『古今集』の一首のあとに、「つくしにて」と前書きのある道真の『拾遺集』の二首が来て、それに同じく道真の一字題八首がつづくことになるのだから、流謫もまた旅の一つの姿として定家の眼に映つたといふことにすぎないとも考へられるが、わたしとしてはむしろ道真の配所詠に自分の政治的ないし軍事的な思ひをほしいままに託する後鳥羽院への反撥のせいではないかといふ気がする。若年のころなのかそれとも年老いてからなのかはともかく、「紅旗征戎非吾事」と日記に書きつけた定家にとつて、政治と軍事はできるだけ文学から排除すべきものであつたし、その物騒なものを勝手に取込むならば文芸の純粋はたちまち乱されることになるだらう。さういふ立場に立つ以上、流謫はただ単に最も哀れ深い旅として心に迫るにすぎないのである。道真の配所詠を羇旅歌の部に収めたのは、この一連の歌が優れてゐることをじゆうぶん認めた上で、しかもこの連作に後鳥羽院が賦与した政治的意味合ひを拭ひ去らうとする、定家の苦心のあらはれであつた。われわれはここに後年の谷崎潤一郎と保田與重郎との対立の原型を見出だしてもいいかもしれない。ところが後鳥羽院にとつての雑の歌とは、在来の勅撰集におけるそれとは異り（『八代集抄』は『千載集』の雑歌について「賀恋述懐さまざままじはる心也」と述べてゐる）、政治的感懐、むしろ政治的宣伝の色調をいちじるしく強めた述志の歌が中心となるものだつたのである。道真の第一首と同じ「山」といふ題の「新古今補入の最後を飾る一首」（有吉保）、

おく山のおどろが下も踏みわけて道ある世とぞ人にしらせん

は『新古今集』巻第十七雑歌中、しかも四百十余首の雑の歌のまさしく中央に位置を占めてゐる。

三

ただし後鳥羽院が一対十二の比率で承久の乱の成敗を賭けてゐたとしても、その僅かな割合だけの見込みはたしかにあつたことを認めなければなるまい。わたしには彼のほうがすくなくとも保田よりは遥かに現実的だつたやうに思はれる。後鳥羽院は保田ほどは成敗を度外視していなかつた。源頼朝の死につづく鎌倉幕府のみじめな内訌《ないこう》（それは源実朝の暗殺によつて頂点に達する）を見れば、彼がいくばくかの勝算を思ひ描いたとしてもあながち笑ふわけにはゆかないのである。承久の乱は実朝の凶変の二年後に起つた。

そして、ちようどいい折りだからここで言つておくけれども、後鳥羽院と実朝とはまさしく対をなす存在であつた。藤原俊成の歌の弟子が、帝王でありながら「早業水練にいたるまで淵源を極め」、北面の武士のほかに「西面といふ事を始め」（『承久記』）、さらには櫂を片手でかるがると打ち振ることにより、強盗、片野の八郎を慴伏させる（『古今著聞集』）のに対して、俊成の子、定家の弟子である征夷大将軍は、「当代者。以㆓歌鞠㆒為㆑業。武藝似㆑廃」（『吾妻鏡』）といふ状態で、しかも官位の昇進をむやみに願つたのである。これは都の文化と関東の風俗とのまことに奇妙な交易と言はなければならない。宮廷文化の末期であり武家の勃興期である時代の、当然の要請かもしれないけれども、彼らは互ひに他者にこがれたのである。承久の乱とは結局のところ、幕府創業当時の気風をとどめた保守的武人と鎌倉を風靡しようとする京風文化との闘争であつたといふ原勝郎の説は、ただ関東にのみ視野を限つた上でこのあたりの事情を衝いた、奇警犀利の好論で、さすがに凡庸の史家とは違ふと敬服して差支へない。

ところで実朝の和歌と蹴鞠についてはともかく、後鳥羽院の尚武の風に関してはわたしに一つの発見がある。彼は伝統と前例に反し三種の神器（神璽と宝剣と神鏡）なしに即位した天皇なのだが、他の二つはやがて戻つたものの宝剣だけはつひに還らなかつた。この事実は幼いころから後鳥羽院の心の傷になつてゐたに相違ないと考へるのである。

寿永二年（一一八三）七月、平家一門は幼帝安徳天皇と三種の神器とを奉じて西海に逃れる。八月、後白河院の命によつて後鳥羽天皇踐祚。元暦二年あるいは寿永四年（一一八五）三月、平家、壇の浦の戦ひに敗れ、安徳天皇は祖母に抱かれて入水。このとき三種の神器もまた海中に投ぜられたが、神璽と神鏡は拾ひあげられ、同年四月、都に帰る。しかし宝剣は、海女を潜らせて探しても見つからなかつた。すなはち後鳥羽院はそもそもの最初から天皇のしるしとしての剣を持たない帝王だつたのである。現代の合理主義はかういふことにこだはる心理を笑ふだらうが、これが中世人にとつて深刻な衝撃であつたことは、

『愚管抄』や『神皇正統記』が宝剣の喪失についてかなりの筆を費してゐることでもわかる。北畠親房は、たしかに宝剣は沈んだが代りの神剣が皇太神宮のお告げで伊勢から奉られた、とか、宝剣の本体は熱田神宮に祀つてあるので、西海に沈んだのは崇神天皇のときに作つた模作にすぎないとか述べてゐるし、慈円は、「コノ宝剣ウセハテヌル事コソ、王法ニハ心ウキコトニテ侍レ」と嘆いたあげく、この事態に秘められてゐる歴史哲学的意味を探らうとする。彼に言はせれば、これは武士が天皇を守護する時代に改まつたことの證しなのである。「太刀ト云フ剣ハコレ兵器ノ本《もと》也。（中略）今ハ武士大将軍世ヲヒシト取テ、国主、武士大将軍ガ心ヲタガヘテハ、ヱヲハシマスマジキ時運ノ、色ニアラハレテ出デキヌル世ゾト、大神宮八幡大菩薩モユルサレヌレバ、今ハ宝剣モムヤクニナリヌル也」

それが当時一般の風潮だから別に咎めるつもりはないが、実朝調伏のため最勝四天王院を建立するほど呪術を愛してゐた後鳥羽院が、宝剣といふ政治呪術の小道具を気にしなかつたはずはない。彼は剣のイメージに憑かれたし、彼の心理は慈円の諦めと正反対の方角に向つた。自分は歴代の王と違つて剣を持たない帝王であるといふ激しい屈辱感と、その自己嫌悪をバネとしての、それならば彼ら以上に剣を持たねばならぬといふ決意がはぐくまれたのである。天皇のしるしの剣がない以上、自分はひよつとすると天皇でないのかもしれぬといふ疑惑は彼の心にくりかへし去来した末、剣が象徴する天皇の一側面へのはなはだしく情熱的な傾斜をつひにもたらしたものに相違ない。失はれた宝剣によつてかきたてられる剣への憧れは小にしては刀の鑑定や刀工たちを召しての鍛刀の試みとなり、大にしては承久の企てとなつたのであらう。

だが、言ふまでもないことながら、承久の乱はじつにさまざまの成因の綜合として起つた。後鳥羽院の心理だけに関しても、彼の流謫への思慕といふこともあるし、刀に対する執着もあげなければならぬ。さらに、天皇の権威が名目だけのものであることに対して（実はそれこそ天皇の権威といふものなのに）彼が激しい不満をいだき、名実二つながらの支配者でありたいと望んだことは、勅撰集の撰修に直接たづさはつたことでもわかる。このまつたく前例のない天皇親撰の勅撰集に成功したせいで自信を強め、文の次は武のほうもと考へた、と見ることもできるにちがひない。しかしわたしの見るところでは、多くの成因のうち最も重大なのは、後鳥羽院なりの流儀での、まことに深刻な政治と文学の問題であつた。彼はいはば文学の場のために政治を改めようとしたのである。その点で承久の乱は、おそらく世界史におけるただ一つの文化的な反乱ではなかつたらうか。しかしそれは落日を呼び戻すに等しい絶望的な願ひであつたと言ふしかない。なぜなら、文学史の流れに逆らつて、それを停止しようとする不逞な意志だつたからである。

四

和歌といふ文学形式が呪言によつて生れ、儀式となり挨拶となつたといふ折口信夫の考へ方は正しいやうである。これは「アララギ」以後の、呪言でも儀式でも挨拶でもないし、またそれらの名残りをとどめてもゐない現代短歌を中心にすゑて考へるのでない限り、ずいぶん納得のゆく意見のやうな気がする。たとへば近代日本文学における歌のなかでさへ、折口の詠は末世にあつて呪言のあり方をまなばうとしたし、石川啄木の作は平談俗語のうちに挨拶をかはさうとするものであつた。その挨拶がどう見てもいささか卑しいのは啄木に才が乏しいせゐではなく、歌が挨拶の場を持たない時代に生きたといふ不運によるものである。折口の呪言の不幸については、もともと彼が百も承知でやつたことなのだから弁護する必要など何もなからう。

かつて和歌はそのための場をしつかりと持つてゐた。言ふまでもなく宮廷であつて、そのことの端的な証拠としては最高の詞華集がすなはち勅撰集であつたといふ事実があげられる。宮廷といふ一世界の人々は、呪術と政治の一致といふ古い様式美をなつかしみながら、もはや呪術の言葉ではない、洗練された礼儀と社交としての三十一音を連ねたのである。

雪のうちに春はきにけり鶯のこほれるなみだ今やとくらん

『古今集』巻第一春歌上、「二条のきさきの春のはじめの御うた」だが、これほどの傑作と並ぶだけの返しはむづかしいけれども（それゆゑ返歌は残つてゐない）、しかし歌ひかけられた誰かがただちに唱和するしかなかつたらうといふ弾みと勢ひとは感じ取ることができる。そこには明らかに宮廷といふ詩の場、文明の特殊な姿があつて、たとへば同じ『古今集』の巻第十一恋歌一、

恋せじとみたらし河にせしみそぎ神はうけずぞなりにけらしも

といふ読人しらずの恋歌にしても、その複雑なユーモアの表情と知的な技巧とによつて、歌ひかけてゐる相手の存在を明示し、さらに作者と相手と（それから読者たちと）の住んでゐる世界——宮廷を見せてくれるのである。それはむしろサロンと呼んで然るべき高度な文明の場であつたにちがひない。（保田與重郎が王朝の歌の特性を説明するため、このサロンといふ概念をはじめて用ゐた功績は多大である。たしかに、近代日本文学の貧しいリアリズムの真只中で古い日本文化の豪奢と美について述べるには、西欧の文物を使つて

比喩的に言ふしかなかつたらうし、しかもこの比喩は的確を極めてゐる。生活と趣味と素養とが文学の基盤となつてそれを養つてゐる気配を言ふには、これ以上の形容は見当らないのである。）

このサロンを完成したのは後鳥羽院の宮廷であつたし、サロンの主宰者としての後鳥羽院その人であつた。彼の挨拶はたとへば、

何とまたわすれてすぐる袖の上を濡れて時雨のおどろかすらむ　　後鳥羽院

かへし

おどろかす袖の時雨の夢のよをさむるこころに思ひあはせよ　　慈円

思ひいづるをりたく柴の夕けぶりむせぶもうれし忘れがたみに　　後鳥羽院

かへし　　慈円

思ひいづる折りたく柴と聞くからにたぐひしられぬ夕けぶりかな

といふやうに、哀傷を詠じながらもあるいは小唄ぶりを生かし、あるいは「哀傷にうれしとよみたる名誉」(『耳底記』)を誇つて、技巧の妙を盡してゐた。そしてかういふ故人をしのぶ悲しみの歌が、たとへば「ぬれて時雨の」の一首など特にさうだが、詞書きを改めればそつくり恋歌になるやうに作られてゐることは、エロチックなものを尊ぶ宮廷の好尚をうかがふ材料となるであらう。これもまたサロンの一資格であることは言ふまでもない。

後鳥羽院は和歌の本質と宮廷とのこのやうな関係をよく知つてゐた。『後鳥羽院御口伝』のなかで執拗に藤原定家を批判してゐることは有名だが、彼の非難の勘どころは要するに、定家が歌の場としての宮廷を重んじないで、和歌をもつと純粋な文学に仕立てようとしてゐるといふことである。定家は挨拶の歌を軽んじてゐる。「惣じて彼の卿が哥存知の趣、いささかも事により折りによるといふ事なし」。定家の批評は折りに触れての歌といふおもしろさを解してゐない窮屈なもので、これでは礼儀と社交といふ最も基本的なものが文学から放逐されてしまふといふのだ。

その実例をあげようとして後鳥羽院が思ひ浮べるのは建仁三年「大内の花の盛り」である。宮中の花見の際に定家は左近の桜の下で、左近衛府の次官のまま二十年も官位が昇進

しない自分を嘆いて、

年を経てみゆきになるる花のかげふりぬる身をもあはれとや思ふ

といふ一首を詠じたが（「みゆき」は「行幸《みゆき》」と花の縁語の「深雪《みゆき》」とをかけてあるし、「ふり」は「降り」と「古り」をかける）、これは「述懐の心もやさしく見えし上、ことがら（歌を詠んだ状況）も希代の勝事」で、「尤《もつと》も自讃すべき哥と見え」たのに、定家は（おそらく『新古今集』撰修の際）「たびたび歌の評定の座にて」あまりよい歌ではないと言ひ張つた（結局この歌は第一句を「春を経て」と改めた形で『新古今』巻第十六雑歌上に収められる）。ところがこの同じ日、後鳥羽院が硯の箱の蓋に桜を入れて摂政太政大臣、藤原良経のところへ贈つたところ（添へた歌は「今日だにも庭を盛りとうつる花消えずはありとも雪かともみよ」）、

誘はれぬ人のためとや残りけんあすよりさきの花の白雪

といふ返歌があつた（「さき」は「咲き」と「先」とをかける）。この歌はさほど優れたものではないが、良経は『新古今集』にぜひ入れてもらひたいと言ひ、「このたびの撰集の

我が歌にはこれ詮なり」としよつちゆう自慢したとやら。そんな歌壇の逸話を後鳥羽院は披露して、「先達どもも、必ず歌の善悪にはよらず、事がらやさしく面白くもあるやうなる歌をば、必ず自讃歌とす」と和歌の伝統を説いてゐるのだが、これは一見したところ定家の強情を咎めてゐるやうだけれども、実は、歌をその具体的な場としての宮廷から遊離させて純粋な芸術にしようとする定家の態度を批判してゐるのである。彼には職業詩人の求めてゐる前衛性があやふいものに見えて仕方がなかつたのだ。そして、後鳥羽院が「定家は題の沙汰いたくせぬ者なり」と批判してゐることも、このへんの事情とかなり関係があらう。彼にはすでに題詠を軽んじる気配があつたのだ。

もちろん定家に挨拶の歌がわからなかつたはずはない。現に後鳥羽院と後京極摂政との唱和は『定家八代抄』に選ばれ、「むせぶもうれし」は『近代秀歌』と『定家八代抄』の双方に採られてゐるのである。そして後鳥羽院の歌が時としてどれほど定家ふうの前衛性を帯びてゐるかは、くだくだしく説明するまでもないはずだ。しかし表面でのさういふ近接した関係はともかくとして、それにもかかはらず二人の文学観にたしかにあつた決定的な差異を、後鳥羽院はこの「みゆきになるる花のかげ」についての「評定の座」で感じ取つたのであらう。それは定家の側にしても同様で、彼に言はせればディレッタントの場合ならともかく専門の詩人の場合、この程度の遊戯的な作品を珍重されては困ると感じてゐたことだらう。そしてわたしはこのときの二人の対決こそ、日本文学史の時代区分にとつて最も重要な日付けであつたと考へてゐる。宮廷中心の古代文学はここで終つた。『新古今集』は古代文学の終り、宮廷と文学とのしあはせな関係の結末を記念する豪奢華麗な詞華集なのである。『古今』から『新古今』までの八つの勅撰集を「八代集」と呼び、それ以後の「十三代集」ときびしく区別するのは、かういふ文学史の移り変りが古人にも明らかに感じられたせいであらう。

それならば、宮廷中心の古代文学が終つたときにはじまつたものは何だらうか。日本の詩が詩の場を喪失するといふ事態が生じたのである。『玉葉集』と『風雅集』の歌人たちはこのことに苦しんだあげく、実質的にはもはや存在しない宮廷があたかも存在するかのやうに装ふといふ方法を発明した。『玉葉』『風雅』の清新な叙景歌とはみな、このための逃避の試みといふ一面を持つものである。このあたりから日本の詩は、密室での孤独な作業といふ色調を全体として強めたと言つてもよからう。これをさらに進めたのは一世紀後の正徹で、彼はどうやら、実在の宮廷などはいらない、古典のなかにそれは存在してゐるからと考へたやうな気がする。吉野山はどの国にあると知る必要はない、「ただ花にはよしの山、もみぢには立田を読むことと思ひ付きて、読み侍るばかりにて、伊勢の国やらん、日向の国やらんしらず」といふ有名な放言の意味するものを、歌枕の問題から詩の場の問題へと移せば、かういふ推論は容易に出て来るだらう。このとき宮廷は幻の宮廷となり、定家の詩法はその極限まで究められたのである。まことに徹書記こそは京極黄門の真の弟子であつたと言はなければならない。烏丸光栄は正徹を評して「歌は上手なり。風体はあし。撰集に入れられぬなり」と述べたさうだが、勅撰集に入れられない歌の上手といふ評は、彼と宮廷文化との関係を絵に描いたやうに示してゐるだらう。

しかしこの方法を承けつぐ天才はゐなかつたし、詩人の精神のいとなみがその基盤としての具体的な場を持たないといふ不幸は、長く日本文学の悩みとなつた。詩は孤独なものに変じ、孤独を埋めるだけの力は詩人になかつたのである。さう考へるとき、芭蕉の歌仙は詩の場を持たうとしての恐しい新工夫としてわれわれに迫ることになるであらう。彼は草庵において宮廷をなつかしむことを一つの儀式として確立した。あるいは、西行においては個人の感懐ですんだものが、彼においては儀式の力を借りなければならなかつた。そして俳諧が粋に洒落のめしながら衰弱して行つたとき、芭蕉と並ぶもう一人の天才は、宮廷と和歌との密接なかかはりあひ方それ自体のパロディを作つた。言ふまでもなく蜀山人であり天明狂歌である。宮廷文化が存在せず、それにもかかはらずその美しさが心をとらへるとき、打つ手はただこれしかないと彼は観念してゐたにちがひない。ここで宮廷文化としての日本の短詩形文学は、その余映をもつて江戸の空をあかあかと染めたことになる。

しかしかういふ後日譚に属することは、さしあたりどうでもよからう。いま大事なのは、後鳥羽院が宮廷と詩との関係を深く感じ取つてゐて、宮廷が亡ぶならば自分の考へてゐる詩は亡ぶといふ危機的な予測をいだいてゐたに相違ない、と思はれることである。それは乱という騒擾だけは避けたいと念願するのであつた。そしてこの点では、ついにうまくゆかなかつたのであるが、それについては後述する。

彼にとつて文化全体の死滅を意味する。彼はそのことを憂へ、詩を救ふ手だてとしての反乱といふほしいままな妄想に耽つたのではなからうか。承久の乱はその本質において、文藝の問題を武力によつて解決しようとする無謀で徒労な試みだつたのではないか。わたしにはそんな気がしてならない。「おく山のおどろが下も踏みわけて」世にしらせたいと彼が願つた「道」とは歌道であり、あるいは歌道を中心とする文明のあり方であつた。そして定家はもはやそのやうな幸福があり得ないことをよくわきまへてゐたのである。

Ⅱ

しぐれの雲

わたつうみの波の花をば染めかねて八十島《やそしま》とほく
雲ぞしぐるる

後鳥羽院

『後鳥羽院御集』撰歌合八番左。また、『後鳥羽院御自歌合』八番左。ただし第一句、『後鳥羽院御自歌合』によれば「わたつみの」。

二つの歌合は同じものである。承久の事に敗れて隠岐に流された後鳥羽院は、配所の無聊をまぎらはすため自詠（おそらくは近詠）二十首を番へ、これを都の藤原家隆に送つて判を求めた。時に嘉禄二年（一二二六）四月。当代随一の歌人が藤原定家であることはよく知りながらも、承久二年（一二二〇）の勅勘以来、疎遠な仲がつづいてゐるため、家隆にゆだねるしかなかつたのである。

一首の題は「海辺時雨」。しかし単なる冬歌ではなく恋歌といふ層を持つ。このことを裏付けるものとしては、一首が『古今和歌六帖』第四帖恋、紀貫之「わたつうみの波の花をばとりつとも人の心をいかが頼まむ」に触発されて成つたと推定されること、および、歌合の九番が、左は恋、右は待恋で、つまり八番は表面、恋呼びになつてゐるといふ事情をあげて置かう。が、それだけではなく、冬の叙景歌はさらに感懐の歌、すなはち雑歌といふ層さへも持つ。このことのしるしとしては、さしあたり、八番右が雑であることをあげるとしようか。

ここで念のため八番と九番を「和歌文学大系」本『後鳥羽院御集』によつて写せば、(ただし判詞ははぶく)

八番

左、海辺時雨

わたつ海の波の花をは染かねて八十島遠く雲ぞしぐるる

右、雑

さらでだに老は涙もたえぬ身にまたぐ時雨ともの思ふ比《ころ》

九番

左、恋
人はよもかかる涙の色はあらじ身のならひにもつれなかるらん
右、待恋
うつつにはたのめぬ人の面影に名のみは吹かぬ庭の松風

となる。

単一の意味の層でとらへるわけにゆかないかういふ詠み口は、もともと後鳥羽院の得意とするところであつた。たとへば釋阿九十賀を祝つての、「さくら咲くとほ山どりのしだり尾のながながし日もあかぬ色かな」がまた恋歌としても読めるといふやうな重層的な方法である。これは藤原俊成、定家とつづく御子左家の家の藝ゆゑ、俊成の弟子である後鳥羽院がこの詩法に習熟してゐたことは当然だし、彼が定家を助手として編んだ『新古今集』にこの象徴詩風がいちじるしいこともまた必然の帰結だらう。しかしここで重要なのは、もちろん遥かに素朴な、ほとんど比喩めいたかたちではあるにせよ、この詩法が古くからあつたといふことである。たとへば『古今集』遍昭「花のいろは霞にこめて見せずとも香をだにぬすめ春の山かぜ」が、桜を詠むと見せかけて深窓の美女を歌ふといふ事情はよく知られてゐるところだが、実はそれに止らず、乙女に憧れながらまた山中の桜を叙してもゐる。このやうな四季と人事との照応、自然と恋愛との交錯は、むしろ和歌の基盤でさへあつた。
同じことは『万葉集』作者不詳、

ながつきの時雨の雨にぬれとほり春日の山は色づきにけり

についても言ふことができる。この、おそらく民謡においては、時雨は言ひ寄る男、山の草木は言ひ寄られる女といふ単純な比喩が趣向になつてゐる。それはひよつとすると、さんざん手間取らせたあげくつひに承諾した、つまり色づいた女をからかつて、春日山に近いあたりの村人が歌ふ、祝婚歌であつたかもしれない。ただしこの歌が時雨と春日の山とを歌ふ叙景歌といふ層を持つことは当然で、それは表面を薄く覆つてゐる。この型をもう一ひねりすると、男の情熱の激しさに負けて、どう見てもなびきさうもなかつた女がとうとうなびくといふ事態を歌ふことになる。同じく『万葉集』作者不詳、

しぐれの雨まなくし降れば真木の葉もあらそひかねて色づきにけり

がそれで、これもまた民謡であり祝婚歌であるに相違ない。村人は、一方では男の根のよさに呆れ、かつそれをほめそやし、他方では女の最初の拒み方と今の嬉しげな様子との違

ひをからかつて、口が悪くて人のよい祝ひ方をしたのだらう。

どうやら「真木の葉もあらそひかねて」は、そのエロチックな味と物語性と小唄ぶりのゆゑに、あるいはもつと根本的に象徴派ふうの趣のゆゑに、後鳥羽院酷愛の古歌であつたらしい。そのことは、彼がこれを柿本人麻呂の作として（『柿本集』によれば「しぐれの雨まなくし降れば真木の葉もあらそひかねてもみぢしにけり」）『新古今集』巻第六冬歌に収めただけではなく、この古歌の本歌どり三首を同じ勅撰集に撰入してゐることでもわかるであらう。それを年代順に並べれば、

能因
しぐれの雨染めかねてけり山城のときはの森の真木の下葉は

慈円
わが恋は松をしぐれの染めかねて真葛が原に風さわぐなり

後鳥羽院
深緑あらそひかねていかならん間なくしぐれのふるの神杉

で、三首とも隠岐本から除かれてゐない。もつてこのモチーフに対する愛着を察すべきであらう。

先行する二首のうち後鳥羽院の「深緑あらそひかねて」に直接影響を与へたのは、能因の、わりあひ凡庸な詠であつたと推定される。彼は能因の写実を媒介として古歌の詩的誇張を学びとり、古代の楽天的な詠みぶりに懐疑の苦さをしたたらせて、一種傍観的な、投げやりな口調の歌に成功した。その清新な心理と風情を、「ふるの神杉」(降る、古、布留)といふこみいつた掛け詞の細工で安定させてゐるところが、藝の眼目であらう。この場合、慈円の絶唱にいささかも触発されるところなかつた、とは言はないけれども、それに深い影響を受けるにはさすがに長い歳月を要したやうである。後鳥羽院はさしあたり、慈円を相手どつてはゐなかつた。

そして隠岐の配所における彼は、時雨と真木といふ古代以来の型を、時雨と波の花、すなはち白い波がしらといふ関係へと移した。これはおそらく、『古今集』巻第五秋歌下、文屋康秀「草も木も色かはれどもわたつうみの波の花にぞ秋なかりける」による発想だらうが、このとき後鳥羽院は、冬の雨が染めようとしてしかも染めかねる対象をまつたく新しく発見したのである。その工夫は『万葉』以来の時雨の歌の歴史において画期的なものであつた。廃帝は、隠岐までの船旅や島での散策の折りに見た海の眺めと『古今集』の秋歌に直接の刺戟を受けて、この堂々たる一首を得た。それは恋歌といふ局面に注目して言へば、極めてドラマチックな恋の憂悶を述べたもので、時雨である者は波の花である者と逢ふことができないのを悲しんでゐる。真木ならば、時雨がそれを染めるといふ古歌のおかげで（実はそれが詩的誇張なのにその言ひまはしがまるで写実的な記述であるやうに後世に奇妙に作用して）、色を変ずる場合が稀にはあるやうにさへ感じられる。ところが波がしらの白は時雨によつて決して色を改められない。これは普通の観察によつても文学の伝統によつても明らかである。が、それにもかかはらず、時雨は波の花を染めようと欲して瀟々と降りそそぐ。虚しく降りそそぐ。さういふ憂愁と悲劇性を彼は沈痛に歌つたのである。

もちろんかういふドラマチックな趣は文屋康秀の歌にはいささかもなかつた。彼は淡々と風景を叙してゐるだけで、その口調はほとんどお座なりとさへ言つていい。そこから後鳥羽院はただ、「わたつうみの波の花」と凋落《ちようらく》の季節といふ意外な取合せを採用したにすぎない。また、念を押すまでもないことだが、さきほど引いた紀貫之の「わたつうみの波の花をばとりつとも」にも悲劇性は含まれてゐなかつた。貫之は男女の仲についての一般論をわけしり顔に説いてゐるだけで、それは単に、白い波がしらを恋歌にあしらふことのいはば典拠となつたにすぎない。後鳥羽院が悲劇的な構図を学んだのは康秀からでも、貫之からでもなく、慈円の「わが恋は松をしぐれの染めかねて」からであつたとわたしは推定する。これは無理な筋ではないはずだ。この和歌の卓越は言ふまでもないが、それだけではなく、慈円は、『後鳥羽院御口伝』で論評された当代歌人のうち、定家に次いで詳しく論じられてゐる、しかも定家の場合は毀誉褒貶《きよほうへん》相半ばしてゐるのに対しただ賞讃のみを贈られてゐる、重要な存在だからである。

後鳥羽院は、「近き世になりては大炊御門前斎院（式子内親王）、故中御門の摂政（藤原良経）、吉水前大僧正（慈円）、これら殊勝なり」と述べ、式子内親王をごく短く、良経をそれよりはやや長く評してから、「大僧正は、おほやう西行がふりなり。すぐれたる歌、いづれの上手にも劣らず、むねと珍しき様を好まれき。そのふりに、多く人の口にある歌あり」と記し、

やよ時雨もの思ふ袖のなかりせば木の葉ののちに何を染めまし

にはじまり、

わが恋は松をしぐれの染めかねて真葛が原に風さわぐなり

を経て、

夕まぐれ鴫立つ沢のわすれ水思ひいづとも袖は濡れなむ

に終る十一首を引用する。もちろんこの歌論中随一の数で、これに次ぐものは丹後の五首。最も詳しく批評されてゐる定家でさへわづか二首が引かれてゐるにすぎない。しかも、うち一首はそれに対する定家自身の評価が咎められ、残る一首は風体の衰弱が非難されてゐるのである。すなはち慈円の扱ひは破格の好遇と言つてよからう。明らかに、配所の後鳥羽院は吉水前大僧正の歌風に格別の関心を寄せてゐた。

後鳥羽院は俊成の弟子で、すなはち定家とは相弟子になるわけだが、彼らの方法は充分に重んじながら、つまり六条家の旧套は捨てて御子左家の新風に就きながら、しかも俊成父子との資質の差を痛感してゐた。二人があくまでも職業歌人として和歌に対し、和歌を藝術に仕立てようとしてゐることが不満だつたのである。この不満は、人格円満な俊成に対しては抑へられてゐたが、温厚篤実とは決して言ひにくい、そして父よりも藝術家的意識がいつそうあらはな定家との関係において、はつきりと意識されることになつた。逆に言へば、後鳥羽院は定家によつて自己を確認できたので、これはおそらく定家にとつてもまた事情は変らなかつたらう。その対立によつて後鳥羽院が明確に意識した自己とは、宮廷といふ具体的な詩の場に所属する者、あるいはそれを主宰する者としての自己にほかならない。(定家はその詩の場を失つて詩人の孤独のなかにとぢこもらうとするゆゑ、誤りを犯してゐるのである。)その宮廷においては、和歌は、かつて遠い昔に呪文であつたと同じやうに、いま、呪術の気配をほのかにとどめながら、基本的には礼儀と社交の具でなければならない。（定家はそれを純粋な藝術に変じようとするゆゑ危険である。）すなはち和歌はめでたく詠み捨てるのが本来の姿である。（定家の場合はその詠み捨ての趣を嫌つて、一首の出来ばえにうるさく拘泥する。）和歌のかういふ古代的なあり方を根本のところで保持してゆきたいといふのが後鳥羽院の願ひであつた。（しかるに定家は近代の純粋詩を求めた。）

俊成、定家の彫心鏤骨《ちょうしんるこつ》の詠み口にあきたらない彼にとつて、職業歌人と対立する型の者は誰だつたか。まづ西行である。『新古今集』随一の入集はそのことをよく示す。もちろん、当時、西行があまねく尊敬されてゐて、定家以下の編集助手たちがその和歌をこぞつて撰進（推薦）したのは事実だけれど、究極的に採否を決したのが後鳥羽院であつたことは忘れてはならない。在来の研究者のやうに撰進者中心に考へるのではなく、後鳥羽院中心に見るならば、彼は俊成の歌友を敢へてその上に置くことによつて自分の批評的態度を貫いた、といふことにならう。在俗のときには北面の武士にすぎなかつた僧の和歌にかへつて宮廷の歌の本来の趣が見られるといふ皮肉な事情を、これによつて上皇は指摘したのである。西行の九十四首に次ぐのは慈円の九十二首、そして藤原良経の七十九首。前者は月輪関白の弟で天台座主、後者はその甥で摂政太政大臣、いづれも最上層の階級に属する。その点でも職業歌人とは違ひ、後鳥羽院に近いわけだが、重大なのは彼ら二人の歌風が後鳥羽院の主張と嗜好にかなふといふ事情である。すでに引用したやうに「おほやう西行がふり」と彼は慈円を評した。この短い言葉の指し示すものはずいぶん複雑だが、俊成ぶりではない上手と取れば、いちばん大事な局面を押へたことになるだらう。さらによく知られる慈円の多作は、桐火桶をかかへて呻吟する俊成と好対照をなすものと見て差支へない。ほぼ同じことは良経についても言へるので、『後鳥羽院御口伝』において、定家が、題の詮議をしないし、批評に当つてどういふ機会に詠んだのかといふ事情を重視しない、と咎められるとき、二度とも良経が引合ひに出され賞讃されることは示唆に富むはずである。

しかしその良経は承久の乱の十五年前に亡くなる。後鳥羽院二十七歳の春のことで、以後、彼の歌道の極めて肝要な要素、中心的と言つてよい部分にとつて、頼りになるのはもう慈円ひとりにすぎない。歌人としての孤独感ははなはだしかつたらう。(家隆はもちろん定家と同じく職業歌人に属するのだが、幸か不幸か、定家ほど押し進めたかたちで仕事をしてゐないゆゑ、上皇の歌学の信条と対立しなくてすむのであつた。)しかしここでおもしろいのは、政治的には二人のそののちの関係がうまく行つてゐないことである。慈円はその著『愚管抄』によつて明らかなやうに、承久の乱について、あるいは関東に対する方針について、極めて批判的であつた。さういふ気配は遠島の後鳥羽院によくわかつてゐたはずだし、おそらくそれ以前から察知してゐたにちがひない。当然、二人は疎遠な仲になつたやうで、承久の事ののち彼らが文通したといふ形跡は見あたらない。が、それにもかかはらず、隠岐院は吉水の僧正に対しいよいよ敬愛と親近を強めたのではなからうか。

『後鳥羽院御口伝』の一節はそのへんの事情を伝へるやうな気がしてならない。つまり上皇は歌人としての慈円をそれほど高く買つてゐた。これは、歌人としての上皇がそれほど孤立してゐたと言つても同じことなのだけれど。

これまでのところは定家と対立する後鳥羽院の話である。しかし彼にはもう一つの顔があつて、それは俊成の弟子であり定家の相弟子であるといふ局面、名匠たちの藝の優れた理解者であり鋭い鑑賞者であるといふ相にほかならない。実を言へば、さういふ性格が一方にあればこそ、定家と対立することが可能なので、そのやうな、いはば二つの顔を持つ複雑な詩人＝批評家として捉へない限り、後鳥羽院の真の姿は見ることができないはずである。それゆゑ彼は、いざとなれば俊成、定家以上の繊細華麗な細工を仕掛けることができるといふ自負をいだいてゐたらうし、その自恃の念の延長としては、おほむねの慈円の歌はいささか大味だといふ不満があつたに相違ない。そのことを惜しんだり、あるいはそれゆゑ自分のほうが上だと意を安んじたりしたに相違ない。ところがその慈円の歌に一首、古風な宮廷の和歌らしい鷹揚な趣を新しく色あげしながら、しかも決して大味ではなく、職業歌人そこのけの達者な藝を見せてゐる傑作があつた。言ふまでもなく「わが恋は松をしぐれ」だが、このおつとりとしてしかも小手のきいた和歌に接したとき、後鳥羽院は激しい技癢《ぎよう》を感じたとわたしは推測する。「わが恋は」にはじまる由緒正しい謎々歌の形式に真木の葉と時雨といふ熱愛のモチーフをあしらふこの完璧の藝を、しかも余人によつてではなく慈円から見せられては、強い刺戟を受けないはずはないのである。叙景歌と恋歌とを兼ね備へた新鮮壮大な歌、「八十島とほく雲ぞしぐるる」はかうして成つたわけだが、しかしこの歌にはまだ雑の感懐の歌といふ層もある。それらすべてを探るためには一首をもつと仔細に、一語一語、検討する作業が必要であらう。第一、わたしがこれまで述べて来た程度のことでは、冬歌および恋歌の層にしても充分にとらへられてゐないのである。話の都合上、末尾のほうからはじめることにする。

第五句「雲ぞしぐるる」は単なる時雨ではなく雲をあしらつて、その雲に時雨を降らせるところがしやれてゐるのだが、この修辞の底には言ふまでもなく、巫山雲雨《ふざんうんう》の故事があつた。『文選』宋玉『高唐賦』にいはく、

昔、先王嘗《かつ》て高唐に游《あそ》び、怠りて昼寝《い》ね、夢に一婦人を見る。曰く、妾《しよう》は巫山の女なり、高唐の客なり。君が高唐に游ぶを聞く、願はくは枕席を薦めんと。王因りて之を幸《よし》とす。去るとき辞して曰く、妾は巫山の陽《みなみ》、高丘の岨《そ》に在り、旦《あした》に朝雲と為り、暮《ゆふべ》に行雨と為る、朝々暮々、陽台の下にありと。旦朝之を視れば言の如し。

これによつて雲雨は男女の事の意に用ゐられる。ところが後鳥羽院には、

雨中無常
なき人のかたみの雲やしをるらん夕べの雨に色は見えねど
恋すとて袖には雲のかからねど泪の雨はをやみだにせず

があつて、かねがねこの唐土の伝説に心惹かれてゐたことがわかる。伝説によりかかつて世界を構築するいはゆる神話的方法は、今世紀の西欧に限らず文学一般の常套だが、『新古今』の歌人たちがこの方法を好んだことは、あるいは七夕説話、あるいは橋姫説話によつて明らかである。そして後鳥羽院と巫山伝説とのゆかりとしては、国王の艶事にちなむといふことがやはりある。自分をこの説話の主人公に見立てるのは、彼にとつて容易なことだつたであらう。

しかし大事なのは、「わたつうみの波の花」の詠が巫山伝説をぢかに敷いてゐるのではなく、もつと間接的な関係になつてゐるといふ事情である。雲はたしかに時雨となつて降りそそぎ、そのため『文選』のエロチックな挿話がわれわれの意識をかすめはするものの、この雲と時雨とはそれにもかかはらず情交のイメージとなつて心に迫りはしない。それはむしろそのことの不在をわれわれに確認させる。王は巫山の女が今ここにゐないことに、静かに苛立つてゐる。この和歌の恋歌の層で歌ひあげられてゐるのは、いはば逢ひて会はざるの恋とでも呼ぶのがふさはしい、満たされない心にほかならない。さういふ憂悶の情は、おのづからエロチックな関心以外の領域へも及び、つまり雑歌の層へつづいてゆくのである。

そこで第四句の「とほく」は、恋愛生活とそれ以外の生活、私的局面と公的局面の双方において充足からへだてられ遠ざけられてゐる、距離の感覚の提示といふことになる。このとき「八十島」すなはち数多くの島々は、最も基本的には、一方では後宮の美女たち、他方では廷臣たちを指すであらう。後者の場合、それはまさしく帝王としての統治を意味することになるわけで、これには「八十島祭《やそしまのまつり》」の略としての「八十島」もほのかに影を落してゐるかもしれない。ちなみに「八十島祭」とは「天皇即位の後、摂津国難波津に使いを遣わして、生島《いくしま》神・足島《たるしま》神など海と島の神神をまつり、国の発展と安泰を祈る祭。一代に一度の大典で、神話の伝承における大八洲の生成説話の根源かといわれる。（下略)」(『岩波古語辞典』)なのである。それが作者の意識の底に、帝王のおこなふ国事の代表としてちらついてゐなかつた、とは断定しにくいであらう。

「八十島」はまた地名であり、と言ふよりもむしろ歌枕である。ただし歌枕とは言ひながら(あるいは世の常の歌枕に輪をかけたくらゐ)地理的にはさだかでなく、『能因歌枕』、『和歌初学抄』、『八雲御抄』などはこれを出羽にあるとするものの、具体的な所在は知る由もない。その点では末の松山あたりのほうがまだしも見当がつく感じである。これはわれわれ現代の読者の意識にとつても、王朝歌人にとつても、まつたく同じだつたらう。

塩釜の浦ふく風に霧はれて八十島かけてすめる月影

と詠んだ藤原清輔は、歌枕についての著書があるだけに、まだしも具体的な地理を考慮に入れてゐるほうなので、おほむねの王朝歌人は、たとへば、

わたのはら八十島かけてたつ波のおほくも物を思ふころかな　藤原家隆

のやうに、ほとんど普通名詞に近いあつかひをしてゐる。

だが、文学の伝統といふのは異様なもので、『古今集』巻第九羇旅歌、

隠岐国に流されける時に、舟に乗りて出で立つとて、京なる人のもとにつかはしける

わたの原八十島かけて漕ぎ出でぬと人にはつげよあまの釣舟　小野篁

のせいで、さながら八十島とはすなはち隠岐であるかのやうな色合ひをもたらす。もちろ

ん隠岐と出羽とを区別する程度はたとへ王朝貴族でも地理を心得てゐたにちがひないが、しかし歌学書の記載が邪魔になれば、今度はこの言葉を普通名詞的に見て、隠岐をさう呼んだとていつこう差支へない。すくなくとも隠岐の後鳥羽院にとつては、そんな思ひ込みないし見立てが充分に可能だつたはずである。もともと彼は篁の流刑の歌の悲壮美を好んでゐて、『時代不同歌合』のなかに抄したのだが、そのやうな上皇にとつて、八十島と隠岐島とがある程度重なるのは自然なことだつたらう。すなはち後鳥羽院は、時雨であり恋愛でありそして同時に政治である何かが、いま自分のゐるこの島々から遠くへだたつたところでおこなはれてゐることに、激しくてしかもしめやかな不満を感じてゐるのである。

第三句の「染め」は言ふまでもなく下二段の他動詞「染む」の連用形。『岩波古語辞典』を参考にして言へば、(1)衣類などに染料で色をつける、といふ意味から、(2)色づいた状態になる、といふ意を経て、(3)前と違つた状態になる(この場合は「初む」)、(4)深く思ひを寄せる、と語義がひろがつてゆく。古代人にとつて染色は重要な技術だつたから、その比喩で自然現象やさらには恋愛を説明しようとしたのは当然で、それがひいては歌語として定着することになつたのだらう。

だが、第二句でわかるとほり、「染めかね」る対象は基本的には恋人の心ではなく、「波の花」である。これは波がしらを白い花に見立てたもので、すでに確立してゐた言ひまはしだが、かういふ言葉によつて、冬といふ花のない季節の歌に花をあしらふのはしやれた趣向と言へよう。そしてこの言葉を恋歌に転じ用ゐるに当つては、前にも引いた紀貫之の一首の刺戟のほかに、『古今集』巻第十五恋歌五、

色見えで移ろふものは世の中の人のこころの花にぞありける　小野小町

で有名な「心の花」の作用があつたと推定される。移りやすい恋人の心を散りやすい花になぞらへたこの言葉が、『新古今』時代の恋歌にしきりにあしらはれた例としては、さしあたり、

うつろひし心の花に春くれて人もこずゑに秋風ぞ吹く　藤原良経

うつろひぬ心の花は白菊の霜おく色をかつうらみても　藤原定家

をあげておかう。後鳥羽院はかういふ一時代の好尚のなかにあつて、心の花を波の花へと転置すること、あるいは心の花と波の花とを二重写しにすることにより、恋歌と冬歌との

重層性を盛ることができたのである。

「波の花」から「心の花」へとさかのぼる関係は、

人ごころうつりはてぬる花の色に昔ながらの山の名もうし

といふ隠岐の詠を連想させる。これは嘉禎二年（一二三六）の『遠島御歌合』に見えるもので、後鳥羽院はその判詞において、「人ごころといへることをよむべからずと、定めらるるよし聞き侍れども」と記した。これは樋口芳麻呂が指摘してゐるやうに、その四年前に都でおこなはれた歌合で、主催者、藤原道家が唱へ、判者、藤原定家が和した、あるいはすくなくとも反対はしなかつた意見に対する皮肉なのだが、かういふ台詞が口をついて出るのは、単に時の摂政と彼をとりまく歌人たち、特に定家に対する反撥のせいだけではなからう。後鳥羽院は承久の乱以後、当然のことながら人の心の頼みがたさをはなはだしく意識してゐたにちがひない。ときにはずいぶん身勝手に、ときにはかなり同情に価する理由で、「人ごころ」を怨んだにちがひない。その言葉を用ゐなければ、あるいはさらに進んで初五にさへ据ゑなければ、つひに歌ひ得ない人生の相があることを痛切に感じたはずである。さういふ境遇を知つた老人、遠島の廃帝、和歌の名手にとつては、歌道の若輩である都の顕官の暴論は、ただ苦々しいだけであつたらう。

もちろん後鳥羽院が「波の花をば染めかね」と詠んだのは、『遠島御歌合』の十年前のことである。しかし、終身囚であることへの幽憤、さらには后妃たちや廷臣たちの仕打ちに対する怨みがどのときも彼の感懐を暗く彩つてゐた以上、「心の花」を仲介にして「波の花」と「人ごころ」とを結びつけるのは不当ではなからう。すなはち白い波がしらのしぶきや泡立ちは、しらじらしい他人の心を代理してゐる。「波の花」が基本的には叙景歌の言葉であるとすれば、「心の花」は主として恋歌の言ひまはしであり、そして「人ごころ」はもともと恋歌の歌語でありながらしかも雑歌にも役立つ、幅の広い言葉づかひであるが、後鳥羽院は「波の花」の新しい使ひ方によつて、この三種の和歌を一つに統合したのである。この際、雑歌とはさしあたり人生一般を主題とする感懐の歌くらゐの意味だけれど、雑歌としての一首の政治的性格、あるいは一首に含まれる政治的要素をはつきりと取出すためには、第一句「わたつうみの」の詳しい検討が必要となる。いや、それはむしろ呪術的要素と呼ぶほうが正しいかもしれない。

しかし第一句については、この句が六音で、そのため一首が字余りになつてゐることをまづ言はなければならない。本居宣長が『石上《いそのかみ》私淑言《ささめごと》』で、

> まれまれ五言を六言に七言を八言によめるはあれ共。みななかばにあいうおの音のまじれるとき也。これらの音なくて八言六言によめることさらになし。然るを後ノ世にな

りては此しらべをしらずして、たゞ字余《モジアマ》りとて六言にも八言にも読《ヨム》事あれども、必きき
よからぬもの也。

と述べたことは有名で、つまり字余りの句にはアイウオを含むといふのだが、この場合ももちろん宣長の発見した法則に背かない。後鳥羽院がさういふ点で歌道の基本を重んじる人だつた以上、これは当然のことである。

当代歌人とくらべてどうだつたかはともかく、後鳥羽院は字余りの歌を、嫌はなかつたと言ふよりはむしろ好んだらしい。ここでは配所の詠だけからあげるならば、一首のほかに（施線部は字余りの句で、もちろんどれもアイウオを含む）、

墨染めの袖の氷に春たちてありしにもあらぬ眺めをぞする
よのつねの草葉の露にしをれつつもの思ふ秋と誰かいひけん
ふるさとを別れ路に生ふるくすの葉の風は吹けどもかへるよもなし
泣きまさるわが泪にや色かはるもの思ふ宿の庭のむら萩
野辺そむるかりの泪は色もなしもの思ふつゆのおきの里には
我こそは新じま守よ沖の海のあらき浪かぜ心してふけ
しをれあしの伏し葉が下もこほりけり一夜二夜の鴛鴦《をし》の夜がれに

風をいたみしのぶの浦による波を我のみしりて袖にかけつる
わがためはつらき心の奥の海にいかなるあまのみるめ刈るらん
風の音のそれかとまがふ夕暮の心のうちをとふ人もがな
風の音のたのめしくれに似たるかな思ひ絶えにし庭の荻原

がある。そして隠岐の詠のなかでも、

命あらばめぐりあひなん常陸帯の結びそめてし契りくちずは

およびこれは隠岐の作ではなく、建仁元年八月十五日夜撰歌合の際のものだが、

辛崎やにほのみづうみの水のおもに照る月浪を秋風ぞ吹く

などに至っては、三十三音になってゐる。代表作「我こそは新じま守よ」が字あまりゆゑ好都合なのだが、五音ないし七音を六音ないし八音にする工夫は、一つ調子をはづした、ゆったりとした節まはしをもたらしてゐるやうだ。それはいかにも帝王調にふさはしい仕掛けで、哀愁も、悲壮美も、そして場合によってはユーモアと呼んで差支へないやうな何

かも、そのためいつそう高まるのである。このことは、一首を、『後鳥羽院御集』によつてではなく『後鳥羽院御自歌合』によつて、つまり第一句を「わたつうみの」ではなく「わたつみの」とする版で読む場合とくらべれば、かなり納得がゆくだらう。「わたつみの」ではあわただしくせせこましい。悠揚たる悲劇の趣、柄の大きさが幾分そこなはれるのである。

ただしワタツウミとワタツミでは古いのは後者のほうで、これは古代語である。その万葉仮名（「綿津海」「渡津海」など）の「海」の字に引かれて平安期に出来たのが前者であつた。そのワタツウミとは海の意である。しかしこれは一応の話で、その底にはワタツミといふ言葉の原義が、遠い記憶のやうに残つてゐると見るのが正しい。すくなくとも後鳥羽院のこの和歌の場合にはさうであつた。そして彼が、文学的才能と言ひ、政治的＝呪術的地位と言ひ、一民族の言語的記憶をよみがへらすのに恰好の立場にあつたことは、今さら念を押すまでもなからう。

ここは主として『岩波古語辞典』によりかかつて言ふのだが、ワタツミはもともと海《わた》つ霊《み》（ツは位置や存在の場所を示す連体助詞）で、海の神である。それぞれの地域の海、雨、雲、水を司る神で、いはば水の神と見てもよからうが、古代人はこれをヤマツミすなはち山の神と対置したゆゑ、あくまでも海の支配といふことが中心に来る。この、ワタツミの第一の意味から転じて、海神のゐる場所すなはち海が第二の意義となつたのである。

ここで思ひ出されるのは、先程も字余りのくだりで引いた配所での絶唱、「我こそは新じま守よ沖の海のあらき浪かぜ心してふけ」である。この和歌の在来の解釈が誤りであることはすでに記したが、これは、新参の島の司である自分をいたはつてくれと風に哀願する歌では決してなく、今度の島の神である自分はこれまでの島の神と違つて手ごはいゆゑ、おとなしくするほうが身のためだぞと風をおどかす、ユーモアの歌であつた。島守とは顕昭『袖中抄』にもあるやうに島の神のことで、後鳥羽院は自分をその神に見立てたのだ。すでにして島の神である。海の神であつていけないはずはない。わたしは隠岐の後鳥羽院がみづからを海神に、和多都民《わたつみ》の神の命《みこと》に、なぞらへてゐたに相違ないと考へる。それは彼の経歴から見ても、気性から見ても、不自然なことではなからう。

もちろん平安期の語彙であるワタツウミはワタツミの第二の意義（海）のほうしか採らなかつた。この層でゆけば、一首は、海の波がしらを（雲が）染めかねてその雲が数多くの島の遠くでしぐれてゐる、といふことになる。（「わたつみの」のノはもちろん所属の助詞。）この層でたどる解釈が誤りだとわたしは言ふのではない。むしろ、われわれが普通、意識の表面で感じ取るのはこの解釈だらうし、後鳥羽院もまたわれわれとほとんど変らなかつたかもしれない。だが、詩は詩人の心の表面だけで作られるものではないし、読者は心の表面だけで読むのでもない。意識の暗部まで降りてゆくとき、われわれはもう一つの層をたどることが可能になるだらうし、事実、一首にはさうせざるを得ないほどの異様な力、高度な曖昧さがひそんでゐるのである。読者はその多義性をありのままに容認し、一首を二つの層で同時にたどらなければならない。

もう一つの層とはワタツウミを海の神とするもので、すなはち一首は、海神が波がしらを染めかねてゐるとき数多くの島の遠くで雲がしぐれてゐる、といふことになる。（この場合、「わたつうみの」のノは主格の助詞。）海の神は波がしらの色を変じようといふ些細な企てが成らないため苛立つてゐる――その司る雲と雨とに命じて時雨を降りそそがせることはできるのに。ここには古代的と呼ぶのがふさはしい壮大な悲劇があつて、しかもその悲劇は、海の叙景と、人間の恋愛と、帝王の政治的挫折とを三重の層として持つてゐるのである。読者は晩年の後鳥羽院のこのやうに規模雄大な内面、言葉だけで作られた複雑で多義的な世界を楽しまなければならない。

隠岐を夢みる

1

わが文学に及ぼした唐の文学の影響なら、よく話に出る。『古今和歌集』の歌人たちが暗夜の梅が香をめでるのは中唐詩とりわけ元稹《げんじん》あたりに学んだものだとか、読人しらず「しののめのほがらほがらと明けゆけばおのがきぬぎぬなるぞ悲しき」は『遊仙窟』によるものだとか、『枕草子』のリストづくりは李商隠を真似たものぢやないかとか（ただしこのアーサー・ウェイリーの説は日本の学者たちから相手にされないし、ドナルド・キーンも認めようとしないけれど）、『源氏物語』が玄宗と楊貴妃の説話のもぢりではじまるのは白居易の『長恨歌伝』のせいだとか、その他いろいろ。しかし宋の文学の影響についてみんながあまり言はないのはどういふわけか。

もちろん、芭蕉の句に蘇東坡の詩の面影がほの見えるとか、文化文政の漢詩人たちが南宋の三大家に学んだとか、江戸期のことはあれこれと指摘されるが、わたしが気にするのは、宋の同時代あるいはその直後に当る平安、鎌倉両時代のことである。遣唐使は寛平六年（八九四）に廃止され、以後、貿易は制限され、渡航は禁じられたけれど、本は相変らずはいつて来てゐる。まして南宋になつてからは、平氏が対宋貿易を盛んにおこなひ、宋銭が日本国内で流通するやうになつたのだから、漢籍が到来しなかつたはずはない。本は、軽いし、かさばらないし、値が張るし、ずいぶん効率のいい商品だつたらう。そして文学書の輸入は、並々ならぬ刺戟をわが文藝に与へたに決つてゐる。文筆家は影響を受けずにはゐられないのである。ただしその本のなかには、読まれはしたがその後に亡んだ（中国でも失はれた）ものもずいぶんあつたのではないか。

『平家物語』大原御幸で、寂光院の趣を叙するに当り、「甍《いらか》やぶれては霧不断の香を焚き、扉《とぼそ》落ちては月常住の燈《ともしび》を挑《かか》ぐ」といふ詩句を引くのだが、この出典がわからない。『平家』の専門家たちは多年困惑してゐた。ところが最近、『源平盛衰記』（これは『平家』の異本）の水原一による注釈に、弘長三年（一二六三）八月十三日宣旨の「棟の甍半ば破れ秋の霧不断香に代る」などによると記された。これが学界で評判になつたとは聞かないが、わたしに言はせれば刮目《かつもく》すべき事件である。念のため言ひ添へて置けば、宣旨とは天皇の命を伝へる文書で、詔勅よりは内輪のもの。弘長三年はわが亀山天皇の第五年、南宋の景定四年に当る。ここからはわたしの臆断になるけれども、おそらく宋からもたらされた詩書か何か（ひよつとすると平話などの俗書かもしれない）にこの対句があり、それが一部読書人の喝采を博したあげく、一方では宣命に引かれ、他方では『平家』を飾ることになつたのに、しかしその輸入本そのものは散逸したのではないか。ちなみに言ふ。平話とは口語によつて歴史物語を説く講談の類。そして十三世紀中葉は、『平家』の原型をなす物語を藤原定家その他が書写してゐたとされるところであつた。

しかしこんなことはいはば余談にすぎない。わたしが語らうとしてゐるのは李煜《りいく》の詞《し》のことである。端的に言へば後鳥羽院は李煜の作に親しんでゐたらうか。そして折口信夫はどうだつたらうか。最近わたしはこのことにいささか執着してゐる。

しかしこの話題について語るためには、ある程度の予備知識が必要だらう。何しろ不案内な事柄なので、前野直彬編の『中国文学史』によりかかつて責めを果す。

詞は歌詞である。メロディに合せるため、句の長さは均一でない。文学としての詞の萌芽は盛中唐にもあつたが、晩唐の温庭筠《おんていいん》が遊里に沈湎《ちんめん》して男女の情趣を詞に歌ひあげて以後、その作風は詞の基調となつた。

九〇七年、唐が滅亡し、五代十国時代がはじまる。揚子江上流地域の蜀、下流地域の南唐は戦乱の害を受けることすくなく、それに両国とも天子が教養豊かで、音楽を愛したため、宮廷を中心にして詞が盛んだつた。南唐の後主（三代目天子）李煜は、書画と音楽に卓越してゐたが、開宝八年（九七五）宋に投降して虜囚となり、三年後に歿した。宋の太祖によつて毒殺されたといふ噂もある。李煜作の現存する詞は四十首。その質はすこぶる高く、唐五代を通じて最高の位置を占めると言はれてゐる。
彼の詞の、前期は豪奢を極めた宮廷の享楽が主題であり、愛妻周太后を失つてからは亡国の予兆に怯えながら虚無感にひたる。傑作として名声が高いのは、幽閉の身となつてからの悽惨な諸作である。しかし、文学の話はやはり実物につくのが一番だから、高島俊男に乞うて講義してもらつた晩年の二篇を次にかかげることにしよう。○は平声の韻。△は仄声《そくせい》の韻。

虞美人

春花秋月何時了△　　春花秋月何れの時か了す
往事知多少△　　往事知る多少
小楼昨夜又東風○　　小楼昨夜又東風
故国不堪回首　　故国は回首するに堪へず
月明中○　　月明の中

「何時了」　いつ終るだらう。終ることがない。季節は永遠にめぐりつづける。
「往事」　過ぎ去つた日のこと。思ひ出。
「知多少」「知」は「……だらうか」と自問する語。

「多少」は「いかほど多く」の意の疑問詞。「知多少」で、どれほど多いことか。孟浩然「春暁」に「夜来風雨声、花落知多少」昨夜の風雨でどれほどの花が散つたことであらうか、とある。

「東風」春風。「又東風」また春が来た。

「不堪回首」つらくてそちらの方へかうべをむけることができない。

雕欄玉砌依然在△
只是朱顔改△
問君能有幾多愁。
恰似一江春水
向東流。

雕欄玉砌《ちょうらんぎょくせい》依然として在り
只是れ朱顔改る
君に問ふ能く幾多の愁有らん
恰も似たり一江の春水
東に向つて流るるに

第一句。故国宮殿の雕欄や玉砌は今も変らずあるだらう。

第二句。自分は齢を加へ往年の面影はない。

第三句。いつたいわたしにはどれほど多くのうれひがあると思ふか。

第四句。東に流れる春の川のごとくに無限である。

浪淘沙

簾外雨潺潺。
春意闌珊。
羅衾不耐五更寒。
夢裏不知身是客
一晌貪歡。

簾外雨潺潺《せんせん》
春意闌珊《らんさん》たり
羅衾は耐へず五更の寒に
夢裏には知らず身は是れ客なるを
一晌の貪歡

「闌珊」たけなは、終期。
あけがたの寒さに目がさめた。夢の中では自分が異郷にある身であることを忘れ、しばし故国にあつた折の歡楽をむさぼつた。

独自莫憑欄。
無限江山。
別時容易見時難。
流水落花春去也
天上人間。

独自には欄に憑《よ》る莫れ
無限の江山
別るる時は容易に見る時は難し
流水落花春は去る也
天上人間

第一句。「欄に憑る」は遠望するの意。一人で欄干に憑つて故国の方角を望むな、つらいばかりだから。といふのはつまり、一人で欄干に憑つてゐるのである。

第二句。どこまでも山河がつづく。

第三句。故国の土地や人々と、別れる時はあつけないほど簡単であつた。再び相見るのは絶望的である。

第四句。川は流れ花は散つて春は去らうとしてゐる。

第五句。「天上」は死者たちのゐる所。楽土。「人間《ジンカン》」は生者たちのゐる所。悲哀にみちたこの世。「流水落花春去也」と言つたあと、「天上人間」と言ひはなした。この句には昔から数多くの解釈がほどこされてゐる。「春は去る、天上へか、人間へか」「自分は今どこにゐるのか、あの世か、この世か」「この世の天国のやうであつた幸せな日々はもうもどらない」「かつての日々は天上、現在の境遇は人間」等々。これらの諸解釈、つまり理窟は、芸術の観点より言へば、みなおろかであらう。さうした理窟を超越して「天上人間」とのみ言つたところがスゴイのであり、李煜の天才なのである。ただ、「天上の人間」と「天上と人間と」とのいづれかといへば、後者であらう。あの世もこの世もふくめた大宇宙が作者の想念のなかにひろがつてゐる。白楽天「長恨歌」に「天上人間会相見」とあり、李煜もそれは意識してゐるが、意境はこちらの方がはるかに高い。

李煜の生涯における、王者が一転して囚人となる悲劇はまさしく後鳥羽院の境遇を想起させる。前者が周太后に先立たれての哀傷は後者が更衣尾張を失つての悲嘆と重なり合ふと言ひ添へてもよい。しかも両者はいづれも天才的な詩人であつた。もしも隠岐の上皇が南唐の後主の事績を耳にしてゐたならば、かならずその作を読まうとしたにちがひないのだが、あの十世紀の廃帝をこの十三世紀の流され王がなつかしんだといふ話は聞いたことがない。さらにわたしは、調べがゆきとどいてゐないせいかもしれないが、いまだこの二人の王を並べ論じた人のあることを知らないのである。一体に相似のものを選び出して彼を此《これ》に見立てたり、一つの型を想定したりするものは折口信夫の得意とするところで、その才があればこそ、たとへば「依代《よりしろ》」とか「まれびと」などといふとらへ方も可能だつたわけだが、彼もまた遠島の王をしのぶに当つて李煜の名を出してゐない。これはわたしにはすこぶる心残りなことである。といふのは、後鳥羽院の和歌の歌謡性は折口がこの歌人を論じるに当つての重要な主題であつたからだ。二人の国王詩人に共通する俗謡への関心と執着は、折口をはなはだしく喜ばせたはずだとわたしは思ふ。

2

折口のその説が出て来るのは『女房文学から隠者文学へ』である。これは『隠岐本 新古今和歌集』の解説として書かれたもので、のちに『古代研究』に収められたが、いはば和歌史全体の史論と『新古今』論と後鳥羽院論とがいつしよくたに語られるやうな、複雑と言へば複雑、難解と言へば難解な評論である。紹介するのはわたしの手に余るが、折口の説く後鳥羽院における歌謡性を、箇条書きに直し、彼の直感的で錯雑した、しかしその分だけ気合のいい言葉と、わたしの説明的で度胸の悪い言ひまはしとをまぜ合せて書いてみよう。例に引く和歌のうち＊が打つてあるのは折口自身の引いたもの。無印はわたしが勝手に選んだもの。傍線は歌謡性がとりわけ濃厚な箇所である。

1　後鳥羽院は和歌史の伝統に通暁した宮廷歌人であつたが、もともと遊戯を好むたちで、和歌における遊戯性を重んじた。今様、宴曲などの民衆的な歌謡や、和讃、講式などの仏教的歌詠、説経などにも理解と趣味があつて、その言ひまはしを和歌に取入れた。例。

＊思ふことわが身にありや空の月片敷く袖に置ける白露

（これは藤原家隆「池にすむをしあけがたの空の月そでの氷になくなくぞ見る」とくらべると、歌謡めいた味が明らかになる。）

羇中恋

君もし眺めやすらん旅ごろも朝たつ月を空にまがへて

(「たつ」は「衣」の縁語。「まがふ」は見失ふ。)

さらでだに老いは泪もたえぬ身にまたく時雨ともの思ふころ

(遠島にあつての哀切な詠にかういふしやれた句がまじる。見事な技法で、舌を巻くしかない。)

2 後鳥羽院の和歌には、民衆の歌謡の吐息、溜息、嘆きぶし、投げやりな口調などの口語脈が自由に取入れられてゐたし、発想それ自体も口語的だつた。例。

＊思ひいづるをりたく柴の夕けぶりむせぶも嬉し忘れがたみに

＊何とまた忘れてすぐる袖の上に濡れてしぐれのおどろかすらむ

(この二首は更衣尾張の死を悼むもの。)

雪似白雲

雪やこれはらふ高間の山かぜにつれなき雲の峯に残れる

3　それゆゑ後鳥羽院の和歌には、『閑吟集』や江戸期の長唄、端唄、小唄などと共通する調べや感触がある。例。

二見かた春の塩屋の夜半の月けぶりいとへばかすむ空かな

旅の空秋のなかばをかぞふれば答へ顔にも月ぞさやけき

大方の露なきころの袖のうへにあやしく月の濡るる顔かな

4　同時代の歌人たちとの関係で言へば、後鳥羽院の詠は西行ほど感傷的でなく、西行の侘びしさを拭ひ取つて艶な風情を濃くした。後鳥羽院の歌謡性は、それが調べに出てゐる分だけ本物であつた。その点、藤原良経のものはむしろ後鳥羽院の作の翻案である。

西行との関係は、

あはれいかに草葉の露のこぼるらん秋風立ぬ宮城野の原　　西　行

野原より露のゆかりをたづね来てわが衣手に秋風ぞ吹く　　後鳥羽院

あたりを見れば折口の言ひたい気持がわかりさうな気がする。しかし良経とのことはむづかしい。

あさぢ原秋風たちぬこれぞこの眺めなれにし小野のふるさと　　藤原良経

月やそれほの見し人のおもかげをしのびかへせばありあけの空

などにはたしかに歌謡性があるが、後鳥羽院を模倣したといふ確證は見出だしにくかつた。しかしそれはともかく、後鳥羽院が民衆の歌謡の節まはしを参照して王朝和歌に新しい局面を開いたといふ折口の指摘は、瞠目に価するものだと思ふ。さう言はれて見ればたしかに納得のゆく、清新で新奇な味はひが彼の詠にはあるし、それに帝王がかへつて身分いやしい者の藝能に心惹かれることは充分にあり得るはずだ。白河院が咽喉を痛めるほど今様を稽古したのも同じ方向の心の動きだらうし、さらには、李煜が自分の詩の形式として詞を選んだのもこれに近い嗜好だらう。

折口のこの説には賛同しかねるといふ石田吉貞の強硬な反論がある。光栄なことにわたしもついでに叱られてゐる。しかしわたしに言はせれば、折口も石田も、そしてわたし自身も、どうも説明が不充分だつた。そこで今度は、なるべく詳しく、折口に代る気持も半ば含めて、述べるやうにしたつもりである。所詮は詩的感受性にかかはることなので、石田を完全に説得することは不可能かもしれないけれど。

しかし天子の和歌についての折口の考へ方は、実は三段階になつてゐる。その第一は、もともと天皇御製は内容の単純な、技巧の乏しいもので、口ずさみのまま示された和歌を書記役の女房が書きとどめ、ついでに添削したといふのである。その書記役の大がかりなものが柿本人麿などの代作歌人だつた。時代の制約があつて、言ひまはしは露骨になされてゐないが、折口は、和歌は詩才のある者が詠むのが本筋だと信じ切つてゐた。

第二に、天皇のなかにはごく稀に、和歌に優れた方があつて、何かで感銘を受けたときにはごく自然な寛《ゆた》けさに富む歌を詠む。それは神仏の託宣歌に似てゐるが、しかし託宣歌特有の空疎な感じはなくて、天皇家伝来の「寛けくて憑《たのも》しい歌風」だと言ふ。これを折口は至尊調と名づけた。例はあげてないが、たとへばこんなあたりがそれに当るだらう。

平城天皇

故里となりにしならの都にも色はかはらず花は咲きにけり

宇多天皇

大空をわたる春日の影なれやよそにのみしてのどけかるらん

ただし後鳥羽院の歌風には、この至尊調が底流ないし一面としてたしかにあるが、特色はむしろ至尊調から遠ざからうとする傾向にあつた、と折口は見る。平安朝以来、和歌を好む帝たち（たとへば村上天皇、崇徳院、後鳥羽院など）にはみなこの種の態度があつたといふのだ。ここで注のやうに付加へて置けば、

村上天皇

おぼつかな野にも山にも白露のなにごとをかは思ひ置くらん

逢ふことをはつかに見えし月影のおぼろげにやはあはれとも思ふ

鶯の鳴くべき程になりゆけばさもあらぬ鳥も耳にこそたて　崇徳院

雁がねのかきつらねたる玉章をたえだえにけつけさの朝霧

などは、その至尊調の大味なよさと、それから別れようとする新味《しんみ》とをよく示してゐるものかもしれない。そして言ふまでもなく後鳥羽院の詠こそ、この両面を最もよく見せてくれる、あるいはその綜合を完成させたものだと折口は考へるのだが、後鳥羽院が退屈な至尊調から脱出するために用ゐた工夫を、彼は歌謡性だととらへるのである。

しかしこんなふうに概括してみても、『女房文学から隠者文学へ』の論旨はこれよりも遥かに渾沌としてゐると認めざるを得ない。わたしはこの評論を十回以上は読んでゐるはずだが、相変らず要約しにくい。後鳥羽院を賞揚したかと思ふとたちまちいくつもの保留をつけ、ないものねだりめいた非難を書きつらねた途端にその美点をじつに独創的な角度から指摘し、ただしそれも一言二言でぶつきらぼうに言ふ。

読んでゐる身としては、部分的な鋭さに吐息をつきながら、しかし全体の方向はつかめなくて当惑するのである。これは、言論が不自由な時代に書かれた天皇歌人論だつたせいもあるし、折口が当時の日本古典文学研究とはまつたく違ふ新しい展望を持つてゐたせいもある。彼の周囲に優秀な読者がすくなかつたため、語りかけ説得すべき具体的な他者がつひに見つからず、論述がモノローグになつてしまふといふ、彼の評論全体の欠点ももちろんある。しかし『女房文学から隠者文学へ』が曖昧で茫漠としてゐる最大の理由は、それが単なる和歌史論、『新古今』論、後鳥羽院論ではなく、実は折口自身の歌人としての立場について述べた、はぐらかしの多い宣言だといふ点にあつた。折口は自分を後鳥羽院になぞらへてゐたし、この帝を長い時間を隔てての自分の好敵手と目してゐた。当時としては、これは不敬呼ばはりされる恐れがあるから口に出すわけにはゆかないし、もしこの条件がないとしてもこの自負ないし自己美化はやはり滑稽だから、ひた隠しに隠すしかない。そこでおのづから晦渋な文章になる。

だが、実はそれだけではなく、後鳥羽院のほかにもう一人、折口が好敵手と見てゐる現代詩人がゐて、気になつて仕方がなかつたが、その名も彼としては秘めて置きたかつた。秘めながら、彼は心中深く、隠岐の帝とその現代詩人とをほとんど二重写しのやうにして自分と対置してゐた。つまり彼の内部にははなはだ錯雑した情念があつて、それと闘ひながら彼は筆を進めたのである。折口の全評論中、最も魅力に富む、そして最も文意の伝はりにくい作品はかうして生れた。

3

折口が自分を後鳥羽院に見立てたくなつた動機はいくつかある。

第一は、もちろんこの帝が和歌に長けてゐたことである。詩人として優れ、批評家として有能で、文学運動の指導者として成功した。このことがなければ、折口は関心を払はなかつたらう。しかしいささか都合があるから、この、文学的才能の相似の件は後まはしにしたい。

第二は、後鳥羽院が豪奢な宮廷にあつて宴遊を楽しみ歓楽にふけつたことである。後宮には美妃があまたあり、廷臣には文才のある者が多かつた。それは「美的生活」を送るのに最上の条件であつたらう。そして折口の生活ぶりは、言ふまでもなく金銭的な余裕のさほどないものではあつたにせよ、門弟たちを集めては宮廷めいた雰囲気を味はひ、師匠といふよりはむしろ君主のやうに振舞つて喜んでゐたと聞く。

もともと彼には王権への憧れがあつたらしい。少年時代、母が実の母かどうかを疑つて悩んだといふのは、むしろ父母が実の父母でなくてほしいといふ願望の抑圧された表現だらうし、あの貴種流離譚といふ学説は、自分が漂泊の王子でありたいといふ渇望を核にして生れたものだらう。彼は王であることを夢みつづけた。そして自分があるべき王の型としては、当然、文学的才能に富む天皇が選ばれることになる。
しかし第三に、折口が最も憧れたものは後鳥羽院の承久の乱後における、国王から囚人への没落、孤島に配流されてつひに都に帰ることのない悲劇的境遇であつた。彼が青春を生きた明治末年は後期ロマン派の時代で、ナポレオンはその典型的なイメージであつた。この刻印は深かつた。折口は久しいあひだ泰西十九世紀の英傑をわが中世の流刑の王と重ね合せて感慨にふけることになつたのだらう。後鳥羽院における、前半の逸楽と対比的な敗残の悲壮美は彼を酔はせ、このやうな英雄的な「無碍孤独」の詩情を味はつてそれを歌ひあげたいものだと、変化の乏しい日々を生きる大学教授は激しく夢みたのである。さらには後鳥羽院が、折角そのやうな境涯を恵まれながら、作品はそれにふさはしいだけの高さに達してゐなかつたとして、

やまとたける或は、大国主・大鷦鷯《オホサヾキ》天皇・大長谷稚武《オホハツセワカタケル》天皇に仮託した文学は、所謂美的生活に徹した寂しさ、英雄のみが痛感する幽《かそ》けさを表してゐた。此院がかうした無碍光明の無期《ムゴ》の寂寥の上に、たけびをあげられずにしまうた事を残念に思ふ。

などと無理無体な批判を投げつけたりした。もしも自分ならば、これを遥かにしのぐ作品を書いて、それは『古事記』と並ぶ、あるいはそれ以上のものになつたかもしれないとい

ふ途方もない自恃が彼の心の底にひそんでゐたらしい。

だが、その種の不満だけが主題ならば、折口の後鳥羽院論はもうすこしすつきりした形になつてゐたらう。歌人としての折口には、あの中世歌人に対して頭のあがらないことが一つあつて、これがくやしくてならない。しかし向うの美質はよくわかるから、これを言はずにはゐられない。従つてそれを合間合間に口にする。そのせいで彼の論はいよいよ混迷を深めるのだつた。ひよつとすると『女房文学から隠者文学へ』の厄介な性格は、このことに最も大きく由来するかもしれない。折口は歌謡調を取入れることが大の苦手だつたのである。

それは地唄『月の傾城』を見ても、学生歌『国大音頭』を見てもきれいに納得がゆくことだ。この二つをたとへば『三矢重松先生一年祭祭文』や『三矢重松先生歌碑除幕式祝詞』とくらべれば、たちまち出現するものは、祝詞となると柿本人麿の再来かと思ひたくなるほど巧みなくせに、小唄ではすこぶる凡庸な詩人の姿である。彼には遊び心への理解は充分にあつたが、それを作品に生かす才覚は乏しかつた。あるいは、古代の儀式には容易に参入できても、近世の祭には溶けこめないのがこの詩人の心ばへであつた。その短歌にしても、溜息と吐息とにみちてはゐるものの、明るさ、軽快さは常にそれを裏打ちしてゐない。そのため彼の嘆きや愁ひは、純一であり高い調べではあつたにもかかはらず、とかく単調になりがちであつた。優秀な批評家である折口はそのことをよくわきまへてゐた。

そして彼はその自己批評の分だけなほさら小唄ぶりの魅力を味はふことができ、その才能がほしくて仕方がなかつたのである。

ところがさういふ詩人が彼の同時代にゐた。その詩人は、格の高い本式の詩にも優れてゐながら、世話に砕けた唄を作るのにも巧みな、世にも稀な俊秀であつた。そして稀代の雑誌読みであつた折口は彼がまつたくの無名の少年であつたころから注目してゐたのである。その名は北原白秋。

白秋の二歳年少である大阪の中学生は、投稿雑誌「文庫」の服部躬治選の短歌欄で、

前うしろ　枝垂れ小柳。稚児桜。恋の小窓は、薄霞せり

を発見し、「此新人の才の華に驚歎した」。そして四十五年後なのにこの一首をそらんじてゐると一九四八年に書いた。その五年後にもまた同じ短歌を引いた（句読点はもちろん折口）。それは彼の歌人としての生涯において重要な、同時代の作品だつたのである。

「白秋が東京に上り、その一世の詩業の序章のはじまつたばかりの時代既に、極めて華やかな光彩が人を驚した。遠く望み見てゐた白面の書生をして、歌や詩を断念させようとしたこともある」といふ打明け話さへ折口はしたくらゐだ。白秋を彼が重んじてゐたことはさほど言はれてゐないが、まづこのことを確認して置きたい。

一九四八年の文章は『「桐の花」追ひ書き』で、白秋の歌集『桐の花』の復刊に際して書かれたかなりの長文だが、さしあたり大事なことが二つある。

一つは、白秋が古代、中世の歌謡類およびその用語から刺戟を受けたといふ指摘である。まづ唄、浄瑠璃、歌舞伎を短歌に取入れ、次いで小唄、民謡へと白秋は進んで行つたといふのだ。折口はじつに具体的に例をあげて説くのだが、彼のいつもの流儀でつけた句読点ははづして、白秋の書いたままで引用しよう。

身の上の一大事とはなりにけれ紅きだりやよ紅きだりやよ

これはおそらく姦通罪によつて入獄する直前の、女人と別れるときの詠。折口はこれを『仮名手本忠臣蔵』七段目、おかるに手紙を読まれた由良之助の台詞《せりふ》「南無三、身の上の大事とこそはなりにけり」によるものとする。あ、と息を呑むしかない批評の藝である。破局にある間男は、自分を由良之助になぞらへて余裕を示す。そのユーモアによつて悲哀はいよいよ深くなるだらう。引用の技巧と小唄ぶりのしやれた味とがぴたりと合つてゐる。

晝《ひる》見えぬ星の心よなつかしく刈りし穂により人もねむりぬ

これも『忠臣蔵』で、ただし冒頭の浄瑠璃「例へば星の晝見えず、夜は乱れて顕はるゝ、例しをここに仮名書《かながき》の」によるとする。この短歌については、クリスチナ・ロゼッティ（蒲原有明訳）の「さても麦刈り疲れ果て、刈りし穂により眠るごと──しかせむわれも夜明けまで」によるといふ島田謹二の説があるが、わたしにはむしろ『忠臣蔵』とロゼッティを融合するといふ離れ業こそ白秋にふさはしいと思はれる。

わかき日は紅き胡椒の実の如くかなしや雪にうづもれにけり

これは『伊賀越道中双六』岡崎の段の、「見れば見るほど頃合なよい女房。ひとり寝さすは残念なれど、此方も寒気に閉ぢられ、痩せ畠のほゝづきで、あつたら物を見のがすこと、と呟き帰るも頼みなき」といふ年老いた夜番の台詞から生れたと折口は推定する。『桐の花』は一九一三年（大正二年）の刊なのだが、ちようどあのころ中村鴈治郎がこの狂言を上演して評判を取つたと回想にふけつたり、「老年の若い世代、鬼灯と胡椒」と分析したりしたあげく、「語よりも語が与へた感銘」を白秋は表現したのだと折口は主張するのだ。わたしははじめ半信半疑だつたが、追ひ追ひさうかもしれないと思ふやうになつた。

折口は、出典としての歌舞伎といふ誰も気づいてゐないことを言ふだけで、それ以外は自明なこととしてゐる。短歌の趣向や語法の歌謡性は説明するまでもないといふ態度である。一九四八年にこんなふうに書く前提としては、一九一三年（大正二年）の『城ケ島の雨』や一九年（大正八年）の『カルメンの唄』や二八年（昭和三年）の『ちやつきり節』や、それからその他さまざまの名作によつて成立した、歌謡の大家としての北原白秋といふイメージがあつた。彼は全国民的な親愛を得てゐただけではなく、また、専門家を圧倒してゐた。中原中也は白秋の「青いソフトに降る雪は／過ぎしその手か囁きか」をエピグラフに飾つて、『雪の宵』（「ホテルの屋根に降る雪は／過ぎしその手か、囁きか〳〵……〳〵ほんに別れたあのをんな、／いまごろどうしてゐるのやら。〳〵ほんにわかれたあのをんな、／いまに帰つてくるのやら」）を歌つた。そして三好達治は、白秋は民謡が一番いいと語つたとやら。本職の詩人たちによつて評価され師事されながら大衆によつて口ずさまれ歌はれる、それがこの歌謡作者の、西條八十とはまるで違ふ光栄であつた。その条件があるから、折口は出典としての歌舞伎を言へばそれでよかつたのである。

ところで、見のがしてならない第二のことは、若い折口がパンの会に対して切ないほどの関心を寄せてゐたといふ回想である。ここで注の形で言ひ添へて置けば、パンの会とは、若い文学者たちを主にした都市的な藝術運動で、一九〇八年（明治四十一年）から一二年（明治四十五年）までつづいた。発起人格は木下杢太郎と北原白秋で、参加者としては吉井勇、谷崎潤一郎、長田秀雄、高村光太郎、石井柏亭など。その傾向は日本版の世紀末藝術ともいふべきもので、異国趣味と江戸情調を好み、反自然主義的であつたし、その集会は耽溺と放埒によつて名高かつたらしい。しかしここで重要なのはむしろ、これが近代日本には珍しいサロンであつたことである。庇護する上流人士はなく、ただ詩人、小説家と画家によるものだつたが、藝術と文学はこのときにはじめて具体的な文明と接触する身構へを見せたのである。そしてまだ国学院の学生で文名のない折口には、参加する資格がまつたくなかつたが、この会のサロン的性格を感知してゐたらしい。当時を偲んで彼はかう記す。

「パンの会」其他の人々が、若い世代を享楽してゐる姿を羨しく思うてゐた、寂しい一人の青年は、めいぞん・鴻の巣にも、ゑるれいぬ・らんぼうのともがらの訪ねぬ間を窺うて、暫しの憩ひに、彼等の享楽の余薫を嗅がうとした。

喜蝶の部屋に金魚を見、昇菊の撥の白さに身をつまされた白秋の境涯までは、追ひ到ることなく、常にいくぢなく踵を旋してゐた自分であつた。

わが身の壮り、藝文の盛りの明治の末・大正初めののどけさを、何のなすこともなくして過して来た。その虚しさを思ふ時、白秋の耽つた遊楽の夢が、たとひ覚め易いものであつたにしても、遂げることなくやり過した身にとつては、一層切に感じられるものがある。

彼が「アララギ」同人であつた一時期があるせいで、われわれは何となく「アララギ」や斎藤茂吉との縁だけを意識しがちだが、折口には「明星」寄り、白秋寄りの局面もあつた。

花やかなパンの会は白秋の入獄によつて終る。『邪宗門』と『思ひ出』とによつて確立した名声はたちまちつひえ、失意の詩人は三浦三崎へ、さらには小笠原の父島へ、逃れることになる。この劇的な変転が折口の心をとらへたことは想像にかたくない。彼は白秋の境涯の悲壮美に激しい感銘を受けてゐた。刊行後半世紀近いころ書かれた『桐の花』論にこもる熱気は、その興奮の名残りにほかならない。

といふよりも、心の高ぶりは生涯つづいてゐたのだらう。白秋伝の数ページは、数世紀以前の後鳥羽院の生涯を若い折口に連想させたし、そしてこの見立ては衰年に至るまで長く学匠詩人の心をとらへたのである。近代日本文学の慣行に反して、同時代の文学者を古典の作者になぞらへる性癖が彼にあつたとて、何の不思議もない。

いや、わたしの言ひ方では話はむしろ逆になるので、折口にはたぶん年少のころから自分を後鳥羽院に見立てたいといふ欲求があつたのだらう。中学四年のころ塩井雨江の注釈で『新古今和歌集』を読んでゐたころには、彼はこの夢想を胸中深くはぐくんでゐたはずである。詩人としての異常な才能と王者の権威との共存、批評家としての指導性とそれによつて導かれるにふさはしい多士済々の歌人たちへの君臨、宴遊を主宰し、とりわけ歌謡によつて詩と遊戯とを融合し、文学と生活とを合体させること、その実践として豪奢な宮廷生活、そして急転直下の没落。その花やかな生涯を、早熟な文学好きの、男色者である中学生は暗く夢みつづけた。その後鳥羽院願望ともいふべきものは、もちろん当初は、他愛もない夢想として抑圧されてゐたにちがひないが、北原白秋の華麗な登場と急激な名声の失墜といふ事件によつて、その抑圧は排除されることになつた。胸中の妄想は、同時代の、そして同年配の詩人の生き方によつて、現実の可能性を保證されたのである。その点で、白秋は彼にとつてこの上なく有難い存在だつた。

そしてその感謝にもかかはらず、白秋が折角の好条件に恵まれながら『桐の花』程度の作品しか書かなかつたことを、折口は惜しんでゐたことだらう。後鳥羽院に対してあんなに何度も、くどくどと不満を申し述べた男が、若年のころ、白秋に対してただ讃嘆するだけだつたとはとても思へない。評価すればするほど、かへつて飽き足らぬ思ひは深かつたことだらう。折口はおそらく、もしも自分がこれだけの条件に恵まれてゐたなら、きつと不朽の名作をものしてゐたのにと、彼ら二人をかつは妬みかつは軽んじてゐたはずである。この感情は理不盡だが、本人としては大まじめだつたし、心に秘めてゐたのだから咎めるわけにはゆかない。ただし『女房文学から隠者文学へ』には、心の底でわだかまつてゐるものがちらちら出てゐるため、不敏なわたしでも彼の心理がわかるのである。青春のころも、中年になつても、彼は、栄華と享楽およびそこからの激しい転落を天によつて与へられなかつたことを、運命の不幸としてかこちつづけた。

宿願は『女房文学から隠者文学へ』執筆の十八年後にかなへられた。敗戦によつてである。日本帝国が亡び、神道が権威を失ひ、そしてこれより早く彼の恋人が戦死してゐた。戦後の窮乏と、恋人が帰つて来ない寂寞のなかで回顧すれば、気に入りの門下生たちを集めてのかつての小宴は、奢りの極みのやうになつかしまれる。すなはち彼にとつて戦後の日夜は、さながら後鳥羽院の隠岐や白秋の父島に似てゐたことだらう。かうして、待ち望んでゐた悲劇がつひに到来したとき、彼は何を書いたか。

ただ嘆賞するしかない歌謡の傑作を書いた。それはいかにもこの個性にふさはしい小唄ぶりで、悲しい抒情にあふれてゐた。その詩は極めて私的な詠み口でありながら共同体を代表し、本格の構へなのに藝能の楽しさに輝いてゐる。軽みと遊び心には欠けるかもしれないが、明るさはたしかにある。末つ世の粋な風情はつひになく、何やら説諭めいた高飛車な趣のものだが、それにもかかはらず恋のあはれは身にしみる。これは後鳥羽院と白秋の小唄ぶりにあこがれつづけ、そしてそれをまねぶことは為し得なかつた詩人の、最後の到達点であつた。自在な音律は愛誦に価し、古代の言葉が現代の市井を写すのは奇蹟めいてゐる。こんなに上代歌謡めいた節まはしで亡国の悲しみを歌ひ、民衆を励ました詩人はほかにゐなかつた。これだけのものを示されたとき、わたしはただ文学者の生涯の末に待つてゐたしあはせを祝福するしかない。一九四六年（昭和二十一年）の『やまと恋』のことである。第二連に例の白秋の「恋の小窓」がちらつくことに注意せよ。

をみな子よ。我が名を知るや―。
女ごの群れに向ひて
ことゞひも為《セ》ずて 過ぎ来し
我《ワレ》の齢《ヨ》の五十《イソ》ぢの末の―
晩年《イリマヘ》に言ひ出《ヅ》る言《コト》の、
くど〳〵し 老いのくり言《ゴト》―…
渋面《ニガ》みつゝ 然勿《シカナ》嫌ひそ。

をみな子の住める家居は、
門《カド》べすら 清くかゞやき
飼ふ犬の声も はなやぐ―。
女ごのよれる牕《(マド)》べの
二藍《フタアキ》の牕かけ揺《ユス》り
洩る詠《ウタ》の声 やみて後《ノチ》―
なほうたふ声ある如く

にほひつゝ　道にひゞきぬ――‥
をみな子の著《ケ》せる衣の
花ぐはし　桜のたもと――
照りぐはし　春のふり袖――
結《ユ》ひ垂《タ》るゝ金の高帯――
家出でゝ来る　そよめきは、
　謡はざる歌と　とよみて
　　若人の心を　ゆりぬ――。

をみな子は　かく好かりけり――。
女ごのよかりし世には、
男《ヲ》の子《コ》らの道行きぶりの
　姿さへ　清くしまりて、
　言ふことも　訛濁《タ》みては言はず――
しきしまの　やまとの国の
若き世《ヨ》代の恩寵《サキハヘ》満《タ》りて
　憑《タノモ》しみ深く　ありしか――。

をみな子よ。すこし装はね―。
戦ひに負けし寂しさ
国びとの瞳《マミ》さへ萎《シボ》み、
侘しさは　骨に徹れり―
あゝ骨に透る　悔い哭き―…
しかすがに　然《シカ》うらぶれて
をみな子は　道行くべしや―。
若き日は　いとも貴し。
若き日に復や還らむ。
かぐはしく深き誓言《コトアゲ》　日の本の恋の盛りに―
女子と　物言ひ知らず
無用《イタヅラ》に　過ぎにしわが名
懇《ネモゴ》ろに悔いつゝ、言ふを
空言《ムナゴト》と聞くこと勿れ。
をみな子よ―。恋を思はね。

美しく　清く装ひて
誇りかに　道は行くとも、
　倭恋　日の本の恋　妨ぐる誰あらましや―。
恋をせば　倭の恋
美しき　日の本の恋。
　恋せよ。処女子

反　歌

たはれめも　心正しく歌よみて、命をはりし　いにしへ思ほゆ
をとめ子の清き盛時《サカリ》に　もの言ひし人を忘れず。世のをはりまで
道のべに笑ふをとめを　憎みしが―、芥つきたる髪の　あはれさ

王朝和歌とモダニズム

1

日本文学といふのはずいぶん特殊な文学です。まづ歴史がむやみに長い。八世紀の『古事記』にはいつてゐる素朴な歌謡から現在の、たとへば大江健三郎や村上春樹の小説まで、とぎれることなくつづいて来た。こんな一国文学史はほかにないんぢやないか。ギリシア文学史は前八世紀ごろのホメロスの叙事詩ではじまりますが、二世紀のルキアノスの諷刺文学のへんで中絶して、次はいきなり十九世紀の現代ギリシア文学になるらしい。かういふ断続は日本文学史にはありませんでした。イギリス文学史は八世紀の『ベオウルフ』にはじまりますが、学者気取りで探せばともかく、普通でゆけばそこから十四世紀のチョーサーへ飛ぶしかない。そして中国文学の場合は、古代以来の歴史の長さはもちろん日本文学の及ぶ所ではないけれど、伝統的な文学から西洋の影響を受けた現代文学への切替へがうまくゆかなくて、ずいぶん手間取つた。そこにいささか断絶がある。そんなこと大した問題ぢやないとも言はれさうだし、わたしが無学で事情を知らないのかもしれませんが、とにかくわたしの眼から見ると、日本文学史の持続性はすごい。その持続のせいで、古代的なものが色濃く残つて、後世の文学を染めることになりました。

しかも単に長いだけでなく、その間ずうつと恋愛に対して肯定的であつた。これは中国文学が、すくなくともそのなかで格の高いものは、男女愛欲のことを見て見ないふりをして扱はないで来たのと好対照をなします。隣りの国なのにずいぶん違ふんですね。『詩経』は中国最初の詞華集で、前八世紀から前五世紀までの歌謡を収め、たくさんの恋愛詩を含みますが、儒教支配以後の中国の学者たちは、これをわざと曲解して、男女の仲を歌つたものではなく、君臣の間の思ひを言つたものだと取りました。かういふ滑稽な偽善を平気でやつた。それ以後、二十世紀の文学革命に到るまで、十八世紀末の『紅楼夢』をわづかな例外として、第一級の文学で未婚の男女の恋愛を題材にしたものはありませんでした。

そしてピレンヌの名せりふにあるやうに、西洋は十二世紀に恋愛を発見したのですから、十一世紀にあの恋愛小説の名作『源氏物語』を持つ日本文学は、かなり特異な存在だと言はなければならない。日本文学のかういふ性格は、もちろんいろんな理由によるものでせうが、一番大切なのは、母系家族制が長くつづいた結果だと思ひます。

どこの国でも大昔は母系家族なわけですが、たいていの国では早くそれが終るのに対して、日本では実質上、十五世紀のころまでつづきました。つまり十五世紀のころやうやく父系家族制になつた。内藤湖南といふ偉い中国研究者がゐて、彼は明治時代の人ですが、この人に、応仁の乱（一四六七―七七）以前の日本はまるで外国のやうだといふ有名な放言があります。これは、司馬遼太郎が何度も同感の意を表してゐる説なんですが、じつにいい所を突いてますね。たしかに日本人の生活がわれわれの知つてゐる日本らしくなつたのはこの内乱以後のことで、木綿の栽培と普及、袴をつけない着流し、羽織、一日三食、味噌、醤油、砂糖、饅頭、羊羹《ようかん》、豆腐、納豆、それから天井も、部屋に畳を敷き詰めるのも、座敷に床の間と違ひ棚を設けるのも、このころにはじまつた。お茶と生花もこのころ。そして文学史的に大事なのは、衣食住の大変革と母系家族から父系家族への変化とが同時に起つたこの時期に、勅撰和歌集が終つたといふことです。勅撰和歌集といふのは天皇が命令して編集させた和歌の詞華集で、これは十世紀から十五世紀まで二十一もつづいた。収録する和歌は原則として重複なし。しかもどの集も、昔の歌と当代歌人の作とを併せ載せてゐる。つまり、単にその時代の秀歌が収められるだけではなく、古代から前代までの詩をもその時代の趣味と批評眼によつて選んだ。その新旧とりまぜての名作選が、二十一もあつて、さういふ形で天皇から遊女までの秀歌をよりすぐつてゐる。これは壮観です。宮廷がこれだけ詩に熱心でありつづけた国はほかにないんぢやないかと思ひますが、この勅撰和歌集の系列が息絶えたのが母系家族が終つたときであつたのは意味深長である。これは、和歌が女人の好みに大きくよりかかる詩であつたことをあざやかに示すものでせう。

日本の宮廷詩の優美さは、基本的には、女たちの趣味、とりわけ宮廷の女たちのそれに合せて作られたものなのです。

ここで見のがしてならないのは、母系家族制ですから、帝だつて婿入りするのだといふことです。例をあげませう。『古事記』に応神天皇のこんな挿話が書いてある。あるときこの帝は近江国へ行幸する途中、宇遅野上《うぢののへ》に立つて葛野《かづの》を望み見、かう歌つた。

千葉《ちば》の葛野を見れば百千足《ももちだ》る家庭《やには》も見ゆ国の秀《ほ》も見ゆ

現代語に直せば「葉の生ひ繁るといふ名の葛野の里を眺めると／豊かな家並も見えるぞ／国の栄えも見えるぞ」くらゐか。(注)これは国見の歌、自分の統治する国土を祝福する呪歌ですね。これが帝の歌の大事な機能の一つだつた。そしてもう一つは恋歌を詠むことなんです。恋歌を詠んで、それによつて諸国の美しい女を後宮に納《い》れ、彼女らの呪力によつて国を治める。さらにその恋歌には動植物の繁殖を促す力がある。さう信じられてゐました。応神天皇はこの国見の歌を口ずさんでから宇治の木幡村に行つて、そこで美しい少女に出会つた。

「あなたは誰の子です?」

「ワニノヒフレノオホミの娘で、名前はミヤヌシヤカハエヒメよ」

名前を問ふのは求愛で、それに答へるのは承諾なんですが、これを聞いて帝は、

「明日、あなたの家《うち》へゆきます」

と言つた。娘がこのことを父に告げると、

「それは帝だ。よくお仕へしろよ」

と言ふ。母親ではなく父親に権力があるやうに見えますが、これはまあ表面的なもので、財産権は母のほうにある。もちろんこのワニノヒフレノオホミだつて入婿でした。そして帝が娘の家へ行つて食事するのは婿入りの儀式なんです。翌日、帝が訪ねてゆくと、御馳走が出る。ヤカハエヒメが盃を差上げ、お酒をつぐと、帝は盃を手にしてかう歌つた。歌の文句から推して、お膳の上には角鹿《つぬが》（今の敦賀）のズワイ蟹が赤く大きくつやつや光つてゐたことがわかる。わたしの現代語訳でゆきます。

この蟹はどこの蟹？
遠い角鹿の蟹ですよ
横に走つてどこへゆく？
いちぢ島み島に着いて
鳰鳥《みほどり》みたい
水にもぐり息をつき

坂道の楽浪《ささなみ》街道
ずんずんと歩いてゆくと
木幡《こばた》の道で出会つた娘
後ろ姿は小ぶりな楯
歯並びは椎や菱の実
櫟井《いちひゐ》の丸迩《わに》坂の土の
地表の土は赤いから
地底の土は赤黒いから
真中の土を
あつあつの強火で焼かず
その眉墨で眉かいて
三日月のやう眉かいて
出会つた女の子
ああいふのがいいなと見た娘
かういふのがいいなと見た娘に
いま思ひがけなく
向ひ合つてゐる

寄り添つてゐる

蟹が横に走つてゆくうちに、縦に歩く天皇と化す。変身する。このへん愉快ですね。ヤカハエヒメはをかしくつてたまらず、くすくす笑つたことでせう。笑つてゐるうちに自分のことを褒められ、照れたり喜んだりしてゐると、そのきれいな娘と向ひ合ひ、寄り添つてゐることのしあはせが歌ひあげられる。嬉しかつたでせう。じつにすばらしい恋の歌、祝婚歌。自作だとするとすごいが、多分これは代作者がゐたんでせうね。代作係である当時の大詩人が、行幸にお供してゐて、宴会のはじまる前に御馳走は何なのか調べて、ははあ、ズワイ蟹か、それなら出だしはこれでゆかうなんて思ひついたのかもしれない。もちろん国見の歌を作つたのも彼。

しかしそのへんの実證的なことはどうでもいい。調べたつて所詮わからない。でも、調べなくたつてはつきりしてゐるのは、とにかく古代日本人は、国見の歌を即座に口ずさんだり、婚礼の歌を即興で詠んだりするのが国王の重要な資格だと思つてゐた、さういふ文化を持つてゐた、といふことです。詩の才能があることが君主であることの大事な条件と判断されてゐた。かういふ国は、絶無ではないにしても、珍しいのぢやないでせうか。

婿入りする帝といふ考へ方はわたしの独創ではなく、高群逸枝といふ女の学者の説です。このコペルニクス的転回みたいな説でゆくと、謎が一つ解けます。日本の皇室は姓がありません。ハプスブルク家やブルボン家など、外国の王室と違ふんですね。これは日本の子供たちが不思議がることで、ただし外国のことなどは考へず、長谷川とか、佐藤とか、中村とか、さういふ自分たちの家と違つてどうしてあの家には苗字《みようじ》がないのかと親や先生に訊いてうるさがられたものでした。戦前の小学校の先生は、天皇家の成立がそれほど古いからである、とか、普通の家とくらべて段違ひに立派な家柄だから姓なんて詰まらないものの要らないのだとか、教へたものです。今はどう説明してゐるかしら。しかし高群逸枝はさう考へない。彼女は、それは古代の帝が母の家に育ち、そこがまた皇居になる仕組で、それゆゑ古代の皇居は転々と移つたのですが、さういふ事情と関係がある、と考へます。皇居と言つたつて、帝は司祭王（priest-king）ですから、その皇居は祭祀所兼役所であつて、いはゆる后たちは出勤して来る役員であり、もつとはつきり言ふと侍寝職の女官であつて、帝には家族はなかつた。后たちは懐胎すると母親のところへ帰つて行つて出産し、子供はそこで后の父母により養育される。これでゆくと、歴代の帝といふ系は抽象的＝観念的なもので、あるいは父系家族的な社会のものの見方を適用して無理にこしらへたもので、本来は実際的＝具体的につながる家系ではない。さういふ系列に名（姓）は要らなかつたのです。

后は女官であつたと言ひましたが、平安中期、藤原氏出身の女御が入内するときは、まづ親たちが後宮内に建物（直廬《ちよくろ》といひます。まあ休憩所くらゐの意味）を作り、そこへ娘が母を同伴して（一族の移住といふ趣で）移り住む。そこへ帝から使ひがあつて夜の御殿《おとど》へゆく。このとき親兄弟も同行する。帝は清涼殿の御湯殿の上か手水の間から夜の御殿へとおもむき、履いて来た草鞋（ソウカイまたはソウアイ。木の浅沓の上を錦で貼り包む。牛革底）を后の父母が抱いて寝る。婿の足どめをまじなふ儀式であつた。初夜の翌朝は、ほとんどの場合、帝のほうから後朝《きぬぎぬ》の文（和歌入り）が贈られ、后がまた和歌で答へた、と思はれます。三夜かよふと婚姻が成立したと考へ、三日餅で祝ふのが当時の風俗でしたが、三日目に女の父によつて、夜の御殿で、その三日餅の祝ひがなされる。これによつても、母系家族への帝の婿入りといふ構造が透けて見えるでせう。

一夫一婦制ではないから、后は大勢ゐる。『源氏物語』の出だしに言ふやうに「女御、更衣あまたさぶらひ給ひ」である。その紫式部が勤めてゐた一条帝の後宮の場合で見れば、皇后一、中宮一、女御三、肩書不明一といふことになつて（『平安時代史事典』資料・索引編による）、いはば帝はこれら複数の家への入り婿と見立てることもできる。そして后妃たちは君寵を競ふ一助として、その下に優秀な女房を集めよう、彼女らの教養や藝の力をも自分の魅力を示すカードとして使はうとした。一条帝のときは、皇后定子には『枕草子』の清少納言が、中宮彰子《あきこ》には『源氏』の紫式部、『栄華物語』の作者であるらしい赤染衛門、あの歌人の和泉式部と伊勢大輔が仕へてゐた。それゆゑ帝はじつに多くの女たちをあやつつてゆかなければならないのだが、そのために用ゐられる有力な手段の一つが和歌であつた。平安朝の帝が夜の御殿での婿入りの儀式のとき、応神天皇の蟹の歌のやうに歌を歌つたかどうかはわかりません。しかし先程も言つたやうに、原則として後朝の歌を贈つたことはたしかです。十世紀半ばの村上天皇は、徽子《よしこ》女王が入内したとき、

思へどもなほあやしきは逢ふことのなかりし昔なに思ひけん

といふ後朝の歌を贈つた。これを受取つた徽子女王は、

昔とも今ともいさや思ほへずおぼつかなさは夢にやあるらん

といふ歌を返した。またそれ以外のときも折りに触れて和歌を后妃に贈るのは帝の勤めで、たとへば九世紀末の光孝天皇は女御が四人か五人、女御かと疑はれる方が四人、更衣が三人、更衣らしい方が一人、その他寝席に侍したと思はれる女人がすくなくとも五人、といふ艶福の帝であつたが、『仁和御集』といふこの帝の個人歌集には、十五首を収めるうち、十四首は更衣その他後宮の女人に贈つたもの、一首は更衣の返歌である。その二首を引きます。

更衣ひさしくまゐらぬに御文たまはせけるに

君がせぬわが手枕《たまくら》は草なれや泪のつゆの夜な夜なぞおく

おほむかへし

露ばかりおくらむ袖はたのまれず泪の河の瀧つ瀬なれば

平安朝の帝たちはみな（和歌の出来ばえはいろいろだつたでせうが）おほむねこんな具合に女ごころを喜ばせたり慰めたりなだめたりした。帝にも后にも代作者がゐる場合がかなりあつたでせうが、とにかく折にふれて和歌がやりとりされ、それは後宮全体の好話題となつたと思はれる。恋の歌は、色情の美化によつて彼女たちを陶酔させ、しかもその底に豊穣信仰の呪術性を秘めてゐるゆゑ、女たちの好物であつた。

これには一つ、事情がありますね。当時、日本は先進国である中国の文化に圧倒されてゐたから、男たちにとつては漢詩が格の高い詩形であつたけれど、これは女たちには親しみの持てるものではなく、和歌が女の詩形だつたのです。逆に男たちは女たちと親しくしようと思つたら、和歌を詠まなければならない。平安時代の貴族階級の恋愛は和歌ぬきではあり得ませんでした。邸の奥深くにひつそりと籠つてゐて、人に顔も姿も見せない姫君の噂を聞いて、文を寄せる。それには和歌が書いてあるのですが、花をつけた草や木の枝にその手紙をつけて贈る。和歌の出来ばえ、筆蹟、紙の色や紙質の選び方、紙と花との取合せなどが相手方の母親や女房たちによつて品さだめされます。姫君からは断られる。もちろんこれも歌で。しかしこれに懲りずに男はまた歌を贈る。また返歌がある。こんなとのくり返しの果てに話が整ふこともある。もちろん駄目なこともあります。そしてうまく行つたら後朝の歌のやりとり。それから、宮廷に勤めてゐる女房に言ひ寄るやうな場合など、歌で言ひ寄ることもあつたし、話しかけることももちろんありました。それに対して自作の歌で答へることも、古歌の一節を引用して諾否の返事がなされることもあつた。引用がわからないと軽蔑されて、諾の意向だつたのが引つくり返ることもあるから大変です。引用の範囲は大体『古今』『後撰』『拾遺』、最初の三つの勅撰集。これが正典《カノン》でした。平安貴族のかういふ恋愛風俗がどこから生じたのかは、じつに興味深い問題ですが、まだわかつてゐません。当時、紙は非常に高価でしたが、紙は普及以前はどうしてゐたか。木簡（文字を記すための木の札）や竹簡（竹の札）に書いた恋文はまだ発見されてゐないやうですが、将来、出土しないとも限らない。案外、前の時代から引きつづく貴族階級の風習かもしれないし（手紙でなく口づてで恋歌を贈る、とか）、さらには庶民だつて何かそれに類したものを使ひに伝へてもらつたり、ぢかに語りかけたりしたのかもしれない。こんな空想にふけるのは理由があるからで、南紀州の山村や大和の天川《てんのかは》地方では、一九二〇年代の半ばまで恋の謎ことばがおこなはれてゐて、これを「やまとことば」と言ひました。それは「恋に関し男女状をとりかはすとき、又他人に伝言する時の用辞」で、たとへば男が、「子守の日傘と思ひます」と言ひかける。これは、ずいぶん露骨な話でありますが「さしてゆすりたい」で、共寝したいの意、といふやうなもの。この種の言葉を集めたのが鈴木棠三編『新版　ことば遊び辞典』に収めてあります。その解説によると、草や木の葉を用ゐて恋ごころを伝へる約束事もあつたといふ。わたしはここから推定して、平安朝以前の庶民はこんな調子で恋を語つてゐたのではないか、それを極度に洗練したものが平安貴族の恋歌ではないかと考へるのです。

男の文化では漢詩の格がうんと高い。それほど中国文化に圧倒されてゐた。それはその通りなんですが、日本文化の不思議な特質があつて、先進国に学びながらも妙に独自性を主張するんですね。中国文化の恋愛蔑視に対して日本文学が恋歌、恋物語中心なのもそれですが、後宮のあり方だつて両国ではまつたく違つてゐた。日本の後宮には宦官がゐませんでした。これは中国とはもちろん違ふし、もつと広い範囲で、古い歴史のある国のなかで異例に属するらしい。顧蓉と葛金芳の『宦官』（尾鷲卓彦訳）といふ本によると、宦官はキリスト誕生以前に東西それぞれの大帝国の宮廷で活躍したといふ。ギリシア、ローマをはじめ、ヨーロッパの多くの古い国々、ビザンチン帝国、イスラム世界にはみなゐたさうです。ところが日本は違ふ。そして日本の後宮の異様な点は、それだけではなく、後宮のなかへ男たちがかなり自由に出入りしてゐたことです。后妃たちはもちろん別ですが、夜に男たちが女房たちを訪ねる様子、その物音に互ひに聞耳を立てる様子は、清少納言が一筆がきでうまく書いてゐる。こんなふうに後宮の女たちが隔離されてゐなかつたのも、やはり母系家族的なものが長くつづいた、その名残りが失せなかつた、せいでせう。宦官がゐないのは牧畜が盛んでないため、去勢技術を知らなかつたことによる、とよく言はれますが、わたしに言はせれば、もし本当に必要なら、ほかのことと同じやうに人を派遣してその技術を学び取つたと思ふ。肝腎なのはやはり母系家族制で女たちがさういふ男性支配を歓迎しなかつた、きびしく拒否したことでせう。つまり家父長的支配の宮廷ではなかつたのです。帝は女たちの女つぽい文化を大事にしなければならなかつた。

天皇と和歌との関係は多面的です。まづ自分で和歌を詠む。代作者を立ててもかまはないが、とにかく詠む恰好にする。これは呪術者を兼ねる王の仕事で、わりあひ公的な、たとへば国見の歌も、わりあひ私的な、たとへば后妃に与へる歌も、ともに豊穣とか、国土の安寧とか、四季の正しい運行とかを祈るものでした。帝が歌を詠むことは、宮廷的人間は和歌を詠むものだといふことを廷臣に示し、さらには国民に示すことになります。和歌の基本のあり方、趣味や調子を教へる性格もある。歌を詠む帝はみんなの模範だつたのです。第二に宮廷和歌のパトロンであつた。歌合(これは二グループに別れて和歌を競ふ文学的遊戯)を催させたり、和歌所を置いて古歌の研究や歌集の編集をさせたり、その他いろいろ歌道を盛んにした。この勅撰集のことは別件として扱ふほうがいいかもしれません。

第三に勅撰集を編集させた。実はこれによつて国家を文化的に統一するんですね。ベネディクト・アンダーソンは、近代国家は新聞と小説によつて想像の共同体になつたと述べてゐますが、これと似たことを古代日本の帝は和歌の詞華集によつておこなつたと見立ててかまはないでせう。帝は勅撰集によつて全国民に、恋はどういふふうにするか、風景はどういふ具合に眺めるか、四季の移り変りにはどういふ調子で接するかといふ型を教へました。彼は感受性の教師として一国に君臨したのです。しかも累代の勅撰集が背後に控へてゐますから、新しい勅撰集を編むことは、当代の帝が宮廷の伝統を継承してゐることのしるしになつたし、さらに現在、優秀な歌人や歌人＝批評家(勅撰集には撰者が必要ですから)を自分の宮廷に擁してゐることの誇示になるのでした。帝の秀歌選は和歌の詠み方の教科書、パスティーシュや部分的(?)借用のための規範となり(これはとりわけ恋歌のとき役立つ)、この借用の最も完成された、そして自覚的＝批評的なものからは、本歌どりといふ文学的方法が確立されました。

本歌どりは、たとへば『古今集』の素朴な民謡、

君をおきてあだし心をわがもたば末の松山波も越えなむ

これは「あなたといふ人がゐるのに、あたしが他の人を思ふなんてことになるなら、あの末の松山だつて浪が越えるでせう(そんなこと絶対あり得ない)」くらゐの意ですが、そ

れを本歌にして十世紀の清原元輔（清少納言の父）は、

契りきなかたみに袖をしぼりつつ末の松山なみ越さじとは

これは「かたく約束しましたね、お互ひに何度も泣きながら、あの末の松山を浪が越えないのと同じやうに二人の恋はいつまでもと。しかしそれなのに……」くらゐでせう。かういふのが本歌どり。先行作品を新しい形で利用して意味を増幅し、作品の世界を拡げる工夫は、和歌のやうな短い形式では非常に大切なことでした。

勅撰集の影響は、和歌といふ範囲内に限られたものではなかつた。他の文藝にまで及びました。『源氏物語』は『古今』『後撰』『拾遺』の三代集から生れ、『平家物語』は八番目の勅撰集『新古今』に触発されて出来あがつた。すなはち作り物語も軍記物も和歌に由来するものであつた。連歌と俳諧は言ふまでもない。能は和歌と漢詩のレトリックのパッチワークであり、歌舞伎もまた和歌からの借用によつて花やいだ。日本文学は天皇の編んだ歌集によつて成り立つてゐると言つてもいいし、さらに、日本文学の中心には天皇の和歌があると見てもかまはないでせう。

応仁の乱以後、和歌は日本文学の支配的形式ではなくなりました。支配的形式とは、エリザベス朝のイギリスにおける五幕ものの悲劇、ヴィクトリア朝のイギリスにおける三巻本の長篇小説のやうな、その国のその時代における標準的な、文学的エネルギーに最も富む、文学形式を言ひます。その応仁の乱の約二百年前を、後年、本居宣長が「歌の真盛り」と呼んだのですが、その和歌の絶頂期のころ藤原定家は『小倉百人一首』で古今の歌人百人をよりすぐるに当つて、天皇歌人としては、

天智
持統
陽成
光孝
三条
崇徳
後鳥羽
順徳

の八帝を選んだ。つまり百分の八。これはかなり高い比率であつて、定家といふ最高の歌人＝批評家が帝の和歌の重要性をよく認識してゐたことの證拠になる。しかし敢へて一人を選ぶ段になつたらどうしたでせうか。後鳥羽に決つてゐるとわたしは思ひます。後鳥羽院こそはこの名手の最も恐れてゐた、そして内心われ及びがたしと思つてゐたにちがひない歌人だからである。その評価を示すものは彼の著作のほうぼうに見られますが、一つだ

けあげるならば、名作八十三首を例歌として選んだ『近代秀歌』、このうち後鳥羽院の詠は実に四首を占めてゐるし、そしてこれが阿諛《あゆ》でなんか決してないことは、

さくら咲くとほ山どりのしだり尾のながながし日もあかぬ色かな
秋の露やたもとにいたく結ぶらん長き夜あかずやどる月かな
なき人の形見の雲やしをるらん夕べの雨に色はみえねど
袖の露もあらぬ色にぞ消えかへるうつればかはる嘆きせしまに

といふ四首が他の八十首中にあつてたぢろがない威容を見ればわかる。何しろ定家といふのは、後年、歌道において後鳥羽院と衝突しながらも、流刑の上皇の作を『新勅撰』にもまた撰入しようとしたし、それが妨げられた後も敢へて鎌倉幕府の意向を斟酌《しんしやく》せず『小倉百人一首』に上皇の作を入れた男ですから、かういふ場合に自分の評価を曲げることなどあり得ないのですね。わたしはこの、最上の天皇歌人は後鳥羽院であるとする定家の考へ方に大賛成なのですが、そこで後鳥羽院に大きく光を当てることによつて日本文学を論じたいと思ひます。しかも、在来はあまり注目されてゐない局面について話をしたい。

2

後鳥羽院を論じた最高の評論は折口信夫の『女房文学から隠者文学へ』です。これは動かないと思ふ。折口は文化人類学的文学研究を日本文学研究に取入れた学者で、それに歌人としても近代日本で有数の人でした。

折口の着眼の肝要のところはかうです。もともと天皇御製とは、天子が折りに触れて口ずさむものの場合でもお側に仕へる女官（女房ですね）が書き控へ、ついでに添削して発表するものであつた。それは優れた作の場合にはいかにも帝の歌らしい「寛《ゆた》けくて憑《たのも》しい歌風」になる。これを折口は帝王調とか至尊調とか呼んだのですが、一方、悪くすると、内容が単純で無技巧な、古風で大味で調べに感動のない、描写力の乏しいものになりがちであつた、と悪口を言ふのですね。しかし、と折口は付加へる。しかし平安朝以来、歌が好きで歌人たちのパトロンになつた帝たちはむしろこの至尊調の詠み口から遠ざからうとする傾向があつた、と。例としてあげてゐるのは三人の帝です。一首づつにとどめますよ。

村上天皇

おぼつかな野にも山にもしら露のなにごとをかは思ひおくらん

恋死なば鳥ともなりて君が住む宿のこずゑにねぐらさだめん　崇徳院

見わたせば山もとかすむ水無瀬河ゆふべは秋となに思ひけん　後鳥羽院

この三首はみな、折口が言ふ歌謡性といふことに関係があると思ひます。村上天皇の作の「おぼつかな」といふ形容詞の語幹語法は口語的表現ですし、それから人間の憂愁と泪について語るときの洒落つ気のある発想とレトリックも歌謡的である。崇徳院の詠はその奇想、粋で鮮明で衝撃的なイメージによつて、後鳥羽院のものは「なに思ひけん」といふ口語性によつて、俗謡に接近してゐる。要するに彼が指摘したのは、平安朝になつてから以後、和歌の巧みな帝が、帝王調のともすれば大味で退屈になりやすい詠み口から脱出するため、民間の歌謡に刺戟を受けた、影響を受けた、といふことですね。そして、それがとりわけはつきりしてゐるのは後鳥羽院の場合であつたと見るのです。

折口は、後鳥羽院はもともと遊興や宴遊が好きなたちで、民衆の小唄の自由な言葉づかひ、口語的表現を用ゐたといふ。実際その通りでせうね。彼は例として、

後鳥羽院

思ひいづるをりたく柴の夕けぶりむせぶも嬉し忘れがたみに
何とまた忘れてすぐる袖の上に濡れてしぐれのおどろかすらむ

をあげてゐます。どちらも愛してゐた女人の死を悲しんでの作ですが、「むせぶも嬉し」「何とまた」、かういふ言ひまはしは先程の「なに思ひけん」をも含めて、在来の天皇御製とは違ふものでした。発想も気がきいてゐるし、言葉づかひも砕けてゐておもしろいし、耳から聞いただけですつきりと頭にはいる。後鳥羽院は歌謡からさういふ特色を学び取ったのである。たとへばこんなのは、早春の京の街で傀儡《くぐつ》が歌ふ今様として絶好のものではないでせうか。

梅が枝ををればこぼるるあは雪はおのれも匂ふ心地こそすれ　後鳥羽院

それから後鳥羽院が主催した『千五百番歌合』の第一番の左方は彼の作ですが、

春たてばかはらぬ空ぞかはりゆくきのふの雲かけふの霞は

といふしやれたもので、まさしく春を祝ふ今様の歌詞にふさはしい。

わたしとしては、かういふ作柄には西行の詩法がかなり影響してゐると考へます。たとへば、

あはれいかに草葉の露のこぼるらん秋風立ちぬ宮城野の原　　西行

など、まさしく今様の歌詞に向いてゐる。口調も、イメージの鮮明さも、泪をほのめかす抒情性も、じつによく出来てゐる。『新古今集』に西行の作が九十四首（集中随一）も撰入してゐるのは、当時の歌壇の評価の高さのせいもあるけれど、しかしこの勅撰集を親撰した後鳥羽院の傾倒の深さによるといふ説があります（窪田章一郎）。その通りでせうし、その心酔の一因は西行の小唄ぶりが気に入つたのでせう。西行の母の父、つまり外祖父は今様の大好きな男で、今様の名手である藝人（遊女ですね）と同棲してゐたし、また自分で藝人たちに今様を教へたと言はれてゐます（久保田淳）。そんなわけですから、西行の和歌の小唄ぶりには伝記的な裏づけもある。後鳥羽院はこの諸国遍歴の僧に私淑してゐました。たとへば、

さびしさにたへたる人のまたもあれな庵ならべん冬の山里

西行

この「またもあれな」のナ、これはナのせいで字余りになるにもかかはらずつけてある、いかにも西行らしい特徴的なナですが、文法的に言へば持ちかけのナ（聞き手に対して発言の意図や内容を持ちかけ訴へかける）で、同時代の歌謡集『梁塵秘抄』には「海の調《しらめ》は波の音、又島廻るよな」とか、「下り藤の花やな、咲き匂《にを》ゑけれ」とかよく見かける間投助詞ですが（小林芳規）、その持ちかけのナを後鳥羽院は、

おなじくは桐の落葉もふりしけな払ふ人なき秋のまがきに

などと西行経由で（あるいは直接に今様から）採用してゐる。

本居宣長はこのへんのことに気がついてゐたかもしれません。『新古今』の評釈書『美濃の家づと』のなかで、

三島江や霜もまだひぬ蘆の葉につのぐむほどの春風ぞ吹く

源通光

について「四の句、ばかりのといふべきを、ほどのといへるは、いやしき詞にちかし」と評してゐる。また、

きく人ぞ泪はおつる帰る雁なきてゆくなるあけぼのの空　藤原俊成

について「四の句は、うちひらめたる詞なれども、此歌にてはめでたく聞ゆ」と言つてゐる。「うちひらめ」とは連俳の用語で句や言葉が俗悪とか下品とかの意。どちらも歌の姿としては非難せずに、しかし言葉が純正な歌語ではないと指摘してゐる。この「ほど」も「なきてゆくなる」も、どちらも今様にありさうな気がします。そして興味深いことに、この二首は、五人の撰者の誰が推薦したかは記されてゐない。従つて、『新古今』の編集主幹であつた後鳥羽院自身が入れた蓋然性がすこぶる高い。この帝は俗な言ひまはしを嫌ひませんでした。

ところで今様とはどういふものか。『藝能史叢説』といふ岩橋小弥太の本の受売りをしますと、今様のことは『紫式部日記』にも『枕草子』にも出て来ます。十世紀の末、十一世紀の初頭にはじまつて、十一世紀の中ごろからはやりだした。今様といふのは新しい様

式の唄といふ意味で、神楽歌、催馬楽《さいばら》、風俗歌などが古い唄、こちらは新しい唄といふ気持。はじめは民謡であつたものが職業的な歌ひ手、遊女や傀儡によつて磨きあげられ、次いで貴族のサロンにおいて洗練されました。全盛期は後白河院のころ（十二世紀なかば）。歌詞は五七五七七の短歌形式のものと五七五七五七五七のものとに二大別されますが、もちろんこれはきびしい区分ではない。かなり融通がきく。伴奏は打楽器だけ。これによつても旋律が自由であつたことがわかる、と言はれてゐます。

今様が流行したことの背景としては、まづ三つのことが考へられます。第一に平安京が都市として成熟した。保元の乱（一一五六）以後、京都は政治的な面だけではなく経済的にも重要になつた。社寺、権門、武家が京都の商工業者に目をつけ、宮廷もそれに追随した。このころ稲荷、日吉、祇園三社の祭は京都の富裕な市民の負担によつておこなはれてゐて、華美な祭礼を戒める通達が出てゐます（五味文彦『都市の中世』）。かういふ都市風俗は、当然のことながら藝能を盛んにするし、その代表はまづ今様であつたでせう。

第二に末法思想をあげなければならない。これは釋迦の入滅《にゆうめつ》後、正法、像法、末法の三時代を経て仏法が亡ぶといふ、一種の終末論ですね。末法の時代には天変地異が生じ、戦乱が相次ぐと予言してゐる。ある数へ方でゆくと一〇五二年に末法にはいることになつて、浄土教の信者である藤原道長（紫式部のパトロン）も紫式部本人もこれを受入れてゐました。平安中期から鎌倉初期までの日本はこの末法思想によつて動かされてゐたと言つていでせう。殊に保元の乱以後は、予言が見事に的中してゐるひどい時勢だつた。平安女流文学の無常観と厭世主義も、鎌倉新仏教の激しい模索も、それからもちろんあの戦記と女人往生譚との合成による仏教的叙事詩『平家物語』も、これなくしてはあり得なかつた。末法思想のせいで、人は一方において仏教に帰依し、他方において現世に執着する。今様の歌詞の最も有名なもの二つを選べば、

仏は常に在せども現《うつつ》ならぬぞあはれなる
人の音せぬ暁に仄かに夢に見え給ふ

は前者の代表である法文歌《ほうもんのうた》(仏教歌)で、

遊びをせんとや生まれけむ戯《たはぶ》れせんとや生《む》まれけん
遊ぶ子どもの声聞けば我が身さへこそ揺がるれ

は後者の最上のものでせう。この二首でもよくわかるやうに、当時の日本人の心のあり方を表現するのに今様はとても向いてゐました。

第三に、これは五味文彦さんの『武士の時代』によつて教へられたことですが、後白河

から後鳥羽にかけての時代、武士の擡頭《たいとう》によつて王権があやふくなつてゐた。そこで宮廷および貴族は文化面で張合はうとした。後白河は今様の名人である老妓について連日連夜、歌ひつづけて、咽喉をつぶすほどであつたし、今様の歌詞集『梁塵秘抄』をみづから編纂し、『梁塵秘抄口伝集』といふ自分の今様狂ひについての自伝および今様の歌ひぶりについての批評（今様好きの近臣の藝風を論ず）を書いた。いづれも部分的に残つてゐます。さらには、今様合《いまやうあはせ》を主催した。これは後鳥羽が『新古今』を親撰し、さらには『隠岐本新古今』といふ、さらによりすぐつた秀歌選を編み、また、『後鳥羽院御口伝』といふ批評を書いたこととときれいに照応しますね。口伝といふ同じ言葉を使つてゐることに注目しませう。つまり後鳥羽はまづ和歌によつて鎌倉幕府と張合はうとした。祖父と孫との、藝能による王権の誇示は、和歌の家としての御子左家（藤原俊成、定家）、蹴鞠の家としての飛鳥井家、難波家、さらには慶忠による読経の家、澄憲、聖覚、隆承とつづく唱導の家などによつて花やかに支へられてゐたわけですね。読経といふのはお経を読むことで、唱導は節や抑揚をつけて語ること。どちらも宗教的藝能でした。そして、宮廷全体がこんなふうに藝事を奨励しそれに熱中してゐる仕組であれば、今様の詩法が宮廷文化の中心である和歌に取込まれるのは筋の通つた話でせう。

ところでここまでは長い前置きなんです。わたしとしては、後鳥羽院の方法が日本文学史において占める位置の重要性について語りたい。西行と彼の和歌の小唄ぶりは、京といふ都市と後鳥羽院の指導する宮廷とを結びつけるものでしたが、その文学的方法にそれ以後の日本文学の基調とも言ふべきものを見たいのです。わたしに言はせれば、後鳥羽院は日本的モダニズムの開祖であつた。

3

モダニズムといふ文学流派は、ボードレールの美術批評のなかの「現代性《モデルニテ》」(modernité)といふ言葉によつてはじまりました。これはコンスタンタン・ギースといふフランスの画家を論じた『現代生活の画家』(一八六三)のなかで使はれてゐる。ギースは「絵入りロンドン・ニューズ」の挿絵画家で、四八年の革命、旅行先の各地、クリミヤ戦争、ロンドンやパリの都市生活、娼婦、社交界などを素描と水彩で生き生きと描いた。素描と水彩だし、複製が主な表現形態ですから、油絵の画家にくらべてぐつと格が落ちる。さういふ格式の低い画家を賞揚すること自体、横紙やぶりで挑戦的ですね。ボードレールは本人の希望だからと言つて名前を伏せ、G氏と呼ぶのですが、そのG氏についてかう述べる。

このようにして彼は行き、走り、索《もと》める。何を索めているのか? むろんのこと、この男、私が描いてきたところからも知られる通り、活潑な想像力にめぐまれ、つねに人間の大沙漠を縦横に旅行するこの孤独者は、ただの漫歩者よりは一段と高い目的、その場限りの快楽とは違った、より一般的な目的を、いだいているのだ。彼は、現代性 modernité と名づけることを許してもらいたいなにものかを、索めているのだ。なぜといって、そうした観念をあらわすのにこれ以上適当な語は見当らないのだから。彼のめざすところは、流行が歴史的なもののうちに含みうる詩的なものを、流行の中からとり出すこと、一時的なものから永遠的なものを抽出することなのだ。

(阿部良雄訳)

ボードレールに言はせると、展覧会に出品するたいていの画家が(油絵の画家のことです)、あらゆる時代に当てはまる一般的な主題を選んでゐるくせに中世やルネサンスや近東の服装や家具を使つて描く。をかしいぢやないか。その反対のことをG氏はやつてゐる。そして「現代性とは、一時的なもの、うつろいやすいもの、偶発的なもので、これが藝術の半分をなし、他の半分が、永遠なもの、不変なものなのである」。これはつまり、一時的な、うつろひやすい、偶発的な風俗を扱ひながらしかも同時に永遠なものを狙へといふ主張ですね。大時代な衣裳や装置を使はずに今日只今の生活を用ゐて不滅なものを手に入れることが求められてゐる。

十七世紀の末から十八世紀のはじめにかけて、フランスで新旧論争といふのがありました。古典古代の文学がいいか、近代文学がいいかといふ争ひで、これはやがてイギリスにも飛び火しましたが、ボードレールの批判にはこの騒ぎの名残りといふ気配がかなりある。中世やルネサンスや近東は古典古代の親類筋なんです。しかし言ふまでもなくボードレール自身の文学的宣言でもあつて、彼は現代性に富む方法によつて現代性を描くことで、当時のフランス文学の、かびくさいブルジョワ趣味に逆らつた。そして彼にはじまるこの態度は、イギリスでも、アメリカでも、ドイツでも、いや、ほとんど世界中で文学界を制覇し、モダニズムと総括される文学流派となりました。

この場合、大事なのは、現代といふのはその言葉を使ふ人がどの時代に生きてゐるかで違ふことで、つまりあらゆる時代が現代になる。「モデルン」といふ語が最初に用ゐられたのは五世紀ださうですが、これでゆくと五世紀以後のあらゆる時代が現代になり得るわけですね。しかしモデルニテとは、さういふ時代論的範疇を指すものではなくて、むしろ、同時代の風俗と精神を重んじ、技法の新しさを喜ぶ傾向を言ふ、様式論的なものなのだと取るほうがよいでせう。従つて、はなはだ逆説的な言ひ方ですが、あらゆる時代が現代であるとまつたく同じやうに、いろんな国のいろんな時代にモデルニテがある。ヴァレリーは「古代にも、中国にも、日本にもモデルニテはあつた」と書いてゐます。古代のモデルニテ。ここで思ひ出すのは、シチリア南東部にあるローマ時代の別荘跡です。これは四世紀から五世紀のころに出来たものださうですが、ある部屋の床《ゆか》のモザイクの図柄が赤や緑のブラジャーと赤いパンティの裸の娘たちが踊つてゐる様子で、二十世紀後半のビキニの水着とそつくりである。五世紀に「モデルン」といふ言葉が生じたのとぴつたり合ひますね。そしてこのローマ時代のビキニの水着と同じやうに日本の十三世紀にもモデルニテはあつた。西行や後鳥羽院が今様の言葉づかひ、呼吸を和歌に取入れたのはボードレールがギースの挿絵を褒めるのと同じで、典型的なモデルニテへの注目であつた。そのへんから考へて、『新古今』の歌人たちもまた一種のモダニズムの文学者であつたとわたしは見立てたいのです。

一体にモダニズムについて考へるときには、時間といふもの、歴史といふものが重要な装置となります。今がすぐ今でなくなるやうに、現代はやがて現代でなくなる。しかしさういふ、時間につきもののうつろひやすさ、はかなさのなかに、特異な美の形、詩情がある。花やかさ、華奢《きやしや》で贅沢な趣がある。これは日本的な美の感じ方の特徴でもあるのですが、さう言へば平安朝の日本語には「今めかし」といふ言葉があつて、これは、(1)現代的である、(2)花やかである、の両義を持つてゐました。そこで「モデルニテ」はいつそ「今めかしさ」と訳せば一番いいかもしれません。これなら軽蔑的な意味合ひになりませんもの。「モデルニテ」を「当世風」とか「今風」とか訳すのでは、どうもマイナスの方向に取られがちな危険があります。そして後鳥羽院の主宰する宮廷歌人たちの方法は、現代的である花やかさを求めるものであつた。彼らは、ちようど「絵入りロンドン・ニューズ」

の挿絵のやうに明日はもう失せるかもしれない街の小唄の口ぶりを真似ることで、その今めかしさを和歌のなかに収めようとした。そのとき彼らが末法思想のせいでかねがね抱懐し、そして日本の過半を領地としてゐた平家一族の滅亡を目のあたりに見た彼らの体験のせいでいよいよ強められた無常観は、この詩学の裏づけとして作用したのでした。

一方、今を気にかけることは昔を意識させるし、現代を楽しむことは古代を思ひ出させる。そこで新しさと伝統とがかへつて結びつく。歴史は平凡に退屈に流れてゆくものではなくなつて、現在と過去との関係に緊張関係が起り、冒険の意欲が生じる。「歴史というのは、ぼくがなんとか目を覚ましたいと思っている悪夢なんです」と『ユリシーズ』のなかでスティーヴン・ディーダラスは言ふ。古典主義が前衛を生む。

後鳥羽院は彼の編纂した八番目の勅撰集の題として『新古今和歌集』を選びました。この「新古今」といふ言葉は、もちろん、最初の勅撰集である『古今和歌集』（古《いにしへ》と今《いま》の名歌を収める）のあとにつづく気持の表現ですが、「古《こ》」と「今《きん》」との関係を新しく考へ直さう、最初の勅撰集を作つたころの宮廷では考へられなかつた文学的態度で考へよう、あるいは彼らには無意識であつたものを自分たちははつきりと意識化しよう、といふ気持の表明と取れないこともない。そして『新古今』の歌風は事実さういふ、伝統的でありながら、しかし／それゆゑ革命的なものであつた。モダニズム文学と同じやうに。

それからモダニズムの特徴的なものとしては神話的方法がありますね。これは作中人物を神話の神々や英雄に見立てる手で、モダニズムの作家や詩人や劇作家の得意の手です。代表格としては、ジョイスが『ユリシーズ』で、主人公であるダブリンの広告とりブルームをホメロスの『オデュッセイア』のオデュッセウスに、前者の妻モリーを後者の妻ペネロペイアになぞらへたことをあげませう。これは多分、ボードレールが『一八四六年のサロン』といふ美術評論のなかで、バルザックの『人間喜劇』の作中人物たちを讃美し、

現代生活の叙事詩的な面はいかなるものでありうるかを詮索し、われわれの時代が古代に劣らず崇高な主題に富んでいることを実例をあげて証明する前に、あらゆる時代、あらゆる民族が彼ら自身の美を有していたのであるからして、われわれも必然的にわれわれ自身の美を持っていることを断言できるのである。それは理の当然なのだ。
あらゆる美は、あらゆる現象の場合と同じく、永遠的なものと移り行くもの——絶対的なものと特殊なものとを含んでいる。絶対的な永遠の美というものは存在しない。いやむしろ、それはさまざまな美の全般的な面から抜きとってきた一つの抽象にすぎないのだ。（中略）
というのは、おおヴォートラン、おおラスチニャック、おおビロトーよ、『イリアス』の英雄たちもやっと御身たちの足もとに達するくらいのものなのだ。

（阿部良雄訳）

と論じてゐるのに示唆を受けて、ホメロスと現代とを重ね合せる趣向を立てたと推定されます。あの名案はここから生れたにちがひないと思ふ。そして『新古今』の歌人たちも同じことをしてゐます。宇治の橋姫伝説（宇治の橋下にゐるといふ姫神でそこへ離宮といふ神が毎夜かよふと伝へられた）と『古今』読人しらず、

さむしろに衣かたしき今宵もや我を待つらん宇治の橋姫

を踏まへ、さらには『源氏物語』宇治十帖の照り返しも利用する恰好で……そしてなかんづく「総角《あげまき》」にある本歌どり、

中絶えむものならなくに橋姫の片敷く袖や夜半に濡らさん

を思ひ浮べながら、

さむしろや待つ夜の秋の風ふけて月をかたしく宇治の橋姫　藤原定家

橋姫の片敷き衣さむしろに待つ夜むなしき宇治のあけぼの

後鳥羽院

と詠んだ。この時代の橋姫ばやりはすごいのですが、この二首で代表させます。神話の橋の女神と、宇治十帖の大君や中君、とりわけ浮舟を遠くほのかな面影にして、実は宇治橋の娼婦が歌はれてゐると見てもいいでせう。それから『新古今』には、天の河を隔ててゐた二つの星が年に一度、七月七日に逢引きするといふ七夕伝説、およびそれを祀る儀式を歌ふ歌が多いのですが、これも一種の神話的方法と見ることができる。

象徴主義の詩がモダニズム文学の重要な部分であるどころか、むしろモダニズムが発生した基盤であることは言ふまでもありません。そしてこれはむしろ、ボードレールの名前が出たとき言つて置くべきことだつたかもしれないが、『新古今』歌人たちの求めた余情《よせい》妖艶《ようえん》(直接的な表現以外の連想や余韻によつてかもし出す王朝的な優美)といふのは、縹渺《ひょうびょう》たる味はひによつて意味と情趣を増幅するもので、象徴派およびその影響下にあるモダニズム文学に通じる趣がある。余情妖艶の風はそれ以前からの王朝和歌の積み重ねのせいもあるけれど、藤原定家の探求と後鳥羽院の奨励によつていよいよ発達し洗練されました。たとへば、

春の夜の夢の浮橋とだえして峯に別るる横雲の空

藤原定家

は、春夜における閨房の快楽と後朝《きぬぎぬ》の別れとを歌ひあげてまことに官能的であり、憂愁にみちてゐる。この場合、「春の夜の……とだえして」と「峯に別るる横雲の空」とは真二つに切れてゐて、その断絶が（もちろん恋人たちの別れを表現しながら）解釈の上では想像を刺戟し、意味とイメージを曖昧にし、重層的にします。「峯に別るる」ものは「横雲」であり、また恋人たちである。男と女は夜明の空に横たはりながらしかも離れる。上の句と下の句は助詞テでつないであるけれども、この接続はまことにほのかで、これはまた男女の関係、雲の姿の表現となるでせう。

また定家の「春の夜の」の詠は、「夢の浮橋」といふ句によつて『源氏物語』の最後の巻「夢浮橋」をちらつかせ、浮舟の落飾と沈黙とによる謎めいた（とも言へる）結末を思ひ起させ、さらには『源氏』全体の世界を大きく浮びあがらせて、宮廷人の恋の種々相を喚起する。かういふ、言及と連想による複雑化は、モダニズム文学で多用されました。それから、この和歌での句切れの使ひ方は断片によるコラージュの技法と見ることもできますが、これはモダニズム文学に頻出するものでした。どちらも、ジョイス『ユリシーズ』でも、T・S・エリオット『荒地』でも、いたるところで出会ふことができる。ここでは煩を恐れて長篇小説と詩の代表作一つづつしかあげないことにします。

文学は言葉で作るといふのは、モダニズムがマラルメから継承した方法論でした。それ以前は、とりわけ小説の場合など、思想とか題材とかが何となく優先されてゐたのに、言語に対する意識がぐつと高まつた。小説は言葉で書くものになつた。これはジョイスとその弟子たち、たとへばアントニー・バージェスなどの作品を思ひ出せばよくわかることですが、ジョイスと対立したブルムズベリー・グループの作家たち、ヴァージニア・ウルフやE・M・フォースターの場合でも変らない。そして『新古今』歌人たちの言葉への執着はすさまじいもので、藤原定家は「詞は古きを慕ひ、心は新しきを求め」と教へ、さらにはもつと激しく、「詞は三代集、先達の用ゐる所を出づるべからず」(『古今』『後撰』『拾遺』の三集にある言葉しか使つてはならない)と断じた。一方にはこの極端な保守主義的古典主義があり、中央のところに藤原俊成の提唱した『源氏物語』にある言葉はみな認めるといふ立場があり、そして他方には口語性その他歌謡の口調の採用があつて、これはみな彼らが言葉に憑かれてゐたことの證しでした。

前にもすこし触れましたが、モダニズムの一番目につく特徴は、常に新しさを求めることです。技法的にも、題材的にも「新」を探す。発明し、発見し、それを競ひあふ。詩でも、小説でも、戯曲でも、新工夫の手見せの連続でしたし、その点でまづ思ひ浮ぶのは文学ではジョイス、美術ではピカソでせう。ジョイスの長篇小説が、子供の言葉づかひから青年の記す日記までの文体の移り変りによる教養小説『若い藝術家の肖像』から出発して、『ユリシーズ』といふパロディの大聖堂を通過し、つひには世界中の言語の集大成と言ふか、それとも言葉のバベルの塔と言ふか、人工語による叙事詩『フィネガンズ・ウェイク』に到達する、その道筋は、油絵におけるピカソの変幻きはまりない経歴と並んで、いはば新種の蝶を採集する秘境の旅の連続のやうなものだつた。そして、彼ら二人が典型的にさうですが、辺境の出身者である文学者、藝術家たちがパリに集まり、そこで互ひに刺戟しあつたといふ条件は、彼らの前衛的な関心をいつそう強めました。その流派では「新しさ」が伝統となつたのです。かういふ「新」に惹かれてやまないモダニズムの態度と似たものは、後鳥羽院を中心とする『新古今』歌壇にもあります。句切れ（断片性によるモンタージュ）とか、本歌どり（先行作品による連想およびパスティーシュないし反転の趣向）については前に触れました。歌枕（地名による喚起）や、体言どめ、縁語、序詞などについても論じたいけれど、くだくだしくなりさうな気がするし、新味もないので遠慮することにしませう。ここでは一つ、『新古今』歌人たちがどんなに新しさを競ひあつたか、在来さほど言はれてゐない問題点について調べてみたい。

藤原俊成の建久六年（一一九五）の詠に、

またや見ん交野《かたの》の美野《みの》の桜がり花の雪ちる春のあけぼの

があります。謙虚なことで有名な俊成が「すこしはよろしきにや」と言つたといふ自讃歌で『新古今』編纂の際、五人の撰者（実は真の撰者である後鳥羽院の助手たち）のうち、有家、定家、家隆、雅経の四人が推薦した秀歌。おもしろいのはノが助詞のノ、「交野」のノ、「美野」のノ、「あけぼの」のノを含めて七つあること。名匠によるこのノの多用は非常な影響をもたらした。正治二年（一二〇〇）院後度歌合において、慈円は、

あまのはら富士のけぶりの春の色の霞になびくあけぼのの空

と、これも七回使つてゐます。これも『新古今』撰入歌。撰入推薦者は雅経。そして岩波「新日本古典文学大系」本の注釈者は、「助詞の『の』で語を畳み上げてゆく手法は、イメージや情調の重層をねらった新古今風の適例」と評してゐます。その通りでせう。千五百番歌合（一二〇二年ごろ）では、

藤原俊成女

風かよふ寝ざめの袖の花の香にかをる枕の春の夜の夢

と六回。これも『新古今』にある歌で推薦者は雅経。彼はノで調子を高めてゆく技法が好きだつたらしいし、もちろん後鳥羽院もこれを好んだからこの和歌が撰入したのである。ところが同じ千五百番歌合のとき、七百五十七番右、藤原家隆の、

鐘の声しぎの羽音もあはれなり野寺の霧の明け方の空

について判者の藤原定家は「右歌、のの字六かさなりて侍るやあまりに侍らん」と咎めてゐます。そしてかういふ、ノの多用の流行とそれについての反省のあげくに、承元元年（一二〇七）最勝四天王院障子和歌の、

み吉野の高嶺《たかね》の桜ちりにけりあらしも白き春のあけぼの　　後鳥羽院

といふ、ノを五回も用ゐてしかも何のうるささも感じさせない名作が生れたのでした。このノをめぐる挿話は、斬新さを求める歌壇の気風をよく示すものではないでせうか。

こんな調子でモダニズムと『新古今』との共通点をあげて行つたら切りがない。いい加減でやめなくちやなりません。しかしその前にどうしても言つて置かなくちやならない項

目が一つある。それは批評および批評家の位置の高さといふことです。モダニズムにおける批評の指導性は、あの文学流派がボードレールの美術批評からはじまつたことでもよくわかります。ヴァレリーもエリオットも詩人＝批評家だつた。ジッドもトーマス・マンもすばらしい評論を書いた。プルーストの場合、ジョイスの場合に典型的ですが、そもそも彼らは前の時代の文学的方法に不満だつたから自分たちの文学的世界を切り拓いたのでした。そしてこれと符節を合するやうに、『新古今』は批評的性格の勝つた、知的な文学運動の成果でした。もともとわが王朝和歌は勅撰集が中心でしたが、詞華集を作るにはどうしても撰者が必要だし、それはつまり批評家なのですが、とりわけ勅撰集の場合、古歌と当代の歌とを二つながら収録し、しかも古歌が在来の選択と重ならないことが求められる。当然の結果として、新しい文学意識、文学的感覚によつて埋れてゐた古歌を拾ひあげることが要請されます。これは、シェイクスピア劇の演出家が新演出を工夫しなければならないのとよく似てますね。安易な趣向では駄目ですから辛いことは辛い。でも、批評性が砥ぎすまされます。それに歌合（二組に分れて同じ題で和歌を競ふ）には判者がゐなければ勝負がつきませんから、ここでも批評家の出番になる。すなはち、勅撰集の撰者、歌合の判者といふ必要のせいでもともと批評性が豊かだつた王朝和歌なのですが、それが『新古今』時代になると、文学が成熟したせいで文学者および読者の意識が知的になり、自覚と反省の度が増した。比較と分析の能力が高まつた。十三世紀に、俊成女の作と推定される、数人の女が語りあふ形式の物語論および歌論の書『無名草子』があります。これは世界文学でも珍しい先駆的な小説批評でせうが、それはともかく、かういふものが書かれたのは、この時代、女たちが座談で、文藝評論めいた話をしてゐたことの反映でせう。そしてもちろん男たちもやつてゐたと思ふ。おもしろいのはこの本で某女が、女で勅撰集の撰者になつた者がゐないのは残念だと発言してゐることで、これは詞華集の編集を批評的行為ととらへてゐることの證拠となるでせう。かういふ具合に批評が重んじられる時代だつたからこそ、藤原定家のやうな歌人＝批評家が出現し、また後鳥羽院のやうな歌人＝批評家である帝王が現れたと言へる。どちらも詞華集や小詞華集を編み、それに歌論書をあらはしました。あるいは、彼らのやうな歌人がゐるせいで、時代の批評的気運は盛り上つたと言つてもいいでせう。

4

芭蕉の『柴門の辞』、これは近頃は『許六離別の詞』と呼ばれてゐるやうですが、そのなかにかうあります。

予が風雅は夏爐冬扇のごとし。衆にさかひて用る所なし。ただ釋阿、西行のことばのみ、かりそめに云《いひ》ちらされしあだなるたはぶれごとも、あはれなる所多し。後鳥羽上皇のかかせ玉ひしものにも、「これらは歌に実《まこと》ありて、しかも悲しびをそふる」とのたまひ侍《はべり》しとかや。さればこのみことばを力として、其細き一筋をたどりうしなふる《(ママ)》事なかれ。

自分の文学は世間一般のものと違つて、夏のストーブ、冬の扇のやうなもの、何の役にも立たない無用の遊びである。しかし藤原俊成や西行の和歌となると、その場かぎりの軽い作でも趣が深い。『後鳥羽院御口伝』にも「彼らの和歌は心がこもつてゐてしかも哀愁を味はせる」とあるさうだ。あなた（許六）も後鳥羽院のこのお言葉を忘れないやうにしなさいよ。まあそんな所なんでせうが、つまりこれは芭蕉が、自分の文学的立場は『新古今』を受けつぐものであり、後鳥羽院は偉大な批評家であると認めたものですね。芭蕉のこの台詞を読むと、彼がごく初期のころ、

たんだすめ住めば都ぞ今日の月

霜枯れに咲くは辛気の花野哉

などと、はやり唄を取入れることが好きだつたのが思ひ出される。前者は歌謡集『松の

葉』にたとへば、「たんだ振れ振れ六尺袖を」などとあるのの応用。「たんだ」は「ただ」の強め。「住め」と「澄め」をかけてありますね。後者は隆達小唄の「辛気の花は夜に咲く」(夜になるとくさくさする)を使つた。芭蕉はたぶん、ああいふ試みは単なる若気の至りではなく、むしろ『新古今』に通じる今めかしさの探求なのだと、自分の出発点をふりかへつてゐたのでせう。「あだなるたはぶれごとも、あはれなる所多し」といふのは、まさしく、今様の歌詞を取入れて和歌を詠む後鳥羽院の方法の宣揚であり、再確認であつて、さらに言へば現代性の美を評価する宣言でありました。

もちろん『新古今』の方法は古くからの日本文学によつて培はれたものでした。『新古今』歌人たちは『万葉集』を勉強しましたし、『源氏物語』は彼らにとつて最も親しみ深い古典であつた。しかし彼らが自分たちの文学の成熟と清新さとをはつきりと自覚し、意識化したのは、彼らの時代の宮廷文化といふ環境があつてはじめて可能なことで、その宮廷の最高の指導者は後鳥羽院であつた。彼はその歌壇の豪気なパトロン、鋭い批評家、優秀な歌人を兼ねてゐたのです。そしてこの『新古今』=後鳥羽院的な文学理念は、藤原定家の選んだ『小倉百人一首』によつて江戸期以後の日本人の文学趣味を規定しました。これはカード形式の詞華集でして、江戸の人々および現代日本人はこれでカルタ取りをして遊ぶ。一人の読み手が一首をゆつたりと読むと、何人かの取り手は、前にでたらめに並べてある下の句だけ書いたカードからその歌のカードを取る。このカルタ取りは、イギリス人のクロスワード・パズルと並ぶ国民的文学遊戯だと思ひますが、わたしたちはかなりの程度、この百首に教はつたやうにして風景を鑑賞し、恋をする。さらに言へば、この百首によつて、いはば全国民的に、現代性を尊ぶ感受性を磨きつづけたのです。

吉田健一はどこかで、明治維新以後いろいろな文学思潮が西洋から渡来したけれど、そのなかでどういふわけかモダニズムだけが最もよい影響を与へ、すぐれた作品を生んだと述べてゐます。たしかに、ロマン主義も、自然主義も、社会主義リアリズムもあまり役に立たなかつたのに、モダニズムだけは目覚ましい成果をあげた。そしてわたしに言はせれば、かういふことになつた理由は明白です。だつてもともと『新古今』のせいでモダニズム的性格が用意されてゐたのだから。現在といふ時間を強く意識して未来へと進んでゆく勇敢さ、そのときの人間の生き方の花やかさ、それを尊ぶことこそわが文学の伝統でありました。前に引用した藤原俊成、すなはち釋阿の和歌にしても、交野《かたの》の狩場に花の雪ちる景色をふたたび見ることができさうもない老年を、単に嘆いてゐるのではない。もちろん悲哀の情はあるけれども、いま年老いた身で春のあけぼのの美に立会ふことに感動して、言葉の藝の限りを盡すのである。うつろひやすさ、はかなさと永遠とがいつしよにあるといふ不思議な時間性、そこに生じる優美さこそ、日本文学の基本の調子であつた。それを色恋の風情から四季の移り変りの趣まで総括し、もののあはれ（人間として生きることにつきまとふ憂愁）と本居宣長は呼びました。この出典は『拾遺』読人しらず、

春はただ花のひとへに咲くばかりもののあはれは秋ぞまされる

あたりでせうが、これは単なる「春秋のくらべ」（春と秋とどちらが好きかを論じあふ宮廷遊戯）の歌ではなく、「秋」には「飽き」が秘めてあつて、男女の仲のもつれを暗示する。恋を得る喜びよりも失ふ悲しみのほうが風情があるとほのめかしてゐるのぢやないでせうか。もののあはれといふ言葉づかひはずいぶん茫漠としてゐるけれど、それゆゑかへつて国民的な美感の要約として成功してゐる。とりわけ春夏秋冬と色恋とが渾然として一体になるところが、日本人の心のあり方の表現としてよく出来てゐた。そして宣長の文学的原点は『新古今』でしたから、そのもののあはれといふ美意識を宣長に教へた最大の功労者は後鳥羽院でした。

吉田健一が、西洋から輸入された文学流派の影響について語つたとき、念頭にあつたのは、多分、横光利一とか、堀辰雄とか、梶井基次郎とか、そのへんの三〇年代の作家だつたと思はれますが、わたしはもつと広く夏目漱石や谷崎潤一郎の小説も入れて考へて、その上で彼の説に賛成したい。ええ、この二人こそ代表的なモダニズム作家だと見るのですね。しかしモダニズム作家としての漱石については別の評論で詳しく書きましたから、ここでは省略しませう。是非とも触れて置かなければならないのは谷崎である。

谷崎潤一郎は生涯を通じてモダニズム小説を書きつづけました。注目に価するのは、その谷崎が一九〇八年、学生時代に『増鏡に見えたる後鳥羽院』を書いて、あの上皇が政治になど関心を寄せず「美的生活」に専念すればよかつたのにと惜しみ、しかもその二十五年後、中期の名篇『蘆刈』において、後鳥羽院の離宮のあつた水無瀬で月見をする話からはじめてお遊様といふ女人のことを叙す物語を作つたことです。そこでは、いはばあの上皇の栄華によつてこの美女の贅沢三昧をごく自然なものに思はせる仕掛けになつてゐる。これは一種の神話的方法で、その点でもモダニズムの作家としての彼の面目躍如たるものがありますが、どうやらこの帝は谷崎が終生あこがれてゐた人物であつたらしい。この敬慕の念、親愛の情の底には、モダニズムに通じる日本美の探求者としての後鳥羽院へと寄せる思ひがあつた。さう断定して差支へないでせう。

重要なのは、その後鳥羽院への高い評価が純粋に審美的＝文学的なもので、明治政府が国民に強要した天皇崇拝とか、フレイザーが『黄金の枝』であつかふやうな国王信仰とか、さういふ筋合のものではなかつたといふことである。彼は趣味が育くまれ洗練される場としての宮廷を尊び、貴族的な文化に好意を寄せてゐたし、われわれの社会にさういふ場がないことを嘆いてゐたけれども、天子の権威を利用して勢力を張るとか、恋闕《れんけつ》の志に名を借りて芝居がかつたことをするとか、あるいはその種の行為を肯定賛美するとか、さういふ傾向とはまつたく無縁でした。そしてこれはわたしと後鳥羽院との関係についても同じことである。改めて言ふのもをかしいくらゐですが、わたしは王政主義者（royalist）ではないし、歌人、批評家、アンソロジスト、そして晩年は流刑囚となりながらしかも歌道に打込んでゐた帝は、わたしの文学的先輩なのである。大岡信は、かつて、わたしの文学的立場を十数項目に要約したことがありますが、とりわけそのなかの、

「宮廷」そのものではなくて「宮廷文化」。
政治的復古主義ではなく文化的古典主義。

といふ箇所は、後鳥羽院中心の日本文学史論ともいふべきこの話の結びとして、ふさはしいものでありませう。

注

「国の秀」は在来の解釈ではホは稲穂のホと同じで「国のすぐれたところ」とされてゐましたが、大野晋『日本語の形成』は「穂」をタミル語 pū の移入として pū には、

1 flower, blossom. 2 lotus flower. 3 cock's comb. 4 richness, fertility, flourishing condition. 5 crop of wet cultivation. 〔1. 花　2. 睡蓮の花　3. 鶏のとさか　4. 豊穣、繁栄　5. 湿地でとれる作物〕

の意があるといふタミル語辞典の説明を引く。この第四義を採用すれば、古代の帝の歌がきれいに意味が通る。

後記　これは二〇〇〇年十一月、国際交流基金ケルン日本文化会館、ローマ日本文化会館および在ドイツ日本大使館の招きによつて、ケルン、ベルリン、ローマにおいておこなはれた講演に大幅に加筆したものです。

あとがき

これはひよつとすると、わたしと国学院大学との関係を記念するために書かれた本かもしれない。何年もかかつてやうやく書きあげた今、わたしはそんな感傷にひたつてゐる。本郷の英文科を卒業して間もないころ、わたしを国学院大学に世話して下さつたのは平井正穂先生と小津次郎さんであつたが、ここで十数年を過すことによつて、ある種の恵まれた青春を、あるいは青春の一部分と中年の一部分とを、わたしは生きることができた。一つには、何と言つても故菊池武一教授の寛容な人柄のせいで、外国語研究室に数多くの優れた同僚がゐたためである。そこにはたとへば安東次男さんがゐた。故橋本一明がゐた。中野孝次がゐた。菅野昭正がゐた。清水徹がゐた。飯島耕一がゐた。これに加ふるに、まへまへからの知りあひである篠田一士や川村二郎や永川玲二がゐた。わたしはかういふ特異な世界において、まことにのんびりと何かを準備することができたのである。しかもこの大学は明治維新以前の日本文学の研究を表看板にしてゐて、その面でも国文科の同僚たち、殊に佐藤謙三教授にいろいろと教はることができたし、図書館には中学のときの同級生、三矢正旦がゐて、国文学を読まうとする英語教師のためにあれこれと便宜をはかってくれたのだ。

しかし、わたしが『新古今』に熱をあげることになつたのは、今となつては遠い昔のある日、何かの用で菊池さんのお宅に伺つた際、書架にあつた「日本歌学大系」の端本を見て、借りて帰つたのがきつかけのやうな気がしてならない。そのなかの『東野州聞書』に書きとめてある、

藤原定家

生駒山あらしも秋の色に吹く手染の絲のよるぞ悲しき

の正徹の分析にたちまち心をとらへられたのである。それは当時わたしが、永川玲二、高松雄一、小池滋、沢崎順之助、その他の同僚たちと一緒にジョイスの『フィネガンズ・ウェイク』を読みながら、主として彼らのおかげで発見することができた『フィネガンズ・ウェイク』解読の方法と何一つ変るところがないやうに感じられた。このときわたしは日本の中世文学を理解し、それと同時に西欧の二十世紀文学を理解したのではなからうか。あるいは、明治維新以後百年の文学の歪みを知つたのではなからうか。エリオットの言ふ

「伝統」といふ概念の真の理解は、まことに奇妙なことに、あるいは当然なことに、わたしの場合「日本歌学大系」によつてもたらされたのである。わたしは夢中になつて中世の歌論を読み、『新古今』を読んだ。あるいは、ジョイス＝エリオットの方法によるものとしての『新古今』を読んだ。わたしがホメロス以後、ないし柿本人麿以後の文学の正統に近づくためには、ただこの態度しかなかつたのである。

そしてわたしは二重三重に恵まれてゐた。『新古今』の読み方について教へを乞うたとき、佐藤さんは言下に、本居宣長以降のいはゆる新注に就くことをしりぞけ、連歌師たちの注釈を読めと語ったのだ。わたしは自信をもつて、『フィネガンズ・ウェイク』や『荒地』をはじめとする二十世紀のイギリス文学と、『拾遺愚草』や『後鳥羽院御集』を代表とする日本中世文学との鮮明な対応といふ線をたどることができた。図書館の書架でたまたま手にした『後鳥羽院御百首』の室町期の古注によつて、小学教科書で教はつて以来、久しいあひだ疑問としてゐた、

我こそは新じま守よ沖の海のあらき浪かぜ心してふけ　　後鳥羽院

の謎がとけたのも、このころだつたやうな気がする。そしてこの歌にこだはることは、必

然的に、折口信夫の学問へとわたしを導いて行つたし、『女房文学から隠者文学へ』といふかけ値なしの傑作はわたしと『新古今』との関係をいつそう深いものにしてくれた。それは日本文学史全体のなかに後鳥羽院と定家とを据ゑることによつて、実は彼らを世界文学のなかにまことに正しく位置づけてゐたのである。しかもこの場合もまた、佐藤さんが折口信夫のいはゆる門下ではなく、そのくせ彼の学問に心から敬意を払ふ人であつたことが極めて好都合だつた。わたしはそのため、この偉大な詩人＝批評家の成果をすこぶる気ままな立場で参照することができたのである。

ついでに書いておけば、もう一つこんなこともあつた。わたしが国学院大学をやめた年の春、彼一流の優しいいたはり方で、野坂昭如が山陰へ連れ出してくれたとき、皆生の宿で、とつぜん隠岐へゆかうといふ話になつたのである。あのときわたしは、後醍醐さんのほうはともかく後鳥羽院には縁があるから、と言つたのではないかしら。ただし、暗い陵の入口にある歌碑の、

蛙なく勝田の池のゆふだたみ聞かましものは松風の音

といふ和歌は読んだことのないものだつたし（これは風水の隠岐紀行『おきのすさび』に収める十一首のうち）、後鳥羽院としてはいい出来とは思へないけれど。あの島でわたし

がいちばん感動したのは、陵の隣りの、後鳥羽院を祀る隠岐神社の花ざかりにたまたま出会つたことである。あの満開の桜は「ながながし日もあかぬ」と言ひたいくらゐきれいだつた。わたしはこの景色を『笹まくら』に取入れることにして、徴兵忌避者と家出娘とに隠岐神社で花見をさせたのだが、あとで気がついてみると、野坂も『受胎旅行』のなかで、どうしても子供を授からない夫婦にこのお宮の花を眺めさせてゐた。

かういふ思ひ出話をいちいち書きつけてゐてはきりがない。この本を書くに当つては、今は国学院大学の学長である佐藤さんにたいそうお世話になつた。家庭教師格として、わたしのかつての同僚である岡野弘彦氏をつけて下さつたのも佐藤さんで、岡野さんは忙しいなかを年譜まで作つてくれた。もつとも、何も隅々まで相談しながら書いたわけではないし、この本の責任がすべてわたしにあることは言ふまでもない。その点では、これは国学院大学の関係者ではないけれど、漢文日記の読み方についてときどき教へていただいた東京大学の辻彦三郎氏の場合も同様で、もし間違ひがあればそれはすべてわたしの責任である。なにぶん素人の勉強だから、これら三氏のお力添へがなければ、この本はつひに日の目を見なかつたのではなからうか。厚く感謝したい。三矢正旦に対しては、本を選んだり、電話で問ひ合せると大急ぎで調べたり、よくもこれほど親切にしてくれたと思ふが、これは何しろ子供のころからのつきあひだからと甘えることにしようか。

筑摩書房の川口澄子さんと持田鋼一郎氏は、怠けてばかりゐるわたしをじつにうまい具合に励ましてくれた。感謝の微意を献げるのはもちろんだけれど、それよりもまづあれだけの熱心さに対してこの程度の本でしか酬いることができないのは申しわけないやうな気がする。殊に心残りなのは後鳥羽院の連歌について書けなかつたことで、これはわたしの不勉強のせいである。他日を期したい。

丸谷才一

一九七三年四月二十四日、菊池さんの一周忌の日に

第二版あとがき

三十年以上も前、『後鳥羽院』を書いたとき、将来は連歌論を添へて第二版を出したいと思つた。その連歌論は出来なかつたけれど、三篇を加へてこの第二版が成つた。後鳥羽院の連歌で百韻なり五十韻なり完全な形で残るものがなく、付合のすぐれたもののいくつかが『菟玖波集』で読めるだけでは仕方がなかつたらう。これだけ断片的な僅かなテクストでは、わたしを机に向はせるだけの感興が湧かなかつたのである。いはゆる研究ならば可能かもしれないが、しかしそれはわたしには不向きなこと。連歌論は諦めるしかなかつた。

ただし『王朝和歌とモダニズム』において小唄と和歌とのかかはりを論じたあたりには、この帝の連歌への熱中に通じるものがいくらか探られてゐる。すぐれた詩人＝批評家である後鳥羽院は、王朝和歌を痩せ衰へさせないため小唄のいきを学んだと同様に、連歌の遊戯性や社交性を和歌に取入れようと企てた。そして藤原定家の晩年における連歌への惑溺は、むしろ王朝和歌の純粋を守るための処置であつたやうで、二人の態度はここでもまた一見相似てゐながらしかし対蹠的である。

『隠岐を夢みる』はむしろ折口信夫論だらうが、わたしは折口の『女房の文学から隠者の文学へ』を片手に後鳥羽院の領土に迷ひ込んだのだから、その評論の解読をここに収めるのは不当ではないはずである。それにこれもまた、和歌と歌謡との関係を扱つてゐて、わたしの関心の筋は明らかにつづいてゐる。

『しぐれの雲』はもともと『歌人としての後鳥羽院』に繰入れるべきものかもしれない。事実、一度はさうしてみたのだが、どうも坐りが悪いので、はづしてⅡのなかに置くことにした。従つてⅠは元版所収のものだけで成立つてゐる。Ⅱに収める三つの評論中、最も早く書かれた『しぐれの雲』は、いはばⅠを総括し、あとにつづく二篇へと案内する役を引受けてゐるやうだ。

『後鳥羽院』を書きながら、本文は新かなづかひで引用は歴史的仮名づかひといふ方式が厄介で、ほとほと閉口した。そこで考へてみると、新かなといふものの奇妙さがじつによくわかつたので、歴史的かなづかひ（ただし字音かなづかひはこれをしりぞける）で原稿を書くことに改めたのである。歴史的かなづかひで書いた最初の小説が『横しぐれ』であり、さうすることの宣言が『日本語のために』であつた。『後鳥羽院』を書くことは文学の伝統の重要性をわたしによく認識させてくれたのだが、事は表記法にまで及んだと言つてもいいかもしれない。

これだけの歳月が流れたのだから当り前の話だけれど、元版あとがきに出て来る人々のうちかなりの数の方が世を去つた。とりわけこの本にゆかりの深い佐藤謙三さんと川口澄子さんのことを思ふと、お二人に第二版を読んでいただけないのが本当に寂しい。それにつけても岡野弘彦さんが健在で（つい一昨日も大岡信さんと三人で歌仙を巻いたばかり）、年譜に手を入れて下さつたのは嬉しいことである。あつく御礼申上げる。

二〇〇四年七月七日

丸谷才一

初出一覧

歌人としての後鳥羽院　『日本詩人選10　後鳥羽院』一九七三年六月　筑摩書房刊（書きおろし）

へにける年　『日本詩人選10　後鳥羽院』一九七三年六月　筑摩書房刊（書きおろし）

宮廷文化と政治と文学　「文藝」一九七二年四月号　河出書房新社刊

『日本詩人選10　後鳥羽院』一九七三年六月　筑摩書房刊

しぐれの雲　『岩波講座文学3　言語』一九七六年二月　岩波書店刊（原題「言葉で作る世界」）

『新々百人一首』一九九九年六月　新潮社刊

隠岐を夢見る　『折口信夫全集』第九巻月報一九九五年十月　中央公論社刊

「中央公論」一九九五年十一月号　中央公論社刊

王朝和歌とモダニズム　「文学界」二〇〇一年一月号　文藝春秋刊

後鳥羽院年譜

岡野弘彦編

〔○印は院自身に直接関係する事項〕

治承四年（一一八〇）　一歳

二月五日、藤原定家（十九歳）、この日から『明月記』を書き始める。

二月二十一日、高倉天皇譲位。言仁親王＝安徳天皇践祚（三歳、高倉天皇第一皇子、母は建礼門院徳子）。

五月十七日、源頼政、以仁王を奉じて挙兵し、宇治平等院で自死（二十六日）。

六月二日、平清盛、後白河法皇・高倉上皇を奉じて福原に遷都する。

○七月十四日、尊成親王（後鳥羽院）五条町の亭に生まれる。高倉上皇第四皇子で、母は七条院藤原殖子（贈左大臣藤原信隆女）。乳母は藤原兼子（範兼女）。

八月十七日、源頼朝、伊豆に挙兵。九月七日、源義仲、信濃に挙兵。

九月、定家、『明月記』に「世上乱逆追討、耳に満つと雖も之を注せず、紅旗征戎吾が事に非ず」と記す。

養和元年（一一八一）　二歳
一月十四日、高倉上皇、頼盛池亭に崩ずる（二十一歳）。
閏二月四日、平清盛、九条河原口の平盛国邸に没（六十四歳）。

寿永二年（一一八三）　四歳
二月、後白河法皇、釈阿（藤原俊成）（七十歳）に『千載和歌集』の撰進を命ずる。
七月、平氏、安徳天皇を奉じて都落ち。
○八月二十日、後白河法皇の詔により、尊成親王、三種神器のないまま践祚して第八十二代後鳥羽天皇となる。

元暦元年（一一八四）　五歳
○七月二十八日、後鳥羽天皇即位式。

文治元年（一一八五）　六歳
三月二十四日、安徳天皇、入水（八歳）。平氏一門西海に滅ぶ。

文治二年（一一八六）　七歳
三月十二日、藤原（九条）兼実、摂政となる（三十八歳）。
十二月、後白河法皇六十賀。

文治四年（一一八八）　九歳
四月二十二日、『千載和歌集』奏覧（序文は前年九月二十日とする）。

文治五年（一一八九）　十歳
○四月三日、藤原任子（宜秋門院。摂政兼実女）の、後鳥羽後宮に入内の院宣。

建久元年（一一九〇）　十一歳
○一月三日、後鳥羽天皇元服。
一月六日、女御任子入内の屏風歌（作者は兼実・俊成・季経ら）。
○一月十一日、藤原任子、後鳥羽女御として入内する（十八歳）。
二月十六日、西行没（七十三歳）。
四月二十六日、女御任子、後鳥羽天皇の中宮となる。
九月十三日、藤原良経、九条の自邸で「花月百首」を披講（作者は慈円・定家・藤原季経・藤原有家ら)。

建久二年(一一九一)　十二歳

十二月十七日、兼実、関白となる。

建久三年(一一九二)　十三歳

○二月十八日、天皇、後白河法皇の病気を見舞い、遺言を受ける。

三月十三日、後白河法皇、六条西洞院宮に崩ずる(六十六歳)。

七月十二日、源頼朝、征夷大将軍となり、鎌倉幕府定まる。

建久四年(一一九三)　十四歳

この年、左大将藤原良経の主催で、「左大将家百首歌合」(六百番歌合)(俊成判、その判詞の中に、「源氏見ざる歌よみは遺恨事也」の言あり。作者は慈円・顕昭・寂蓮・定家・家隆・季経・有家ら十二名)。

建久六年(一一九五)　十六歳

三月、源頼朝、上洛。六月、鎌倉に帰る。この間に慈円と和歌七十余首を贈答する。

○八月八日、任子中宮、第一皇女昇子内親王（春華門院）を生む。
○十二月二日、第一皇子為仁親王（土御門天皇）生まれる。母は承明門院源在子（内大臣通親養女）。

建久七年（一一九六）　十七歳

○十月十六日、第二皇子長仁親王（道助法親王）生まれる。母は藤原信清女。
○十一月五日、天皇賀茂に行幸。
十一月二十五日、兼実、源通親の讒言によって関白の職を解かれる。その娘の中宮任子も宮中を退出。近衛基通を関白に任ずる。

十二月五日、昇子内親王、八条院（鳥羽天皇皇女、母は美福門院藤原得子。以前、以仁王を猶子とする）の猶子となる。

建久八年（一一九七）　十八歳

○三月十六日、天皇、大炊斎院（式子内親王）邸に蹴鞠を遊ぶ。
三月、式子内親王（後白河法皇第三皇女）、蔵人橘兼仲・僧観心らの陰謀事件に関係あるかと疑われて出家か。

七月二十日、俊成、式子内親王の求めにより、『古来風体抄』（初撰本）を執筆。

○九月十日、第三皇子守成親王（順徳天皇）生まれる。母は修明門院藤原重子（従三位式部少輔範季女、十六歳）。

建久九年（一一九八）　十九歳

○一月九日、天皇、譲位のために斎院邸大炊殿に移る。

○一月十一日、後鳥羽天皇譲位。為仁親王、践祚して土御門天皇となる（四歳）。これより後鳥羽上皇の院政始まる（承久三年七月まで、土御門・順徳・仲恭天皇の三代、二十三年に亘る）。関白基通を摂政とする。

○一月二十七日、上皇、俄かに通親・高能・女房一人のみを従えて法性寺殿に御幸。上皇の日夜御歴覧のさまを定家は「惣じて毎日毎夜此儀あり、牛馬を馳せらる」（明月記）と記す。

この月、源通親、後院別当となる。

○二月十四日、上皇、石清水八幡参詣の帰途、通親邸で宴遊。

○二月十九日、上皇、鳥羽殿に御幸。競馬および鶏合を催す。

○二月二十六日、賀茂御幸。

○二月二十六日・二十七日、上皇、最勝寺で蹴鞠。

○二月、上皇、西郊の女院御所におもむく。

○八月十六日、熊野御幸（第一回）。
○この年、後鳥羽院皇子覚仁親王（母は舞女、滝）生まれる。

正治元年　（一一九九）　二十歳

一月十三日、源頼朝没（五十三歳）。二十六日、源頼家、征夷大将軍となる。
○三月十七日、大内観桜御幸で詠歌。
○八月、熊野御幸（第二回）。

正治二年　（一二〇〇）　二十一歳

○二月、上皇、殿上で諸臣に修正会を模した遊びをなさしめる。
四月十五日、守成親王、皇太弟となる。
○七月初め、北面御歌合。
○七月、上皇、初度百首和歌を召す（作者は上皇・式子内親王・良経・俊成・慈円・寂蓮・定家・家隆ら）。

むかしよりいひしは是か夕かすみ霞める空のおぼろなる月
吉野山木ずゑさびしくなりぬともなほやすらはん花のあたりは

○七月十八日、歌合。

○八月一日、新宮歌合。
○八月以降、上皇、第二度百首和歌を召す（作者は上皇・雅経・具親・家長・長明・宮内卿ら）。
いかに言ひいかにかすべき山の端にいさよふ月の夕ぐれの空
○八月二十六日、三百六十番歌合（無判。作者は上皇・式子内親王・兼実・良経・俊成・慈円・定家ら）。
○秋のころ、水無瀬離宮造営。
○九月三十日、二十四番歌合（俊成判。作者は上皇・通親・定家ら）。
○九月、仙洞十人歌合を催す（衆議判。作者は上皇・良経・慈円・定家・雅経・家隆ら）。
歌会（定家出席せず？）。
○十月一日、院当座歌合（衆議判。作者は上皇・定家ら）。
同日、皇太弟守成親王、式子内親王の猶子となる。
○十月十一日、院当座歌合（定家・寂蓮判）。
○十一月七日、新宮歌合（作者は上皇・定家ら）。
○十一月八日、源通親亭影供歌合（作者は上皇・俊成・定家ら）。
○十一月、熊野御幸（第三回）。十一日、熊野において歌会。帰途二十九日、住吉社で詠歌。

○十二月二十三日、水無瀬離宮に御幸（定家ら供奉）。
○十二月二十六日、源通親亭影供歌合（作者は上皇・家隆・慈円・雅経ら）。
○この年、後鳥羽院皇子雅成親王生まれる。母は修明門院重子。

建仁元年　（一二〇一）　二十二歳

○一月十八日、影供歌合。
一月二十五日、式子内親王、大炊御門斎院邸に没す（四十八、九歳）。
○二月十六日―十八日、老若五十首歌合（衆議判。作者は上皇・良経・慈円・定家・家隆・宮内卿ら）。
○三月十六日、通親亭影供歌合（衆議判。作者は上皇・俊成・慈円・定家・長明・有家ら）。

山家暮春
暮れぬとも霞はのこれ柴の戸のしはしも春の忘れがたみに
○三月十九日―二十三日、上皇、水無瀬御幸（定家ら供奉）。江口・神崎の遊女を召して、郢曲・神歌を聞く。
○三月二十九日、新宮撰歌合（俊成判。作者は上皇・良経・俊成・慈円・定家・長明ら）。
○この月、内宮御百首。

露しげき鳥羽田の面の秋かぜにたまゆらやどる宵の稲妻

○この月また、外宮御百首。

狩人もあはれ知れかし秋かぜに妻こふ鹿の夕暮の声

○四月二十六日—五月初め、上皇、鳥羽離宮に御幸（定家ら供奉）。二十六日、鳥羽離宮北殿管絃和歌会。三十日、鳥羽殿影供歌合。

暁山郭公

時鳥こゑはつかの山の端の有明の月にしばしやすらへ

同日、当座歌合。

五月初め、城南寺歌合。

○六月、上皇主催の千五百番歌合の百首歌詠進始まる（判者は上皇・忠良・俊成・良経・定家ら十人。作者は上皇・俊成・良経・定家・俊成女・宮内卿・家隆・有家・雅経ら三十人）。

荻の葉に身にしむ風はをとづれてこぬ人つらき夕暮れの雨

○七月二十七日、上皇、和歌所を院御所（二条院）に再興。寄人に良経ら十四人を任ずる。また八月五日、開闔に源家長を任ずる。

○七月二十八日、院当座歌合。

○八月三日、和歌所初度影供歌合（俊成判。作者は上皇・良経・俊成・定家・長明ら）。

初秋暁露
昨日までかゝる露やは袖におく秋来にけりなあかつきの風

○八月十五日、和歌所十五夜撰歌合（俊成判。作者は上皇・良経・俊成・定家ら）。

月前松風
庭の松の木の間もりくる月かげに心づくしの秋風ぞ吹く

○九月十三日、和歌所影供歌合。

○十月、仙洞句題五十首和歌（作者は上皇・良経・慈円・俊成女・宮内卿・定家。点者は上皇・良経・慈円・俊成・定家・寂蓮）。

月前虫
秋ふけぬ鳴けや霜夜のきりぎりすや、影さむしよもぎふの月

○十月五日—二十六日、熊野御幸（第四回。内大臣源通親ら供奉し、定家は『熊野御幸記』を著わす）。帰途、水無瀬離宮に一泊。

○十一月三日、上皇、『新古今和歌集』の撰進を定家・有家・通具・家隆・雅経・寂蓮の六人に命じる。

○十二月二十八日、石清水社歌合。

○この年、後鳥羽院第二皇女礼子内親王（母は藤原信清女）生まれる。

建仁二年（一二〇二）　二十三歳

○一月十三日、和歌所年始歌会。
○二月十日、院影供歌合（作者は上皇・通親・慈円・俊成・定家ら）。
○三月二十二日、和歌所三体和歌会（作者は、上皇・良経・慈円・定家・家隆・寂蓮・長明）、および当座歌合。

関路雪

鶯の鳴けどもいまだ降る雪に杉の葉白き逢坂の関

○四月七日―十一日、水無瀬離宮に御幸。田楽・風流を見物する。
○五月二十六日、鳥羽離宮に御幸。仙洞（城南寺）影供歌合を催す（衆議判。作者は上皇・良経・俊成・定家・俊成女・慈円・長明ら）。
○五月二十八日―六月十三日、水無瀬離宮に御幸。白拍子を召して、歌舞を見物する。
○六月三日、水無瀬釣殿当座六首歌合（上皇判。作者は上皇と定家）。

久恋

おもひつつ経にける年のかひやなきただあらましの夕暮れの空

○七月十六日―二十五日、水無瀬に御幸（定家ら供奉）。白拍子を召して遊ぶ。
七月二十日、寂蓮没（六十四、五歳か）。
七月、俊成卿女、後鳥羽院に仕える。

○八月二十日、影供歌合、および当座歌合。
○八月二十六日、守覚法親王（後白河法皇第三皇子）没（五十三歳）。
○八月、上皇、乳母の藤原兼子のため安楽心院で行なわれた修会に臨幸。
○九月六日頃、千五百番歌合（初度百首・二度百首・三度百首を歌合として結番した。『仙洞百首歌合』とも言う）に対する判者に、歌合判進の命を下す。判進完了は年末から、翌建仁三年初頭の頃か。
○九月十日―十六日、水無瀬離宮に御幸。
○九月十三日夜、水無瀬殿恋十五首歌合（俊成判。作者は上皇・良経・慈円・俊成女・定家ら）。

月残る弥生の山の霞む夜をよよしと告げよ待たずしもあらず

○九月二十六日、若宮撰歌合（上皇判）。
○九月二十九日、水無瀬桜宮十五番歌合（俊成判）。
○十月十九日、上皇、大炊御門京極に新御所を造る。
○十月二十日、源通親没（五十四歳）。
○十二月二十五日、藤原良経、摂政となる。
○冬、上皇、宮中において辻祭りを模した獅子舞・尻舞・王舞などの諸芸をよび、神輿渡御の真似を諸臣に演じさせ、遊び興ずる。

建仁三年（一二〇三）　二十四歳

○一月十五日、高陽院御会。

○二月二日、夜、大炊御門京極の新御所、馬場殿と共に焼失（放火との説あり）。

○二月二十三日、上皇御所に放火あり。

○二月二十五日、上皇、良経に桜の花を贈り歌を贈答する。

今日だにも庭を盛りとうつる花消えずはありとも雪かとも見よ（上皇）

誘はれぬ人のためとや残りけん明日より先の花の白雪（良経）

○三月、熊野御幸。

○五月十日―十四日、水無瀬御幸。

○六月十六日、和歌所影供歌合。

○七月十五日、八幡若宮撰歌合（俊成判。作者は上皇・良経・俊成・慈円・俊成女・長明ら）。

○七月、熊野御幸。

○八月十五日、和歌所当座五首和歌。

来てとはん人のあはれと思ふまで澄めかし秋の山里の月

○九月七日、源実朝、征夷大将軍となる（二十九日、源頼家を修善寺に幽閉し、北条時政が執権となる)。
○十一月十八日、上皇、十二社に奉幣の使を送る。
○十一月二十三日、釈阿(俊成)九十の賀を和歌所に催し、上皇も屏風歌を詠む。
桜さく遠山鳥のしだり尾のなが〳〵し日もあかぬ色かな
山の蟬鳴きて秋こそふけにけれ木々の梢の色まさりゆく
○十一月二十六日―十二月一日、奈良に御幸。

元久元年(一二〇四)　二十五歳

春、鴨長明、出家して大原にこもる。
○七月十一日―十六日、宇治に御幸。十六日に歌会を催す。
○七月、後鳥羽院皇子朝仁親王(道覚法親王。母は更衣尾張局)生まれる。
○八月八日、上皇の五辻殿新御所完成。
○八月十五日、五辻殿初度御会。
○八月、上皇、源家長より定家の上皇御歌に対する評を聞き、不快の念を持つ。
○十月二十九日、石清水社当座歌合。
○十月、上皇、安楽心院における乳母藤原兼子の供養に、公家を連れて参会する。
○十月、更衣尾張局、朝仁親王を産んで後、健康復せず亡くなる。上皇は歎きの歌を慈円に贈る。
何と又わすれて過る袖の上にぬれて時雨のおどろかすらん
○十一月十日、和歌所において春日社歌合（衆議判。作者は上皇・良経・俊成・慈円・定家・雅経ら）。
○十一月十一日、北野宮歌合（衆議判。作者は上皇・良経・有家・定家・家隆ら）。
わが恋は槇の下葉にもる時雨ぬるとも袖の色にいでめや
○十一月三十日、俊成没（九十一歳）。
○十二月、住吉社三十首御会。
○十二月、賀茂上社三十首御会。
さ百合葉の葛城山のみねの月暁かけて影ぞすずしき
○十二月、賀茂下社三十首御会。
庭の雪も踏みわけがたくなりぬなりさしても人を待つとなけれど
○十二月、八幡三十首御会。
○この年、後鳥羽院皇子寛成親王（尊快法親王。母は修明門院重子）生まれる。

元久二年（一二〇五）　二十六歳

一月三日、土御門天皇元服（十一歳）。

○二月二十六・二十七日、安楽心院御幸。
○三月十三日、日吉社三十首和歌。
ほの〴〵と春こそ空に来にけらし天のかく山霞たなびく
冬の夜の長きをおくる袖ぬれぬ暁がたの四方の嵐に
○三月二十六日、『新古今和歌集』奏覧。同夜、竟宴。
○三月二十八日、上皇、『新古今』の切り継ぎを命じ、以後しきりに続けられる。
○六月十五日、上皇、元久詩歌合を催す（作者は上皇・良経・慈円・定家・俊成女ら）。
見わたせば山もと霞む水無瀬川夕べは秋と何おもひけん
○七月十八日、北野社祈雨歌合。
○閏七月三日、上皇の宇治別業、放火によって焼失。
閏七月十九日、北条義時、執権となる。
○秋、上皇の命によって藤原公継、高陽院御所を造営し、庭に西洞院河の水を引く。
○十月二十七日、上皇、水無瀬殿の御堂供養を行ない、亡き更衣尾張の菩提をとむらう。
その翌日、慈円と歌を贈答。
思ひいづるをりたく柴の夕煙むせぶもうれし忘れがたみに（上皇）
おもひいづる折りたく柴と聞くからにたぐひしられぬ夕煙かな（慈円）
○この年、上皇、鎌倉幕府調伏のため、白河に最勝四天王院を造営。

建永元年（一二〇六）　　二十七歳

○一月十一日、高陽院和歌御会。
○二月二十八日、熊野本宮焼失。
○三月七日、摂政良経、自邸で就寝中に急死（三十八歳）。
○五月、熊野御幸。
○七月二十五日、卿相侍従歌合（衆議判。作者は上皇・慈円・定家ら）。
○七月二十八日、和歌所当座歌合。
なき人の形見の雲やしをるらん夕べの雨に色はみえねど
袖の露もあらぬ色にぞ消えかへるうつれば変る歎きせしまに
○八月三日、上皇、鳥羽離宮内に新御所を設けて御幸。
○八月五日、鳥羽新御所で初の管絃歌会。
○八月八・九日、城南寺で鶏合。
○八月十五日、夜、鳥羽離宮の船中で詠歌を行なう。
○九月、上皇、宮中で蹴鞠・琵琶・双六・隠れ遊びなどに興じる。
○十月十七日、後鳥羽院第二皇子長仁親王、出家（道助法親王、仁和寺十二代門跡）。
○十二月、熊野御幸。

熊野の本宮焼けて、年のうちに遷宮侍りしにまゐりて

契りあればうれしきかかる折りにあひぬ忘るな神も行末の空

承元元年（一二〇七）　二十八歳

○一月二十二日、和歌所年始御会。

二月十八日、幕府、専修念仏を禁じ、法然・親鸞流される。

○三月七日、鴨御祖社歌合・賀茂別雷社歌合（作者は上皇・慈円・定家・家隆・俊成女・有家ら）。

四月五日、九条兼実没（五十九歳）。

○六月、最勝四天王院名所障子和歌（上皇撰。作者は上皇・慈円・定家・家隆・俊成女・有家ら）。

み吉野の高嶺の桜ちりにけり嵐も白き春のあけぼの

橋姫の片敷き衣さむしろに待つ夜むなしき宇治の曙

○十一月、最勝四天王院御堂供養を行なう。

この年、定家、小倉山荘を営む。

承元二年　（一二〇八）　二十九歳

○一月二十四日、水無瀬院詩歌合。
○二月二十三日、内宮三十首御会。
　ほととぎす雲井のよそに過ぎぬなり晴れぬ思ひの五月雨のころ
○同日、外宮三十首御会。
　山里は峯のあま雲とだえして夕べ涼しき真木の下露
○四月七日、雅経、上皇の蹴鞠をよくすることを表し奉る。
○四月、上皇、二回にわたり尊長法印（藤原能保男。上皇の側近）の春日の僧房に臨む（政治問題についての相談か）。
○閏四月四日、和歌所御会。
○五月二十九日、住吉社歌合（作者は上皇・慈円・定家・家隆・雅経ら）。
　奥山のおどろが下も踏みわけて道ある世ぞと人に知らせん
○七月十九日、上皇の命により、岡崎に御所竣工。
○十一月十九日、天皇、水無瀬行幸。
○十二月二十五日、皇太弟守成親王、元服（十二歳）。
　この頃、長明、日野の外山に方丈の庵を結ぶ。

承元三年（一二〇九）　三十歳

八月十三日、定家、『近代秀歌』を書きあげて実朝に贈る。

承元四年（一二一〇）　三十一歳

○五月、熊野御幸（第十二回）。

○八月十一日、院川崎御会。

○九月二十二日、粟田宮歌合。

○十月、熊野御幸。

十一月二十五日、上皇の命により土御門天皇譲位。皇太弟守成親王践祚して順徳天皇となる（十四歳）。

建暦元年（一二一一）　三十二歳

○閏一月二十一日、蹴鞠の法式を定める。

○閏一月、熊野御幸。

十月十三日、鴨長明、飛鳥井雅経の紹介により、鎌倉において実朝と会う。

十一月八日、後鳥羽院第一皇女昇子内親王没（十七歳）。

○十一月、熊野御幸。

建暦二年　（一二一二）　三十三歳

○二月二日、上皇、定家の邸の柳二本を召す。
○二月二十五日、上皇、大内の花見に御幸し、詠歌。
我ならで見し世の春の人ぞなきわきても匂へ雲の上の花
○三月末、長明の『方丈記』成る。
○八月十七日、仙洞御遊。今様・白拍子・散楽などを演じさせる。
○十二月二日、二十首御会。
人もおし人もうらめしあぢきなく世をおもふ故にもの思ふ身は
○十二月十日、上皇、馬場殿で鳩合をする。
○十二月十八日、有心無心連歌会を催す。
○十二月二十五日、馬場殿で連歌会。
○十二月二十八日、連歌会を催す。

建保元年　（一二一三）　三十四歳

○一月十日、院連歌会。
○一月十七日、上皇より定家に生涯の詠歌より二十首を撰進すべしとの命あり。

○七月十七日、松尾社歌合。
○閏九月十九日、仙洞歌合（定家判）。
○十二月十四日、水無瀬殿当座御会。
十二月、『金槐和歌集』（実朝）成る。

建保二年（一二一四）　三十五歳

○一月十六日、上皇、延暦寺根本中堂に法華経祈禱を行なう。
○二月三日、内裏詩歌合。
六月十日、後鳥羽院第二皇女礼子内親王、嘉陽門院となる。
○八月二十日―九月十一日、水無瀬御幸。
○八月二十七日、水無瀬馬場殿院撰歌合。
明石潟浦ぢ晴れゆく朝なぎに霧にこぎ入るあまのつり舟
○九月十三日、内裏和歌会。
宵よひに思ひやいづる和泉なる信太の森の露の木枯し
○九月十四日、和歌所和歌会。
○九月二十日、熊野御幸。

建保三年　（一二一五）　三十六歳

○六月二日、和歌所四十五番歌合（衆議判。作者は上皇・定家・慈円・俊成女・家隆ら）。

わけゆけばその色となきみやま木も秋は身にしむ風の音かな

○十月八日、熊野御幸。

建保四年　（一二一六）　三十七歳

○二月、上皇、「仙洞百首和歌」をまとめる。

四月十一日、有家没（六十二歳）。

閏六月八日、鴨長明没（六十四歳）。

○八月十六日、熊野御幸。その途次二十日、湯浅宿で当座和歌会。

○十月十一日、庚申、嵯峨殿で詠歌。

建保五年　（一二一七）　三十八歳

○四月十四日、庚申御会。

○同日、歌会の後に連歌会（庚申連歌百韻）を催す。

いづれの浦と詠めわくらん

浅みどり春のしほやの薄煙　後鳥羽院御製

○九月三十日、熊野御幸。

建保六年（一二一八）　　三十九歳

十月十日、順徳天皇皇子懐成親王（母は東一条院立子）生まれる。
○十月二十三日、熊野御幸。
十一月二十六日、懐成親王、皇太子となる。

承久元年（一二一九）　　四十歳

一月二十七日、実朝、鎌倉鶴岡八幡宮前で暗殺される（二十八歳）。
○二月、幕府、上皇の皇子を将軍とすることを願う。
○三月八日、水無瀬殿御歌会。
○三月、上皇、幕府に摂津の長江・倉橋二庄の地頭職改補などを命じる。
○七月、上皇、大内守護源頼茂を討つ。
七月十九日、上皇勅願所の最勝四天王院が破壊される。
○十月十日、最勝四天王院御幸。定家ら供奉して詠歌する。
○十月十六日、熊野御幸。

承久二年（一二二〇）　四十一歳

○二月十三日、上皇の再三の召しによって、ようやく参上した定家の歌の詠みぶりを怒って、上皇、定家を勅勘。

○三月一日、琵琶合。

○三月五日、熊野御幸。

○十月四日、上皇、情勢切迫したため、討幕祈願所の最勝四天王院を壊す。

○この月より後、上皇、道助法親王家五十首和歌に加点する。

○十一月の五節に、上皇、不興の故をもって右大将公継を閉門、定輔を突鼻《とつび》（譴責）、忠清・信能・範房らを恐懼に処する。

この年、後鳥羽院皇子寛成親王、出家（尊快法親王）。

承久三年（一二二一）　四十二歳

○二月四日、熊野御幸（三十一回）。

三月十一日、飛鳥井雅経没（五十二歳）。

四月二十日、順徳天皇譲位。皇太子懐成親王践祚して仲恭天皇となる（四歳）。

五月三日、高倉天皇第三皇子惟明親王（上皇の異母兄）没（四十三歳）。

○五月十四日、上皇、京都守護伊賀光季を討ち、執権北条義時追討の院宣を下す（承久の乱)。

○六月、上皇方敗れる。幕府軍、京都を攻略。

○七月六日、上皇、院政を廃す。この間、院御所の造営・移転は十八回に及ぶ。

○同日、後高倉院(高倉天皇第二皇子守貞親王。上皇の同母兄)院政をとる。

○七月八日、上皇、出家。導師は第二皇子の御室道助法親王。落飾に先立ち、藤原信実(隆信の子)を呼んで出家前の姿を描かせ、完成後、生母の七条院に贈る。法名は金剛理、あるいは良然。

七月九日、仲恭天皇廃帝となる。茂仁親王(父は後高倉院。母は北白河院基家女)践祚して、後堀河天皇となる(十歳)。

○七月十三日、上皇、隠岐に流される。

七月二十日、順徳上皇、佐渡に流される。

七月、雅成親王(後鳥羽院皇子)、但馬に流される。上皇方大将藤原秀能(和歌所寄人)、熊野に出家。

八月十六日、後高倉院、太上法皇となる。

閏十月十日、土御門上皇、土佐に流される(翌々年五月、阿波に移される)。

○この年頃、『八雲御抄』(順徳院)の初稿成る。

貞応元年（一二二二）　四十三歳

四月、幕府、承久の乱後の守護・地頭の所務を定める。

貞応二年（一二二三）　四十四歳

五月十四日、後高倉院没（四十五歳）。

元仁元年（一二二四）　四十五歳

六月十三日、北条義時没（六十二歳）。

六月二十八日、北条泰時、執権となる。

嘉禄元年（一二二五）　四十六歳

七月五日、藤原頼実没（七十一歳）。

九月二十五日、慈円没（七十一歳）。

○この年頃、『後鳥羽院御口伝』成るか。

嘉禄二年（一二二六）　四十七歳

一月二十七日、藤原頼経、征夷大将軍となる。

○四月二十二日、後鳥羽院御自歌合（上皇自撰歌二十首を歌合にまとめ、家隆が判する）。

わたつうみの波の花をは染めかねて八十島遠く雲ぞしぐるる（左、海辺時雨）

さらぬたに老は涙もたえぬ身にまたく時雨と物思ふころ（右、雑）

八月十八日、京都に大火。

十月二日、雅成親王（後鳥羽院皇子）出家する（二十七歳）。

安貞元年（一二二七）　四十八歳

九月二日、源通具没（五十七歳）。

安貞二年（一二二八）　四十九歳

九月十六日、上皇の母、七条院藤原殖子没（七十二歳）。

寛喜元年（一二二九）　五十歳

八月十六日、上皇乳母藤原兼子没（七十五歳）。

寛喜二年（一二三〇）　五十一歳

二月、安嘉門院邦子内親王（後高倉院皇女）、後堀河天皇准母として皇后となる。

寛喜三年（一二三一）　五十二歳

二月十二日、後堀河天皇皇子秀仁親王（母は道家女藤原竴子）生まれる。

十月十一日、土御門上皇、阿波に崩御（三十七歳）。

前年からこの年にかけて、二年、大飢饉。

貞永元年（一二三二）　五十三歳

八月十日、執権泰時、関東御成敗式目を制定。

十月二日、定家、『新勅撰和歌集』の序および目録を奏覧。

十月四日、後堀河天皇譲位。秀仁親王、践祚して四条天皇となる（二歳）。これより後堀河上皇の院政となる。

天福元年（一二三三）　五十四歳

十月十一日、定家、出家して明静と称する（七十二歳）。

○この年、上皇の命により藤原基家・家隆、三十六人の和歌を撰進し、藤原信実、三十六歌人の画像を進覧する。

文暦元年（一二三四）　五十五歳

五月三十日、仲恭天皇崩御（十七歳）。

六月三日、定家、『新勅撰和歌集』の草稿本を奏覧する。

八月六日、後堀河上皇崩御（二十三歳）。

嘉禎元年（一二三五）　五十六歳

五月二十七日、定家、頼綱のもとめにより嵯峨中院の別荘障子色紙形に古来の歌人百人の歌各一首を書く（小倉百人一首これによって成るか）。

この年をもって、『明月記』（定家）の記事終わる。

○この年あたり、『時代不同歌合』（上皇撰）成るか。

嘉禎二年（一二三六）　五十七歳

○七月、上皇、遠島御歌合を催す（隠岐から家隆に命じ、在京の家良・基家ら十六人の歌各十首を召し、上皇が八十番の歌合に合せみずから判詞を書く）。

　軒はあれて誰か水無瀬の宿の月すみこしままの色やさびしき（左、後鳥羽院）

　さびしさはまだ見ぬ島の山里を思ひやるにもすむ心ちして（右、家隆）

十月二十三日、家隆、出家する。

○この頃、『隠岐本新古今和歌集』成る（上皇みずから精撰して、三百数十首を除去し約千六百首を残す）。

嘉禎三年　（一二三七）　五十八歳

○四月九日、藤原家隆没（八十歳）。

延応元年　（一二三九）　六十歳

○この頃、『後鳥羽院御百首』成るか。

我こそは新じま守よおきの海の荒き浪風こころして吹け

遠山路いくへも霞めさらずとてをち方びとの問ふにもなければ

ながむれば月やはありし月やあらぬうき身はもとの春にかはれる

○二月二十二日、上皇、隠岐国海部郡苅田郷の遷幸の地に崩ずる。苅田山中に火葬し、遺詔によって国忌・山陵を置かず。藤原能茂、御骨を納めて京都に帰り、大原西林院に安置する。

仁治元年　（一二四〇）　没後一年

○五月二十九日、上皇に顕徳院の号を奉る。また別に隠岐院ともいう。

この頃、『承久記』また『うたたね』（阿仏尼）成る。

仁治二年（一二四一）　没後二年

○二月八日、大原法華堂供養、同日、上皇の御骨を西林院より法華堂に移す。

八月二十日、藤原定家没（八十歳）。

仁治三年（一二四二）　没後三年

一月九日、四条天皇崩御（十二歳）。

六月十五日、北条泰時没（六十歳）。

○七月八日、顕徳院を改めて後鳥羽院とする。

九月十二日、順徳上皇崩御（四十六歳）。

宝治元年（一二四七）　没後八年

○この年、幕府は後鳥羽上皇の御霊の祟りをおそれて、鶴ケ岡雪の下の新宮に鎮祭する。

解説　モダニズム文学という視点

湯川　豊

1

『後鳥羽院　第二版』が二〇〇四年九月に単行本として刊行されたとき、改めて通読してみた。ⅠとⅡに大別され、Ⅰは『日本詩人選10　後鳥羽院』そのまま。そのⅠの最後に置かれた「宮廷文化と政治と文学」を読み直したとき、ちょっと奇妙な感想をもったのだった。

冒頭に、近代日本文学では後鳥羽院の評価はきわめて低い、低いどころかほとんど無視されているようなものだ、という意味の記述がある。え、そうだろうか、と私は心の中でつぶやいた。後鳥羽院は『新古今和歌集』の実質上の撰者としてあまねく知られている。さらに「我こそは新じま守よ沖の海のあらき浪かぜ心してふけ」の帝王ぶりの詠者として、歌人天皇では随一の評価を得ているではないか、と思ったのである。

しかし丸谷才一氏は冒頭で後鳥羽院への低い評価を指摘した後、それは明治維新以後の藤原定家否定の流れと連動していて、正岡子規が定家に替って批評家の第一人者になり、その子規の理想の歌人は実朝であったとていねいに説明している。そこまで読んで、私は自分の馬鹿げた錯覚に気づいた。

後鳥羽院と、院が精魂こめてつくりあげた『新古今』への評価は、丸谷氏が一九七三年に「第一版」にあたる『日本詩人選10　後鳥羽院』を書いたのを契機として、ようやく見直される流れに乗るのである。そして「第二版」が刊行されたのは二〇〇四年九月、三十年余の歳月が後鳥羽院への見方を大きく転換させたわけだが、転換を推進したのは他ならぬ丸谷氏の本だった。私はそのことを忘れていた。「第二版」を通読したとき、「第一版」から「第二版」までの歳月の流れをうかつにも意識していなかった。

丸谷氏は、たとえば一九七八年に、『日本文学史早わかり』という、勅撰和歌集によって日本文学史を区分する画期的な一書を世に問うている。これも王朝和歌の再評価という点で後鳥羽院を正しく位置づけることに繋がっている。また一九九九年に刊行された大作『新々百人一首』も、王朝和歌を全体的に理解し直すための、すばらしい達成だった。しかし、そもそもの始まりはやはり『日本詩人選10　後鳥羽院』であり、これはまさにエポックを画するような仕事だった。清新で、従来の評価をひっくり返す力に充ちていた。

それだけにそこで丸谷氏がとった方法は、きわめて周到だった。

後鳥羽院の代表的な歌を一首ずつ取りあげて、その解釈と鑑賞を精密に展開したのである。それが「歌人としての後鳥羽院」の章で、この部分は国文学の専門書のような趣きがある。しかしあえていえば、これだけのびやかに、またこれだけ深く和歌にこもる「詩」を取り出した文章は、残念ながら専門書で見ることはむずかしいに違いない。

本歌どりという技法によって成り立つ歌の姿の徹底的な探究。本歌どりによって言葉がたちまち重層的なイメージと意味をもち、予期しなかった新しい場所から詩情が現われる。さらに、後鳥羽院に固有の、帝王調という柄の大きな歌いぶり。同時に、歌謡性を生かした、歌い捨てるような小唄ぶり。そこからユーモアと、エロティックな気配が漂い出てくる。そのような、後鳥羽院についてのこれまでになかったような新しい解釈が、一首ずつに則して具体的に語られた。

もう一つ重要なのは、同時代随一の職業詩人であった藤原定家との複雑微妙な関係を解明したことである。これは「歌人としての後鳥羽院」の章でも随所に示唆されてはいるが、次に置かれた章「へにける年」の主要なテーマだった。

後鳥羽院にとって、藤原俊成の相弟子ともいえる息子の定家の和歌は、言葉への機敏きわまりない反応（反射神経といってもよいか）によって、近代的ともいえる新しい詩を実現した。後鳥羽院はそのことを誰よりも高く評価しながら、定家の「藝術家」志向が許容できなかった。「純粋詩」に向かう詩人の孤独が気に入らない。

後鳥羽院にとっては、宮廷こそが詩が実現されるべき場所であり、自分こそがその場所を取り仕切るパトロンでなければならないという強い自覚があった、と丸谷氏は二人の歌の評価をめぐる具体的なやりとりを紹介しながら述べている。そのような丸谷氏が院と定家を見る目は、丸谷氏の文学観そのものに深く繋がっているように私には思われる。

《文学者と文学者との真の関係は、互ひにどれほど影響を受けたかといふことにしか存しないだらう。そして彼らは反目し対立する晩年において実は最も深く互ひに影響を与へ合つた——》(「へにける年」)

こういう文章の中に、人間の詩と真実が見透されているのを知るのである。

2

I部について、丸谷氏がその構成も含めていかに周到に配慮したかを述べた。言葉を換えていうと、従来不当に評価の低かった後鳥羽院(と『新古今』)の和歌を、それがいかに傑出しているかを示すために、具体的に、明解に読み解いてみせたのである。一九七三年に後鳥羽院を論ずるにあたっては、最も適切な書き方だったに違いない。

しかし、それだけに後鳥羽院の和歌の特色がきれいに整理されて語られているとは必ずしもいいがたい。整理され、抽象的なレヴェルの言葉でそれが語られるのは、「第二版」すなわち本書のII部においてである。

とりわけ「しぐれの雲」の章で、私はそのことを感じた。「わたつうみの波の花をば染めかねて八十島《やそしま》とほく雲ぞしぐるる」という一首から始まる、院の歌の縦横自在の読解である。その点では「第二版あとがき」でいうように、これは「歌人としての後鳥羽院」に繰入れてもいいような文章なのだが、結局、独立した章としてⅡ部の冒頭に置かれた。そしてここでは、院の歌の特色が一段とわかりやすく整理されている。だから丸谷氏の主張を論じようとするときには、この「しぐれの雲」から取り出していくのが手っとり早いといえるだろう。

院の歌風の特徴を次のような四点にまとめることができる（この解説文の1で指摘したことと重なるけれど、重複をいとわず、ここでもう一度書いておく）。

①本歌どりの真髄がここにあること。それは、詩的言語の操作による詩情の探究ということに他ならない。

②象徴詩風の、意味とイメージの重層性が詩の核心をつくる。これは①の方法の当然の帰結ともいうべきことで、後鳥羽院がその中心にいる『新古今』時代の和歌の新しい方向だった。

③神話的方法の導入。「伝説によりかかって世界を構築する」神話的方法は、『新古今』時代の流行でもあった。七夕説話、橋姫伝説が歌人たちにたいそう好まれた通りである。しかし、この神話的方法については、Ⅰ部「歌人としての後鳥羽院」中の「橋ひめのかた

しき衣さむしろに待つ夜むなしきうぢの曙」を扱った項で、多くの頁を費やして徹底的に論じられている。それにつくほうが、より充分に理解する近道かもしれない。

④院の歌における、帝王調（至尊調とも）と歌謡性の、奇蹟ともいうべき同居。この点は、後鳥羽院だけが実現し得た歌風といってもよく、同時代随一の職業歌人藤原定家との差異にもなった。すなわち、院と定家との文藝上の対立の一因でもあったといえるだろう。

ただし、この帝王ぶりと小唄ぶりの同居については、「しぐれの雲」の章でも語られてはいるけれど、次章にあたる「隠岐を夢みる」が正面から取りあげているテーマである。折口信夫という近代日本がもった特異な天才を素材にして、後鳥羽院の調べの意味に肉迫した章に、私たちも移っていかなくてはならない。

3

「隠岐を夢みる」は、折口信夫論でもある。折口の『女房文学から隠者文学へ』という複雑に錯綜した論考をもののみごとに読み解いてゆくのだから、卓抜な折口論になったのは当然であった。折口信夫の論に寄り添いながら丸谷氏はいう。

> 後鳥羽院は今様や宴曲などの民衆的な歌謡調を存分に自分の歌に取り入れた。それによって、王朝和歌に新しい局面を開いた。さらにそのいっぽうで、後鳥羽院は天皇歌人の第一人者として、帝王調（至尊調）をごく自然に身につけていた。歌謡性と帝王調が院の歌

のなかでしっくりと結びつき、類を見ない歌風をつくりあげている。そういう丸谷氏の指摘は的のまんなかを射ているように正確であろう。

「隠岐を夢みる」は、さらにその先が興味津々なのである。

《折口は自分を後鳥羽院になぞらへてゐたし、この帝を長い時間を隔てての自分の好敵手と目してゐた。》

という一節があり、その「自分を後鳥羽院と見立てたくなった動機」を具体的に挙げてみせる。その詳細にここでふれる余裕はないが、さらにもう一つ驚くべき指摘がある。大歌人でもあった折口の、同時代の大詩人北原白秋への抜きがたい嫉妬がそこに絡んでくるという丸谷氏の議論である。これは近代日本文学の流れを見透している丸谷氏以外には不可能ではないか、と思わせるすごみがある。半ば茫然としながら深く納得するしかない。最後に折口の『近代悲傷集』の一篇「やまと恋」における「小唄ぶり」を紹介し、この天才の達成を祝福するのは、丸谷氏らしい、しゃれた挨拶のしかたであろう。

後鳥羽院の歌謡調を愛する丸谷氏は、たとえば現代詩においても、田村隆一の晩年のライト・ヴァースなどがことのほか好きだったのを、私は自然に思いだした。王朝和歌での歌謡調の実現は丸谷好みでもあったといえるだろう。

さて、「王朝和歌とモダニズム」は、丸谷氏の王朝和歌論の集大成という趣きがあって、この大著のしめくくりとしてまことにふさわしい論考である。

日本の宮廷において、古代から中世にかけて（応仁の乱あたりまで）、母系家族制が色濃く残った。それは文化として残存したばかりでなく、制度の中にもその痕跡を残しているほどであった。文化としての残存が、和歌の中に長く尾を曳いていた呪術性である。

丸谷氏はそのような文化人類学的な視点を王朝和歌の解釈に導入し、それをきっかけに王朝和歌を世界文学の中に引きずり出してみせたのである。これによって、視界が一挙に広々と開けた。

《わたしに言はせれば、後鳥羽院は日本的モダニズムの開祖であった。》

という大胆な一行が、丸谷氏の論旨の中心にある。この一行によって、モダニズム文学の「モダニズム」は、時間論的な枠組ではなく、様式論的な枠組であることが明瞭に示される。平安朝の「今めかし」という言葉は、ボードレールがいいだし、ヴァレリーが同調した「モデルニテ」と同じ地平の内にあるという認識である。

そして本歌どりという和歌の手法は、モダニズム文学のパロディやパスティーシュの手法に並べられ、二十世紀文学の新しさに結びつけられる。すなわち、伝統と新しさ（現在）の緊張関係こそが、本歌どりという手法の本当の意味であることを、モダニズム文学という概念で洗い直してみせたのである。

すなわち後鳥羽院の和歌を一首ずつ読解してきた過程で、本歌どりの意味とか神話的方法の重要性が強調されたが、それは「後鳥羽院は日本的モダニズムの開祖であった」という視点の導入によって、さらに確固たる文学の場を獲得したのだった。
それとは別にこの「王朝和歌とモダニズム」の章で、改めて強調されることが二つある。一つは、後鳥羽院と『新古今』の歌人たちにある、「新しさ」への固執である。「新」に惹かれてやまないというのが、彼らの美学だった。

二つ目は、批評の重視である。批評および批評家の位置の高さは、日本の文学の歴史の中でも『新古今』時代に突出していた。後鳥羽院自らが『新古今』の実質的な撰者であったことでも明らかだし、もう一人の大批評家であった定家への歌人たちの信奉は、長く江戸時代まで続くのである。

この二つの点の強調によって、『新古今』時代の和歌がモダニズム文学に他ならないことが論証され、同時にモダニズム文学の実現者である丸谷才一氏が、後鳥羽院を取りあげ、三十年余にわたって書きつづけたのはまさに必然だったと知るのである。

文章の結びに近く、丸谷氏はかねて信頼あつい批評家吉田健一の言葉を引いている。「明治維新以後いろいろな文学思潮が西洋から渡来したけれど、そのなかでどういふわけかモダニズムだけが最もよい影響を与へ、すぐれた作品を生んだ」という一節である。そして、自分もまた、モダニズム文学を担い、実現しようとする文学者であることを宣言するようにして、この名評論を結んでいる。三十年余をかけた『後鳥羽院　第二版』への丸谷氏の思いがまっすぐに伝わってくる。

よそにのみ見てややみなん葛城や高間の山の嶺の白雲 153
＊夜とともにくゆるもくるし名に立てるあはでの浦のあまの灯 154
＊夜とともにもゆるもくるし名に立てるあはでの浦のあまの藻塩火 154
＊よのつねの草葉の露にしをれつつもの思ふ秋と誰かいひけん 307
世の中はうきふししげし篠原や旅にしあれば妹ゆめに見ゆ 210
＊万代の末もはるかにみゆるかな御もすそ川の春のあけぼの 60
わかき日は紅き胡椒の実の如くかなしや雪にうづもれにけり 334
わが恋は年ふるかひもなかりけり羨しきはうぢの橋もり 117
＊我が恋はまきの下葉にもる時雨ぬるとも袖の色に出でめや 162
わが恋は松をしぐれの染めかねて真葛が原に風さわぐなり 165, 291, 294
わがせこを恋ふるもくるしいとまあらば拾ひてゆかん恋わすれ貝 200
＊わがためはつらき心の奥の海にいかなるあまのみるめ刈るらん 308
わが道をまもらば君をまもらなんよはひはゆづれ住吉の松 50, 206
わくらばに問ふ人あらば須磨の浦に藻塩垂れつつわぶと答へよ 19, 178
わくらばにとはれし人も昔にてそれより庭の跡は絶えにき 205
＊わたつうみの波の花をば染めかねて八十島遠く雲ぞしぐるる 233, 287, 288
わたつうみの波の花をばとりつとも人の心をいかが頼まむ 288
わたつみのちぶりの神にたむけする幣の追風やまずふかなん 18
わたの原八十島かけて漕ぎ出でぬと人にはつげよあまの釣舟 19, 302
わたのはら八十島かけてたつ波のおほくも物を思ふころかな 302
わびぬればいまはた同じなにはなる身をつくしてもあはんとぞ思ふ 78
＊我こそは新じま守よ沖の海のあらき浪かぜ心してふけ 9, 14, 233, 307, 310

＊見渡せば山もと霞むみなせ川ゆふべは秋と何思ひけむ 9, 33, 364
＊むかしたれあれなん後のかたみとて志賀の都に花をうゑけん 44
むかしたれかかる桜の種をうゑてよし野を春の山となしけん 45
昔とも今ともいさや思ほへずおぼつかなさは夢にやあるらん 354
むすぶ手のしづくににごる山の井のあかでも人に別れぬるかな 71
藻塩くむそでの月影おのづからよそにあかさぬすまの浦人 145
＊藻汐やくあまのたく縄うちはへてくるしとだにもいふ方もなし 79
もみぢ葉はおのが染めたる色ぞかしよそげにおける今朝の霜かな 33
もらすなよ雲ゐる嶺のはつしぐれ木の葉は下に色かはるとも 48
＊もろこしの山人いまはをしむらん松浦が沖のあけがたの月 139, 141
もろこしの吉野の山にこもるともおくれんと思ふわれならなくに 139
山がつの垣ほにはへる青つづら人はくれどもことづてもなし 82
＊山河や岩間の水のいはねどもあらしにしるし冬のはつ空 195
＊山ざとの門田の稲葉かぜこえて一色ならぬ浪ぞたちける 182
＊山里の嶺のあま雲とだえして夕べ涼しきまきの下露 83
山人のをる袖にほふ菊の露うちはらふにもちよはへぬべし 50, 145
山わかれとびゆく雲の帰りくる影みるときは猶たのまれぬ 267
やよ時雨もの思ふ袖のなかりせば木の葉ののちに何を染めまし 294
＊八わた山みねのかすみのうちなびき春にもなりぬ明ぼのの空 62
夕風は花橘にかほりきてのきばの菖蒲つゆも定めず 191
夕されはかとたのいなはをとつれてあしのまろやに秋風そ吹 240
＊ゆふ月よ入江の潮やみちぬらんあしの浮葉を田鶴のもろ声 226
ゆふ露の玉かづらして女郎花野原の風にをれやふすらむ 94
夕まぐれ鴫立つ沢のわすれ水思ひいづとも袖は濡れなむ 294
ゆかん人こん人しのべ春がすみ立田の山のはつ桜ばな 73
雪のうちに春はきにけり鶯のこほれるなみだ今やとくらん 277
＊雪やこれはらふ高間の山かぜにつれなき雲の峯に残れる 323
ゆくほたる雲の上までいぬべくは秋かぜ吹くと雁に告げこせ 178
よしさらば後のとよだに憑めおけ辛さにたへぬ身ともこそなれ 205
＊吉野山さくらにかかる夕がすみ花もおぼろの色はありけり 52
吉野山花のふるさと跡たえてむなしき枝に春風ぞ吹く 47
＊よそふべき室の八島も遠ければ思ひのけぶりいかがまがはん 21, 226

道のべの野原の柳したもえぬあはれ嘆きのけぶりくらべや　218
＊みなせ山木の葉まばらになるままに尾上の鐘の声ぞちかづく　104
＊水無瀬山わがふる里はあれぬらむまがきは野らと人も通はで　225
みぬ世まで心ぞすめる神風やみもすそ川の暁の声　191
峯のゆき汀のなみに立ちなれて春にぞ契るうぢの橋姫　115
身の上の一大事とはなりにけれ紅きだりやよ紅きだりやよ　333
身は夢ぞうぢの橋姫わすれねよむかひの寺の鐘に待つ夜を　116
＊みほの浦を月とともにや出でぬらん隠岐のとやまに更けるかりがね　265
＊宮城野の小萩が枝につゆふれて虫の音むすぶ秋の夕風　182
＊都人たれ踏みそめて通ひけむむかひの道のなつかしきかな　224
＊都をばくらやみにこそ出でしかど月は明石の浦にきにけり　128, 224
み山にはあられふるらし外山なるまさきのかづら色づきにけり　152
＊深山辺のまつの雪まにみ渡せば都は春のけしきなりけり　35
＊御よしののこその山かぜなほさえて霞ばかりの春の明ぼの　60
＊みよしのの高ねの桜ちりにけり嵐もしろき春のあけぼの　57, 384
＊みよしのの月にあまぎる花の色に空さへ匂ふ春の明ぼの　61
＊御芳野の春の嵐やわたるらん道もさりあへず花のしら雪　65
三吉野の山の白雪ふるときは麓の里は打ちしぐれつつ　244
み吉野は山もかすみてしら雪のふりにし里に春はきにけり　48
＊三吉野や花はかはらず雪とのみふるさと匂ふあけぼのの空　62
みるままに冬はきにけり鴨のゐる入江の汀うす氷りつつ　152
＊みるままに山かぜあらくしぐるめり都もいまや夜さむなるらん　151
見わたせば大橋かすむ間部河岸松たつ船や水のおも梶　34
＊見わたせばけふ白露のうはそめに色づきにけり衣手のもり　181
＊み渡せば名残りはしばしかすめども春にはあらぬけさの明ぼの　63
＊みわたせばなだの塩屋のゆふぐれに霞によするおきつしら浪　35
＊み渡せば花の横雲たちにけりをぐらの峯の春のあけぼの　54, 61, 237
み渡せば花ももみぢもなかりけり浦の苫屋の秋の夕ぐれ　27, 35, 134, 266
＊見渡せばむらの朝けぞ霞みゆく民のかまども春に逢ふころ　36
みわたせば柳桜をこきまぜて都ぞ春の錦なりける　35

人すまぬ不破の関屋のいたびさしあれにし後はただ秋の風　47
＊人はよもかかる涙の色はあらじ身のならひにもつれなかるらん　289
人めのみ繁きみ山の青つづらくるしき世をも思ひわびぬる　82
＊人もをし人もうらめしあぢきなく世をおもふ故にもの思ふ身は　9
ひとりぬる山どりのをのしだりをに霜おきまよふ床の月かげ　33
晝見えぬ星の心よなつかしく刈りし穂により人もねむりぬ　333
＊ひろ沢の池にやどれる月影や昔をうつす鏡なるらん　182
深からぬ外山の庵の寝覚めだにさぞな木の間の月は寂しき　90
＊深緑あらそひかねていかならん間なくしぐれのふるの神杉　105, 247, 291
＊二見かた春の塩屋の夜半の月けぶりいとへばかすむ空かな　323
＊冬の夜のながきを送る袖ぬれぬ暁がたの四方のあらしに　107
冬の夜のながきを送る程にしも暁がたの鶴の一声　108
故里となりにしならの都にも色はかはらず花は咲きにけり　326
＊ふる里は吉野の風や通ふらん桜の雪もふらぬ日はなし　213
＊古里をしのぶの軒は風すぎて苔のたもとに匂ふたちばな　159
＊ふる里を別れ路におふるくずの葉の秋はくれども帰るよもなし　225
＊ふるさとを別れ路に生ふるくずの葉の風は吹けどもかへるよもなし　307
降る雪はきえでもしばしとまらなむ花も紅葉も枝になきころ　133
＊ほととぎす雲井のよそに過ぎぬなりはれぬ思ひの五月雨のころ　79
＊ほのぼのと春こそ空にきにけらし天のかぐ山霞たなびく　9, 25
前うしろ　枝垂れ小柳。稚児桜。恋の小窓は、薄霞せり　332
又こえん人もとまらばあはれ知れわが折りしける嶺の椎柴　210
又やみんかたののみのの桜がり花の雪ちる春の明ぼの　58, 382
松風や外山をこむるかきねより夏のこなたにかよふ秋かせ　176
松が根をいそべの浪のうつたへにあらはれぬべき袖の上かな　188
三島江や霜もまだひぬ蘆の葉につのぐむほどの春風ぞ吹く　367
見せばやな志賀のからさき麓なるながらの山の春のけしきを　40
道すがらふじの煙もわかざりき晴るるまもなき空のけしきに　210
道のべに笑ふをとめを　憎しみが—、芥つきたる髪の　あはれさ　343
みちのべの朽木の柳はるくればあはれ昔としのばれぞする　218

橋姫の琴によりふしひく琵琶の月を招くは撥か扇か 130
はしひめの袖の朝霜なほさえてかすみふきこす宇治の川風 115, 132
橋姫の袂や色に出でぬらん木の葉ながるる宇治の網代木 115
はしひめの春のかつらはしらねども八十氏川になびく青柳 114
橋ひめの待つ夕ぐれも中たえて霞はてぬるうぢの川浪 116
橋姫の待つ夜むなしき床の霜はらふも寒し宇治の川風 115
橋姫の待つ夜もうぢの島津鳥うきてや波にあかしはつらん 116
橋姫のみだす柳の花かつら眉さへかすむ宇治の川風 116
橋姫の我をば待たぬさむしろによその旅寝の袖の秋風 113
＊花さそふひら山おろしあらければ桜にしぶく志賀の浦舟 65
花ちらす風のやどりはたれかしる我にをしへよ行きてうらみん 58
花とちり玉とみえつつあざむけば雪ふる郷ぞ夢にみえける 267
花のいろはうつりにけりないたづらにわが身世にふるながめせしまに 24
花のいろは霞にこめて見せずとも香をだにぬすめ春の山かぜ 289
花の色はむかしながらにみし人の心のみこそうつろひにけり 240
浜千鳥ふみおく跡のつもりなばかひある浦にあはざらめやは 199
春がすみたなびく山のさくら花みれどもあかぬきみにもあるかな 51
＊春風にいくへの氷けさ解けて寄せぬにかへる志賀のうら波 30
遥かなるもろこしまでも行くものは秋の寝ざめの心なりけり 140
＊春たてばかはらぬ空ぞかはりゆくきのふの雲かけふの霞は 365
＊春の立つ霞の光ほのぼのと空に明けゆくあまのかぐ山 62
春の夜の夢の浮橋とだえして峯に別るる横雲の空 380
春はただ花のひとへに咲くばかりもののあはれは秋ぞまされる 390
春やときとはかりきゝし鶯のはつ音をわれとけふやなか南 177
春をへてみゆきになるる花のかげふりゆく身をもあはれとや見る 239
＊晴まなき袖の時雨をかたしきていくよねぬらん宇治の橋姫 112
彦星のゆきあひを待つかささぎのと渡る橋を我にかさなん 267
久方のあまてる神のゆふかづらかけて幾世を恋ひわたるらん 187
ひさかたの天の河原の渡し守きみ渡りなば梶かくしてよ 124
人心あだちの真弓たのまずよ引くてあまたにかはる契りは 235
＊人ごころうつりはてぬる花の色に昔ながらの山の名もうし 234, 305

中絶えむものならなくに橋姫の片敷く袖や夜半に濡らさん　121, 378
ながつきの時雨の雨にぬれとほり春日の山は色づきにけり　106, 290
*ながむれば雲路につづく霞かな雪げの空の春のあけぼの　60
ながむればさびしくもあるか煙立つ室の八島の雪の下もえ　22
*ながめてもいかにかもせんわぎも子が袖ふる山の春の明ぼの　61
ながめやる衣手さむくふる雪に夕やみしらぬ山のはの月　187
ながれ木と立つ白浪とやく塩といづれかからきわたつみの底　267
*なき人のかたみの雲やしをるらん夕べの雨に色は見えねど　300, 362
*泣きまさるわが泪にや色かはるもの思ふ宿の庭のむら萩　307
*歎きあまり物やおもふと我とへは先しる袖のぬれて答ふる　177
なけやなけ蓬が杣のきりぎりす過ぎゆく秋はげにぞかなしき　99
夏草のましるしけみにきえぬ露をまとめて人の色を社みれ　177
夏はつる扇と秋のしら露といづれかまづはをかんとすらん　84
*夏山の繁みにはへる青つづらくるしやうき世わが身一つに　81
名に立てるあはでの浦の蜑だにもみるめはかづくものとこそきけ　154
*何となくすぎこし方のながめまで心にうかぶ夕ぐれの空　24
*何とまた忘れてすぐる袖の上を濡れて時雨のおどろかすらむ　137, 247, 278, 322, 365
*難波江やあまのたくなは燃えわびて煙にしめる五月雨のころ　76, 226
難波びと葦火たく屋に宿かりてすずろに袖のしほたるるかな　210
*浪間なき隠岐の小島の浜びさし久しくなりぬ都へだてて　225
西へ行くしるべと思ふ月かげの空だのめこそかひなかりけれ　202
ぬしやたれ見ぬ夜の色をうつしおく筆のすさびにうかぶ面影　184
ねがはくは花の下にて春死なむそのきさらぎの望月のころ　212
*野はらより露のゆかりを尋ねきてわが衣手に秋風ぞ吹く　93, 324
*野辺そむるかりの泪は色もなしもの思ふつゆのおきの里には　307
はし鷹のすずの篠原かり暮れぬ入日の岡に雉子なくなり　68
橋姫の朝けの袖やまがふらん霞もしろき宇治の河波　115
橋姫のかざしの玉と川波に蛍みだるるうぢの山風　116
橋姫の霞の衣ぬきうすみまださむしろの宇治の川風　114
*橋ひめのかたしき衣さむしろに待つ夜むなしきうぢの曙　110, 379
はしひめの氷の袖にゆめたえて網代ふきそふうらの河風　115

ちはやぶる神代もきかずたつた川からくれなゐに水くくるとは 41
ちりまがふ雪を花かと見るからに風さへしろし春の明ぼの 59
*月影はさこそ明石の浦なれど雲井の秋ぞなほも恋しき 128
月ごとに流ると思ひしますかがみ西の浦にもとまらざりけり 267
月やそれほの見し人のおもかげをしのびかへせばありあけの空 324
つくしにも紫おふるのべはあれどなき名かなしぶ人ぞ聞えぬ 267
つくづくと独りきく夜の雨の音は降りをやむさへ寂しかりけり 25
*津の国のあしやの里に飛蛍たか住かたのあまのいさり火 176
津の国の難波の春は夢なれやあしの枯葉に風渡るなり 40
露じものをぐらの山に家居してほさでも袖のくちぬべきかな 188
露ばかりおくらむ袖はたのまれず泪の河の瀧つ瀬なれば 355
*露は袖に物おもふころはさぞなおくかならず秋のならひならねど 89
手なれつつすずむ岩井の菖蒲草けふは枕にまたや結ばん 191
手にとりし故に忘ると海人がいひし恋忘れ貝言にしありけり 200
手にむすぶ石井の水のあかでのみ春にわかるる志賀の山越え 69
*手にむすぶ岩井の水のあかでのみ春におくるる志賀の山越え 66
手にむすぶ岩井の水のあかでのみ春にわかるる志賀の山越え 69
寺深き寝ざめの山は明けもせで雨夜の鐘のこゑぞしめれる 25
てりもせず曇りもはてぬ春の夜のおぼろ月夜にしくものぞなき 53, 186
年たけて又越ゆべしと思ひきやいのちなりけり小夜の中山 153
年へたるうぢの橋守こととはんいくよになりぬ水のみなかみ 111
年経とも宇治の橋もり我ならばあはれと思ふ人もあらまし 112
年もへぬ祈るちぎりは初瀬山尾の上の鐘のよその夕暮 205
年もへぬ宇治の橋ひめ君ならばあはれも今はかけましものを 112
年を経て瀬々の網代に寄る氷魚をあはれとや見る宇治の橋姫 113
年を経てみゆきになるる花のかげふりぬる身をもあはれとや思ふ 216, 280
*とにかくに人の心も見えはてぬうきや野守の鏡なるらん 227
ともしする高円の山のしかすがにおのれなかでも夏は知るらん 68
鳥のこゑ松のあらしのおともせず山しづかなる雪のゆふぐれ 150
*長き世の友とやちぎる春日野のまだ二葉なるまつの緑を 181

*住吉の神も哀れといへの風なほも吹きこせ和歌の浦波　206
すみよしの恋わすれ草たねたえてなき世にあへるわれぞかなしき　201
袖濡るる露のゆかりと思ふにもなほうとまれぬ大和撫子　93
*袖の露もあらぬ色にぞ消えかへるうつればかはる嘆きせしまに　160, 362
袖よまた□□いく秋にしをれきぬゆふべ言問へ宇治の橋姫　112
そよ、霞たち木のめはる雨ふる里の吉野の花もいまや咲くらむ　44
*たが香にか花たちばなの匂ふらん昔の人もひとりならねば　158
たかき屋ののぼりてみれば煙立つたみのかまどはにぎはひにけり　36
たかせ舟下す夜川のみなれさをとりあへすあくる頃の月影　175
*たちこむるせきとはならでみなせ川霧なほはれぬ行末の空　224
立ち添ひて消えやしなまし憂きことを思ひみだるるけぶりくらべに　219
たちのぼるもしほの煙たえせねば空にもしるき須磨の浦かな　157
*立花のこしまが崎の月影をながめやわたすうぢの橋守　112
たつた河紅葉はなかるかみなひのみむろの山に時雨ふるらし　240
たつたやま梢まばらになるままにふかくも鹿のそよぐなるかな　104
七夕のと渡る舟のかぢの葉にいく秋かきつ露の玉づさ　124
たのしみは草のいほりの筵敷きひとりこころを静めをるとき　98
たのしみはふと見てほしくおもふ物辛くはかりて手にいれしとき　98
*頼めずば人を待乳の山なりとねなましものをいざよひの月　247
たのめての末の原野の黄昏はとはれぬ風に露こぼれつつ　145
旅ねして妻こひすらしほととぎす神なび山にさ夜ふけて鳴く　72, 215
*旅の空秋のなかばをかぞふれば答へ顔にも月ぞさやけき　323
玉の緒よ絶えなばたえねながらへば忍ぶることの弱りもぞする　163
誰としもしらぬ別れの悲しきはまつらの沖をいづる舟人　146
たはれめも　心正しく歌よみて、命をはりし　いにしへ思ほゆ　343
契りきなかたみに袖をしぼりつつ末の松山なみ越さじとは　360
千鳥なくありあけかたの河風に衣手さゆる宇治のはしひめ　114
千葉の葛野を見れば百千足る家庭も見ゆ国の秀も見ゆ　348
ちはやぶる宇治の橋もり言問はむ幾世すむべき水の流れぞ　112
*千早ぶる片岡山は霜さえて玉垣しろくゆふかけてけり　195

狭筵にいく夜の秋を忍びきぬ今はた同じ宇治の橋姫　114
さむしろにかたしきかぬる夜をさむみ今や衣をうぢの橋姫　113
さむしろに衣かたしき今宵もや我を待つらん宇治の橋姫　119, 378
さむしろや待つ夜の秋の風ふけて月をかたしくうぢの橋ひめ　110, 240, 378
さやかにも見るべき山は霞みつつわが身のほども春の夜の月　218
＊さらでだに老いは涙もたえぬ身にまたく時雨ともの思ふころ　234, 288, 322
さわらびや下にもゆらむ霜がれの野原のけぶり春めきにけり　94
＊塩がまの浦のひがたの明ぼのの霞にのこるうき島の松　62
塩釜の浦ふく風に霧はれて八十島かけてすめる月影　302
＊しをれあしの伏し葉が下もこほりけり一夜二夜の鴛鴦の夜がれに　307
しぐれの雨染めかねてけり山城のときはの森の真木の下葉は　291
しぐれの雨まなくし降れば真木の葉もあらそひかねて色づきにけり　106, 290
しぐれの雨まなくし降れば真木の葉もあらそひかねてもみぢしにけり　291
＊しののめと契りてさける朝顔にたが帰るさの涙おくらむ　247
＊柴の戸をあさけの夏の衣手に秋をともなふ松の一こゑ　176
しら雲の春はかさねてたつた山をぐらの峯に花にほふらし　55, 187, 237
白玉とみえし涙もとしふればからくれなゐにうつろひにけり　161
しら露の玉もてゆへるませのうちに光さへそふ常夏の花　83
しら露のなさけをきけることの葉やほのぼのみえし夕顔の花　84
＊知るらめや憂きめをみをの浜千鳥しましましぼる袖のけしきを　225
末とほき若葉の芝生うちなびき雲雀なく野の春の夕暮　184
＊すぎきつる旅のあはれをかずかずにいかで都の人にかたらん　151
＊すぎきてもしばしやすらへ秋のそら清見が関の月を眺めて　196
＊すずか川ふかき木の葉に日数へて山田の原の時雨をぞ聞く　100
鈴虫の声のかぎりをつくしても長き夜あかずふるなみだかな　87
すまのうらもしほの枕とふ蛍かりねの夢路わふと告こせ　176
＊墨染めの袖の氷に春たちてありしにもあらぬ眺めをぞする　307

*熊野川くだすはや瀬のみなれ棹さすがみなれぬ浪の通ひ路　247
*雲のうへに春くれぬとはなけれどもなれにし花の陰ぞ立ちうき　181
くもりなき豊のあかりにあふみなるあさ日のさとは光さしそふ　147
*煙たつ室の八島は知らねども霞ぞふかきをのの山里　23
恋ひ恋ひてかひも渚に沖つ波よせてはやがて立ち帰れとや　199
恋死なば鳥ともなりて君が住む宿のこずゑにねぐらさだめん　364
*恋すとて袖には雲のかからねど泪の雨はをやみだにせず　300
恋せじとみたらし河にせしみそぎ神はうけずぞなりにけらしも　277
恋をのみすまの浦人もしほたれほしあへぬ袖の果てをしらばや　47
心あらん人に見せばや津の国の難波わたりの春の景色を　39
*心あらん人のためとや霞むらん難波のみつの春のあけぼの　39, 61
今年ゆく新島守が麻ごろも肩の紕は誰か取り見む　17, 232
こぬ人をまつほの浦の夕凪にやくやもしほの身もこがれつつ　68, 204
*此の比は花も紅葉も枝になししばしな消えそ松のしら雪　32, 133
駒とめて袖うちはらふかげもなし佐野のわたりの雪の夕ぐれ　150, 187
駒なめていざ見にゆかむ故郷は雪とのみこそ花はちるらめ　148
*駒なめてうちいでの浜をみわたせば朝日にさわぐしがの浦波　147, 197
今宵しも八十氏川にすむ月をながらの橋の上に見るかな　129
小よろぎの礒たちならし礒菜つむめざしぬらすな沖にをれ浪　20
こりずまの浦のみるめもゆかしきを塩やくあまやいかが思はん　157
これもみなさぞな昔の契りぞと思ふものからあさましきかな　90
桜色の庭の春かぜ跡もなしとはばぞ人の雪とだにみん　60
*さくら咲くとほ山どりのしだり尾のながながし日もあかぬ色かな　49, 241, 246, 289, 362
さくらちる花の所は春ながら雪ぞふりつつきえがてにする　58
さぞなげく恋をするがのうつの山うつつの菅の又と見えねば　91
誘はれぬ人のためとや残りけんあすよりさきの花の白雪　280
さつきまつ花たちばなの香をかげば昔の人の袖の香ぞする　120, 158
さつきやみ神なび山の時鳥つまこひすらし鳴く音かなしき　76
*里のあまのたくもの煙こころせよ月の出しほの空晴れにけり　95
さびしさにたへたる人の又もあれな庵ならべん冬の山里　103, 367
*さびしさはみ山の秋の朝ぐもり霧にしをるる槙の下露　85, 96

かたしきの袖になれぬる月影の秋もいくよぞ宇治の橋姫　115
かたしきの袖の氷も結ぼほれとけてねぬ夜の夢ぞみじかき　111, 121
かたしきの袖をや霜にかさぬらん月に夜がるる宇治の橋姫　110
鐘の声しぎの羽音もあはれなり野寺の霧の明け方の空　384
*神まつるゆふしでかくる榊葉のさかへやまさん宮の玉がき　182
鴨のゐる入江の波を心にてむねと袖とにさわぐ恋かな　184
唐衣すそ野の庵の旅まくら袖より鴫のたつ心地する　184
*唐衣たつた河原の川風に波もてむすぶあをやぎの糸　41
*辛崎やにほのみづうみの水のおもに照る月浪を秋風ぞ吹く　308
雁がねのかきつらねたる玉章をたえだえにけつけさの朝霧　327
かるかやの関守にのみみえつるは人も許さぬ道べなりけり　267
きかずともここをせにせん郭公山田のはらの杉のむらだち　80, 101
きく人ぞ泪はおつる帰る雁なきてゆくなるあけぼのの空　368
君がせぬわが手枕は草なれや泪のつゆの夜な夜なぞおく　355
きみがため春の野にいでて若菜つむわが衣手に雪はふりつつ　93
君が世に霞をわけし蘆たづのさらに浜辺のねをやなくべき　188
*君ももし眺めやすらん旅ごろも朝たつ月を空にまがへて　322
君をおきてあだし心をわがもたば末の松山波も越えなむ　359
君をまもる天照神のしるしあれば光さしそふ秋のよの月　191
今日こずは明日は雪とぞ降りなまし消えずはありとも花と見ましや　59
今日だにも庭を盛りとうつる花消えずはありとも雪かともみよ　280
けふといへばもろこしまでも行く春を都にのみと思ひけるかな　140
けふは又しらぬ野原に行き暮れぬいづくの山か月はいづらん　94
けふまでは色にいでじとしのすすき末葉の露に秋はあれども　68
*けふまでは雪ふる年の空ながら夕暮方はうち霞みつつ　135
*きよみがた関もる波に夢さめて都にすみし月をみる哉　181
きりぎりす秋の憂ければわれもさぞ長き夜すがら鳴きあかしつる　90
きりぎりす鳴くや霜夜のさむしろに衣かたしきひとりかも寝ん　47
霧立ちている日のもとはみえずとも身は惑はれじよるべありとや　267
桐の葉もふみ分けがたくなりにけり必ず人を待つとなけれど　92, 102
草も木も色かはれどもわたつうみの波の花にぞ秋なかりける　292

＊おのがつま恋ひつつ鳴くやさ月やみ神なび山のやまほととぎす 71
おぼつかなうるまの島の人なれやわが言の葉をしらず顔なる 140
おぼつかな野にも山にも白露のなにごとをかは思ひ置くらん 326, 363
＊をみなへし花の袂の露おきてたがゆふぐれの契まつらむ 247
思ひいづる折りたく柴と聞くからにたぐひしられぬ夕けぶりかな 279
＊思ひいづるをりたく柴の夕けぶりむせぶもうれし忘れがたみに
136, 247, 278, 322, 365
＊思ひつつへにける年のかひやなきただあらましの夕暮の空
167, 173, 178, 198
おもひつつ経にける年をしるべにてなれぬるものはこころなりけり
169, 198
＊思ふことわが身にありや空の月片敷く袖に置ける白露 321
＊思ふよりうらかれにけりなら柴やかりほの小野の明ぼのの空 195
思へどもなほあやしきは逢ふことのなかりし昔なに思ひけん 354
おもほえず袖にみなとの騒ぐかなもろこし舟のよりしばかりに 140
＊帰る雁いやとほざかる雲がくれ鳴きてぞこゆる明ぼのの空 62
＊帰るかりおぼろ月夜のなごりとや声さへかすむ明ぼのの空 62
＊かへる雁の夜はの涙やをきつらん桜つゆけき春の明ぼの 61
＊限りあればさても堪へける身のうさよ民のわら屋に軒をならべて 225
かくばかり思ひこがれて年ふやと室の八島の煙にも問へ 23
＊霞たち木のめ春風ふくからに消えあへぬ雪に花ぞうつろふ 43
＊霞たち木のめはる雨ふる里の吉野の花もいまや咲くらむ 42, 247
霞たちこのめもはるの雪ふれば花なき里も花ぞちりける 42
＊霞たつ木のめも春の山のはを光のどかにいづる夜の月 43
風かよふ寝ざめの袖の花の香にかをる枕の春の夜の夢 383
風そよぐならの小河の夕暮は御禊ぞ夏のしるしなりける 68
＊風の音のそれかとまがふ夕暮の心のうちをとふ人もがな 308
＊風の音のたのめしくれに似たるかな思ひ絶えにし庭の荻原 308
風ふけば室の八島の夕けぶり心の空に立ちにけるかな 138
風をいたみくゆる煙のたちいでてなほこりずまの浦ぞこひしき 156
＊風をいたみしのぶの浦による波を我のみしりて袖にかけつる 308
片糸をよるよる峰にともす火にあはずば鹿の身をもかへじを 187

＊鶯のなけどもいまだふる雪に杉の葉しろきあふさかのやま 31
宇治川やたてる柳を橋姫の春の姿にたとへてや見ん 116
うす霧のまがきの花の朝じめり秋は夕べと誰かいひけん 37
＊うたたねの夢や昔にのこるらん花たちばなの明ぼのの空 159
打ちしめりあやめぞかをる郭公なくや五月の雨の夕ぐれ 47, 109
うち渡すをち方人はこたへねど匂ひぞ名のる野辺の梅が枝 187
＊うつつにはたのめぬ人の面影に名のみは吹かぬ庭の松風 289
うつろひし心の花に春くれて人もこずゑに秋風ぞ吹く 304
うつろひぬ心の花は白菊の霜おく色をかつうらみても 304
うみならずたたへる水の底までにきよき心は月ぞてらさん 267
梅が枝にきゐる鶯春かけてなけどもいまだ雪は降りつつ 31
＊梅が枝ををればこぼるるあは雪はおのれも匂ふ心地こそすれ 365
梅の花にほひをうつす袖のうへに軒もる月のかげぞあらそふ 187
＊うらやまし永き日影の春にあひていせをのあまも袖やほすらん 226
うれしさやかたしく袖につつむらんけふ待ちえたるうぢの橋姫 111
おいぬとて松は緑ぞまさりけるわが黒髪の雪のさむさに 267
老いの浪かひある浦にたち出でてしほたるるあまを誰かとがめん 199
あふみなる打出のはまのうちいでて怨みやせまし人の心を 147
＊大かたの木のめ春雨ふるたびに松さへみればいろかはりゆく 43
＊大方の露なきころの袖のうへにあやしく月の濡るる顔かな 323
＊おほかたのゆふへは里のながめより色付そむる袖の一しほ 177
＊大空に契るおもひの年もへぬ月日もうけよ行末の空 213
大空をわたる春日の影なれやよそにのみしてのどけかるらん 326
＊おく山のおどろが下も踏みわけて道ある世とぞ人にしらせん 271, 284
をぐら山ふもとの里に木の葉ちれば梢にはるる月を見るかな 105
をぐら山麓の野べの花すすきほのかにみゆる秋の夕ぐれ 56
をち方やはるけき道に雪つもる待つ夜かさなるうぢの橋姫 113
をとめごが袖ふる山の瑞垣の久しき世より思ひそめてき 178
をとめ子の清き盛時に　もの言ひし人を忘れず。世のをはりまで 343
おどろかす袖の時雨の夢のよをさむるこころに思ひあはせよ 278
＊おなじくば桐の落葉もふりしけな払ふ人なき秋のまがきに 102, 367
＊おなじ世に又すみの江の月や見んけふこそよそに隠岐の島もり 15

あまのとをおし明けがたの雲まより神よの月の影ぞのこれる 146
天の原あかねさし出づる光にはいづれの沼かさえ残るべき 266
あまのはら富士のけぶりの春の色の霞になびくあけぼのの空 383
雨間あけて国見もせむを故郷の花橘は散りにけるかも 37
*あれにける高津の宮をきてみればまがきの虫やあるじなるらん 182
あはれいかに草葉の露のこぼるらん秋風たちぬみやぎ野のはら 86, 324, 366
*あはれなりふたみの浦のくれかたに遥かに遠きあまの釣ふね 195
*あはれなり世をうみ渡る浦人のほのかにともすおきのかがり火 262, 263
*あはれ昔いかなる野辺の草葉よりかかる秋風ふきはじめけん 85
*いかたしのうきね秋なる夏の月きよ滝川にかけなかるなり 175
いかでかはおもひ有りともしらすべき室の八島のけぶりならでは 22
*いかにせん思ひありその忘貝かひもなぎさに波よするそで 199
*いかにせんなほこりずまの浦風にくゆる煙のむすぼほれつつ 155
いかにせん室の八島に宿もがな恋のけぶりを空にまがへん 23, 163
*いかにせん世にふるながめ柴の戸にうつろふ花の春のくれがた 212
幾世へぬ袖振山のみつかきにたへぬ思ひのしめをかけつと 178
池にすむをしあけがたの空の月そでの氷になくなくぞ見る 321
いづくにか今宵は宿をかりごろも日も夕暮のみねの嵐に 68
伊勢のあまの朝な夕なにかづくてふみるめに人をあくよしもがな 154
*いにしへの人さへつらしかへる雁など明ぼのと契り置きけん 62
命あらは又もあひみむ春なれとしのひかたくて暮すけふ哉 240
*命あらばめぐりあひなん常陸帯の結びそめてし契りくちずは 308
*今はとてそむきはてぬる世の中に何とかたらん山ほととぎす 227
色かはる露をば袖におきまよひうらがれてゆく野べの秋かな 100, 161
色見えで移ろふものは世の中の人のこころの花にぞありける 304
*いはし水すむ月影の光にぞむかしの袖をみる心地する 181
岩戸あけしあまつみことのそのかみに桜を誰か植ゑ初めけん 45
うかりけむ佐野のわたりのためしをもさぞ思ひ寝の宇治の橋姫 116
*うかりける人の心の朝寝髪なにいたづらに乱れそめけむ 247
鶯の鳴くべき程になりゆけばさもあらぬ鳥も耳にこそたて 327

和歌索引

（＊は後鳥羽院の歌。同一歌は表記その他の異同にはこだわらない。）

逢ふことをはつかに見えし月影のおぼろげにやはあはれとも思ふ　326
あかざりし君がにほひを待ちえてぞ雲井のさくら色をそへける　181
＊暁の夢をはかなみまどろめばいやはかななる松風ぞ吹く　103, 226
秋風のうちふくごとに高砂の尾上の鹿のなかぬ日ぞなき　243
＊秋風のやまぶきの瀬の岩波にぬる夜よそなるうぢの橋姫　112
秋ぎりのもとに立出てわかれなばはれぬ思ひに恋ひやわたらん　80
秋とだにふきあへぬ風に色かはる生田の森のつゆの下草　221
＊秋の露やたもとにいたく結ぶらん長き夜あかずやどる月かな　86, 362
秋の野の花のいろいろとりすべてわが衣手に移してしがな　93
秋のよの月やをしまの天の原明かたちかきおきの釣舟　142
＊秋ふけぬなけや霜夜のきりぎりすやや影さむしよもぎふの月　99
＊明ぼのを何あはれとも思ひけん春くるる日の西の山かげ　64
＊明けやらぬ月のかげさへ匂ふかな花のあたりの春の曙　61
＊朝霞もろこしかけて立ちぬらしまつらが沖の春の明ぼの　61
朝倉やきのまろどのにわがをれば名のりをしつつ行くはたが子ぞ　269
あさぢ原秋風たちぬこれぞこの眺めなれにし小野のふるさと　324
＊朝つゆの岡のかやはら山風にみだれてものは秋ぞかなしき　213
あさなあさな下葉もよほす萩の葉にかりの涙ぞ色にいでゆく　144
あさみどり花もひとつに霞みつつおぼろに見ゆる春の夜の月　53
あぢきなくつらき嵐の声も憂しなど夕暮に待ちならひけむ　205
蘆田鶴の雲路まよひし年くれて霞をさへやへだてはつべき　188
あしびきのこなたかなたに道はあれど都へいざといふ人ぞなき　266
あしびきの山鳥の尾のしだり尾のながながし夜をひとりかも寝む　50
あじろ木にいさよふ浪の音ふけてひとりやねぬるうぢの橋姫　110
阿耨多羅三藐三菩提の仏たちわが立つ杣に冥加あらせたまへ　73
天の河秋の一夜のちぎりだに交野の鹿の音をや鳴くらん　68
あまのすむ浦こぐ舟のかぢをなみよをうみ渡るわれぞかなしき　264

『後鳥羽院』は「日本詩人選10」として、一九七三年六月、弊社より刊行された。のちに三篇を増補し、『後鳥羽院 第二版』として、二〇〇四年九月に弊社より再刊された。本書は『後鳥羽院 第二版』を文庫化したものである。

ちくま学芸文庫

後鳥羽院《ごとばのいん》 第二版《だいにはん》

二〇一三年三月十日 第一刷発行

著 者 丸谷才一（まるや・さいいち）
発行者 熊沢敏之
発行所 株式会社 筑摩書房
東京都台東区蔵前二―五―三 〒一一一―八七五五
振替〇〇一六〇―八―四一二三
装幀者 安野光雅
印刷所 株式会社精興社
製本所 株式会社積信堂

乱丁・落丁本の場合は、左記宛にご送付下さい。
送料小社負担でお取り替えいたします。
ご注文・お問い合わせも左記へお願いします。
筑摩書房サービスセンター
埼玉県さいたま市北区櫛引町二―六〇四 〒三三一―八五〇七
電話番号 〇四八―六五一―〇〇五三

ISBN978-4-480-09532-9 C0195